SAN FRANCISCO-NEW YORK-MEXICO

Tequila

Jorge Majfud

Tequila

3ra. edición
Copyright © 2017 by Jorge Majfud
© Illegal Humanus Publishing 2022
humanus.info / editor@humanus.info
San Francisco, CA
ISBN 978-1-956760-13-2
Quedan reservados todos los derechos. Ninguna parte de este libro puede ser reproducida, almacenada en un sistema de recuperación, transmitida bajo ninguna forma por ningún medio, ya sea electrónico, mecánico, de fotocopiado, grabación o cualquier otro, sin el previo consentimiento de los editores.

S EGÚN EL FBI, en 1998 desaparecieron 932.185 personas en Estados Unidos. La policía más poderosa y mejor organizada del mundo no pudo resolver 1.322 casos para aquel año, por lo que estas personas continúan desaparecidas y cada año se hunden más en el olvido.

Uno de esos casos podría haber sido el de Guzman Quinones (así, sin acento en la *a* y sin el gusanito de la eñe) de no ser porque la policía más poderosa y mejor organizada del mundo ni siquiera registró su desaparición. Sólo yo y otras cinco personas en este mundo saben que Guzman no murió asesinado en Los Angeles el 13 de diciembre de 2013, tal como lo informaron varios diarios de la región, sino quince años antes en Nueva Orleans, el 3 de junio de 1998. Aunque todavía no se conoce al autor del reciente disparo en la nuca del conocido coreógrafo de Hollywood, no me quedan dudas de que se trata de Roque Hernández, graduado ese mismo año en negocios y con doble residencia en Bermudas y en Panamá City, Florida, donde probablemente se haya dedicado a la hotelería, a la prostitución y al ron barato.

Cuando leí en mi correo la breve nota de *Los Angeles Times* que me enviaba el Google News Alerts sobre el coreógrafo, dudé qué hacer. Me he acostumbrado a pensar mil veces sobre los hechos más triviales que se me cruzan en el camino; he aprendido que las decisiones más importantes, esas que pueden provocar un cambio radical en la vida de una persona o llevarlas a un final apresurado, se toman siempre pensando que no lo son.

Finalmente, luego de varias horas, volé a Los Ángeles y, después de un par de intentos fallidos, logré localizar su tumba al día siguiente, en Montecito Heights. Un funcionario me indicó el lugar y recién cuando me quedé sola pude confirmarlo:

GUZMAN QUINONES
JUNE 29, 1974
DECEMBER 13, 2013

Sólo seis personas —siete, si incluyo a su propio padre, que prefirió aceptar la historia de que su hijo era el mismo que cada año le enviaba dinero y tarjetas de navidad desde Estados Unidos— saben que Guzman murió en 1998. Sólo cinco saben dónde está enterrado, aunque ninguna haya estado hasta hoy dispuesta a compartir su versión de los hechos. La razón es muy sencilla. Sus compañeros de viaje en muy pocos días fueron arrastrados por el vértigo de los acontecimientos, primero, y luego por la cobardía de un grupo de jóvenes que recién salían de la maravillosa burbuja de la universidad y no estaban preparados para renunciar a un futuro de hombres y mujeres exitosos, de padres y madres de familia que cada domingo asisten a la iglesia como quien lleva la ropa sucia a la lavandería una vez por semana... *Fuimos* arrastrados, debí decir. Vaya el diablo a saber si esta tendencia de recordar en tercera persona no es la consecuencia de años de lucha con el fantasma de Guzman.

Apenas terminé de leer la lápida y pude salir del vapor de varios recuerdos, caí en la cuenta de un error. Entre la espesa niebla de esa mañana pude ver un perfil lejano, como una pequeña llama oscura entre los árboles. A esa distancia y en esas condiciones era imposible distinguir a nadie, mucho más cuando se tienen los ojos ensopados en lágrimas. Pero enseguida me di cuenta de que la llamita oscura me observaba. Fue aún más evidente cuando comencé a caminar de prisa entre las tumbas y la sombra (ahora podía ver que llevaba un sobretodo oscuro) caminaba en mí misma dirección. Me tropecé dos o tres veces hasta que di con un caminito y luego logré alejarme de quien, estaba segura, era Roque.

Está bien, se preguntará alguien, Roque había logrado localizarme, ¿pero por qué habría de seguirme de esa forma en un cementerio, donde seguramente había otras personas a las que pedir ayuda? Esa pregunta sólo podría hacerla alguien que no haya conocido a Roque. Para quienes lo conocimos, era evidente. Nunca me amenazó de muerte, porque un verdadero guerrero siempre deja a las mujeres con vida, decía, palabras más, palabras menos. Roque quería intimidarme, quería hacerme saber que estaba detrás de mis pasos, que yo misma, como me lo había asegurado en Alabama, terminaría por dejarme encontrar para abreviar la agonía, que pronto me iba a dar alcance como hacían los cazadores cavernícolas, como todavía hacen los bosquimanos en el desierto de Kalahari, ahuyentando su presa, obligándola a huir indefinidamente hasta que ésta cae extenuada.

Hoy, 11 de enero, luego de casi un mes sumida en la más profunda tristeza, rehusándome a salir de mi apartamento por largos días, lo he visto por segunda vez. Esta vez sí pude ver su rostro entre la multitud que a esa hora fluye por Broadway, mirándome a los ojos por una fracción de segundo, con esa sonrisa burlesca y desafiante de siempre.

Fue a la altura de la estación del subte de Times Square. Puedo decir la estación exacta, ya que no tiene sentido seguir ocultándome. Dejé Los Angeles primero y San Francisco después para poner distancia entre ese fantasma y yo hace algunos años. Desde entonces, he vivido alquilando para que nunca se conozca mi paradero. En los trabajos que tuve usé siempre mi segundo nombre y mi segundo apellido, algo que no había hecho nunca pero que para los anglos resulta natural: al menos ya no tenía que aclarar que los hispanos tenemos dos apellidos y que el primero no es el segundo nombre. Pero su perseverancia revela el tamaño de su enfermedad. Estoy segura de que no sólo me sigue a mí. Los otros cinco integrantes del viaje han desaparecido de cualquier fuente de datos disponible en Internet, no por casualidad. Ahora que sé que Guzman ha muerto por segunda vez y de la misma manera, comprendo mejor la gravedad del peligro.

Alguien se preguntará por qué nadie se atrevió nunca a denunciar a Roque. La respuesta es algo compleja y necesita que antes me detenga a explicar algunas cosas y, como ahora tengo tiempo, todo el tiempo que puede tener alguien que se ha liberado de su propio futuro, entonces pondré manos a la obra. No sólo explicaré en detalle todo o lo poco que sé, sino que también demostraré al mundo y, sobre todo, a mí misma, que si hasta ahora he sido lo que Sonia llamaba "una mosquita muerta", ha sido por mi mala educación de mujer, por los miedos fundadores de la infancia, quizás, no por una debilidad constitucional de mi ADN. La falta de coraje y yo fuimos una misma persona toda la vida y ahora seré recordada, si alguien se acuerda alguna vez de mí, por un único acto de coraje.

Contaré la verdad sobre aquel viaje de 1998 y me acostaré con Daniel S. Obviamente, éste es un nombre falso, aunque las iniciales son las mismas. Lo pongo así sólo para que dos o tres personas que conozco puedan comprender mejor a este chico y, si les sirve de algo, puedan comprenderme a mí también. Aunque dudo que a alguien le interese demasiado comprender a alguien más. Por lo general, a la personas que conozco y a todas las que sospecho conocer en las redes sociales antes que nada les interesa ser comprendidas; y a no pocas sólo les interesa ser admiradas y aduladas. Pero como nuestro tiempo no sólo se caracteriza por un patológico narcisismo sino también de su aparente opuesto, por un no menos patológico voyerismo, imagino que muchos querrán saber más detalles sobre Daniel, aunque sean detalles absolutamente inútiles para los fines de este relato. Para todos esos, sólo diré que Daniel fue uno de mis mejores alumnos en la universidad y que hace apenas un año supe que estaba muy enfermo, producto de compartir una jeringa con alguno de esos criminales que nunca irán a la cárcel por destruir la vida de personas inocentes y llenas de futuro, algo que es una regla muy común en nuestras decentes sociedades donde impera la ley y la injusticia. Más detalles no vienen al caso. Ni los misterios: él no será el último hombre con el que comparta mi intimidad. No lo digo porque esté en mis planes confundir la vida con los excesos. Se trata de algo más útil y más fácil de comprender. Yo le serviré para que muera habiendo conocido a una mujer (una mujer que, por razones equivocadas, admiró con pasión y obsesión) y él me ayudará a morir sabiendo que se hizo justicia, eso que, al fin y al cabo, es lo mínimo que se merece cualquier ser humano.

Lo único que lamento es que para hacer justicia deba recurrir a una nueva mentira, como lo es decirle al pobre Daniel que por un error similar me encuentro en su misma situación, que mis días también están contados. Claro, contados como los días de cualquiera, se dirá, pero esta verdad existencial no cancela una mentira concreta. Sólo un hipócrita puede negar el irrefutable hecho de que existe un vasto género de mentiras que van desde las más cobardes y criminales hasta las más heroicas. Tal vez en las altas cortes y en la academia lo único que importe sea la verdad y nada más que la verdad, pero eso nunca podrá ser verdad para la justicia, simple y llana, en un mundo donde impera la mentira. Pretender combatir una gran mentira con pequeñas verdades es algo tan tóxico como pretender curar la malaria tomando un frasco entero de aspirinas.

Le he escrito a Daniel y ya me ha contestado. Se mostró sorprendido, pero creo que, por los signos de exclamación y por esos jeroglíficos que usan los jóvenes de hoy, le alegró mucho saber de mí. Me pidió disculpas por el último correo que me envió unos años atrás, una nota inapropiada, según él, culpa de una noche de cervezas. Evidentemente él sabe menos de mí de lo que yo sé de él. Le contesté que no tenía nada que disculparse, que de hecho pensaba invitarlo a una cerveza.

Quedamos en encontrarnos en el Starbucks de la Sexta y la 42, este sábado a las seis de la tarde. Luego daremos un paseo. Conozco algunas mesas en Bryant Park donde los estudiantes beben cerveza en enormes vasos de café, con cierta complicidad del policía que sigue la secreta tradición de sus predecesores. No los delatan los vasos ni la alegría que se produce tan fácil a esa edad, sino la frecuencia con la que van al baño. Yo solía ir a esos lugares, aunque de a poco comencé a sentirme incómoda. No porque los hombres y las mujeres me mirasen, sino por lo contrario. Debería existir el delito de acoso por indiferencia. Pese a todo, mientras veía pasar esa multitud de gente, pensaba, sentía, que todos eran rostros desconocidos y más humanos que el de cientos de los amigos que tenía en las redes sociales. A ninguno podía eliminar con un *click*, pero me deprimían mucho menos. Descubrí que, sobre todo en esos hermosos espacios llenos de gente y de naturaleza, me fastidiaba particularmente ver a tantos jóvenes inclinados, postrados sobre sus teléfonos inteligentes que de a poco comenzaron a invadir los parques y la ciudad entera; gente texteándose entre ellos o a alguien que en ese momento estaba a en un café dos cuadras más allá; gente comprando ropa online en la tienda de la esquina. Los zombis, que naturalmente se creen muy vivos e inteligentes (porque sus papás y sus maestritas en la escuela no han hecho otra cosa que repetirles todo lo listo que eran, para proveerlos de una gran autoestima o para que se decidieran un día a hacer sus tareas, y porque nadie se atrevió nunca, ni el mejor de los amigos ni el peor de sus enemigos, a decirles que dejaran de mentirles a sus regordetes niños), esos zombis, decía, ya ni siquiera van a las tiendas a comprar ropa o a las librerías a comprar libros o a los bares a conversar con los amigos. Ahora todo es más efectivo: se compra y se conversa y se tiene orgasmos online, por lo que en la Era de las impresoras en tres dimensiones la gente comienza a abandonar los espacios tridimensionales para tener una vida, o algo parecido, en dos dimensiones, mientras su pensamiento, o algo parecido, se convierte en una realidad lineal, monodimencional, *on line*, cuando no en una línea punteada, fragmentada. Así, los robots cada día se parecen más a los seres humanos y los humanos nos parecemos cada día más a los robots. Sólo nos falta pensar y hablar en el código de las computadoras, con ceros y unos, nada más. John: "0011001010100111?" Mary: "1001001…" John: "01?" Mary: "11111100111!"

Pero dejemos las frustraciones personales de lado. Concretamente, la cita con Daniel significa que tengo algún tiempo para poner manos a la obra en lo que se refiere a explicar el asunto de Guzman, de Roque y del viaje. Tengo sobre mi mesa, esperando desde hace varias horas, la caja que me acompañó, siempre sellada, a lo largo de todos estos años. Allí están mis diarios, las fotos, los recibos de hoteles y de gasolina, unos pocos libros, probablemente el reloj de mi abuela que perdí por aquella misma época, y los veintidós cassettes de Guzman que comenzaré a escuchar apenas consiga un pasa casetero en alguno de los tantos *thrift stores* de Manhattan. Sólo cambiaré algunos nombres para proteger la identidad y el derecho a la mentira de algunos involucrados.

Spring 1998

EL CAÓTICO DIARIO que interrumpí el 27 de junio de 1998 (caos que revelaba mi lado menos femenino, en palabras de Guzman) confirma que nos reunimos por primera vez, los siete, el jueves 21 de mayo en el restaurante de Beach Bulevar y Ocean Front Street, en Jacksonville Beach, para afinar detalles del viaje. Todos nos conocíamos más o menos de la universidad, pero nunca habíamos estado los siete juntos en una misma mesa, en un mismo lugar. Observé que en este detalle, que debió pasar inadvertido para el resto, había algo inquietante, desconocido. Era como si cada uno fuese otra persona o no fuesen exactamente las mismas personas que yo había conocido por separado.

De repente, al advertirlo, me sentí incómoda, aunque se lo atribuí a mi patológica timidez, a esa debilidad del carácter que yo suponía iba a combatir con experiencias como aquella. Sarah me preguntó si me sentía mal y le dije que estaba un poco aturdida con la música y las camareras que cada tanto se ponían en línea para bailar *Macarena*, golpeando las palmas y mostrándonos sus hermosos glúteos, algunas con descaro y otras con evidente timidez. De todas formas, traté de pensar, no daba para preocuparse: el viaje iba a durar un mes de verano, que son los meses más cortos, y, en el peor de los casos, cualquiera se podía bajar en cualquier momento si las cosas no iban de su interés.

Discutimos el itinerario, gasolina y hospedaje, reglas de votación y un código de conducta muy básico que más que prevenir disputas y conflictos nos imponía la obligación de disfrutar cada minuto de la I-10. Por entonces vivíamos en un estado de casi permanente excitación que daba miedo. Luego, por algún estudio autorizado de alguna universidad, supe que esos niveles de éxtasis, como las fobias sociales y los nervios injustificados de la juventud, no se recuperan más sino hasta la madurez. Siempre y cuando, agregaría yo, la vida no se haya encargado de plantearnos problemas sin resolución o problemas que requieren tanto tiempo y cuidado que cuando se resuelven una ya no sabe cómo volver a vivir o dónde encontrar de nuevo aquel gusto por la vida, aquel vértigo de estar viva. A esa edad la vida es una montaña rusa, pero no por inestable y exagerada es menos real que el equilibrio final que alcanzan los cadáveres. Yo me reconozco en las fotos de esa época, cuando éramos increíblemente jóvenes, cuando éramos nosotros o, más importante que eso, cuando sabíamos lo que queríamos ser. *No me reconozco en esa máscara gastada* que ahora me devuelven las vidrieras donde se exponen vestiditos para adolescentes, esa máscara derrotada en los espejos de las zapaterías y de los baños públicos, espejos llenos de muchachitas alegres que sonríen confiadas como si hubiesen hecho un pacto de no agresión con el destino.

Aquella tarde, con la música corrieron la cerveza y los falsos enojos. El itinerario debía incluir varias excepciones, desvíos, oportunidades de conocer la mayor cantidad de lugares posibles a una distancia razonable de la Interestatal 10. Se tacharon varias de estas excepciones para satisfacer a la madre de Sonia, que sufría la idea de que su hija pudiese estar cerca de la temida frontera con el salvaje Sur.

En esas primeras horas se comenzaron a dibujar los perfiles de cada uno de nosotros, aquellas características que realmente importan en una persona y que nunca aparecen siquiera sugeridos ni en las reuniones sociales ni en los brillantes currículos. Más bien eran bosquejos borrosos. Lo que parecía claro era que Carlos o Steven, uno de los dos iba a terminar liderando el grupo, especialmente a la hora de apropiarse de las buenas ideas y de tomar silenciosa distancia de las decisiones catastróficas que se sucedieron después.

AUNQUE CARLOS Y SONIA lo negaron al principio, fue Guzman el primero en concebir la idea del viaje por la I-10 hasta Los Angeles. La primera vez que lo escuché hablar del viaje fue en la cafetería de la universidad. Me enamoré de esa forma que tenía de fantasear con cada cosa que se le cruzaba en el camino. Me dijo que tenía la idea de escribir un guión para un *road movie*, una historia rigurosamente lineal, y qué mejor que iniciar un viaje memorable, un viaje de costa a costa, por una sola ruta y con un itinerario más interesante que el de la 66. En la película, que por entonces sólo estaba en su mente y en unos pocos apuntes, los protagonistas eran sobrevivientes de una catástrofe nuclear y su trabajo consistía en ocultar la responsabilidad del gobierno. Sin esta falsificación de los hechos para preservar la fe en la autoridad y en las leyes, los sobrevivientes no tendrían la fuerza moral suficiente para comenzar una nueva civilización. Pero para eso, los sobrevivientes fundadores primero debían convencerse a ellos mismos que el enemigo, ahora convertido en el reino del ángel de las tinieblas y del caos, había lanzado el ataque. A diferencia de las películas de Hollywood, donde la verdad se descubre siempre al final y todas las piezas del puzle encajan perfectamente, en este caso la verdad nunca se descubriría, porque los pocos sobrevivientes terminarían por creerse una historia que, finalmente, se convertiría en un mito fundador donde el antiguo gobernante pasaba a ser una especie de dios o de rey sabio.

Le dije que me había gustado más aquél otro proyecto de hacer una película desde la perspectiva de un niño, una película sin ideas, sin trama, donde las cosas son mínimas y las impresiones que causan son máximas. La distopía me parecía un poco complicada.

—Es más o menos la misma película —se quejó él.

En todo caso, insistí, tenía que simplificar el argumento o no iba a conseguir nadie que invirtiera un dólar en semejante proyecto. Cualquier productor sabe que la gente no paga para complicarse la vida.

—Complicada como la vida real —se defendió él—. Y como en la vida real las mentiras fundadoras nunca se descubren o se convierten en verdades incuestionables.

—Demasiado filosófico.

—Demasiado, demasiado... *Too much love will kill you* —se quejó él—. Es sólo un comentario. No creas que pienso poner una sola idea en alguna de mis películas. Dios me salve de semejante sacrilegio.

—Bueno, si quieres tener algún éxito con ese proyecto, no pongas demasiado de nada...

Guzman tenía la firma idea de crear historias sin ideas. Su modelo era la perspectiva del niño que, antes que nada, siente. Estaba demasiado decepcionado del mundo de las ideas, de nuestro mundo donde todos se peleaban por sus ideas que ni siquiera eran ideas propias o ni siquiera llegaban a ser ideas. Al menos en eso Guzman era diferente. Era diferente también porque siempre quería ser otro cuando todos estaban obsesionados con ser *uno mismo*. Todos vivimos obsesionados con la autenticidad de las cosas y de las personas, decía, por el simple hecho de que no somos auténticos ni aceptamos el hecho de que nuestras verdades no son más que pequeñas partes de una gran mentira.

—No hay ninguna poesía en ser *uno mismo* —decía—. Lo interesante es llegar a ser *otros*, al menos por un día, por un minuto. Rick Blaine o Ilsa Lund en *Casablanca*, Stanley Kowalski o Blanche en *A Streetcar Named Desire*. La ironía es que todos esos príncipes y princesitas que ves ahí afuera, con sus risas perfectas y sus abdómenes planos de seis paquetes, todos malgastan sus vidas en esa fantasía mediocre y prefabricada de ser *uno mismo*. No comprenden que en realidad cada día invierten todas sus energías en convertirse en *la misma cosa*, como si el ideal de todas las comidas fuese convertirse en el mismo *fast food*. Pero, claro, en un mundo donde todo es copia, la obsesión colectiva por la originalidad es comprensible...

Estas son palabras textuales de Guzman, del verdadero Guzman, el que murió en 1998, no a fines del año pasado. Ya diré más adelante cómo hice para hacerme con los veintidós casetes de cinta, en caso de que este detalle tenga alguna importancia.

GUZMAN TENÍA LA ILUSIÓN de hacer una gran carrera como guionista y director de cine, ya que nunca pudo convertirse en actor por su timidez y quién sabe por qué otras incapacidades, según decía, pero era evidente que había algo más en aquellos ojos profundos: miraban con avidez cada cosa, las ramas de los arbustos moviéndose como si bailaran, los árboles de agua de las fuentes de la universidad, una chica dormida sobre el césped del edificio de ciencias, el desagradable grito de los cuervos anunciando quién sabe qué cosa, las gotas de agua que se formaban en la pared de un vaso de cerveza frío, la voz de la chica que atendía en la cafetería y cada dos minutos preguntaba *"room for cream?"* Todo lo miraba con avidez, como si las quisiera devorar, como si mirase a través de todas esas cosas, como si el mundo fuese transparente y sólo él pudiese ver la belleza y la alegría de algo tan simple y tan tonto como las sombras de una palmera entrando por una ventana. Todavía no había perdido esa capacidad de asombrarse, eso que tuvimos todos alguna vez, aunque no haya sido más que por un día. Guzman era como un niño que todavía estaba descubriendo el mundo. Tal vez fue todo esto lo que me atrajo de él al principio. O sólo era admiración, una profunda e incomprensible admiración. O envidia.

Hacía por lo menos un año que yo había estado buscando la oportunidad de entrar en conversación con él. Habíamos compartido una clase de Literatura chicana en la primavera de 1997, pero en todo ese semestre yo fui una especie de ser inexistente para él, alguien que de vez en cuando lo apoyaba en sus interpretaciones sobre la valiente obscenidad de Sor Juana Inés de la Cruz o sobre la claustrofobia existencialista de *La casa de Bernarda Alba*, en respuesta a las interpretaciones siempre políticas de Ernesto Gambini, un chico bastante radical que iba todos los días con una gorra del Che Guevara y una camiseta con su imagen estampada, como si quisiera decirnos algo.

Una vez hubo una discusión sobre los premios Nobel de literatura. Ernesto defendía a muerte a García Márquez y Guzman a Borges. El argentino había puesto toda su defensa en la ideología del colombiano por sobre cualquier posible nacionalismo.

—¿Que Borges nunca mereció el premio Nobel? —replicaba Guzman— Eso es lo que dicen los críticos de izquierda. La verdad es que hubo muchos García Márquez pero un solo Borges. Mira, compa, la política está en todas partes pero no lo es todo. Quienes niegan lo primero son ingenuos; quienes no aceptan lo segundo son necios. Unos no han dado el primer paso y los otros se ufanan del único paso que han dado en la vida. O algo así.

Alguna vez estudiamos juntos para los exámenes finales. Más allá de eso, Guzman no respondió nunca a mis repetidos gestos de amistad. Quiero decir, de una amistad profunda, una amistad más allá de las conversaciones fragmentadas a la hora del almuerzo en la cafetería del campus o en los pubs y restaurantes de la playa los fines de semana. Allí solía encontrarlo por las noches, sentado en la barra, bebiendo tequila en una soledad tan absoluta como la mía, fingiendo alegría al descubrir que la mano que se apoyaba en su hombro era mi mano.

DEBO DECIR, antes de levantar cualquier tipo de suspicacia, que si bien siempre me pareció un chico atractivo e inteligente, perfectamente me hubiese conformado con su amistad, como me conformé cuando, en una Dunkin Donuts entre

Tallahassee y Panama City (tal vez el mismo que todavía se ve en Google Map, sobre la avenida Panama City Beach, o el otro que estaba en la intersección de la I-10 y la 79, justo allí donde ahora se ve un rectángulo de arena), casi escondido detrás de su enorme vaso de café y sin dejar de mirar los dibujos de la mesa, me confesó que era gay. No sentí ninguna decepción y comprendí que no quisiera hacerlo circular entre los otros integrantes del grupo. No era que pretendiera ocultarlo sino, simplemente, no quería decirlo. Estaba acostumbrado, se sentía más cómodo dejando fluir la realidad por sus apariencias sin tener que arrastrarla de los pelos con palabras.

Le dije que era muy valiente al decírmelo, que lo admiraba por eso, que le agradecía aquel gesto de verdadera amistad que había estado esperando por siglos. Etcétera, etcétera... etcétera.

Como por arte de magia, no sólo descubrí quién era Guzman, mi pobre Guzman, sino quién era yo misma: una joven *ingenua* en todos los sentidos posibles de la palabra. *Ingenua* hasta un extremo que no me avergüenza; me fastidia, me subleva. Porque, de alguna forma, había llegado a los veintidós sin saber qué hacer con todo lo que tenía del ombligo para abajo. Mejor dicho, de la frente para abajo, porque ni siquiera había aprendido a mirar a un hombre. Por no hablar del pudor que me daban mis senos que se decidieron a crecer recién cuando ya tenía que conformarme con las miradas indiscretas de los viejos babosos que esperan aburridos a sus esposas en los centros comerciales. La orientación sexual de Guzman debía ser obvia para cualquiera, o para casi cualquiera, exceptuando nerds como yo. Había algo en su forma de mirar, en su forma de admirar mi pelo, en su forma de vestir, que sólo yo había sido incapaz de advertir… Había algo en toda su forma de ser que hacía innecesaria cualquier confesión; lo suyo, más bien, había sido un acto de compasión. Era su orientación sexual, como dicen ahora tan graciosamente, como si el sexo fuese una brújula. Su Oriente sexual. Su norte. El sur. Comprendí mejor muchos otros detalles que, de repente y de forma automática, me saltaban de la memoria, como si la memoria fuese capaz de juzgar la importancia de cada cosa independientemente del juicio que en el momento hacemos de ellas. De repente, mientras arrojaba los vasos descartables y los restos de las donuts de fresa a la basura, recordé un día y otra noche en la universidad, y entonces comprendí, por ejemplo, por qué había sido Guzman el único en aplaudir al final de *Fresa y Chocolate*, aquella película cubana que tuvimos que soportar una noche en el cine de la universidad porque el profesor de español nos había amenazado con descontarnos el cinco por ciento de la nota final a los que no asistiésemos. Comprendí mejor aquel aplauso que se ahogó rápidamente en el silencio ajeno.

—Está bien lograda —había dicho, como si se justificara.

Le interesaban especialmente, dijo, los aspectos técnicos de lo que el profesor llamaba el *cine imperfecto latinoamericano* el cual, se suponía, debía ser superior al cine perfecto de Hollywood. Porque cuando uno es pobre y pretende destacarse en algo, no tiene más remedio que ser genial.

COMO DIJE AL COMIENZO, fue Guzman, no Carlos, el primero en fantasear con la idea del viaje aquella tarde en la cafetería de la universidad, en aquel casi atardecer. Un viaje que no podía realizar por sí solo, por muchas razones, había dicho. Primero, porque estaba endeudado por los préstamos que había solicitado para pagar la matrícula y el alquiler. Sus tres *roomates* lo habían abandonado poco después de los exámenes finales de diciembre (dos, porque se habían graduado, el otro porque su padre le había conseguido un apartamento para él solo en la playa, porque era más seguro vivir cerca de los tiburones). La segunda razón consistía en que, aunque pudiera, no lo haría solo. O al revés. Como era su costumbre, siempre tenía diferentes razones para excusarse de lo que quería hacer pero no podía. Cada vez que aclaraba oscurecía, le decía yo, pero él tenía su forma de convencer a la gente.

—Cuando uno se gradúa de algo debe hacer un viaje.

—¿Qué tal París? —había dicho yo— O Nueva York…

—Ay, qué previsible eres, mi niña. Yo te estoy hablando de algo interesante, de una aventura, de invitar a otros chicos, para irnos lejos, lejos, lejos en una *van*…

—¿Como hasta dónde?

—Yo qué sé… lejos, por el desierto. Si vamos a Los Angeles, vamos a pasar por varios desiertos.

No recuerdo el día exacto, pero estoy segura que fue en el *spring break* del 98, cuando por entonces ya no quedaban restos del invierno y ya se olían los exámenes finales. La cafetería estaba tan vacía que daba miedo y placer. Debíamos ser los únicos que no nos habíamos ido a Key West o a Bahamas a emborracharnos en la playa sin que nos persiga la policía. Literalmente, me atrapó la idea. Debió pesar en mi ánimo el hecho de que Guzman parecía contar conmigo de una forma especial. Cuando una tiene veintidós años y no ha cruzado nunca esa línea que separa a las chicas que ya han perdido la inocencia de las otras que todavía se ven niñas desde lejos, entonces cualquier promesa es creíble. Por lejos, yo resulté ser la más ingenua del grupo, la que había vivido menos, por ponerlo de una forma políticamente correcta.

Cuando le dije a Guzman que lo apoyaba, todavía no sabía quiénes se iban a sumar a la aventura. Mis dos compañeras de cuarto rechazaron la propuesta sin pensarlo un instante. Con mejor suerte, Guzman convenció a quienes luego serían los otros cinco integrantes: Carlos, Sonia, Sarah, Steven y Roque. Por supuesto, mi madre no se opuso. Para ella era un negocio redondo mantenerme otro mes lejos de Atlanta y de su novio aunque tuviese que extender mi mensualidad por el resto del verano.

Para ese semestre de primavera, Guzman ya estaba convencido de que haría carrera en Hollywood como asistente de producción, gracias a un contacto que Tiffany Parker, una amiga de ambos, le había facilitado. Guzman se había dado una vuelta por la oficina de la profesora de cine, la cual le había confirmado que el tal Artemio había sido alumno de ella a principios de los noventa, hasta poco antes de Bill Clinton, según recordaba. Por su bien, hice lo que pude para bajar un poco sus expectativas, que rondaban peligrosamente la euforia. Le advertí que Tiffany era de exagerar todo, que la profesora no le había dicho más nada aparte de que conocía uno de sus contactos y que el tal Artemio que lo esperaba en Hollywood nunca había contestado a sus llamados.

Pero Guzman se tenía mucha confianza. Decía que el hecho de que no le haya devuelto las llamadas era comprensible, ya que él mismo hubiese hecho lo mismo, que eso se debía a que no lo conocía personalmente, y que él estaba seguro que en persona, *face to face*, podía hacer mucho más que por carta o hablando por teléfono. Así se mantuvo, mientras pudo, en un perfecto estado de negación.

Sábado 23 de mayo

CARLOS RETIRÓ LA MOTORHOME un viernes y la llevó a la casa de los padres de Sonia en Ponte Vedra. Allí, en uno de los jardines que tenía la familia, la dejamos por dos días mientras ajustábamos los detalles del gran viaje. La bautizamos *Sweet Summer Sweat* porque mientras celebrábamos la primera reunión con abundante cerveza lager alguien puso en la casetera *Hotel California*. La motorhome era una Monaco Dynasty del 95, según consta en el recibo que conservo, blanca con ondas doradas que tiempo después me recordarían más al sepia del desierto que al brillo de aquellos días o a las cervezas ámbar del padre de Sonia. Un día después se apareció Roque con el carro, un Chevrolet Camaro convertible. Roque había insistido en alquilar uno de dos plazas pero perdió ante el acuerdo del resto del grupo que entendió que uno de cuatro podría ser más útil, sobre todo para liberar la congestión de la home en caso de mal humor.

Esa tarde y noche los padres de Sonia insistieron hasta el hastío acerca de las medidas de seguridad que debíamos tomar. El padre no se cansaba de explicarle a Carlos y a Steven sobre los desperfectos más comunes del motor y de las ruedas, y la madre no dejaba de repetir que no le gustaba el camino que habíamos elegido, sobre todo porque la 10 pasaba demasiado cerca de la frontera. Nunca dijo "de la frontera mexicana" ni abundó en detalles, seguramente porque estaba Guzman allí, sin decir muchas palabras, votando todo afirmativamente y sin argumentar siquiera, como si estuviese intimidado por la opulencia en la que vivía Sonia.

—No me gusta la 10 porque pasa por El Paso —dijo finalmente Yolanda—. ¿Me van a tener con el Jesús en la boca todo este tiempo?

Don Roberto había aprovechado la oportunidad para observar que su esposa tenía una fijación negativa con la frontera, especialmente con Tijuana, la que tal vez se debía a algún desencanto amoroso de la juventud, lo cual fue contestado con una seriedad de parte de la señora Yolanda que enrareció el clima por un momento. Según dijo poco después, había visto en la televisión varios reportes negativos sobre ese corredor del narco.

De hecho, ni siquiera le gustaba la idea de que su hija se embarcara en semejante aventura, y si había cedido había sido para no contradecir sus ideas feministas y la obediencia que le debía a su esposo el que, siempre que podía, repetía sobre lo difícil que había sido para él salir de la pobreza y que, en base a su experiencia, pensaba que la juventud debía entrenarse en el espíritu del riesgo sin echarlo todo a perder por falta de seguridad.

—Pero si tú nunca fuiste pobre, querido —dijo la señora Yolanda—. Claro que no tenías la posición y los negocios de mi padre, pero de ahí a ser pobre hay más de un cobre. No sé cuándo te inventaste esa historia que desde entonces no has dejado de repetirla.

Don Roberto suspiró cansado, como desautorizando un argumento al que no podía contestar, y desvió la conversación de nuevo.

—Serían tontos si no hicieran ese viaje —dijo—. Es el momento. No tendrán otro, porque no se tiene veintidós años dos veces. Además, lo más importante todavía está por llegar. Ustedes apenas saben lo que es ser hijos. Pero el que no ha sido hijo, amante y padre, no ha vivido completamente. No importa lo interesante que haya sido una vida, no importa la profundidad de un alma y las virtudes de una inteligencia. De cualquier forma, se ha privado, o la vida lo ha privado, de alguna de las tres experiencias más profundamente dramáticas y conmovedoras de la existencia humana.

Sonia le pidió que no la abochornara. Su padre le respondió que seguramente eso nunca se lo había pedido a ninguno de sus profesores de filosofía. Ellos nunca serían tan cursis como un padre.

—Mis profesores no son mis padres —lo increpó Sonia—. Dicen tonterías y yo las repito para que me den una A. Luego les sonrío y les digo que son maravillosos, y listo.

—Por lo menos ellos sí pueden hablar de la vida.

—Y qué es la vida, don Roberto —preguntó Guzman, como si echara leña al fuego.

—¿Qué es la vida? Pues, algunas historias (unos pocas, otros muchas) y, *pum*, nos vamos.

—No seas sacrílego, papá —se quejó Sonia—. Hablas como alguno de esos franceses famosos que ahora deben estar ardiendo en el infierno.

—¿Por qué no como un cubano? Al fin y al cabo no puedo esconder que fui educado sin iglesia.

—Deberías aprovechar la oportunidad de salvarte, ahora que la tienes.

—¿Salvarme, salvarme yo? Pero si ni siquiera puedo evitar que mi única hija se pierda en las garras de esos fanáticos que gritan en la televisión aleluyas y glorias al Señor, como si pobre Dios tuviese algo que ver con todo ese negocio.

—¡Basta, papá! Te sigues condenando sin razón ni motivo.

—*Basta*, diría yo también. A ver si vuelves a la familia…

—Yo he encontrado mi familia en mi iglesia. Allí he descubierto la verdad y la salvación.

—Sí, y ellos han encontrado mi dinerito. Pensar que salí de la isla buscando la libertad para los míos, para salvarlos de la Liberación y mi hija termina atrapada en la Salvación. Es como si estuviese escuchando a Fidel. Es como si en lugar de ir a los actos obligatorios del Partido tuviese que ir a la Iglesia todos los domingos para que los vecinos no me miren de costado. Como si mi hija hubiese sido reclutada…

—¡Basta, papá! Sálvate tú también o deja de arrastrar más gente a la perdición.

—Ya está bien —dijo don Roberto, cansado y a punto de explotar—. Aparte de aterrorizarme por no seguir al rebaño, también se me acusará de inmoral, corruptor de otras almas inocentes... Qué fácil la tienen con el método de predicar el amor, con el látigo del terror en la mano. *¡Sálvate! ¡sálvate!* es lo que escucho siempre. Me recuerdan a los negros macumberos de la Habana gritando *¡Ejheová! ¡Ejheová!* mientras escupían ron sobre un santo. Pero ¿para qué quiero salvarme yo si me han robado a mi hija...?

Se hizo un silencio. Las palabras de don Roberto cayeron en enigma. Nadie supo a qué se refería, pero probablemente estaba dolido por lo que él consideraba un lavado de cerebro al que Sonia había sido sometida en los últimos años.

—Por lo menos le doy gracias a Dios que haya decidido alejarte un mes de todos esos fanáticos fariseos —concluyó don Roberto—. Te hará bien respirar un poco de aire fresco.

La señora Yolanda interrumpió diciendo que no era hora de discutir esos temas, que nadie tenía derecho a amargar la alegría de los chicos. Probablemente fue por su insistencia que luego decidimos seguir todo por la 10 hasta Los Angeles sin desviarnos hasta San Diego, aunque El Paso era inevitable: Arkansas y Oklahoma no ofrecían ningún interés como ruta alternativa. La tranquilizamos prometiéndole que no nos detendríamos mucho allí ni en Nueva Orleans. Don Roberto estuvo de acuerdo con algunas preocupaciones de su esposa, pero insistió en que exageraba, que siempre había sido sobreprotectora con su única hija.

Al atardecer ya nos habían dejado en paz. Poco antes de que la reunión se diluyera apareció don Roberto y llamó a Carlos y a Steven aparte. Luego se supo que era para darles la pistola que nos acompañó casi todo el viaje en la guantera de la home. La señora Yolanda la había comprado en un supermercado esa mañana cuando salió de compras.

Domingo 24 de mayo

EL VIAJE NO PUDO TENER un inicio más adorablemente trivial. Con el paso del tiempo he ido aprendiendo a valorar mejor este aspecto incomprendido de las cosas. Sin un respetable grado de frivolidad la vida sería insoportable.

La I-10 en su recorrido por Florida carece de interés, al menos para los que viven en Florida, por lo que (para la grata sorpresa de Guzman) malgastamos la primera hora en el no menos aburrido, pero todavía apasionado paisaje de las convicciones ajenas. Era ese momento en que los medio-conocidos, que saben deberán soportarse por algún tiempo, comienzan a sondear aguas ajenas para marcar territorio. Nunca dejó de sorprenderme la casi absoluta importancia que la gente común le atribuye a las opiniones políticas (que a veces llaman *valores*, *creencias* y hasta *moral*, nunca *resultado de la ambición ajena*) antes de decidirse a amar o a odiar a alguien, y casi ninguna importancia a las personas de carne y hueso que tenemos delante. Mi teoría es que en realidad nada tiene que ver con el estado del mundo en sí, sino con el amor propio. Pero no voy a desviarme del camino con banalidades académicas, porque tampoco sé si tendré tiempo suficiente de acabar estas memorias como se debe.

Sonia se había puesto furiosa cuando supo que su padre había confiado en dos de los hombres del grupo y no en su propia hija. Desde Lake City, tuvimos que escuchar el repertorio completo de su madre acerca de los prejuicios y la opresión que los hombres practicaban sobre las mujeres desde tiempos inmemorables, incluso en sociedades desarrolladas como la americana. Siempre sin dejar de sacudir su voluminosa cabellera rubia, con un rizado entre irlandés y africano, como si cada uno de sus rizos formase parte de sus furiosos argumentos. Carlos dijo (no se sabía si en serio o para fastidiarla más aún) que, si bien era cierto que vivíamos en sociedades machistas, no era menos cierto que las mujeres habían desarrollado una defensa perfecta, que consistía en la manipulación psicológica por lo

cual hasta el más macho termina siempre arrodillado ante los caprichos menstruales de su opri-
mida. Sonia le ordenó que moderase su lenguaje.
Steven interrumpió la escalada de acusaciones de
la parejita feliz diciendo que si fuese por él ya había arrojado la pistola en el rio Saint John.

Así que la discusión derivó, como era previsible, en el históricamente inútil debate entre la
primera y la segunda enmienda de la constitución. Porque Sonia y Carlos se definían como
conservadores no podían no defender la segunda
enmienda (o lo que cada uno supone que dice) y
su incondicional amor por esos pequeños seres
que cagan fuego. Porque Steven se decía progresista, no podía no apoyar la primera enmienda y
cuestionar la segunda. Más o menos entre esas
dos enmiendas se reduce gran parte de la distracción política en este país mientras sus gobiernos
y sus lobbies están ocupados en otra cosa.

—Sin la libertad de portar armas no habría
libertad y democracia —dijo Carlos—. Si apoyas
el derecho a la libertad de expresión debes apoyar
el derecho a defenderse.

—Sí que apoyo el derecho a defendernos —
dijo Steven—. Faltaba más. Pero dudo que en
una sociedad paranoica, armada para la guerra
perpetua, se pueda definir como libre. Además,
eso que las armas y la libertad van de la mano,
como el capitalismo y la democracia, son mitos

de ustedes, los conservadores. Una dictadura puede ser nacionalista, comunista, capitalista, hasta puede permitir y alentar a que sus ciudadanos porten armas, pero nunca puede tolerar, por definición y por lógica, la libertad de expresión. Es decir que puede haber una democracia sin armas en las calles pero no puede haber una democracia sin libertad de expresión.

Debí interrumpirlos. Les recordé uno de los principios que los siete habíamos acordado antes de salir: *no discutir de política jamás*. Si queríamos completar el viaje en paz y no malgastarlo en un deporte tan absurdo, había que cumplir este mandamiento a rajatabla. Apoyé a Sonia en todos sus argumentos contra los hombres del grupo, pensado que era una forma de marcar territorio para evitar una posible tiranía de Carlos y Steven. No la apoyé, en cambio, en la mala idea de repetirlos uno por uno hasta llegar a Tallahassee. Su resentimiento de hija y de mujer comenzaba a intoxicar el aire de la home y todavía no habíamos terminado de cruzar Florida. En vano, Carlos había tratado de justificar a don Roberto diciendo que ellos dos, él y Steven, tenían alguna experiencia en tiro deportivo, lo cual enseguida se reveló falso cuando Sarah se lo preguntó directamente a Steven. En realidad, ni Carlos ni Steven tenían mucha experiencia en el uso de armas, aparte de que uno de ellos había visitado alguna vez el club de tiro de la universidad y el otro prefería evitarlo, pero a los dos les sobraba esa confianza masculina según la cual ellos siempre pueden hacerlo mejor en caso de que sea necesario.

Don Roberto debía haber pensado de la misma forma, lo que había enfurecido a Sonia al extremo de intentar llamar a su padre por teléfono, hasta que Guzman la detuvo a tiempo argumentando que aquel era un viaje de graduados y no había que arruinarlo tratando de arreglar un mundo que, todos sabían, era hijo de la chingada.

Tal vez no todos repararon en otro detalle que resultó ser por demás significativo. Roberto no había confiado en todos los hombres del grupo. No había confiado ni en Guzman ni en Roque y de alguna forma parecía haber puesto el tono de la futura relación en la home. El viejo, o mejor dicho aquel hombre que por entonces tenía la edad que muy pronto tendremos los sobrevivientes, había visto varias cosas más allá de lo que cualquiera de nosotros podía apreciar en ese momento de entusiasmo, con esa capacidad para disfrutar y ser feliz que tienen los que no tienen más de treinta y que luego se va convirtiendo en indiferencia, cuando no en el estrés de los cuarenta. Éramos tan felices que no podíamos ver la realidad. Don Roberto rondaba los cuarenta y algo y había logrado ser lo que se dice *un hombre exitoso*, alguien que ya no se queja de la sociedad sino de los impuestos del gobierno. Don Roberto ya no debía sentir la realidad tan intensamente como nosotros, así que le quedaba espacio para comprenderla.

Pero la discriminación encubierta de don Roberto no sólo había enfurecido a Sonia; también había afectado a Guzman, por las razones que sólo él comprendía, y había herido mortalmente el orgullo de Roque. A veces basta con algún detalle intrascendente para desencadenar todas las frustraciones de la especie humana en un solo individuo. Esto lo comenzamos a comprobar unas horas más adelante.

HASTA TALLAHASSEE los problemas fueron más bien incidentes menores, pero ya revelaban la naturaleza de lo que vendría después. Si no fuese por la incurable tendencia humana de nunca abandonar las esperanzas de que las cosas vayan a mejorar por el simple efecto de ignorar los problemas, una se hubiese librado de muchos disgustos bajándose a tiempo de sus propios Titanics.

De las acusaciones de machismo por parte de Sonia pasamos a la homofobia de Roque. Como forma de contrarrestar sus comentarios, Guzman no tuvo mejor idea que comentar que para la clase de Psicología había leído un estudio de la Universidad de Colorado que parecía demostrar que los hombres homofóbicos solían excitarse con imágenes de travestis mucho más que los heterosexuales. Otro estudio, probablemente de University of Florida, había confirmado que los homosexuales tienen el pene más grande que los heteros, todo lo cual significaba que odiar a los gays y presumir de la verga no eran los mejores indicios de masculinidad…

—Ahí lo tienen al asaltante de sátiros —dijo Roque, visiblemente molesto.

—No sé por qué te das por aludido —intentó ironizar Guzman; a los mexicanos no le sale eso de la ironía como a los argentinos.

—No sé cómo te enteraste del tamaño de mi miembro —dijo Roque—, pero te aseguro que te equivocas en todo lo demás. Éste —dijo, agarrándose el bulto—, *éste* nunca va para atrás.

—Pobrecito —comentó Guzman—; agarra su cosa como si fuese una mascota, no otra parte de su santo cuerpo. En fin, piensa lo que quieras. Yo sólo citaba un estudio que contradice la sabiduría popular… Nada personal, pero, como decía mi abuelita, *al que le caiga el sayo que se lo ponga.*

—Sí, ya veo. A eso mi viejo llamaba *tirar verde para recoger maduro.*

—¿Sería que lo leí en el *Journal of School Health* de UF o en el *New York Times*? —dijo Guzman, fingiendo que intentaba recordar, como si el dato tuviese alguna importancia.

—La señorita siempre anda con *Nature* y *The New Yorker* debajo del brazo —dijo Roque.

—¡Hey, ustedes! —gritó Carlos desde el volante—. ¿A dónde van con toda esa *fucking discussion*?

—…y digo, *debajo del brazo* porque soy un caballero. Deberías cambiar esa suscripción por *The American Journal of Psychoanalysis*, o ir por la más fácil y pagar un psiquiatra. Está en la tapa del libro que debido a tu condición siempre vas a cuestionar y rechazar todo, hasta tu padre, hasta que un buen día te encuentres que este mundo no era para ti, que no había en él lugar para ti que te pareciera habitable, y tomes de una buena vez por toda una verdadera decisión de hombre.

—Tal vez tienes razón —dijo Guzmán—, tal vez no haya lugar para mí en este mundo, tal vez lo critico y lo cuestiono todo, pero no es verdad que soy yo el que lo rechaza. Puede que sea al revés.

—Ay, pobrecito —se burló Roque— No te hagas la víctima. Cualquiera que te conoce sabe que más temprano que tarde vas a empezar a cuestionar hasta de qué color es el cielo. Porque ni el color del cielo le viene bien a la gente con tu condición.

—Déjense de joder, che —se quejó Steven.

—¿Y de qué color es el cielo? —preguntó Guzmán.

—¡No seas puñetero! —dijo Roque.

—OK, soy un puto puñetero. Ahora, ¿de qué color es el cielo?

Por primera vez Roque se sintió intimado por el tono seguro de Guzmán. Pero no tardó en reaccionar:

—*Azul* —dijo Roque, con las yugulares hinchadas—. Azul. *Period*. No me lo pintes de rosita, ahora.

—Siempre donde hay un punto puede haber una coma. Yo no pinto el cielo de rosita. Mucha gente ve rosita, rojo y naranja al atardecer.

—Ah, debí haberlo imaginado —exclamó Roque, como si elevara una plegaria al cielo—. ¿Cómo no preví que un marica siempre se va a fijar en las excepciones? Cierto, al atardecer y cuando amanece el cielo se pone un poquito rojo. O bastante rojo, como quieras. Pero a mí no me interesan esas mamadas excepciones. Me interesa lo normal. *Normalmente*, el cielo es azul.

—¿Normalmente? ¿Es decir que los atardeceres no son normales?

—Por normal se entiende *la mayor parte del tiempo*. La mayor parte del tiempo el cielo es azul, joder. Por eso hasta los niños dicen que el cielo es azul y lo pintan de azul. El cielo azul y el sol amarillo. El cielo azul y el sol amarillo. El cielo azul y el sol amarillo…

—La mujer hembra y el hombre macho.

—Así es y así ha sido siempre desde que el mundo es mundo. ¿Acaso también quieres cambiarle el color al sol? ¿Me vas a decir que el sol es negro?

—No sé el sol, porque nunca pude verlo directamente. Así que no sé si el sol es amarillo o es blanco o es rojo como al atardecer. Pero sí sé, o al menos me parece, que por la noche el cielo es negro. No azul, sino negro. O más negro que azul, si quieres. Es decir, que la mayor parte del tiempo, que es tu concepto de normalidad, el cielo no es azul sino negro y amarillo y rojo. Y rosita. Sin entrar a contar los días nublados. Ahora, como la mayor parte del tiempo hablas de mujeres, uno asume que la vez que te acostaste con Washington no te convierte en gay…

Roque se levantó decidido a golpearlo, pero Steven se interpuso.

—Lo tocás y te rompo la cara —le advirtió Steven, con el acento argentino de sus padres.

Roque era más bajo que Steven, pero su ventaja física era evidente. Se sabía que ocupaba varias horas por día en el gimnasio para evitar que los músculos se desinflaran a la menor distracción. Pero esa vez Roque fingió no haberlo escuchado. Por el contrario, le dijo a Guzman:

—Tu amiguito Washington es gay, no yo. En todo caso yo le rompí el culo, para que dejase de mirarme y lo mismo voy a hacer contigo para que te des cuenta de que por ahí no entra el amor sino la venganza. A propósito, tu amiguito me contó que eres viren. Sí, me lo contó. Seguro quería vengarse del culo roto, porque me dijo que tú nunca habías comido hueso. ¿Todavía eres virgen? Pos sí, se te nota en la carita. Si hasta te pones colorada como una princesa pisando el huerto del hortelano. Pobrecito, tan putito y ni siquiera sabe qué es sufrir el castigo de un macho de verdad.

—Felicitaciones —me animé a decir—. Hemos descubierto que un hombre que se acuesta con alguien de su mismo sexo ha tenido una relación heterosexual…

Roque me miró con todo el odio del que era capaz, que no era poco. Yo hice mi mejor esfuerzo por reírme. Me reí. Primero, como si tanteara. Luego, al advertir la expresión de impotencia que se dibujaba en el rostro de Roque, me reí de verdad, con ganas.

—Las cosas que uno descubre en tan poco tiempo de convivencia —dije—. Tanto presumir de macho y resulta que te acuestas con otros hombres. Como si no hubiese suficientes mujeres en este mundo. Bueno, por algo será… Supongo que al menos lo disfrutaste, ya que el chico no te forzó a hacerlo…

Por un momento sentí algo parecido a lo que debieron sentir todos aquellos que de alguna forma me han humillado por mi falta de carácter. Probablemente pensé que los años de infinita timidez y de humillaciones comenzaban a ser desplazados por la superioridad que da la experiencia, y aquella osadía parecía ser un buen signo para mis propósitos.

Cuando paramos en una gasolinera, Roque encendió un cigarrillo mientras esperaba que se bajaran todos y se dirigió a mí. Había estado mascando esas palabras por mucho tiempo antes de escupírmelas en la cara.

—Te probaré todo lo hombre que soy —dijo, y se besó los dedos índices cruzados—. Un día. Sólo el Diablo sabe cuándo.

—¿Es una amenaza? — pregunté, fingiendo indiferencia.

—No —dijo—, no es una amenaza. Es un juramento. Yo diría que es un hecho. Primero me despacharé a la Nicole Kidman, porque ha hecho bastantes méritos para ser la primera y además le tengo ganas. Después, cuando llegue tu turno, trata de relajarte y disfrutarlo, porque es inevitable. Desearás que no me demore diez años en cumplir con mi promesa.

—Eres un psicópata —le dijo Guzman.

—Cállate, loquita. No te pongas celosa que tal vez hay algo para ti también.

—*Psicópata* —repitió Guzman.

—Sí, así mismo es cómo ven los degenerados a los que han salvado a la humanidad de otras catástrofes —dijo Roque, y luego volvió a mirarme: — Sólo el Diablo sabe cuándo.

Cuando Roque se bajó de la home, Guzman se lamentó:

—Tal vez en algo tiene razón.

—¿Qué? —dije— ¿En que va a salvar a la humanidad restaurando la Edad Madia?

—No. No me refiero a eso. En que tal vez alguna vez sentí celos de Washington.

—No me decepciones otra vez —le dije, y él me miró como si esperase algo más.

—No me interesa tu decepción —dijo luego, resignado—. Eso de la Humanidad y no sé qué otras tonterías son puro humo. Roque habla más de lo que piensa y le gusta buscarse problemas. Es su forma de llamar la atención. Es un enfermo, como cualquiera de nosotros, pero tiene razón en muchas cosas. Yo también soy un enfermo, un degenerado, como dice él, no por marica sino por seguir queriéndolo de alguna forma. Él es un enfermo, como yo, alguien a quien nunca nadie quiso de verdad. ¿Sabes cuál es la diferencia? La diferencia es que yo busco que la gente me admire y él necesita que le tengan miedo. Pero en el fondo es un pobre chico abandonado, como yo.

Por un momento le creí. Las emociones convencen más que las razones, incluso cuando están equivocadas.

PERO EL AIRE SE HABÍA CONTAMINADO definitivamente. Roque se llevó el Diablo al *store* de la gasolinera, el que se encarnó en un hombre de camisa a cuadros rojos, más alto que Carlos.

El hombre se había molestado porque nos escuchó hablando español, tal vez con esa ansiedad que pone nervioso hasta a los perros. El detonante fue cuando Guzman continuó hablando con el cajero que increíblemente no era *sikh* ni hindú sino un muchacho que luego resultó ser de Honduras. El hombre no pudo esperar en la fila y dijo que debíamos hablar inglés, que esto es América, no México. En su camisa a cuadros vi problemas.

Steven, que era aficionado y especialista en las batallas dialécticas, como las llamaba él, respondió que en América e, incluso, *en Estados Unidos* se hablaba español desde mucho antes que inglés, y que nunca se había dejado de hablar español. Que hasta el signo de dólares, esa *S* con una rayita, era la abreviación de *Pesos*, de *PS*, es decir, $ (le dibujó con un dedo en el aire, como si bendijera a su adversario), y que si a veces tenía dos rayitas se debían a las columnas de Hércules de la bandera española. Que la gente que ignoraba que el español era una lengua de Estados Unidos y que la cultura hispana era una cultura de Estados Unidos, no sólo era un ignorante de la historia de su propio país sino que además era un ignorante.

Estas aclaraciones no eran necesarias, más bien eran del todo inconvenientes en ese lugar y en ese momento, pero Steven no debía estar menos fastidiado por el incidente con Roque de lo que estaba el hombre de la camisa a cuadros con nosotros. De otra forma no se entendía ese uso tan despojado de palabras que podrían costarle un diente a cualquiera. Al menos que su osadía se debiera a alguna condición propia de esas que padecen los argentinos que van del exceso de confianza a cierta tendencia al suicidio estilo Che Guevara.

El hombre de la camisa a cuadros no esperó a que Steven terminase con su conmovedora defensa del idioma y de la cultura hispana y lo agarró por donde mejor podía agarrarlo.

—*What*? Usted, pequeño malhablado —dijo— ¿pretende enseñarle historia americana a un americano?

—Por ahí sí…

Sonia buscaba sus galletitas Oreo como si fuesen las últimas.

—¿Sabe usted en qué idioma está escrita la constitución de este país?

Sarah le gritó que había encontrado las Oreo.

—Sí, claro que lo sé. Un grupito de intelectuales, de esos que ya no se ven entre los políticos, revolucionarios y progresistas radicales...

—*Wait, wait, wait* —lo interrumpió el hombre de la camisa a cuadros— En aquella época no había progres ni liberales como ahora, gracias a toda esa basura que traen ustedes del otro lado.

—Sí que eran liberales, progresistas y revolucionarios radicales. ¿Alguien puede ser conservador y revolucionario al mismo tiempo? Conservador y reaccionario sí, pero revolucionario jamás. Por algo los libros Thomas Jefferson, el fundador de la democracia americana que aparte de francófilo y lector de *El Quijote* en español era ciudadano francés, estuvieron prohibidos por años después de su muerte. Lo acusaron de ateo. En esa época no había homosexuales.

—Ni negros —agregó Carlos.

(Alguien detrás de la fila se acercó amenazante a Carlos para preguntarle si era racista, a lo que él se defendió diciendo que no, que había dicho *negro* en español, no *nigro* en inglés, que sólo en inglés una palabra tan hermosa como *negro* podía ser un insulto racista.)

—Claro que los padres fundadores de esta nación no eran tan liberales como Jesús— dijo Steven.

Una evidente e innecesaria provocación de su parte.

—¿Se está burlando de mí? —dijo el hombre, a punto de estallar.

Nada más propicio como una acusación de blasfemia para justificar un buen golpe en la cabeza del adversario dialectico, como bien debía saber Atahualpa, según decía el profesor de español.

—No, no es ninguna burla —dijo Steven—. Según la ley de Dios, contenida en el Antiguo Testamento, las mujeres adúlteras debían morir apedreadas. Ni más ni menos es lo que intentaban hacer con una mala mujer unos buenos conservadores de la ley cuando fueron detenidos por Jesús. De ahí viene aquello de "él que esté libre de pecado que tire la primera piedra". Hoy en día la mujer hubiese muerto apedreada, porque si en aquella época ninguno de los acusadores estaba limpio, gracias a lo cual la pobre se salvó, ese no es el caso hoy en día. Hemos progresado tanto que no es difícil encontrar conservadores limpios de pecados como si se hubiesen bañado en cloro. En aquella época, hacer lo que hizo Jesús, salvando nada más y nada menos que una vida por encima de una ley civil, que también estaba en la

Biblia, deja pálidos a los humildes defensores de los derechos civiles de los homosexuales, ya que nadie está proponiendo matar a los maricas, más allá de que más de uno quisiera hacerlo, no tanto por maricas sino por liberales, ¿no? Así que si Jesús no fue un revolucionario, bastante liberal dicho sea de paso, entonces ¿qué fue?

Detrás del hombre de camisas a cuadros, Carlos hizo un gesto obsceno. El hombre se movió nervioso, como si estuviese a punto de cambiar sus argumentos con un puñetazo definitivo en el rostro del pobre Steven que lo miraba desde abajo a pesar de su considerable estatura.

—No pienso discutir de religión con usted. Para eso está la iglesia.

—¿En serio? ¿Cuándo en una iglesia se discutió de religión?

—No es necesario desviar un tema con tanto palabrerío cuando no se quiere enfrentarlo.

—¿Qué tema? ¿El asunto del idioma? ¿Le molestó que hablásemos en español? ¿Usted es de los que creen que si uno vive en este país debe hablar inglés?

—¿Qué duda cabe?

—Mucha. El español ha estado aquí un siglo antes que el inglés, y nunca se fue. ¿Por qué no podríamos hablar uno de los idiomas tradicionales de este país? Aunque fuese zulú. A mí no me molestaría que alguien hablase zulú, al menos que…

—A ver, señor sabiondo —dijo el hombre, esbozando una sonrisa—. Permítame repetirle la pregunta que usted evita responder. ¿Sabe en qué idioma está escrita la constitución de América?

—*In English*.

—*You got it*! Por algo la constitución fue escrita en inglés. Entonces, si la misma constitución está escrita en inglés, todos los habitantes de este país deben hablar inglés para que entiendan lo que dice y entiendan las leyes de este país. *Period*.

Como siempre, cuando alguien dice contundentemente *period*, punto, en realidad ni siquiera se trata de una razonable coma sino de unos tristes y modestísimos puntos suspensivos.

—Señor, ¿es usted creyente? —dijo Steven, advirtiendo que el hombre de la camisa a cuadros llevaba una cruz tatuada debajo de la oreja derecha.

—Por supuesto —dijo el hombre, con una evidente excitación—. Soy cristiano, como todos aquí.

—*Next customer* —dijo el hondureño.

—Bueno, al menos no es masón, como los Padres fundadores. Es decir, que usted va a la iglesia los domingos y todo eso.

—A la casa de Dios —aclaró el aludido.

—Entonces ha leído la Biblia alguna vez.

—¿Bromea?

—Es decir, usted es un acérrimo defensor del uso del hebreo, el arameo y el griego en las iglesias. Obviamente usted lee la Biblia en alguno de esos idiomas, ya que fueron esos idiomas los elegidos por Dios para hablar y escribir hasta que un día, por alguna razón, decidió callarse.

—*Next customer in line, please* —insistió el hondureño.

El hombre de la camisa a cuadros lo hizo a un lado y puso las cervezas sobre el mostrador. Las pagó y, entes de irse, lo señaló con un dedo:

—Aprende inglés. Tienes un acento horrible. Y tu amigo peor.

—*Well*, acento de Boston, un poco frito, *you know*... —dijo Steven.

—Lo hablan mal todos ustedes, *y'all* —insistió el hombre, mientras abría la puerta de salida con las nalgas y nos miraba con cara de muy pocos amigos.

—Pero podemos escribirlo bastante bien, eh —insistió Steven, aunque el mensaje nunca llegó a destino.

Carlos dijo que ni siquiera iba a comprar café ni nada en aquel lugar.

—Estos yanquis son unos hijos de puta —había dicho.

—Hijo mío —dijo una vieja con acento sureño que había estado escuchando la conversación mientras se servía café—. No me incluya en ese grupo. No le dé el gusto a esa pobre gente.

Pero Carlos no estaba para medias tintas. La vieja tenía razón, pero eso venía a ser como una aspirina para la gripe. Es verdad, los fascistas del mundo siempre buscan confundir todo un país con un grupo determinado, que por casualidad coincide con el club de psicópatas a los que pertenecen ellos mismos.

—Lo peor —dijo Carlos— es que si uno viene de un país del tercer mundo, cualquier cosa que diga tiene poco valor…

—Yo le llamo el *Síndrome de Roma* —dijo Steven—. Aquellos que tienen el poder económico y militar del mundo se creen que son dueños de la verdad. Creen que la verdad es como una mujer que se puede poseer por la fuerza.

POR MI PARTE, había chance cero de que pudiese involucrarme en ese tipo de disputas estériles. Mis intereses siempre han estado bastantes lejos de cualquier lectura política de la realidad. Cuando vi *Missing*, de Jack Lemmon, supe quiénes eran las víctimas pero no de qué lado estaban los malos. Eso es no tener idea de la política, según Guzman. Por algo elegí la carrera de psicología, apenas puse un pie en la universidad y empecé a advertir que mis profesores estaban enfermos de todo eso que llamaban teoría, análisis de la realidad y, sobre todo, el tan mentado *pensamiento crítico*. Podría agregar, sin temor a equivocarme, que odio la política casi tanto como a los políticos, por lo que casi estaría de acuerdo con Steven que decía que lo peor que le puede pasar a un país democrático es dejar la política en manos de los políticos, si no fuera porque pienso que la política es el opio de los pueblos y por ende prefiero renunciar a la parte que podría tocarme de toda esa bazofia.

Extiendo esta revulsión a toda esas seudodemocráticas discusiones en los foros virtuales que están de moda hoy en día. Nunca antes el filósofo español estuvo más en lo cierto: *de la discusión no surge la luz sino el amor propio*. ¿A quién le importa aquel señor de Kentucky que se reía de un profesor de Princeton llamado Albert Einstein que no hablaba inglés correctamente? Si alguien es un elegido de Dios y además es suficientemente listo como para nacer en el centro del mundo, entonces debe hablar perfecto inglés, como se habla en las calles de Brooklyn y en los mataderos de Detroit. El pobre diablo se sentía mejor así y por suerte nunca supo quién era aquel viejo despeinado y con un grueso bigote en un video de Youtube, el que seguramente había sido puesto a

dedo en aquel prestigioso puesto por algún co-
mité de profesores tan liberales como él.

¿Alguien quiere perder su tiempo de la manera más miserable? Pues, basta con ponerse a discutir con alguien con *convicciones*. O a dialogar,
que viene a ser un bonito eufemismo de lo anterior. Nunca supe por qué la gente se desgasta es-
cribiendo artículos de opinión en los diarios, o
insultándolos sin siquiera haber terminado de
leerlos. Nadie cambia sus convicciones políticas
ni sus convicciones religiosas porque alguien le
ponga en las narices una lista de pruebas que lo
refuten. Por el contrario, alguien herido de
muerte en sus convicciones se aferrará con uñas y
dientes a cualquier argumento que le pueda favo-
recer, aunque miles vayan en el sentido contrario.
Porque, en el fondo, de lo que se trata es del amor
propio o de sostener una vieja ilusión con algún
bonito nombre, la que ha justificado toda una
vida de pretensiosas fantasías. Y si la realidad no
se adapta a sus convicciones, peor para la realidad. ¿Alguien está a favor de las armas en las calles
de Estados Unidos? Pues no importará que un señor decente y sin antecedentes psiquiátricos le pe-
gue un tiro a su hija porque no le gustó la forma
en que vestía. Por algún lado encontrará un *pero*:
quien apretó el gatillo fue el señor y que de haber
tenido un palo en lugar de un arma de fuego la
tragedia hubiese sido la misma. Ese señor odiará

al asesino casi tanto como a aquellos otros que odian las armas, porque el asesino al menos estaba a favor de las armas. Mientras tanto, todos los demás que odian las armas llegarán al extremo de culpar al padre por la desgracia de su hija, tanto o mucho más que al asesino. ¿Cuándo alguien cambió de religión por una discusión que tuvo con el vecino o con el compañero de trabajo? ¿Cuándo un creyente cuestionó la perfección de la Biblia por las pretensiones de Noé de haber metido millones de animales, cada uno representante de su especie y raza con sus respectivas parejitas, en un barco de madera? Cualquier argumento, razón o cuestionamiento, es una real pérdida de tiempo cuando una está frente a alguien con *convicciones*. Una pérdida de tiempo, en caso de que una no termine amargada, insultada o bajo amenaza de muerte o por lo menos de desempleo.

Por eso la gente se agrupa en fastuosas y arrogantes sectas, que orgullosamente llaman *iglesias*, o en comunidades ideológicas, que no menos orgullosamente llaman la *causa* o el *partido*. Porque todos por igual odian que algún intruso pueda cuestionar siquiera sus convicciones, sus supersticiones, aunque sean supersticiones democráticas que de vez en cuando los obliguen a soportar a algún estúpido que piensa diferente. Debo hacer un esfuerzo anímico por lo menos infinito cada vez que me dicen "es un buen tipo; es de izquierda, es un progresista"; o "es una muy buena persona, un conservador autentico que asiste cada domingo a la iglesia". Como si no hubiese progresistas o correctos creyentes hijos de puta. Como si un partido, una ideología o una religión hiciese bueno a alguien que no lo es. Cada vez que debo sufrir de la abrumadora presencia de estos maniáticos, es como si me diesen una bofetada en la inteligencia. Pero insisten, se reproducen como conejos porque tanto unos como otros trabajan día y noche para convencer al resto de la humanidad de la urgente necesidad de adoptar sus insensateces. ¿Cara de qué mierda me ven para arrojarme semejantes insultos, una y otra vez sin que yo les haya hecho el menor daño?

Lo más triste es que no hay nada más mecánico y previsible que las *opiniones*. Mucho más cuando provienen de fanáticos medievales. Desde hace décadas existen calculadoras para resolver complicadas fórmulas matemáticas y ahora también existen traductores para que algún genio argumente que ya no es necesario aprender otros idiomas (como si alguien propusiera cerrar todas las escuelas de matemáticas porque uno nunca será más rápido que una calculadora de un dólar). Claro que nadie cuestiona para qué queremos los deportes, aunque hay maquinas que hacen todo más rápido, más fuerte, más alto y más lejos que

cualquier campeón de olímpico. Hace tiempo
que me pregunto para qué vamos a querer nuestros cerebros si las máquinas pueden hacerlo todo
mejor. Tal vez necesitemos todavía nuestros cerebros para ver fútbol en la tele y porno en internet.
Una vez un genio graduado en un pub de Dallas
me dijo que aunque las máquinas hagan obsole-
tas las escuelas de matemática y de idiomas, siempre necesitaremos nuestro cerebro para cosas más
creativas, como puede ser tener un criterio propio
y dar una opinión sobre algún problema importante para la Humanidad. Los siete borrachos que
compartían la mesa y que casi no se escuchaban
unos a otros por la música, estuvieron todos inmediatamente de acuerdo. Alguna vez alguien
dijo que no había que confundir el deseo con la
realidad. Yo siempre digo, mejor dicho, siempre
me digo que no hay que confundir el miedo con
la realidad. Este tipo de afirmaciones, de que
nuestros menguados cerebros van quedando libe-
rados de operaciones monótonas como lo es ex-
traer las raíces de una ecuación de segundo grado
para opinar libremente, me hacen orinar de risa,
por lo que siempre me cuido de que cuando estoy
en público la conversación no derive a esa zona
roja. ¿Necesitamos un cerebro para dar opiniones
basadas en la ignorancia de casi todas las discipli-
nas que hasta no hace mucho ha conocido la Humanidad? De la misma forma que hay

calculadoras para calcular y traductores para traducir, todo eso que simplifica la vida y que enorgullece tanto a sus perezosos consumidores, pronto habrá, si ya no las hay y se llama *big media*, máquinas para dar opiniones, ya que éstas son mucho más previsibles que una operación matemática o la traducción de un poema. Pero no, porque opinar es uno de los deportes favoritos de nuestro tiempo, tan inútil e intrascendente como el triunfo del equipo X o Y en el Super Bowl, pero tan apasionadamente estúpido como el fútbol mismo y casi tan estúpido como los fanáticos que sufren y se pelean sin cobrar una moneda. Me extraña que todavía los genios de Google no hayan desarrollado un Opinador. Basta con poner unos datos básicos sobre preferencia ideológica, preferencia sexual, candidato votado en las últimas elecciones, asistencia o no a misa, lector de Hemingway o aficionado a la caza, adicto a CNN, FOX, The Huffington, The Onion o Democracy Now, país de residencia, salario anual, profesión, etnia, género o transgénero, políticamente correcto o resignado, estado civil, otros… y ya está: la *opinión propia* sale solita. Con esto, el deporte de opinar se mantiene intacto, con la ventaja de que para practicarlo ni siquiera habría necesidad de esforzar mucho el musculo gris, como un verdadero aficionado a los deportes no necesita esforzar mucho el resto de los músculos de su propio cuerpo, porque para eso están los profesionales en la TV. Aunque, claro, tal vez para recibir una *opinión propia* ni siquiera sea necesario tomarse la molestia de llenar algún tipo de cuestionario sobre nuestras preferencias, porque el gobierno y las empresas de sodas y condones ya lo saben.

Lunes 25 de mayo

SIN RESTARLE MÉRITOS a los anteriores, se diría que los verdaderos problemas comenzaron cuando pasamos Tallahassee. Para empezar, a poco de desviarnos por la 231 para conocer las playas del Panhandle, se nos descompuso el aire acondicionado y ni todas las ventanas abiertas lograban mitigar el sofocamiento que sufrimos hasta Nueva Orleans. La *Sweet Summer Sweat* había perdido lo de *dulce* y sólo le quedaba lo de *sudor de verano*.

Para peor, Guzman había intentado, por enésima vez, comunicarse con su contacto de Los Angeles y había fracasado de forma penosa. La última vez, muy cerca de Panama City, una secretaria del famoso ex alumno de la universidad le había sugerido que intentara por otro lado, ya que el señor Artemio No-sé-qué se encontraba muy ocupado con su última producción y, además —no hay que aclarar porque oscurece— el perfil que el solicitante describía en su CV, enviado con anterioridad, no coincidía con la línea de la empresa.

Desesperado, Guzman le había rogado a la secretaria que le diese una oportunidad. No era posible, había contestado la voz; los únicos puestos vacantes eran uno de utilero y el otro de limpiador, a lo cual él había contestado que no le importaba por dónde empezar, que aceptaba el de utilero. Mintió que tenía alguna experiencia como estudiante asistente en la universidad y tuvo que vencer la resistencia, tal vez incrédula, de la secretaria que luego de varios minutos y muchas monedas más había vuelto al teléfono para felicitarlo por la obtención del puesto. Cinco dólares la hora, ocho horas por día, que con bastante suerte le dejarían alguna oportunidad de escribir por las noches y de alcanzar algún día en el escalón creativo de la industria del cine.

Ese fue el primer golpe bajo que recibió el pobre Guzman.

—No es la primera vez que debo comerme mi propia mierda —dijo, sentado al borde de la acera.

—Podrías ser un poco más delicado —me quejé yo—. Al fin y al cabo los otros todavía existimos.

—Sí, ya sé —dijo él—. Soy un egoísta.

—Egoísta no, pero un poco quejoso. Dramático.

—Sí, que te rechacen una y otra vez parece dramático. Lo peor es que es verdad.

—Llorando no vas a resolver nada.

—Si no lloro tampoco. ¿Nunca perdiste nada?

—Por favor, Guz —dije—, nunca tuviste ese puesto. Nadie pierde algo que nunca ha tenido. Ni siquiera te pueden quitar la esperanza de lograr lo que quieres

—Me la han puesto más difícil. Me engañaron.

— Traté de avisarte, pero estabas ciego. Nunca nadie te ofreció ese trabajo.

—Tenía esperanzas…

—Fantasías.

—Ese es un viejo problema que tengo.

—Por eso yo ya no espero nada de nadie. Es lo más sabio que puede aprender cualquier persona.

—Así es, amiga. La sabiduría suele ser así de simplona. Pero uno nunca aprende. He recibido peores decepciones y, ya ves, aquí estoy llorando como un niño al que se le rompió el juguete.

Se levantó de un salto y se dirigió una vez más al teléfono.

—Les diré que se metan el puestito en el culo —dijo—.

—Don't give up so easy.

—No, no me sirve. Cuando quiera buscar otro trabajo en mi área, me preguntarán por qué trabajé de utilero teniendo un título en FILM PRODUCTION y no podré ocultarles la verdad: *por incompetente.*

Fue, se detuvo, se quedó mirando el suelo y volvió a sentarse en el borde de la acera.

—No, mejor no —se corrigió, pensativo—. Mejor me quedo con el trabajo. ¿De qué voy a vivir si no? Ya verán qué hago con esa mierda. Un día leerán en una revista cómo me rechazaron.

—Y te pedirán de rodillas que los perdones —dije—. No me fastidies. Todavía eres un niño… Claro que ese niño te puede llevar muy lejos…

—Sí, a un prostíbulo en Tailandia. Pero esta fue la última vez que me dan un portazo en la cara.

Este tipo de conclusiones, de exabruptos, de melodramas por razones insignificantes eran normales en él. Guzman no se daba fácilmente a los demás, pero no soportaba que lo rechazaran.

Poco después comenzó a planear alternativas a lo que él consideraba una humillación. Fue en ese momento, estoy segura, que comenzó con la idea de que iba a bajarse en El Paso, Texas.

—No digas tonterías —le advertí—. No tienes nada que hacer allí.

Como siempre, por cobardía, yo dejaba que la corrección hablara por mí, aunque en silencio me imaginaba siguiéndolo en una decisión tan radical como aventurarme al otro lado sin un plan, rompiendo ese molde de persona que se llamaba Raquel, que actuaba como Raquel pero que no siempre, o casi nunca sentía como Raquel. Para mí México no era sólo la tierra del tequila sino el otro lado donde la vida y la muerte son más intensas, donde los sueños y la vigilia se superponen como la noche sobre un día de eclipse, como el miedo se superpone el deseo en casi todo.

—Por supuesto que sí —dijo—. Tengo algo que hacer: cruzar.

—No me hagas reír.

—Ríete cuando tengas ganas.

Hablaba en serio. Por lejos Guzman era más valiente que cualquiera de nosotros, aunque aparentase lo contrario. Estaba decidido a bajarse en El Paso para cruzar a Ciudad Juárez y así lo anunció al grupo cuando retomamos camino hacia Alabama. Steven se dio vuelta y le dijo que se dejara de tonterías, que si uno iba a llorar cada vez que sufría un rechazo, entonces lo mejor era no salir de su casa.

Estuvieron discutiendo un largo rato y, probablemente, el tono hubiese subido más allá de lo tolerable si en ese momento Sonia no hubiese decidido cortar por lo sano.

—Si quieres te bajas en El Paso y listo —dijo—. ¿Trajiste tu pasaporte?

—¿Pasaporte?

—Claro, María —dijo Roque—. ¿Piensas que te van a dejar cruzar así no más, caminando? Apuesto que nunca sacaste pasaporte. Claro que ni puedes tramitar uno…

Guzman no respondió. No era la primera vez que Roque sugería que Guzman era ilegal. Tal vez por respeto a sus padres, que sí habían sido ilegales por muchos años antes de que los deportaran, Guzman no quiso aclarar que en realidad había nacido en Carolina del Sur.

—Si crucé una vez sin papeles para este lado, bien puedo cruzar de la misma forma para el otro lado.

—Cruzar de mojado pero al revés, de norte a sur… —se rio Roque—. Al menos trata de no hacerlo caminando para atrás, porque te puedes llevar un golpe terrible. Algún día entenderás que ser original no es lo más interesante que tiene esta vida.

—Dejen en paz a Guzman —me quejé.

—Dios las cría y ellas se juntan —ironizó Roque—. Dos princesitas, una de la *high class* y la otra del maravilloso mundo de Disney.

—No necesito ni tus opiniones ni tus consejos —dijo German—. Ni siquiera les estoy pidiendo permiso para nada. Es más, si no se meten en mis asuntos, se los agradecería.

—Sólo quería ayudar —dijo Roque—. Lo que podrías hacer es hacerte arrestar por la Migra. No tienes que hacer nada malo. Sólo les dices que eres indocumentado. Después que te encierren un mes o dos con otros reos, te envían a México en primera clase. Claro que esa sería la parte más dura. Durante la detención tendrías que compartir celda y baños con otros hombres. Imagínate, Snow White y los siete enanitos. Pero, chico, en esta vida todo tiene un precio.

—Nadie te pidió opinión —insistió Guzman, después de un silencio.

—Entonces no andes llorando —dijo Roque—, que me rechinan los oídos.

Roque encendió la radio portátil que siempre llevaba consigo y se puso a escuchar música con el volumen alto.

—No le hagas caso —le dije a Guzman, en voz baja.

—A la gente ordinaria le gusta la música a todo volumen —dijo él—. Piensan que uno debe apreciar esa basura que por alguna razón los conmueve. En qué diablos estaba pensando cuando…

Luego de un prolongado silencio y de un sudor copioso, me dijo que de cualquier forma se iba a volver a México. No con su padre, porque, aunque tenía su teléfono, no sabía su nueva dirección desde que se había mudado con su nueva mujer y, muy probablemente, con sus nuevos hijos. Guzman pensaba, o quería pensar, que la relación con su padre había comenzado a deteriorarse cuando en la escuela Guzman se había avergonzado del viejo por su pobre dominio del inglés. Sus compañeros no perdían oportunidad de burlarse de esto y Guzman llegó a balbucear que aquél señor no era su padre, justo antes de que el viejo se acercara a recogerlo con su uniforme de jardinero. El viejo debió escucharlo, porque fingió que había olvidado algo y se quedó esperándolo detrás de un árbol. A esa edad los chicos todavía no han aprendido a disimular su crueldad. En la middle school no fue muy diferente. Su padre, pensaba, no había ido a su graduación del school por la misma razón. A diferencia de su madre, que murió de anemia poco después del parto, su padre tenía un aspecto de mexicano que lo delataba a la distancia. Tanto, que por mucho tiempo debió pensar que Guzman no era su hijo, porque en su fisonomía predominaban los Torres, los rubios y pelirrojos del lado materno. Si supiera que Pancho Villa no era un mexicano morenito sino rubio y abstemio, que cuando entraba a un bar no pedía tequila sino jugo de fresa, lo habría tomado como una ofensa nacional. Y si el viejo nunca murmuró esta sospecha, de que la madre de Guzman tal vez había caído seducida por un yanqui güerito, debió ser más por orgullo de macho que por respeto a su finada esposa. El viejo, pobre, con todas sus limitaciones de entendimiento, logró sobrevivir como pudo; no necesitaba abrir la boca para conseguir trabajo en los jardines de las mansiones que se amontonan por cientos de quilómetros a lo largo de la costa. Por eso Guzman había sido tan bueno en la secundaria, para evitar que algún maestro terminase llamando al viejo para discutir sobre los progresos o involuciones de su hijo. Tal vez a causa de alguno de aquellos incidentes, nunca declarados, el viejo le preguntó alguna vez por sus amigos. Le había hecho algunas preguntas tipo inquisición, policiales, según Guzman, para finalmente decirle que los quería conocer. Entonces Guzman había encontrado un par de excusas, tan sólidas como un helado en el desierto, lo que habría enojado o, peor, había lastimado más aún al viejo. Además de humillarlo por su condición de invisible, debía pesar sobre los hombros de aquel hombre sencillo, trabajador y frecuentemente corto de entendimiento, la culpa de haber criado a un hijo maricón, que tal vez y por eso mismo no era hijo suyo, y sin ni siquiera tener una madre cerca a la que echarle toda la culpa. Por aquella época, Guzman se dejó crecer un bigote escaso, como forma de calmar las ansiedades de su padre que veía en la escasez de bello otro indicio de la escasa virilidad de su hijo. El muchacho había salido a la madre, blanca, delicada, soñadora y frágil hasta para mantener relaciones sexuales como Dios manda. O había a salido al yanqui güerito.

Entonces le dije que su visión de las cosas era parcial y exagerada. Más bien bipolar, con un estado de ánimo que se parecía más a una montaña rusa que a un carrusel. Intenté comprender y justificar a aquel hombre desconocido al que Guzman se refería como su padre.

—¿Hasta dónde no perdona un padre a su hijo? —dije, no porque lo sintiera realmente, sino porque se lo había escuchado una vez a mi abuelo por teléfono, quien nunca había aceptado que su hijo fuese un colaborador del régimen—. Un hijo puede no perdonar a un padre nunca, pero un padre siempre termina perdonando a un hijo…

—No el mío —insistió Guzman, sin titubear.

La última vez que discutieron, el viejo le había dicho que podía buscarse un trabajo, que él no iba a romperse la espalda como un animal para pagar sus vicios. Gracias a esta discusión, Guzman había salido a pedir trabajo en todas las tiendas que conocía, desde el Dollar Tree hasta McDonald's. Lo aceptaron en el Wal Mart para ordenar las verduras, primero, y luego lo ascendieron para la sección del fondo, la de computadoras y televisores. Allí conoció a un chico que casi lo mata una noche a la salida, advirtiéndole que no lo mirase como lo miraba en el trabajo. ¿Cómo lo miraba? Entonces no lo sabía. Pero lo supo. Fue como perder la inocencia. En un rincón de los carritos, lo agarró de la camiseta y después del pescuezo, mientras le decía que si él había perdido su alma abandonándose al pecado de Sodoma, que al menos dejara a los demás salvar la suya. Guzman pensó que moriría ahogado por la presión de la mano de aquella bestia en su garganta, hasta que la misma bestia le dio un beso pegajoso como un chicle y lo tiró en el suelo. Guzman nunca supo cómo interpretar completamente aquello, pero lo que le quedaba claro era que su forma de ser le iba a traer muchos problemas en la vida.

Después de regresar a México, su padre lo evitó en la medida de lo posible. Guzman apenas tenía un número telefónico que debía ser de Chihuahua. Cuando llamaba, siempre atendía una niña que apenas entendía que él quería hablar con su padre. Casi nunca estaba y, como Guzman nunca le pidió la dirección exacta, el viejo tampoco se la dio. Por orgullo no se la pensaba pedir y por vergüenza su padre no se la pensaba dar si no era realmente necesario.

—Yo intento en El Paso —dijo—. Si no puedo, me dejan en Nuevo México, cerca de un lugar que se llama Puerto Palomas…

Allí, cerca de allí, era por donde pasaban los mojados cuando él tenía seis años. Los *mojados*, que más bien debían llamarse *los secos*… Secos, resecos por donde se los mirase.

—Sí que te volviste loco —le dije— ¿Cómo piensas cruzar?

—Caminando —dijo—. Seguro que encuentro trabajo como profesor de inglés o como traductor de películas. Por ahí hasta encuentro la forma de llegar hasta algún estudio de cine del DF. Más vale ser cabeza de ratón que cola de león. Voy a empezar una nueva vida de verdad. Voy a dejar de mentirle a los demás y de mentirme a mí mismo. Voy a empezar a existir como una persona normal…

—Eso de *normal* va a estar complicado —dijo Roque, que para entonces había cambiado la música por la indiscreción—. Además, en el desierto te vas a derretir, mi amor.

—No me llames *mi amor* —se quejó Guzman—. No me faltes el respeto. ¿Te crees que soy incapaz de caminar por el desierto? Pues, bien equivocado que estás. Seguro que tú no resistirías lo que yo tuve que resistir cuando tenía seis años.

—Yo tenía cinco cuando me embarcaron en el Mariel —dijo Roque—, sin aire acondicionado y para desgracia de la clase distinguida de cubanitos que llegaron primero. Mi padre estaba preso por robar dos gallinas y violarse una, así que el Monstruo decidió liberarlo para que su linaje se fuera a Miami a causar todo tipo de problemas.

Guzman ignoró el comentario de Roque que, evidentemente, iba dirigido a Sonia.

—Caminé día y noche por el desierto —continuó Guzman—, horas enteras debajo del sol y detrás de mi padre, buscando el agüita que se juntaba en el tronco de las espadas del maguey. Sobrevivimos gracias a estas agüitas, que reconfortan el cuerpo y el alma, para soportar casi con alegría algunos esqueletos que aparecían cada tanto, el cráneo blanquito de alguno que no pudo resistir, tal vez alguno flojito como alguno que yo conozco y que presume de todo lo que no es. Con mi viejo, tuve que espantar los coyotes a pedradas y tuvimos que escondernos de la guardia entre los matorrales, que casi no escondían nada, así que a veces teníamos que bañarnos con aquella tierra reseca y caliente para que no nos vieran. Sólo una vez, casi llegando a un pueblo que no sabría decir qué pueblo era, nos vio uno de aquellos guardias tratando de no movernos para pasar por piedras. Yo no aguantaba la arena en mi boca y me retorcía por el calor de la tierra que me abrazaba y apenas me dejaba ver a mi padre que parecía muerto. El de la migra que nos descubrió, el último de la fila, iba armado. Se dio vuelta para apuntarme a la cara, pero luego de un momento de mirarme como si no supiese qué especie de animal era yo, siguió caminando sin decir nada. Al ratito, cuando ya se habían alejado, mi padre comenzó a moverse y a decir que Dios y la virgen se lo pagaran por buena gente. Habíamos tenido una muestra de buena suerte y de lo mejor de los gringos de este lado, pero igual yo tenía mucho miedo de morir de sed o picoteado por las carroñeras que daban vuelta en círculos encima de nosotros. Y más miedo tenía de que mi padre se muriese primero, por lo que cada tanto me despertaba por las noches y le preguntaba si todavía estaba ahí, y el viejo se ponía furioso porque si no dormíamos de noche no íbamos a tener energías para caminar de día y nos íbamos a morir los dos en el desierto, por mi culpa. Entonces, yo trataba de no molestarlo y miraba por largo rato su cuerpo envuelto en una manta oscura para saber si todavía respiraba. Y no dejaba de mirarlo y de pedirle a la virgen (que sospecho hace tiempo me abandonó) que aquello que parecía el perfil de unos cerros y que era su cuerpo, se moviese un poquito para que yo supiese que respiraba. No quería que se muriese sólo porque me iba a quedar solo allá sino porque entonces yo todavía quería a mi papa y estoy seguro que él todavía me quería a mí. Nunca supe cuántos días estuvimos caminado por el desierto. Tampoco nunca se lo pregunté a mi padre, porque cuando uno es chico cualquier cosa es normal. Y ahora que tengo tantas preguntas es demasiado tarde. Yo pensaba que todos los niños de mi escuela habían cruzado el desierto y que nadie debía hablar de eso, como nadie podía andar hablando sobre lo que cada uno tiene entre las piernas. Hasta que de a poco fui aprendiendo que sólo la mala gente había cruzado el desierto alguna vez. Entonces, mi padre dejó de ser mi superhéroe para convertirse en un pobre jardinero, oscuro, grotesco, sucio, ignorante, fracasado y prófugo de la migra. Entonces sentí vergüenza de mi padre y él lo supo.

El fracaso, como el tequila, le exacerbaba la memoria. Creo haberle dicho alguna vez que para mí su obsesión con ser famoso en Hollywood no era otra cosa que una forma laberíntica y complicada de alcanzar el cariño y el perdón de su padre.

Roque no podía ver las cosas desde este punto de vista, y si las veía así de todas formas su necesidad de destruir prevalecía sobre cualquier otro tipo de impulso. En aquella ocasión había preguntado por qué los maricas eran tan narcisistas, por qué siempre estaban buscando llamar la atención, buscando que alguien los mirase.

Como nadie le contestó, él mismo salió con su propia teoría:

—En realidad no es difícil entender por qué —dijo—; el narcisismo, la necesidad de ser famoso, es todo lo que tienen de mujeres. Como no pueden tener lo mejor de ellas, tienen lo peor. Por eso las estrellas de la televisión o son mujeres o son maricas.

—Yo tengo otra clasificación de los seres humanos —dijo Guzman—. Para mí, hay dos tipos de gente: los que invierten gran parte de su vida tratando de destacarse sobre el resto y los que invierten casi toda la vida tratando de que el resto no se destaque. Éstos sufren más con el triunfo ajeno que los otros con sus propios fracasos.

El gran fracaso de Guzman era doble y era uno solo: ni Hollywood ni su padre lo querían y de ahí aquella reacción exagerada que había tenido antes de llegar a Nueva Orleans. Yo le había aconsejado (porque todos somos expertos dando consejos a los demás y porque la verdad sigue siendo verdad aunque una no la practique) que viviera su propia vida, no la de su padre. Le había dicho que todos aquellos que se conocen como exitosos, en realidad son unos pobres fracasados. Fracasados por al menos dos razones. Primero, porque para alcanzar eso que la mayoría del rebaño llama *éxito* debieron golpearse una y mil veces contra el fracaso. Luego, porque sólo un

verdadero fracasado anda buscando el éxito desesperadamente.

Pero Guzman era demasiado emotivo como
para comprenderlo y yo demasiado correcta
como para convencer.

—De todas formas —dije— fuiste muy valiente cruzando el desierto con tu padre. Un niño
con seis años, nada más...

—Tal vez por entonces todavía eras un
hombre —dijo Roque.

El caso de Roque parecía decidido a esa altura y sólo el diablo sabe cuáles eran sus planes, o
si tenía algún plan aparte de esmerarse por des-
agradar al resto del grupo. Lo único que yo tenía
en común con él eran algunas letras en nuestros
nombres. Ambos significan cosas más bien
opuestas. *Roque* procede del latín *roca*, piedra,
mientras que *Raquel* significa *oveja*, en hebreo.
Puede que también compartiésemos otros detalles menores, lo reconozco, como un fuerte im-
puso, entre animal y espiritual, por los olores de
las ciudades, de las calles en otoño cuando en los
pueblos y en los barrios pobres se queman las hojas de los árboles al atardecer. El olor a viento, a
madera, a coco. El olor a comida urbana, a sudor
de gente simple que trabaja con las manos y se ríe
con toda la cara. El olor de todas esas cosas que
recuerdan a una vida que una nunca ha vivido o
ha vivido en otras reencarnaciones, o le han

sucedido alguna vez en la primera infancia, cuando una no es una sino la especie y la historia entera, y por alguna misteriosa razón ha quedado grabada a fuego en lo más profundo de la memoria. Por eso Roque odiaba el aire acondicionado y prefería viajar con el viento en la cara. Por eso, quizás (pero quién sabe) cuando en Arizona golpeé el vidrio de la motorhome y se partió en mil pedazos, sentí cierto alivio cuando el olor a tierra y a pasto me dio en la cara, como si fuese yo la que salía y no la naturaleza la que entraba.

Por lo demás, quizás no haya en el mundo dos personas tan diferentes.

Viernes 29 de mayo

NOS DEMORAMOS DOS DÍAS en Santa Rosa Beach, más de lo previsto. Tal vez por mi primera especialización en psicología estadística, siempre he visto este momento como el punto donde la gráfica comienza a descender lentamente y luego de forma abrupta, como en una de esas montañas rusa de Orlando. No sé si alguno de nosotros alguna vez recuperó aquellos niveles de felicidad sobre los que solíamos vivir, como un surfista se mantiene en la cresta de una ola por un instante eterno. Apostaría todo lo que tengo a que no.

Ni Carlos ni Sonia habían logrado conge-
niar con Roque y, a esa altura, todos nos pregun-
tábamos por dónde se rompería el hilo. O la
parejita feliz, como la llamaba irónicamente Roque, se bajaba por su propia cuenta, o el grupo
terminaba expulsando a Roque, ya que nadie se
lo imaginaba dando el brazo a torcer. Su verdadero carácter se había revelado en toda su expresión a menos de una semana de convivencia.
Después de conocerlo por casi cuatro años como
compañero de clase, sabíamos que era bromista y
algo engreído, pero ninguno de nosotros debió
imaginarse que esas características personales podían volverse insoportables apenas la rutina y la
convivencia las pusieran a prueba. Por naturaleza
y con mucha frecuencia, la gente es incapaz de
imaginar y de prever hasta lo más obvio. Muchas
veces me he preguntado cómo es posible que dos
enamorados que intercambian flores y frases hermosas mientras dura la admiración y el enamora-
miento un día terminan eructando en la mesa.
Bueno, aparentemente, de una forma o de otra,
este proceso de degradación doméstica es casi
universal pero, con todo, lleva un cierto tiempo;
en muchos casos es cuestión de años. Muchas veces me había preguntado qué sería de mi profesor
de Estadística, por ejemplo, si por alguna circunstancia en un viaje de exploración, contabilizando
escarabajos en África terminásemos naufragando

y conviviendo en una isla minúscula. Con el correr de los días, de los meses, aquel señor tan formal y respetable ¿sería capaz de tirarse pedos ante mi presencia? No puedo imaginármelo ni siquiera un instante. Sin embargo, por un simple proceso de inducción, es decir, por pura estadística, una debería responder que sí, que ese respetable señor se convertiría en un tío o en un esposo con derecho a romper todas las formas que lo definían anteriormente. Por lo tanto, eructos y pedos estarían incluidos en una relación de mayor intimidad, aunque la imaginación se resista siquiera a considerar semejantes probabilidades.

El problema con Roque fue que no hubo ningún tipo de transición. Ni transición ni permiso. Entre el saludo que nos dimos todos en el campus de la universidad, o la tarde en el jardín de Sonia, felices por demás cuando vimos aparecer la motorhome, y su primera mala palabra, no debió transcurrir un día completo. Su sentido de la intimidad se había esfumado a un ritmo desagradable. Sus comentarios sarcásticos se fueron haciendo cada vez más ácidos. Alguna vez, creo que en la gasolinera de Lake City o de alguno de esos pueblitos que hay a la salida de Jacksonville, se quejó de que una chica al pasar había mirado hacia otro lado al darse cuenta de que él la observaba con insistencia, y había comentado que cuando una tiene veintipocos años se puede dar

Tequila

ese tipo de lujos que él llamaba "pose de princesa" o "cenicienta virgen". Luego, según él, a medida que las mujeres van envejeciendo y en sus treinta pierden el brillo de los veinte, la historia necesariamente cambia. Poco a poco se van volviendo más putas y ofrecidas por una ley inversa a la del mercado o por un principio keynesiano: a medida que declina la demanda, aumenta la oferta. Vaya una a saber en qué basaba semejantes conclusiones, pero el hecho era que parecían hechas para poner a prueba la paciencia del mismo Dalai Lama.

Tal vez para mí, que iba sola y sin compromisos, la solución consistía simplemente en ignorarlo. Además, a esa altura ya sabía que este sujeto no podía durar mucho tiempo en el grupo. Tal vez él lo sabía también. Aunque se las había agarrado especialmente con Guzman, a los que parecía fastidiar más, por una razón de pudor, era a Carlos y a Sonia.

Apenas salimos de Tallahassee, Roque se puso a contar chistes verdes, más bien pornográficos. Sonia, que no perdía oportunidad de mostrar su clase y buena educación, que nada tenían que ver con los marielitos (había reconocido mucho antes) reaccionó al menos dos veces con una violencia que sorprendió al resto. "Ordinario" y "reo" fueron los adjetivos más suaves que le dijo. Creo que todos agradecimos esta muestra de valor, ya que entonces Roque pareció reaccionar quedándose mudo por largos minutos, a veces por horas. Todos sabíamos que no hablaba o hablaba poco porque estaba furioso con ella, pero era preferible eso a tener que soportar sus excesos verbales.

El odio de Roque hacia Sonia parecía tener un origen nada personal pero, como todo, los problemas personales siempre aparecen recubiertos de una espesa capa de excusas y justificaciones. El año anterior, en una barbacoa en el campus, al borde del río, Roque se había despachado con una explicación casi académica sobre las diferencias entre los cubanos de la primera ola y los de la segunda. Aunque había opiniones encontradas sobre este asunto, muchos de los llamados *marielitos*, como el mismo Roque, se quejaban del trato despectivo que recibían de los cubanos que llegaron en los sesenta, con su clase, con su educación y con sus fortunas a cuestas, o lo que habían podido rescatar de ellas luego de la Revolución.

Aquella tarde del 29 de mayo, en un Starbucks de Santa Rosa Beach, Roque volvió sobre el mismo tema, pero esta vez sin la asepsia y sin el lustre y estilo académico que hacen tolerable cualquier discusión. Advertí que Sonia se había puesto incómoda. Los marielitos, aunque legales como cualquier cubano que pone pie en una playa de este país, venían a ser como los "espaldas mojadas" para la clase alta mexicana que venía a estudiar o a invertir su dinero en un país seguro para sus hijos. En cierto momento, Sonia salió de su tenso mutismo y quiso aclararnos, a los que no éramos cubanos, que alguna razón había para tanto desprecio. Si es que había desprecio, se corrigió enseguida. Lo que ocurría, explicó, era que en 1980 Fidel había abierto las cárceles de Cuba no sólo para sacarse de encima a la mayor cantidad posible de criminales comunes sino, al mismo tiempo, para mandarles todos esos problemas a la Cuba de Miami. Los hechos confirmaron, poco tiempo después, que el enroque había sido otra jugada maestra del tirano. Claro (aclaración necesaria y políticamente correcta), el resto de El Mariel era gente honesta. Pobres y con una educación precaria, por unanimidad, pero no necesariamente reos comunes, había concluido Sonia. Entonces, quien se quedó mudo y a punto de explotar fue Roque. Pero se contuvo, o no encontró nunca el argumento que le abriera esa válvula de escape.

Domingo 31 de mayo

ESTUVIMOS DOS DÍAS y una noche en Panamá City, viviendo la última superstición de que, gracias al silencio de ambos, las cosas se habían solucionado en la home; que, de alguna forma, los siete llegaríamos a Los Angeles sin mayores inconvenientes, y que todo lo anterior había sido apenas ajustes naturales ante la nueva experiencia entre gente que apenas comenzaba a conocerse y a convivir como una familia.

Pero cualquiera con un poco de luces hubiese previsto que aquel grupo no tenía futuro. Para empezar, estaba conformado por seis o siete egos considerables, si me incluyo yo misma por cortesía y obligación retórica. En esto Guzman tenía razón, aunque haber entendido el problema no le fue suficiente para superarlo: es natural que en una sociedad donde todos quieren ser únicos y *yo mismo*, donde el ego es tan sensible a pesar de su tamaño (o por eso mismo, porque como esos globos que están a punto de reventar por exceso de aire, la piel se vuelve sensible), un ego talla especial tarde o temprano terminará mortalmente herido por otros egos. Es natural que, en una sociedad de celebridades anónimas, todos se odien unos a otros, y es natural que para esconder y alimentar esta patología cada uno repita y promueva el amor al prójimo, ya sea en su versión política o en su más antigua versión religiosa. Otra prueba más de que todo discurso políticamente correcto surge de la realidad contraria. Pero si por algo se distingue nuestro tiempo es porque nadie ama a nadie más que a sí mismo. Si los padres, o algunos padres aman a sus hijos como difícilmente los hijos llegan a amar a los padres, es porque a los parturientos vitalicios todavía les queda algo de instintivo, es decir, porque todavía les queda algo de animales, de hombres y mujeres salvajes. Por algo existe el instinto de madre y no el instinto de hija. Y así los crían. Luego ¿qué se puede esperar de una generación cuyos padres han vivido obsesionados con cultivar y levantar la autoestima de sus niños? Cada tanto aparecen excéntricos que no se aman y para remediarlo están los libros de autoayuda, los medios y las redes sociales que aconsejan a amarse a sí mismo primero para luego poder amar a las demás, lo que recuerda al altruismo capitalista que afirma que la mejor forma de ayudar a los miserables trabajadores y otros incapaces es primero haciéndose uno rico.

En fin, dejemos ese estiercolero. ¿Para qué alimentar a mis futuros críticos, a mis psicoanalistas honorarios? Volvamos a la I-10.

Una buena noticia que poco después levantó aún más el espíritu del grupo fue que finalmente Sarah logró hacer una cita con un taller mecánico en Nueva Orleans para reparar el aire acondicionado. Una mala fue que poco antes de Pensacola se produjo la última gran discusión, la que sin duda fue desencadenando los hechos posteriores. Ocurrió en el estacionamiento de un Publix. Roque había salido de su sospechoso silencio para gritarle por la ventana a una chica que acababa de estacionar su auto y se dirigía al supermercado.

—Hola, preciosa —le había dicho—. Con esa retaguardia puedes ganar muchas guerras. Pero si quieres perder una, aquí hay armamento de grueso calibre...

O algo así. Lo que sí recuerdo, con precisión, fue la reacción de Sonia, que se levantó furiosa de su asiento y, como si le escupiera en la cara, le dijo que era un maldito machista. Faltó poco para que lo abofeteara.

Roque no contestó de inmediato, pero cuando ella se retiró comentó, como para sí mismo pero en clara alusión a Sonia:

—Como si una rubia estuviese hecha para otra cosa...

Sonia no sólo tenía los ojos azules y un rostro de muñequita, sino que además más de uno había percibido que desde Tallahassee ella había presumido, quizás de una forma que no lo había hecho antes, de su abundante cabello rubio, con esa tendencia al volumen que tiene cierto tipo de pelirrojo o medio africano. Yo se lo envidiaba, lo confieso ahora que no tengo nada que perder.

Fue allí cuando Carlos abandonó su neutralidad y, apuntándole con un dedo a la cara de un

Roque impávido, le dijo que ésa era la última tras-
gresión en todo el viaje, que una sola más y se bajaba. Pero ante la indiferencia desafiante de
Roque, que continuaba mirando por la ventana
como si nada, Carlos se puso aún más furioso y
dobló su amenaza. Se dirigió al resto del grupo y
nos dio un ultimátum: o Roque se bajaba en la
próxima estación de buses de Alabama o él y Sonia seguían por su cuenta, por lo cual no pensaba
abonar la parte que les correspondía. Steven intentó mediar para calmar los ánimos, pero no logró torcer la decisión de Carlos. Así que, ante la
desventajosa opción de perder dos buenos a cambio de uno malo, insoportable desde todo punto
de vista, el destino de Roque parecía decidido.

Confieso que disfruté ese momento. Fue
como una liberación. ¿Alguna vez alguien ha sentido esa maravillosa sensación de liberarse de alguien? No es exactamente *libertad*, esa pretensión
tan relativa, sino algo mucho más concreto y absoluto: es simple y llana *liberación*. Parecía que las
cosas habían llegado a su límite y, por fin, el
grupo iba a expulsar a Roque, aunque eso nos cos-
tase el dinero de un integrante, lo que por aquella
época no era algo que le sobrara a todos por igual.

Mientras todos se bajaban para hacer algunas compras, Roque se quedó sentado mirando
por la ventana. Yo me quedé descansando, recos-
tada en el asiento de más atrás. Verlo en silencio

y ensimismado me inspiró algo de pena, como si el silencio en un mal tipo como aquel pudiese significar derrota o arrepentimiento por algo.

En el supermercado debió pasar algo, porque Sonia volvió con un semblante bastante oscuro, lo que parecía agravarse con el sudor y el mal humor causado por la falta de aire acondicionado. Un rato después, a pedido de Carlos, se improvisó una reunión de grupo bajo la escasa sombra de una palmera en el mismo estacionamiento y, por unanimidad, se votó por la expulsión de Roque. Se le concedió el derecho de bajarse en Mobile, donde podía tomarse un bus del Greyhound o alquilar un auto por su cuenta para aliviar el castigo.

Guzman se encargó de comunicarle la previsible decisión del grupo. Intentó ser amable, pero Roque lo apartó como si apestara. Guzman había hecho un gesto de calma y debió agregar algo que molestó aún más a Roque al punto de golpearlo en la cara. Aunque sólo haya sido un golpe de advertencia, más que un verdadero golpe como para tirarlo al suelo, de todas formas fue suficiente para terminar por quebrar la moral de Guzman, que hasta entonces había hecho hasta lo imposible para llamar su atención primero, por ganarse su confianza después, ya que no su cariño, hasta finalmente ensayar una defensa inconsistente en la improvisada asamblea del parquímetro para que se le otorgase una última oportunidad.

Sólo yo vi aquel último detalle del golpe en la cara, pero me contuve al ver que Guzman había preferido disimularlo. Más tarde lo vi en el asiento del copiloto, lagrimeando. Pero nunca se quejó.

Roque aceptó que lo dejaran en Mobile.

—Si yo fuese ustedes —dijo, reclinándose en su asiento— nunca hubiese cometido ese error.

Luego, como si respondiese al silencio que se hizo tras sus palabras, nos señaló con un dedo acusatorio y, con el tono de voz que un padre utiliza con sus hijos más pequeños, dijo:

—*Bad guys. Bad, bad guys.* ¿Y saben lo que les pasa a los chicos malos, a los chicos que se portan mal?

Nadie contestó. Para evitar algún incidente mayor hasta Alabama, Carlos y Sarah pasaron a liderar en el auto y Steven quedó al volante de la home.

Después de tantos años de pensar en aquel 31 de mayo, el momento y el lugar exacto donde cambió el destino de todos nosotros, por alguna razón se me ha ido formando la idea de que, antes de la reunión del estacionamiento, Carlos y Sonia habían discutido en el supermercado de Pensacola. Estoy casi segura de que la discusión debió empezar por la forma de vestir de ella o por la exuberancia de su cabello, el que hubiese podido controlar con una cinta elástica, o algo por el estilo.

No exagero. Son precisamente aquellos seres racionales que tienen exacta y moderada medida para todo los que terminan haciendo evaluaciones incorrectas de la realidad y, en consecuencia, tomando decisiones que a la larga resultan catastróficas. Después de todo, ¿cuándo la naturaleza humana no ha sido exagerada? Esperar algo razonable de una persona (ya ni digamos algo *racional*) es, de hecho, una exageración. Carlos se jactaba de su feminismo pero en el fondo era un celoso incurable. Dos cosas que son del todo independientes, excepto en el discurso políticamente correcto de los hombres que dentro de poco dejarán de cortejar a las mujeres para no agredirlas. Algo de eso debió pasar. De otra forma no se explicaría aquel repentino cambio de humor. Poco después, como devuelto, en la gasolinera de Pensacola, Sonia le habría reprochado su elección de Sarah para liderar en el auto y quizás la especial sintonía que mostraban los dos justo en un momento en que el humor en la home era el contrario.

PARA DISIMULAR EL SILENCIO, la tensión y el progresivo mal humor que se había apoderado de todos, en las millas que siguieron hasta Spanish Fort, Guzman puso un cassette de Selena. *Como la Flor* estuvo sonando dos o tres veces, hasta que comenzó una discusión tonta, primero sobre la sensualidad de la cantante asesinada y luego sobre su dudosa sexualidad. Previsiblemente, Guzman no sólo defendió a la cantante sino que dio por hecho que era lesbiana. Lo triste, dijo, habría sido la reacción despechada de su amante en un motel de Texas, en una ciudad con un nombre tan irónico como Corpus Christi.

—Lo terrible y lo sagrado siempre van juntos —dijo Guzman.

—Una vida bien vivida —dijo Roque.

Guzman le había dirigido una mirada cómplice que Roque rechazó con asco.

—Las lesbianas me caen bien —aclaró Roque—; los putos no. De hecho, para ser sincero, las lesbianas me parecen muy sexys, unas ternuras. Los putos intercambian mierda. Habría que matarlos a todos por denigrar al género. Las hembras nunca sufrirán esta calamidad y por eso mismo nunca podrán comprender a los que estamos del otro lado. Por el contrario, se rodena de maricas para verse más perfectas.

En ese momento saltó el cassette. Un silencio de voces con fondo de motor se prolongó por varios segundos. Lamentablemente Carlos no estaba allí y Steven prefería no meterse en nuevos problemas justo cuando los viejos estaban por terminar. Parecía más ocupado mirando cómo Sarah se divertía con Carlos.

Roque bufó y se fue a tirar en la cama del fondo.

—Carlos te va a matar si se entera que te tiraste en su cama —le advirtió Guzman.

—No se va a enterar si no le dices, maricón —dijo Roque—. Y si se entera, ya veremos quién mata a quién. ¿No puedo descansar un poco? Todo siempre es para la parejita feliz, ¿verdad? Los que venimos solos tenemos que dormir en el suelo. A ver, querido Steven, detén la home y dile a Carlos que estoy usurpando su camita.

—No busques más problemas… —insistió Guzman, cambiándose de asiento, probablemente para mejorar la calidad de la grabación.

—*No busques más problemas* —repitió Roque, exagerando la voz afeminada de Guzman mientras se acomodaba en la cama del fondo—. ¿No ves lo que digo? Los putos no tienen arreglo. Por eso prefiero a la Selena, haya sido lesbiana o hembra partida en dos. Una lesbiana se recupera. Yo he recuperado a muchas. Lesbianas, frígidas o simplemente aburridas. En serio.

—Ya basta. No seas necio —dijo Steven, sin dejar de mirar hacia adelante.

—Tranquilo —respondió Roque—. No se altere, don Steven. Yo sé que usted es un caballero y nunca confesará sus nobles servicios a la humanidad. Pero todos sabemos que la universidad está llena de esas pobres chicas. ¿Alguien se atrevería a negarlo? Hablo en serio y con el respeto que se merecen. Confundidas, las calificaría yo. *C* de *confundidas* en todo, pero todas *A* de *adorables*. Hoy en día la mayoría cree que eso es normal, eso de tener que ser lesbianas para considerarse liberadas o, por lo menos, para que no las consideren unas reprimidas. Si no se acuestan con otras chicas nunca serán consideradas rebeldes por la hermandad de liberales. Luego, cuando las carnes y las ganas empiezan a colgar, siempre habrá tiempo para arrepentirse, para entrar a alguna iglesia y predicar que Dios odia a las tortilleras. Por lo cual y por las dudas, hoy en día es mejor ser lesbiana, o pretender serlo, que hembra tradicional. Si se acuestan con un macho de verdad y gritan que le den su medicina, luego se lamentan del machismo de esta sociedad y de todas las otras. Pero en el fondo, porque lo que importa está siempre en el fondo, descubren quiénes son: *hembras*. Ni hembras tradicionales ni hembras modernas. *Hembras*, así no más, con mayúscula, sin adjetivos ni atenuantes. Aunque ustedes me llamen machista, como me considera la rubia pelirroja que va ahí adelante, y no sé qué otras estupideces políticamente correctas que les inyectaron allá en la U, yo puedo jactarme de haber hecho mujer a por lo menos siete. Mínimo. ¿Qué no? ¿Quieren nombres?

—Cierra esa boca —dijo Steven.

—Un estudiante universitario siempre tiene que sustentar con referencias concretas todo lo que dice. A ver… La primera fue Lucy, sí Lucy…. *Lucy in the sky with diamonds, A girl with kaleidoscope eyes…* Después fue la negra María Brown, para que no digan que soy racista. Todo lo contrario. La negra Brown era una diosa de ébano. Después vino Emily Carter, virgen pero con una imaginación por demás experimentada. Yo le decía Linda Carter, porque era linda y porque era una maravilla de mujer. Y Johana… ¿Se acuerdan de Johana, la rubia *super blonde* que vestía toda de rojo hasta los labios? La primera vez que la vi supe que terminaría por besarle todos los labios. Son esos momentos en que uno sabe que algo es inevitable, aunque parezca lejano. Me podría llevar más o menos tiempo, pero era inevitable. Mi método nunca falla. Primero la miras un poquito, con discreción. Luego, apenas ella se muestra fastidiada, dejas de mirarla por un tiempo, hasta que la ofendida empieza a notar que le falta algo. Su admirador. Lo demás tiene sus variaciones, como el ajedrez: todos los inicios están estudiados y son totalmente previsibles por un especialista. La cosa se va poniendo misteriosa más al final, pero todos saben que el maestro dará jaque mate, más tarde o más temprano. Y resultó que sí, que era rubia de verdad, y bien rubia, sólo que aguantó menos de lo que prometía. Demasiado estudio y poco comer la tenían con déficit de proteínas…. A ver, me falta por lo menos una… En fin, no puedo acordarme de todo. De lo que sí puedo garantizar es que todas, todas recuperaron la confianza en el sexo masculino. Porque si bien es cierto que todas exigen que se las respeten como mujeres, en realidad no se refieren a *ser mujeres* de verdad sino a otra cosa que inventaron los intelectuales en alguno de esos siglos de mierda allá en Europa y que repiten hasta los pastores aquí en América. Pero al final la verdad es que cuanto más exigen que se las respete como mujeres políticamente correctas, más desean lo contrario. Necesitan que se las amache bien, y el macho, si es macho, cumple. Siempre ha sido así y no veo que en quinientos mil años de evolución las hembras hayan esperado otra cosa. De no haber sido así la humanidad hubiese perecido miles de años atrás.

—¿A dónde quieres llegar? —preguntó Guzman, como si ya no intentase interrumpirlo sino ayudarlo a vomitar.

—En el día del juicio final pido que se considere este servicio a la Humanidad, hecho con tanto sacrificio. Ya no se ríen, ¿no? No se ríen porque en el fondo lo saben. O los sospechan. En los *domrs* abundan verdaderas princesas que por alguna razón se han creído ese cuento de que son lesbianas y deben salir a la calle a decirlo y a pelearse con el resto del mundo para que sean aceptadas. El único detalle es que no son lesbianas. Ni lesbianas ni frígidas. Son mal folladas. Ninguna, con un par de hermosas tetas y una vagina con labios de rosa, sería lesbiana ante la presencia soberana del jefe. Sólo les falta descubrirse a sí mismas. ¿Se acuerdan de Lauren Lafayette? Sí, aquella rubiecita que se sentaba adelante en la clase de filosofía. ¿Y aquella otra, la hembra por diez a la enésima que el profesor de humanidades humilló un día por decir que no había leído ningún libro de Sócrates? Ally, se llamaba, o ese era el *nickname* de Allison. Pelito negro, bien negro, lacio, que le caía como una tabla. La naricita griega, los labios carnosos, las piernas largas, siempre desnudas y cruzadas, por lo que uno no sabía si estaba menstruando o estaba mojada de tanto mirarle el bultito al profesor, un negrito que habían puesto de sustituto del profesor Ali Patei cuando el hindú se tomó un año sabático para investigar el efecto de la sífilis en los discursos de Mahatma Gandhi entre 1916 y 1922. El negrito (McCain, creo que se llamaba), apenas distinguía la gramática universal de Chomsky de un adverbio mal ubicado... Pues bien, resulta que la tal Allison, que casi me hace puñetero profesional en el verano del 96, mucho antes del *affaire* Clinton-Lewinsky, se teñía el pelo de negro. Sí, así como lo escucharon. Se teñía de negro. Dios le da pan a quien no tiene dientes. Mas, creedme, honorables caballeros, la tal Allison, con ese pelo renegrido, tiene el coño más rubio que muchas rubias que andan presumiendo por ahí. El único problema que le vi fue que la pobre no había cumplido los veintidós y ya se creía lesbiana, sólo porque le gustaban las carteras ajenas. Las carteras y los zapatos. Las carteras, los zapatos y las piernas que de forma insoslayable se repiten en todas las tiendas. Yo la comprendía. No es fácil recorrer ningún *mall* de este país sin enamorarse de alguna de las tantas bellezas en las vidrieras, en los carteles, toda esa belleza irresistible que nos ponen delante como a un niño le ponen un dulce. Diga que uno es un caballero y no se va a pajear delante de todo el mundo, que si no, eso es lo menos que se merecen tantas delicias que nos acosan a los machos de verdad cada día en este mundo cruel, tan lleno de maricones rodeados de vírgenes y de correctos caballeros rodeados de prostitutas, amantes a deshoras con etiqueta y cita previa. La tal Ally también me llamó machista más de una vez. Machista, racista, todo eso. Las niñas van siempre por lo seguro. Hasta que un día se revelan tal como son de verdad y se purifican…

—Te callas o tenemos un problema en serio —gritó Steven, al tiempo que la home casi se sale en una curva sin que Carlos y Sarah llegasen a advertirlo—. No me hagas detener la marcha porque no te va a gustar.

Pero Roque estaba decidido a echarnos a perder el viaje. No tenía nada que perder y no se iba a quedar con las ganas, con el gusto del perdedor en la boca.

—Hasta que aparecí yo —continuó— para mostrarle y demostrarle a la tal Allison que a cualquier ser normal en este mundo, sea hombre o mujer, le tienen que gustar semejantes piernas, como las que se ven en las fotos de los *malls*, en las galerías de ropas y zapatos: como las suyas, las piernas de una mujer son una larga promesa de algo que está al final, si es que hay final. Y sólo con eso la di vuelta como una media, porque si hay algo que conmueve y ablanda a una mujer es que se hable bien de sus cualidades físicas como si se tratase de algo espiritual. Claro que nunca le dije nada de esto, porque esos mismos angelitos me odian cada vez que les digo la verdad, por lo cual, como se comprenderá, no hay magia ni orgasmo sin una interesante cuota de mentiritas y metirotas. Poco tiempo después me enteré de que había ido a un psicólogo, lo que, por otra parte, en una mujer es algo previsible, como menstruar o embarazarse, tanto que uno no se explica cómo existió el género femenino antes de Sigmund Freud. La chica estuvo confundida por un buen tiempo. ¿Cómo era posible que, siendo lesbiana, le hubiese gustado tanto estar con un hombre? Así es. Se los digo certificado. Ellas sólo necesitan un macho que las revele en toda su expresión, en toda la plenitud de la naturaleza. Que si algo no les falta es eso, naturaleza. Sólo les falta un macho *bien* equipado. Nada más que *bieeen* equipado y que no se ande con protocolo ni etiquetas. Eso es fundamental, señoras y señores. No es un simple detalle, y no hay que darle muchas vueltas al asunto, porque todo lo que se revuelve demasiado se vuelve turbio…

—¡Cierra esa bocaza, carajo! —gritó Steven, visiblemente alterado.

—No pierda la línea, doctor —continuó Roque, fingiendo calma de psicoanalista o de sacerdote católico—. Usted no es así. Es un tipo correcto. Tan correcto que ni siquiera se ha animado a decirle a Sarita que le gusta y que más de una vez se la imaginó servida. ¿O no? No me diga que no porque no es cierto. La chica está a punto de caramelo, pero mal me temo que alguien más se la va a soplar si no se apura. ¿Me entiende? Hey, *helloooooo*! No le digo más porque si no luego dicen que tengo algo contra alguno de los varones del grupo, y yo, como buen hombre que soy, sé guardar un secreto cuando es por la causa del género en peligro de extinción.

STEVEN IBA A REACCIONAR justo en el momento en que Sonia se levantó de su asiento. Disminuyó la marcha y, por un momento, la cosa pareció limitarse a una de las últimas discusiones. No valía la pena seguir amargándose con aquel tipo; no faltaba mucho para Mobile.

Sonia y Roque estuvieron discutiendo unos minutos, momento en que el cassette de Guzman termina en su cara B. Ella lo llamó estúpido varias veces, le dijo que se levantara de aquella cama. Tal vez forcejearon por un momento, pero Roque no respondió a los insultos de Sonia.

Cuando pensamos que las aguas se habían calmado, vino lo peor. Tal vez hubo una bofetada de parte de ella. Al menos sonó como eso. Al principio pensamos que estábamos equivocados, pero luego de un momento ya no quedaban dudas. Sonia y Roque no estaban discutiendo ni peleano. Los gemidos de ella eran otra cosa. En la cabina del conductor se hizo un silencio incrédulo. Adelante, en el convertible, Carlos y Sarah continuaban conversando de forma animada; las bromas inteligentes de él y la sonrisa amplia y perfecta de ella. En el dormitorio de la motorhome, con la puerta entornada y oscilando como en un día de tormenta, Roque y Sonia tenían sexo como animales.

No escuché ni una sola palabra de Steven, que luchaba por no salirse del carril derecho. Guzman, en cambio, tenía el rostro compungido, como un niño a punto de llorar. Por mi parte, reconozco que entonces no supe qué hacer, como una mala jugadora de soccer que se enfrenta con el balón y se le paralizan las ideas, como en uno de esos sueños en el que una intenta correr y las piernas le pesan como bolsas de arena. Sonia no podía, o no quería siquiera, contener sus gemidos que, por momentos, eran gritos apenas reprimidos y sólo disimulados por el ruido del motor y del viento que iba arrancando por las ventanas un mazo de papeles que por casualidad había quedado sobre la mesita del medio.

Por mucho tiempo reflexioné sobre mis propias emociones acerca de aquel día. Llegué a la conclusión de que, aunque creía despreciar a Sonia casi tanto como a Roque por aquel incidente, en realidad lo que sentía eran celos, envidia. Algo tan básico y primitivo como eso, algo que nunca terminaría de revelarse completamente a plena luz del día. Sentí, y en alguna medida todavía siento, algo tan oscuro como que Roque la había acosado a ella, no a mí, porque evidentemente no sólo era hermosa sino que un macho con todas sus letras podía oler cuando estaba ante la presencia de una hembra de verdad. En consecuencia, yo no era ni tan hermosa ni tan hembra, lo cual siempre había considerado detalles menores, propios de mujeres con escasos recursos intelectuales, y ahora un par de ordinarios venían a demostrarme que, en el fondo, yo estaba equivocada, que había vivido equivocada. Equivocada y frustrada. Lo peor, quizás, era que no se trataba de un error que uno puede corregir. No era algo que debía hacer diferente sino algo que era así, que estaba en mi naturaleza más profunda, en la naturaleza humana, algo así como un monstruo aletargado debajo de un lago al que había que evitar perturbar en lo posible. Había que aprender a navegar con destreza, sabiendo que el monstruo seguiría allí por siempre, sin perturbar demasiado la superficie del espejo de agua si no se lo tentaba.

ROQUE PIDIÓ QUE LO DEJARAN un poco antes de Mobile, ya que pensaba visitar el Fort Condé. Luego se alquilaría un auto o se tomaría el Greyhound hasta la playa. Tenía unos amigos que vivían en Pensacola. Como él, agregó, que vivía pensando en colas.

—Colas de hembras, se entiende —acaró enseguida, casi haciendo un esfuerzo por ser el mismo que había sido hasta una hora antes.

Pero no podía. Parecía como un hombre herido de gravedad por algúna aparte.

Finalmente, pudimos deshacernos de este ser insufrible que tuvo, aparentemente, un sólo momento de debilidad que nadie hubiese podido explica en qué consistía. Lo dejamos en un *Western Inn* de Spanish Fort. Steven le mencionó una estación del Greyhound del otro lado del río, en Mobile. Roque dijo que no era un *homeless* para viajar en una de esas hediondas latas de sardinas. Iba a alquilar un auto para recorrer la costa, sin prisa. Ahora que no tenía que llegar a Los Angeles, dijo, le sobraba el dinero, y mientras nosotros nos deshidratábamos en las arenas del desierto americano, él iba a disfrutar de sus playas. No presumió de sus posibles aventuras de verano. En su voz, no en sus palabras, se revelaba otro Roque, un hombre derrotado, misteriosamente derrotado.

Al despedirse, le tendió la mano a Steven, pero Steven se dio vuelta y se fue a la home. Los demás lo siguieron. La última imagen que tengo de Roque es a la entrada del hotel, con sus dos maletas, una a cada lado, con la mano levantada como si saludara sin prisa. Saludaba a Sonia, que no respondió en ningún momento pero que se quedó mirándolo hasta que la home giró y entró en la autopista otra vez. Hasta Nueva Orleans, casi no dijo palabra. Los otros tampoco, más allá de alguna indicación sobre la elección correcta o equivocada de Sarah que copilotaba en el carro de adelante.

Martes 2 de junio

EL ESPÍRITU DE ROQUE nos persiguió al menos dos días más, pero ninguno hubiese siquiera imaginado que las consecuencias de haberlo conocido en aquel viaje, por tan pocos días, nos iban a afectar por el resto de nuestras vidas. Aunque aquí el verbo *afectar* es, por lo menos, un eufemismo.

En vano, Steven, Guzman y yo hicimos lo imposible para superar aquel momento. No era posible hacerlo cargando con un secreto que iba a destruir la moral de al menos uno de los integrantes del grupo. Quizás peor que el secreto fue más tarde la incertidumbre de no saber si en Nueva Orleans o en El Paso en El Muerto o dónde y cuándo exactamente Carlos lo supo. Roque se había salido con la suya. En muchos sentidos.

Sarah y Carlos debieron sospechar que algo no andaba bien y, por alguna razón, Steven nunca le filtró la información a ella, algo por demás previsible entre dos íntimos amigos o que parecían serlo hasta ese momento. La expulsión de Roque podía servirnos de excusa para todo aquel silencio colectivo, pero algo me decía que ambos intuían algo del incidente en la motor-home, el que poco a poco se fue convirtiendo en un tabú destructivo.

Con el correr de las horas comenzó a preocuparme Guzman. Lo conocía de algunos años atrás y sabía de sus depresiones. Es cierto que hasta el viaje no supe que era gay, lo que demuestra que la afirmación anterior, la idea de conocer a alguien, es siempre precaria, un riguroso malentendido, o una simple superstición. Pero de algo estaba segura: nunca antes lo había visto sonreír con tanta tristeza ni clavarse las uñas en un brazo sin darse cuenta, como hizo en un café de Nueva Orleans. Cuando se lo observé, porque me dolía más a mí que a él, me respondió que le daba lo mismo.

—Sólo existe lo que se siente —dijo.

—Pero te estás sacando sangre —observé— ¿No te duele?

—Ahora que me lo dices, sí, un poco. No debiste hacerlo. Uno nunca siente nada cuando no sabe.

—¿Piensas seguir así el resto del viaje?

—No —dijo—. No pienso seguir así. Es más, ni pienso seguir.

—No seas tontita —dije—. Hay todo un mundo allá afuera y más allá del bendito Roque.

—Te pido que no hablemos de ese tema —me pidió—. Ni me llames *tontita*. El hecho de que sea gay no significa que soy una loquita histérica que no domina sus emociones.

—Por suerte no eres una mujer completa —dije, ensayando un ataque como defesa—. ¿Más o menos eso querías decir?

—No sé lo qué quería decir y no me importa. ¿Podemos hablar de otra cosa?

—¿De qué quieres hablar?

—De nada.

—¿Te molesto?

—No, amiga. Tú nunca molestas. Eres un sol. Mi problema es todo lo demás.

—Vamos a seguir recorriendo la ciudad —dije—. Uno no está en Nueva Orleans todos los días.

—Si uno no es alguno de esos pobres diablos que viven aquí.

—Vamos. Pago y nos vamos.

—¿Quieres que te diga la verdad? —preguntó.

—Sí, claro.

—Detesto Nueva Orleans. Mira todo eso viejo, casas y más casas viejas, una después de la otra.

—*Antiguas*, diría yo. Es de las pocas cosas francesas que nos quedan.

—Todo viejo, decadente —se quejó él—. Los franceses que construyeron esto debieron ser gente muy triste.

—Alguna vez Venecia fue nueva y moderna, pero seguramente no era tan bonita.

—Seguramente no era Venecia.

— Tal vez si hubiésemos venido para el carnaval de Mardi Grass pensarías otra cosa.

—Cosa de negros —dijo—, no de franceses. Por eso es alegre.

—El carnaval es una celebración de origen europeo.

—No la alegría.

—Tampoco idealicemos —me quejé—. Los negros en este país se caracterizan por cualquier cosa menos por su alegría. A veces se ríen a carcajadas y golpean la mesa cuando una sonrisa basta, pero la mayor parte del tiempo respiran *blues*. Alegres son los negros en Francia o en África, pero no aquí. Aquí siempre andan arrastrando los pies y con los párpados medio caídos, como si se estuviesen durmiendo o muriéndose de aburrimiento, como si fumaran marihuana todos los días.

—No generalices tampoco —se quejó él—. No te conviertas en otro Roque.

—No, claro. Hay excepciones.

Vaya a saber cómo y por qué a veces una se deja arrastrar por la secuencia lógica de los argumentos para terminar afirmando cosas en las que uno no cree o cree a medias.

—Lo último que quiero ahora es empezar a discutir sobre racismo —dijo Guzman.

—No es racismo. Estoy hablando de un considerable porcentaje de los negros de este país, no de los negros del resto del mundo. No es la raza. Es la cultura. Algunos siglos de esclavitud los habrá moldeado de esa forma, yo qué sé, y la mayoría no sabe cómo salir o no quieren. No pierden la oportunidad de identificarse con todo lo afro, pero de África, para ser honestos, no tienen nada, aparte del color de la piel. No son afroamericanos. Son *tristeamericanos*. Al fin y al cabo algo así ocurrió con los indios en el resto de América. Dios... cuando estuve en los Andes casi me puse a llorar.

—Puede ser —dijo—. Pero no estoy para pensar en eso ahora. Siempre he estado demasiado ocupado sufriendo otras discriminaciones como para sentirme mal por todas las referencias despectivas a mi supuesta mexicanidad.

En ese momento advertí en uno de los bolsillos abiertos de su chaqueta la grabadora. Le pregunté qué era aquello y apenas resistiéndose me dijo que la había comprado en Miami hacía casi un año. Era del tamaño ideal para sus propósitos.

—¿La tienes andando?

—Supongo que sí —dijo.

—¿Cómo que supones? ¿La llevas siempre encendida?

—No siempre…

—¿Nos has estado grabando todo este tiempo sin nuestro permiso? —me quejé.

—¿Y qué esperabas, que llenase el formulario que usan en la universidad y les pidiera a cada uno que me lo firmaran autorizándome a grabar sus peleas sin que se dieran cuenta de nada?

—No tengo problemas que fastidies con tu filmadora —dije—, porque al menos una sabe cuándo estás siendo indiscreto. Pero eso de grabar conversaciones sin nuestro permiso es una invasión a la privacidad. Me decepcionas.

—¿Alguna vez el gobierno te ha pedido autorización para espiarte? Al menos yo sólo lo hago con fines artísticos.

—Excelente excusa. Las actrices porno también dicen que lo suyo es arte. Como sea, no me gusta. ¿Estás grabando ahora?

—Creo que sí, ya te dije.

—¿Sí o no?

—Lo hago como un tic. Si no grabo es como si no viviera nada de verdad, como si se me escapara algo que puede ser importante, aunque no lo parezca.

—Eres un descarado.

—¿Y tú no llevas un diario?

—No puedes comparar.

—Yo también llevo un diario. ¿Sabías? Los diarios son peores. Un día caen en manos de cualquiera, el autor decide publicarlos, y uno termina siendo cualquier cosa que no quiere ser y nunca se imaginó que era. Al menos en las grabaciones dices lo que quieres decir y eres la que quieres ser. En un diario ajeno uno está desnudo y no puede hacer nada.

—Muy complicado para mí. No me importa lo que escribas de mí, pero no quiero que me graben sin mi permiso.

—Está bien. ¿Puedes darme tu permiso para guardar esa linda voz y esas bellas palabras? Un día te pondré en una de mis películas.

—Entonces te haré un juicio.

—Sí, por los derechos de autor…

—Tonto.

—Mira, ni te preocupes —dijo—. Nunca llegaré a hacer una película y probablemente arrojaré todas esas grabaciones a la basura, cuando pasen los años y yo siga limpiando el sótano de utilería.

—Bueno, no te preocupes —dije—. Al fin de cuentas ¿qué puede llegar a saber el mundo que no pueda saber de mí? Dale, vamos a dar otra vuelta.

—Si me invitas con algo más fuerte que esto —dijo Guzman, señalando las cervezas que había tomado.

—Aquí no venden —dije yo—. Pero podemos llevar algo para el motel.

Si no hubiese aceptado llevar al motel las dos botellas de tequila y si no hubiésemos pasado por la tienda hindú... Pero de qué diablos puede culparse una por todas las decisiones que ha tomado en su vida y que a la larga han tenido alguna consecuencia trágica. ¿Quién sabe en cuántas desgracias en mi vida he participado de alguna forma, provocando algún accidente o no evitando algún otro por el simple hecho de no haber salido de casa un minuto antes o un minuto después?

Terminamos de recorrer el distrito francés y luego fuimos al Superdome, al Museo de Arte, a la casa de Napoleón y hasta a un cementerio que nos recomendó un colombino que conocimos en un Starbucks. Todo lo que hacíamos lo hacíamos por obligación. Yo, para demostrarme que todavía éramos capaces de disfrutar de aquel viaje o, por lo menos, de completarlo. Guzman, tal vez, para no disgustarme más de lo que ya estaba. El pobre arrastraba su cuerpo y cada tanto insistía en que se quería volver al motel. Yo, como una madre ante las insistencias de su hijo cansado, le decía que ya nos íbamos, que se aguantase un poco, y así le iba dando largas al asunto para no ir a encerrarnos en un cuarto de motel tan temprano.

Cuando el calor de la tarde ya comenzaba a aflojar, pasamos por una tienda de licores. Guzman pagó de su parte dos botellas de tequila. Me pareció exagerado, pero no dije nada considerando el bajón anímico en el que se encontraba. Dos cuadras más abajo nos encontramos con una tienda de productos de India que luego resultó ser la fachada de otro negocio más al fondo. Guzman conocía los símbolos herméticos que confirmaban que se podía comprar marihuana y hachís si se traspasaba una pequeña puerta de velas aromáticas con el dedo índice detrás de la oreja izquierda.

En el motel, el ambiente no podía ser para nada festivo. Pero si alguno de nosotros hubiese adivinado al menos una parte de lo que nos reservaba el destino, se hubiera dado por feliz y contento por seguir en la situación en que estábamos entonces.

LO PEOR DE AQUEL VIAJE comenzó la noche del 2 de junio. Guzman y yo habíamos vuelto al motel *Super 6* que todavía está sobre la interestatal 10, a la entrada de la ciudad, justo al atardecer. Podían ser las siete o siete y media. Quizás las ocho, porque a esa altura oscurece tarde.

Sonia llegó a nuestra habitación cuando ya había oscurecido y Steven una hora después. Habían estado casi en los mismos lugares que Guzman y yo, y sus semblantes no eran mejores que los nuestros. Por último aparecieron Carlos y Sarah. Sonia les preguntó si habían salido por la tarde. No recibió respuesta. Carlos se sirvió tequila y Sarah lo mezcló con naranja.

Sonia sintió el golpe, pero supo manejarlo. Una actuación perfecta, como la de aquellos que saben cómo continuar peleando mientras se desangran por dentro.

—No seas loco —le dijo a Guzman, al verlo fumando marihuana—. Nos van a expulsar del hotel.

—¿De qué hotel hablas, chica? —dijo Guzman—. Esto es un motel de paso. La gente que quiere fumar un poco en paz viene a estos antros sucios. Es parte de la experiencia. Apuesto que nunca has estado en un Motel 6.

—Una vez en North Carolina nos quedamos en un Super 8.

—Ay, que sacrificio debió ser eso. Bueno, esto es más o menos lo mismo. Mira la alfombra, allí, ¿ves ahí?, sí, ahí mismito. Al menos dos marcas de cigarro. Seguro que era marihuana. Es menos dañina que el tabaco, ¿sabes? Mira, vamos a abrir más las ventanas para que no se concentre el humo. No quiero corromperte con humo de segunda mano.

Guzman abrió la puertaventana. Sonia le tomó el cigarro y fumó con él, acodada en el balcón.

—Sin pecado no hay redención, querida —dijo Guzman y ella se rio—. Ese es el único lado que me gusta de ti, aparte de que eres guapa. Como sabes que has sido salvada te permites ciertos excesos. Eres como Buda, que dicen terminó muriendo de una indigestión por exceso de comida. ¿Pero qué importa si el hombre ya había ascendido al Nirvana mucho antes? Tú puedes darte ciertas licencias y tienes con qué, que para algo Dios te dio todo esto —dijo tocándole los glúteos—. Yo daría lo mejor que tengo por ser tú un solo día.

—En un solo día pecarías más que yo en toda una vida.

—No exageres, loca. No creo que me daría un día para tanto. Pero algo es algo. Pero podrías prestarme esa falda tan bonita, ya que no puedes prestarme todo lo demás.

Ella se rio otra vez, como nunca la había visto antes.

—Hablo en serio. ¿Qué te cuesta? Sé que no me la venderías por nada en el mudo. Yo tampoco, si fuera tú. Esa falda tiene una memoria que no se borra con el primer lavado. Por eso te la pido presada. Por un día, nada más.

—Estás loco —dijo ella, sin parar de reír.

—Mira —insistió él—. Soy marica, pero no travesti. Lo que pasa es que siempre me ha interesado ser otros. Olvidarme de mí, ser muchos otros, vivir, caminar, hablar como otros.

—Deberías dedicarte a la actuación —dijo ella—. Lo tuyo no está detrás de las cámaras.

—No, no creas —insistió él—. Lo mío es algo más que actuar. No es sólo *representar* a otros sino *ser* otros. No sé si me entiendes.

—No —dijo ella.

—Es pocas palabras, que me prestes esa falda. No te hace nada, chica.

—Olvídalo —dijo ella, con un repentino tono oscuro—. Apenas pueda la quemaré. Probablemente la arroje a la basura esta misma noche, cuando me duche.

—Toma —dijo él, probablemente pasádole el cigarro—. Sigue pecando que mañana puedes pasar por la lavandería.

—¿Qué lavandería?

—La iglesia, preciosa. ¿No es allí donde ustedes van a lavar sus pecados una vez a la semana? Se lo escuché a Steven una vez.

—Si le haces caso a Steven estás perdido...

—Bueno, lavar no. ¿Cómo le dicen ustedes? Confesar. Eso. Le dicen, confesar, que viene a ser como defecar o vomitar sobre alguien más que vive de eso. Mira… —pareciera que Guzman escupe desde el balcón—. Se tarda como dos segundos. Suerte que no pasó nadie por allá… Es así de fácil. Lo jodido es cuando uno le da a alguien que no quiere que le escupan.

—Tú no entiendes nada —dijo ella—. Además ¿quién dijo que la marihuana es pecado y el tequila no?

—O el vino.

—No, no, no, no. No confundas, querido, el vino con el tequila.

—El tequila también es la sangre de una diosa —dijo Guzman—. Eso decía el profesor de español. Pero alguna vez le escuché a un mexicano, en uno de esos mercados hispanos con refrescos y jabones del tiempo de mi abuela, todo importado de México o de alguno de esos países centroamericanos que todavía viven en el siglo diecinueve, que el tequila no era sangre de ninguna diosa, sino néctar de su vulva. Por eso era dulce al principio y embriagaba cuando estaba a punto. Eso de la sangre era cosa de hombres, cosa de cristianos y de aztecas viejos, de mártires y de guerreros. Me gustó la idea de aquel pobre diablo…

—Tú lo dices —confirmó ella, con palabras lentas que revelaban, a esa altura, que ya sentía más de lo que pensaba— Una diosa. No es lo mismo… Con el vino no se juega, es pecado.

—Pecado debería ser sacarle la comida a los otros —agregó Steven, al pasar.

—Detesto este muchacho porque siempre tiene razón —se quejó Guzman—. ¿Quién puede vivir al lado de alguien que siempre tiene razón? Los santos y los filósofos no dejan vivir a nadie. A nadie, *dude*.

Aunque eran palabras propias de Steven, de alguien que ve la moral a través del lente social, nunca supe si en ese momento no tenían un doble sentido o estaban dirigidas a alguien más. Steven debía saber que Carlos se había quedado toda la tarde en la habitación de Sarah y que quería hablar de esto mismo con Sonia. Sonia también lo sabía y hacía cualquier cosa por evitar ofrecerle la oportunidad. Como había profetizado Roque, Carlos se la había soplado a Steven. Alguien, el menos pensado, le había ganado de mano.

—Así es —confirmó Guzman—; que la marihuana y el tequila son pecados no está escrito en ningún texto sagrado… Y si fuera por excesos, todos los profetas habrían sido condenados por fornicadores, polígamos, borrachos y quién sabe qué otras cosas. A las putas y adúlteras las perdonó Jesús, pero se olvidó de los maricas; o los que quedaron para contar la historia, que ni siquiera conocieron al Maestro y hablaban de oídas, le tacharon esa parte…

Carlos se mantuvo pensativo, casi ensimismado por mucho rato. En un momento aprovechó la oportunidad de que Sonia se había ido al baño y le murmuró que tenía que hablar con ella un minuto. Ella le dijo que ahora no, que no le interrumpiese la inspiración justo cuando estaba recuperando la alegría. O algo así. Entonces Carlos dejó su vaso sobre el televisor y le pidió a Guzman que le armase un cigarro.

—Claro, hombre —dijo Guzman, como si por un momento hubiese recuperado el buen humor—. Mira, se hace así: la coges con cariño, como decía un amigo de Madrid, la aprietas un poquito hasta que se pone durita, le pasas la lengua, así… y enseguida la envuelves… Eso es, así… Listo, toma. Les dije que en el *French Quarter* se conseguía. Pero la tontita de Raquel casi me hace un escándalo delante del vendedor. El hombre terminó amenazándonos para que tomásemos lo nuestro y nos fuésemos de su negocio… Al menos esta no es de mala calidad.

Siempre me pareció un misterio cómo los demás son capaces de hacer de forma tan simple algo que a mí me parecía imposible, como lo era aproximarse a un desconocido para comprarle algo que podría habernos llevado a la cárcel de forma inmediata, o dejar que alguien me seduzca sin espantarlo con cara de princesa ofendida. Todavía me maravillan las mujeres que entran en un baño público y les basta con inclinarse un poco para largar todo el chorro ruidoso, sin pudores y sin pensar siquiera que alguien les está mirando los pies y las está escuchando. Especialmente detestaba esto en la universidad, cuando me encontraba con la *chair* y ella me felicitaba desde el otro lado sobre aguo de mis proyectos de clase sin dejar de orinar. ¿Cómo dos seres humanos podemos ser tan diferentes?

—Deberíamos estar brindando por Roque —dije yo—. Voy a marcar en mi calendario este día como el *Independence Day* del grupo.

La propuesta no funcionó. Carlos levantó su vaso con un tímido gesto de aprobación. Algo parecido hicieron Steven y Sarah. Guzman no; me dijo que no sea mala onda, que no había que hacer leña del árbol caído, que no fuese rencorosa y que viviese el presente.

—Hace unas horas intentaba resucitarte —dije.

—Es lo que intento evitar, querida —dijo él, cambiando de tono.

Enseguida dio un salto y propuso que nos sacáramos una foto, pero no cualquier foto sino una de aquellas que se tomaban los abuelos o los bisabuelos en las ocasiones muy importantes, porque por entonces sacarse fotos era tan caro y tan inaccesible que tenía algún valor, al menos un valor mágico. Todo gran momento necesita de un ritual y de una gran imagen que lo recuerde. De lo contrario nunca existió y corremos el riesgo de que la confusión se perpetúe. Sarah recordó que una vez el profesor de español había mencionado algo de eso: las bodas y los funerales cumplen con esa función de dejar las cosas en claro: el muerto, muerto está y la casada ya no está disponible. De ahí que la fiesta es una ruptura simbólica y catártica de las reglas y del orden mientras que los rituales buscan lo contrario: establecer o fingir un orden donde no lo hay ni lo puede haber.

Guzman insistió que se podía tener rito y fiesta al mismo tiempo. Carlos se quejó de algo pero esto no alcanza a escucharse en la grabación. La cinta del cassette veintiuno se interrumpe en este momento, pero yo recuerdo perfectamente lo que siguió, además de haber escrito algo sobre esa noche unos días más adelante, cuando ya nos dirigíamos a El Paso. La idea de Guzman era sacarnos una foto de familia. Pero debía ser una foto especial. Si no éramos capaces de alguna creatividad, tampoco éramos capaces de ser recordados por los siglos por venir. Steven se rió y Carlos dijo que nos dejásemos de experimentos. Guzmán insistió: había que salir al patio y pedirle a alguien que nos sacase la foto. Sarah se sumó a la idea hasta que Guzman dijo que él iba a vestirse con alguna ropa de Sonia y ella con alguna de él.

—La foto familiar sí —dijo Sonia—. El ridículo no.

—Serás una vieja amargada toda tu vida —dijo Guzman—. Haces algo diferente ahora o no lo harás por el resto de tu vida.

Yo lo apoyé. No sé por qué. Probablemente para disimular el disgusto que me causaba toda aquella ridiculez o simplemente por un instinto destructivo.

—Yo tampoco veo el propósito —dijo Steven—. Una foto que no mostraremos a nadie nunca...

—No es para nadie más que para nosotros —dijo Guzman—. Para recordar este momento, para confirmar que Roque se fue, que no está y que igual somos felices.

—No *a pesar* sino *por eso mismo* —se rio Steve.

—Algún día —dijo Carlos—, cuando seas un director de cine famoso, publicarás esa foto en tus memorias, como esa biografía de Tennessee Williams que leí no hace mucho. Un poquito asquerosa, está de más decir, con intimidades gays que no eran necesarias. Todo acompañado por unas cuantas fotos de viejos amigos, algunos de los cuales se acostaron con él y otros que no, pero igual marcharon como sospechosos en el mismo montón.

—Ay, Carlitos —se quejó Guzman—. En el fondo eres tan machista y homofóbico como Roque. La diferencia... bueno, la diferencia vaya una a saber...

—¿Una o uno? —preguntó Carlos.

Se hizo un silencio espeso, pero Guzman resolvió justo a tiempo:

—Digo *una*, porque me considero una, no *uno*, así en general. Y si te consuela y te alivia alguna herida en tu sensibilidad machista, a mí no me consta ninguna diferencia que no haya estado siempre a la vista. Así que matemos el fantasma de una buena vez y no lo alimentemos más con caviar. ¡A la foto todos!

Esta discusión por una foto, que en cualquier otra circunstancia y contexto hubiese sido ridícula e intrascendente, sería recordada más de una vez. La idea no prosperó. No ese día, digamos, porque él siempre se salía con la suya en el momento y en la forma menos pensada. La foto que conservo es muy posterior, y seguramente volveré a ella más adelante.

Guzman hizo lo imposible para disimular esta pequeña e intrascendente derrota que, en este caso, para él venía a ser la soledad, o la confirmación de su perenne soledad, una vieja amiga, había dicho alguna vez. Por eso sólo a él se le ocurrían ciertas ideas absurdas, como que el cielo no es azul y esas cosas.

—Sin imaginación no hay felicidad —dijo, decepcionado, como un maestro que comprueba que sus alumnos no han entendido nada después de una hora de explicaciones.

—Los hechos son superiores a cualquier fantasía —replicó Carlos.

—Adivino que en *hechos* incluyes el sexo.

—Bueno, no lo había pensado, pero ¿quién puede negar que el sexo es un hecho?

—Es decir el sexo es superior a la fantasía…

—Se deduce, por lógica, ¿no?

—Lógica o silogismo —dijo Guzman—, es una típica idea de machos y de putas: lo que importa es meterla. Todo lo demás es aperitivo, como si la fantasía sólo sirviese para ir calentando antes de entrar a la cancha.

—Más o menos —confirmó Carlos—. Si uno se quedara sólo en la fantasía sería un puñetero frustrado.

—Podrías tener un poco más de delicadeza —se quejó Sarah—. Para que te den la razón no necesitas defender algo en lo que no crees. ¿O sí?

—Parece que Roque ha vuelto —dijo Guzmán—. Bien dicen que está en la naturaleza del poder llenar siempre los vacíos. No es Roque ni es Carlos, es el machismo que se encarna allí donde es estrictamente necesario.

—*Amén* —dijo Sonia, casi ahogándose en su vaso de tequila.

—Suena muy marxista —observó Steven.

—No dije nada —se rectificó Sonia—. Cada vez que estoy de acuerdo con algo y me dicen que la idea viene del marxismo me doy cuenta de que estaba equivocada.

—Pero para mí es al revés —continuó Guzman—: una fantasía vale por mil hechos.

—No me extraña que veas las cosas al revés —insistió Carlos.

—Roque vive —confirmó Steven—. Mañana mismo me bajo de este viaje. Cada día que pasa se pone peor.

—Las fantasías son más importantes que el sexo —insistió Guzman, ignorando la ironía de Carlos.

—Lo serán para ti. No generalices sin pruebas.

—La prueba está en que uno puede vivir sin sexo pero no puede vivir sin fantasías.

Carlos hizo un gesto de desaprobación, más bien de rechazo mecánico a su derrota dialéctica. Bufó como si estuviese cansado y se quedó hundido en un sillón.

—Todo lo que no existe es más real que lo que existe —continuó Guzman—, al menos en el universo de los hombres y de las mujeres, que en definitiva es el único que nos importa. Si el amor es causado por un proceso químico, qué me puede importar a mí las hormonas y otras alteraciones viscosas. A mí me importa el amor. En mi caso, la admiración, debería decir, porque yo nunca amé a nadie; he vivido muy a gusto de la admiración y hasta ahora he sabido sobrevivir a las desilusiones, que en gente como uno es algo que está siempre a la orden del día.

—Me vas a hacer llorar —ironizó Carlos—. Mira, yo no tengo nada en contra de que nos saquemos una foto. Si quieres vamos y nos sacamos la bendita foto, si estás de acuerdo en que no es necesario que te vistas de mujer.

—No, deja —dijo Guzman—. Ya es tarde. Está oscuro y no me gustan las fotos con flash. Se parecen a la muerte.

—Qué dramático —se quejó Steven.

—Bueno, no te pongas malito —dijo Guzman—, vamos a tomar unos tequilas y olvidamos el resto. Prefiero un buen tequila a una conversación con Sócrates. A ver… permiso, dejen pasar que ya ni puedo con este cuerpito.

Guzman desenvolvió la última botella de tequila como si fuese un trofeo. Dijo que brillaba como el oro pero que no era oro sino el fluido vaginal de una diosa. Aunque no fue el primero en emborracharse, fue el primero en abusar de la marihuana. Era su segunda vez, había dicho, porque aunque conocía muy bien el bajo mundo de

Miami, nunca se había atrevido a bajar demasiado. Era virgen en muchos sentidos, porque gracias a su portentosa imaginación nunca había necesitado drogarse ni emborracharse como sus amigos. Hasta ese día, que bien justificaba la excepción. Yo me quejé, le dije que los hábitos comienzan con excepciones y él hizo un gesto de obviedad: no pensaba hacerse adicto, pero si no olvidaba con urgencia ciertas cosas se iba a volver loco, y de esa no se vuelve, había dicho, como se vuelve de una borrachera o de una desilusión amorosa, *you know*.

Así que el pobre Guzman fue el primero en escuchar la novena de Beethoven, como dicen. Creo que ésa fue la primera vez que vi a Carlos y a Sarah reírse como locos, todo a expensas de las historias de Guzman que, por primera vez en su vida, confesaba y daba detalles de su amor platónico por los hombres y de sus repetidos fracasos que en su momento le habían provocado angustia, tristeza y desesperación y que, gracias a unas yerbitas que valían oro sólo porque a algún borracho se le ocurrió prohibirlas, ahora le producían tanta gracia que estaba a punto de orinarse de risa. Todos comenzamos a reírnos. Fue la carcajada colectiva más deprimente que nunca he visto, como si sus fracasos fuesen los nuestros, como si toda la vergüenza y el sentido del ridículo que había soportado desde que tenía quince o dieciséis años, fuese todo nuestro.

Hasta que llegó a su padre. Creo que ya dije que el viejo nunca lo había aceptado. Ni a él ni a su condición. Para colmo de males, siempre hablaba pestes de un tío o de un primo que había tenido en Baja California, que se encamaba con los peones de la hacienda hasta que su padre, cansado de los rumores, lo persiguió hasta un granero y lo descubrió con uno de aquellos miserables y le pegó un tiro en medio del pecho a los dos.

—¡Pah! ¡Pah! —había dicho Guzman, apuntando quién sabe a quién con su mano derecha, como si fuese un arma—. Pah, Pah... papá, y al diablo Romeo y Julieta.

El padre de Guzman nunca llegó a semejante brutalidad, pero temía que la de su hijo fuese una condición de familia y había tomado todas las medidas posibles para evitarlo. Lo había llevado a dos prostíbulos en Apopka y probablemente sabía que había fracasado en su intento de hacerlo hombre, es decir, macho, en el sentido mexicano de la palabra, dijo. Así que el viejo se alegró cuando su hijo entró a la universidad, sólo para no verlo más comportándose como una muchacha, hablando como una niña, mirando a los hombres como una mujer.

En el fondo, su padre era un pobre hombre
en todo el sentido de la palabra; un trabajador de
esos que con los años logran ganarse el título de
Esclavo Asalariado en ambos lados de la frontera,
comentó Steven. Fue jimador en México y *pisca-
dor* en Estados Unidos. A los cincuenta años ya se
había enfermado de la columna después de casi
cuarenta macheteando agave en Guadalajara y
cargando cajones de naranja y tomate en Florida,
trabajando de sol a sol para pagarle los estudios a
su hijo pero sin querer ver el resultado que la naturaleza le había reservado. Sus únicas alegrías
eran unos tacos que los viernes comía en un rincón de un almacén hispano, un cartón de cerveza
que compraba cada día de paso en un Wal Mart,
no muy lejos del trabajo, y una telenovela mexicana que veía a escondidas para que nadie se fuese
a confundir. A los cincuenta y ocho, cuando comenzó a caminar un poco encorvado, como si el
mundo se hubiese desparramado por el suelo, se
volvió a México, casi tan pobre como había salido, convencido o queriendo pensar que había
alcanzado el sueño americano aunque lo había
perdido al final, culpa del alcohol y de la nostalgia por vivir tan lejos de la vida y de la gente de
verdad.

No sé por qué razón, reflexioné mucho
tiempo, largos años sobre ese hombre que debió
ser su padre. Que lo haya calificado de Esclavo

Asalariado no es una coincidencia ni una metáfora prestada de Steven que recordé mientras desenvolvía estas memorias. Hace un par de siglos, en este país también había esclavos blancos, aunque gozaban de una ventaja con respecto a los negros: después de dejar la salud por años de explotación, algunos lograban juntar suficiente dinero como para comprar su propia libertad. La mayoría eran inmigrantes europeos que intentaban escapar a una miseria aún mayor como para venderse ellos mismos de esa forma. Creo que no es necesario mencionar que lo mismo ocurre hoy en día pero en un escenario diferente, con más luces pero con el mismo orgullo de cualquier otro tiempo. Una persona que tiene dinero es libre y otra que lo debe es un esclavo. La libertad tiene un precio, y si alguien no puede entenderlo es porque no sólo es un esclavo de cuerpo sino de alma también. Esto último es lo más común en una sociedad embrutecida por la propaganda y los mitos modernos. Claro que para esos pobres esclavos de nuestro tiempo todavía queda la cerveza, las mujeres fáciles o los hombres difíciles, y cierta admirable, más que admirable capacidad para ser felices por momentos, en condiciones que el resto sólo encontraría desesperación. Al menos eso es lo que me parece a mí cuando en las gasolineras y en los mercados hispanos los veo reírse como si fuesen felices de verdad. Tal vez digo todo esto por despecho. Qué no daría yo por ser una esclava como alguno de esos sinpapeles…

Guzman no sólo había cosechado el rechazo de su padre, sino también la culpa de no haber sido lo que el viejo esperaba, de no haber podido compensarlo como él había imaginado, como se hubiese merecido. Razón por la cual, solían pasar muchos meses sin que se llamaran por teléfono. Lo último que él sabía era que el viejo se había juntado con una mujer treinta años menor, por lo que calculaba que en los próximos diez iba a tener cuatro o cinco hermanos más, alguno de ellos tan maricón como él.

—A unos premia Dios con hijos con síndrome de Down, a otros así como yo —dijo.

Steven lo interrumpió con todo eso que ahora es tan previsible, diciendo que estaba equivocado, que no era un pecado ser homosexual, que ya iba a encontrar a su compañero y no sé qué otras ternuras revolucionarias.

Entonces, recuerdo que, con una gota de lucidez todavía en sus ojos, Guzman dijo que esa noche era la primera vez que confesaba la verdad, toda la verdad sobre sí mismo, y que estaba completamente seguro que al día siguiente iba a querer morirse de vergüenza.

—Nada de vergüenza —quiso apoyarlo Sarah, con otro lugar común—. Al contrario, desde ahora te vamos a respetar más aún como persona.

Escucho todo esto y me da vergüenza ajena.

—Ojalá yo mismo piense eso mañana —dijo Guzman—. Sospecho que no. Que cuando se me pase esta felicidad importada, *made in México*, lo único que sentiré es la misma humillación de siempre. Pero igual se los agradezco. Ustedes son los mejores amigos del mundo. Ojalá fuesen mi familia y yo los tuviese conmigo más allá de Los Angeles.

Cerca de las once de la noche Guzman había reconocido que no tenía nada que celebrar. Que en realidad iba a echar de menos al loco de Roque, a quien detestaba tanto como lo había apreciado alguna vez por su obscena sinceridad. Carlos te arrojó un zapato que por poco le da en la cara.

—Te perdono que seas maricón —dijo Carlos—pero no puta hasta ese extremo.

—Ojalá hubiese sido puta —dijo Guzman—, una puta fina como Nicole Kidman.

—Ah, noooo —bromeó Steven—. No me toques a la Kidman o también vas a tener problemas conmigo también.

Creo que eso es lo último que recuerdo de Guzman, porque enseguida se disculpó y le pidió permiso a Sonia para recostarse un momento en su cama. Guzman era proclive al sentimentalismo, o a lo que el resto de la gente considera reacciones lacrimógenas, más propias de las telenovelas mexicanas que de la vida real, como si la vida real no estuviese llena de gente cursi o proclive al sentimentalismo. Pero esa noche ni lagrimeó ni exageró agradecimientos para sus compañeros de viaje que le habían ofrecido su apoyo moral. Por el contrario, se había ido a recostar para abreviar una conversación que no debía serle placentera. Como si alguien fuera capaz de mantener una lucidez radical en medio de una intoxicación de tequila blanca y marihuana church o vaya el diablo a saber de dónde. Todo lo cual se hacía evidente en la dificultad de hablar y de caminar dignamente de cualquiera de nosotros.

A partir de ahí comienza la verdadera noche del grupo. Los que quedamos rodeando una de las camas que hacía de mesa flotante para la última cena, tuvimos la suficiente resistencia como para continuar consumiendo en exceso lo que quedaba. Tal vez el hecho de que las ventanas estuviesen cerradas para no evidenciar el olor prohibido, agravó el resultado final. Tequila, marihuana y una evidente frustración por los últimos acontecimientos fueron la fórmula perfecta que terminó arruinando el resto del viaje y el resto de nuestras miserables vidas.

Miércoles 3 de junio

NO PODRÍA DECIR NADA sobre lo que ocurrió más o menos desde pasada la medianoche hasta las cinco de la madrugada del 3 de junio, hora en que Sonia despertó a todos con un fuerte vómito en el baño. No recuerdo haberme recostado en el piso, apenas con una almohada. No recuerdo a Carlos y a Sarah ocupando la segunda cama, en la que se había recostado Guzman cuando todos los demás todavía estábamos despiertos. No recuerdo cuándo Guzman se pasó a la cama donde todavía quedaban restos de comida. Menos recuerdo el momento en que se vistió con la ropa de Sonia y se pegó un tiro. Mejor dicho, cuando le pegaron un tiro, porque él nunca pudo dispararse en la nuca, como llegamos a pensar, o quisimos pensar alguna vez. Y si hubiese podido, no tendría sentido eliminarse de esa forma, teniendo tantas otras opciones menos forzadas.

Después del grito ahogado de Sonia en el baño, nos despertamos todos casi al mismo tiempo, como si en ese preciso instante hubiésemos escuchado el disparo. Todavía guardo perfecto recuerdo de este estampido, aunque nunca nadie sabrá, ni yo misma, si ese disparo que me ha perseguido por años, que me ha despertado cien veces durante la noche, es el mismo que todos debimos escuchar algún tiempo antes del vómito de Sonia.

Alguno de nosotros había apagado el aire acondicionado y a esa hora de la madrugada el calor era infernal.

La imagen de Guzman, vestido con la falda que había usado Sonia hasta el día anterior, tendido en la cama boca abajo, mirando hacia la entrada como si sonriese, y con un punto mínimo, casi invisible en su nuca, se me quedó estampada en la memoria de forma que cada vez que intento olvidar o dejar de pensar en algo, por mínimo e insignificante que sea, inmediatamente se me aparece delante de los ojos y no me deja ver nada hasta el punto de haberme involucrado en dos accidentes de tráfico (afortunadamente sin mayores consecuencias) y numerosas noches sin dormir o despertándome abruptamente a las cinco de la madrugada. Es como si yo misma no me quisiera o permanentemente me culpase de algo.

El mayor error de entonces fue la urgencia con que se quiso resolver algo para el cual nunca estuvimos preparados. Sin mediar palabra, con tenebrosa e inexplicable unanimidad, decidimos que nada había ocurrido para el resto del mundo. Tampoco puedo reprocharme nada, al fin de cuentas. Todos somos correctos ciudadanos y buenos hijos hasta que un día nos doblamos ante las desventajas de decir la verdad. Todos somos razonables y sensatos hasta que la realidad deja de serlo. La historia de Sócrates negándose a escapar de una justicia absurda, colaborando con su propia ejecución para no quebrantar las leyes que habían sido usadas para condenarlo a muerte por quebrantar las leyes, me parece más el acto de un insensato (o de algún otro mito histórico fraguado por sus seguidores) que del pensador más famoso de la historia.

Pocos días después fuimos entrando en razón. Nos dimos cuenta que hubiese sido más conveniente denunciar el hecho a la policía y seguir actuando como los niños que éramos. Más allá de las especulaciones que surgieron más tarde, desde el principio estaba claro que no se trataba de un suicidio, por el lugar de la herida y por el lugar donde había sido dejada el arma. Lo que no estaba claro era quién lo había hecho, aparte de que cualquiera de nosotros podía ser lo suficientemente perverso como para matar a alguien bajo los efectos de un alucinógeno. Así lo debimos sentir todos y más tarde, tal vez por un instinto de conservación, se solidificó la idea de que no hubo un responsable ni hubo inocentes, incluido el propio Guzman.

Eran las cinco de la madrugada y amanecía a las seis y poco. El crepúsculo que apenas sugería cierta claridad del otro lado de los árboles y de la autopista, era como un llamado de emergencia.

Todos estuvimos de acuerdo en que había que sacar a Guzman lo antes posible. En ningún momento nos detuvimos a discutir si debíamos hacerlo o no, sino cómo íbamos a hacerlo. Si nos demorábamos un instante ya no habría vuelta atrás. En pocos minutos más comenzarían a circular por los pasillos exteriores los primeros camioneros, luego los viajeros y los turistas y a las nueve o diez de la mañana entrarían las limpiadoras para hacer las camas.

Entre las sombras que todavía nos protegían desde la puerta 512 hasta la motorhome, Carlos y Steven cargaron a Guzman como si se tratase de alguien que se hubiese lastimado una pierna mientras el resto de nosotros limpiaba el caos que había quedado de la noche anterior. Sólo recuerdo algunos rumores y quejas que no alcanzaban a distraernos de la desesperada tarea. Sarah se preguntaba qué estábamos haciendo, cómo había pasado. Sonia rezaba entre dientes, con voz agitada como si tiritara de frío o de fiebre, mientras revisaba con cuidado y con manos temblorosas cada centímetro de las sábanas. Steven revisaba debajo de la cama, abría y cerraba las canillas, iba y volvía de su habitación diciendo que se olvidaba de algo y no sabía qué.

No nos llevamos las sábanas para no ser acusados y perseguidos por robo. La poca sangre que quedó en una de ellas podía pasar por una indisposición nasal o una distracción menstrual.

CUALQUIERA QUE NO HAYA ESTADO en una circunstancia similar se preguntará por qué no llamamos al 911 y dejamos el asunto en manos de la Ley. Cuando uno observa y comprueba los errores ajenos o los errores propios cometidos años atrás, que son como ajenos aunque no para la ley, todo parece más fácil y la solución es siempre la del buen ciudadano, eso que los padres llaman "hacer lo correcto" cuando intentan aleccionar a un niño sin preocuparse demasiado por las explicaciones, de la relatividad filosófica o de las complicaciones semánticas de semejante obviedad: el mundo ha vivido desde siempre regado de sangre gracias a que sus líderes han resuelto siempre *hacer lo correcto*. Pero la verdad es que ante situaciones extremas, *lo correcto* se cruza con un fuerte competidor: *el instinto de conservación*. Cuando el cerebro funciona a la velocidad de un tren bala, no siempre se detiene en las estaciones programadas por el hábito. De otra forma no se explica cómo correctísimos padres de familia un día chocan a alguien con su carro y se fugan sin auxiliar a la víctima. Por otra parte, todos saben lo que es la ley en este país y en cualquier otro: los inocentes deben transitar por un calvario de investigaciones e incertidumbres que dura años. Eso en el mejor de los casos, porque no pocos inocentes deben comerse treinta años encerrados y acosados, cuando no son olvidados por Dios y por el mundo. Con esto no quiero decir que hicimos lo correcto. No, todo lo contrario. Sólo preveo comentarios estúpidos que no faltarán cuando estas memorias se hagan públicas y yo, afortunadamente, no esté aquí para perder el tiempo con explicaciones. No le temo a la gente razonable sino a la gente común, a la etnia de los normales, grises ciudadanos que creen tener la respuesta correcta para todos los problemas ajenos, menos para sus propias vidas.

Cruzamos la frontera de Texas en menos de cuatro horas, aunque el cuidado de no sobrepasar en ningún momento el límite máximo de velocidad fue siempre estricto (con una sola excepción que ya contaré más adelante). Sólo nos detuvimos unos pocos minutos en una gasolinera para llenar el tanque para luego continuar por uno de los paisajes más horribles que tiene este país. Cuando la 10 atraviesa los pantanos de Luisiana, su cinta de concreto tiembla sobre unos pilares que nunca terminan de hundirse en una blandura interminable desde la cual crecen árboles sin belleza alguna.

A partir de entonces, bastaba que Carlos se excediera dos millas por encima del límite de velocidad para ser observado por cualquiera de nosotros, con una autoridad repentina que ni el mismo Carlos se atrevía a contestar. Estaba aturdido, vencido por la circunstancia. El grupo se volvió estricto, sino paranoico, en la vigilancia de unos a otros. Se decidió quitarle las baterías a todos los celulares con excepción de uno, el de Sarah, el que sólo podía ser usado con la aprobación de los otros. Nadie podía salir a caminar solo, ni siquiera por los alrededores de las estaciones de servicio o de los pocos moteles en los que nos detuvimos cinco o seis horas para descansar y tomar una ducha. Todos temían que aquel que realmente estuviese seguro de no haberlo hecho —y, sobretodo, de no terminar siendo el principal sospechoso en una investigación enmarañada—, en cualquier momento haría una llamada telefónica y traicionaría al resto. Apenas pudimos estar solos, realmente solos cada uno consigo mismo por unos pocos minutos en los bosques de Texas y en los desiertos de New México y Arizona. Dejamos de filmar y no hicimos más fotos que aquellas que eran arregladas por el grupo. Como sólo yo sabía de las grabaciones de Guzman, pude hacerme de su grabadora y a partir de El Paso continué grabando yo misma, igual que lo hacía él, de forma clandestina, cada vez que me era posible. No encontré, en cambio, los veintidós casetes que Guzman había grabado sino hasta Arizona.

Lo único sobre lo cual mantuve autoridad absoluta y de forma pública, fue sobre mi diario de viaje. O casi. Desde entonces mis notas comenzaron a ser más detalladas y menos comprensibles, llenas de figuras, alguna de las cuales aún hoy me cuesta descifrar. Supongo que tanta metáfora se debía menos a un estado de ánimo alterado que al temor de que esas notas terminasen en manos de Carlos o de quién sabe quién.

Probablemente la idea, nunca declarada de forma explícita, era que los seis terminaríamos por involucrarnos a tal punto que, al finalizar el viaje, ninguno fuese lo suficientemente inocente como para arriesgarse a una confesión. Si esa no fue la idea, al menos fue la consecuencia de los hechos.

Jueves 4 de junio

Nos tomó casi todo Texas para decidirnos qué hacer con Guzman, concretamente toda la maldita I-10 que va de Houston hasta El Paso.

No recuerdo qué hicimos en San Antonio. Tampoco mi diario me dice mucho. Un recibo de hotel por dos habitaciones en un Western Inn me confirma que estuvimos dos noches, del jueves 4 de junio hasta el sábado 6, aunque hasta el momento no he podido localizar este hotel o el lugar donde pudo haber estado alguna vez hace quince años, toda una era geológica para el urbanismo americano.

Siempre he atribuido ese agujero negro en mi memoria al estrés de aquellos días. Porque, además, no se explica el hecho de habernos detenido dos largos días en las afueras de una ciudad como San Antonio. Mi teoría es la siguiente: el grupo estuvo deliberando largo tiempo sobre qué hacer con Guzman. Seguramente nadie quería precipitarse de nuevo. Los errores de las primeras horas que siguieron a la última noche en Nueva Orleans se habían acumulado de forma irreversible. Así que no retomamos el camino hasta que se llegó a un acuerdo.

Algo de esto debió quedar en mi memoria, aunque de una forma absurda. Todo lo que veo, lo veo desde una cuna sobre la que cuelga un tul blanco, suave y delicado como la espuma. Veo que alguien, creo que Sarah, me acerca un vaso con una pajita de la que bebo con avidez. Entonces, me tranquilizo. Estaba llorando. Más bien, angustiada y sin poder llorar. Sudaba, tal vez por el calor agobiante que cada tanto aliviaba una corriente de aire fresco que entraba por una ventana. Luego, la mujer, Sarah, se retira y veo su figura sobre una ventana muy luminosa. Pienso que es Sarah por su abundante pelo negro y su cinturita de muñeca. Todavía está ahí. Se detiene frente a la ventana, frente a la puertaventana por donde entra el aire y el grito de unos niños que corren por alguna calle más allá. No era San Antonio. Era Dalt Vila, Castellón de la Plana, Le Barcarès, Nápoles, la isla de Cnosos, algún lugar en la costa del Mediterráneo cerca de Tiro o Sidón... No era ahí. No era el año 1998. No era yo. Lo supe por las voces, por los nombres, por las palabras en un idioma que apenas reconocía con mucho esfuerzo. Adentro, algunas personas discutían sin levantar la voz. Yo quería decir algo, quería gritar y sólo me salía un grito mudo.

Haciendo un esfuerzo de ingenuidad y un exagerado ejercicio de estupidez, hace unos años me puse en manos de un especialista en San Francisco. A la gente, sobre todo a los enfermos que necesitan creer en algo, le gusta llamarlos así, *especialistas*, como los católicos llaman *padres* a unos eunucos fanáticos que sólo se permiten eyacular en los rincones, en el mejor de los casos. Abandoné las sesiones al poco tiempo, luego de un par de semanas o algo más, cuando el especialista descubrió que yo no tenía ni marido ni amante a quien culpar de mi ansiedad y empezó a indagar en las intimidades de mis padres, que en paz descansen, y sus honorarios y honorarios se duplicaron debido a la dificultad del caso. Por otro lado, no estaba dispuesta a seguir pagando mientras el doctor me culpaba por el poco progreso que habíamos hecho en seis meses, lo cual él llamaba *resistencia* o algo así. Si alguien estudia tantos años en una universidad y encima cobra por minutos, por lo menos debería hacerse responsable de algo.

Los *especialistas* califican este tipo de sueños como alucinación, estrés. Pero yo y seguramente sólo yo sé que en aquel momento, que años después se repetiría tres o cuatro veces más, de alguna forma estuve en alguno de esos lugares que no eran San Antonio y fui alguien que no era yo. Esos momentos de trascendencia son raros pero no únicos y si una no está contaminada de realismo psicológico, puede llegar a entenderlos. Todo aquello que consideramos importante o irreparable, como podía serlo la muerte de Guzman, en realidad es tan relativo como la muerte y las humillaciones que podemos vivir en sueños y que pierden toda su gravedad y significado al despertar, al pasar de un estado de realidad al otro. Por eso, de alguna forma, supe o sospeché que lo que había ocurrido con Guzman no era tan grave ni nuestra situación era tan terrible. Apenas un percance pasajero, como un sueño. Como todo. Es decir que yo sola, mucho antes que German me lo explicase, comprendí que la muerte de una persona en ningún caso es un hecho tan absoluto y definitivo como parece.

Obviamente, los demás no podían entenderlo de la misma forma ni yo podía intentar convencerlos de algo que ni siquiera podía explicarme a mí misma con palabras más o menos racionales. En algún momento del camino pensé que me había agarrado alguna indigestión, alguna peste, algún mosquito en aquella tierra de salvajes. Sarah insistía en que mi quebranto se había debido al estrés y, al verme recuperada, le restó importancia al hecho.

De cualquier forma, pienso que el grupo debió esperar a que yo me recuperase sola. Tampoco me dijeron qué me había pasado ni les convenía aceptar que no me habían llevado a un hospital por miedo a que la consulta terminase en otra cosa.

—Has estado bajo mucho estrés —dijo Sarah—. Es bueno que hayas descansado. Tuve miedo de que sufrieras un surmenaje por tanta tensión. Sé lo que significaba Guzman para ti. Etcétera.

Dudo que Sarah supiera qué significaba Guzman para mí, porque ni yo lo sabía con exactitud. Si algo significaba, lo que estaba claro es que con los días había comenzado a significar cada vez menos. Por el contrario, casi que me disgustó que me vinculara de alguna forma con él. Sí me enteré de los planes que teníamos para

Guzman, el culpable de todos nuestros problemas.

Ahora, a más de quince años de aquel viaje, pienso que todas aquellas decisiones precipitadas, por no decir cobardes, se debieron a alguna forma de *affluenza*. Ni yo conocía esta patología hasta que, no hace un mes, un chico de quince años llamado Ethan Couch mató a cuatro personas en Texas. Iba manejando la pick up del padre a alta velocidad por una zona urbana, borracho. La defensa, valiéndose de un psicólogo, que para estas cosas sí son muy útiles, logró demostrar que el chico sufría de *opulencia*, que viene a ser la condición que tienen los jóvenes que crecen en familias muy ricas, sin tener idea de algún sacrificio en la vida. El juez debió doblarse ante las sólidas evidencias de que el chico era una víctima de la riqueza de sus padres y en lugar de mandarlo a la cárcel por veinte años, lo puso en libertad condicional. No quiero ni pensar qué síndrome pueden sufrir las 85 personas que, según un reciente informe de la Oxfam, poseen tanta riqueza como la mitad de la población del mundo. Tal vez exagero, por envidia, y estos señores en realidad sufren de altruismo y generosidad, gracias a lo cual no poseen absolutamente todo lo que nos rodea.

Sábado 6 de junio

En San Antonio tuvimos una violenta discusión que casi desmiembra al grupo, lo cual, a todas luces, era lo más riesgoso que podía ocurrirnos a cada uno. Por esta misma razón, enseguida se llegó a un acuerdo pese a la ira que nos había invadido a cada uno sin excepción: los problemas estaban para resolverlos, no para buscar culpables, y las soluciones estaban hacia adelante, no hacia atrás. Todos somos excelentes previendo el pasado y culpando a los demás cuando una decisión se revela equivocada. Pero hay que estar en cada situación, en cada momento, y correr el riesgo de decidir, ya que hasta la más inocente y aparentemente intrascendente decisión un día termina siendo la causa de consecuencias graves.

Calmados los ánimos estuvimos de acuerdo en que una vez resuelto *el problema*, discutir y tal vez llegar a la verdad iba a ser asunto interno del grupo. Esto último sonaba a promesa vana, pero la urgencia de *el problema* era tan desesperante que todos preferimos creer en ella.

La idea era bastante simple y, aparentemente, ya había sido mencionada antes en San Antonio. Todos sabíamos que en Ciudad Juárez las mujeres desaparecían sin remedio. Si aparecían, violadas y arrojadas en el desierto o en algún basural de la ciudad, nunca o casi nunca se llegaba a saber de los autores de semejantes violaciones. El horizonte mexicano de El Paso era como un agujero negro, por no decir el culo de nuestro país. Era como una ciudad terrorífica, sin ley.

Así fue que, en lugar de alejarnos de la frontera como le prometimos, juramos y rejuramos a la madre de Sonia, enganchamos el auto en la home y fuimos derechito hacia allá. Para nosotros, que en la universidad nos llenábamos la boca sobre las virtudes de un país como el nuestro donde impera la ley, la sola posibilidad de entrar en tierra de excepciones resultaba, de alguna forma, oscuramente excitante. No tengo dudas de que más de uno se escandalizará por esto, como si en nuestro País de Leyes no existiera la Ley de la Excepción, que viene a ser como la Ley Madre tanto para los pobres diablos que terminan en las populosas cárceles por robar un auto o por pegarle un tiro a otro pobre diablo, como para la jodedora secta de millonarios que nunca conocerá uno de esos recintos de pobres porque el brazo de la justicia no es tan largo. Claro que de vez en cuando meten a la cárcel a algún Madoff, porque el sistema no es tan estúpido como para no realizar de tanto en tanto algún sacrificio, alguna inmolación ritual que, como en los tiempos de los aztecas, sirva para mantener la fe de sus súbditos y el universo en movimiento.

Creo que fue a partir de allí que alcancé a comprender el deseo, el placer que siente un criminal cuando prepara su gran golpe, su obra maestra, que es vencer la ley de los hombres, ese orden intangible y tan temido desde que somos niños. La única diferencia debía radicar en que Roque era incapaz de alguna emoción profunda, razón por la cual, como un drogadicto, cada día necesitaba más y más crueldad para satisfacer sus deseos más primitivos.

Espero que nadie que lea estas palabras sea lo suficientemente estúpido como para pensar que de alguna forma justifico el asesinato de otro ser humano. No, para todo eso están los políticos de los países desarrollados y los generales de países más miserables, incapaces de masacrar a un pueblo sin convencer al resto del mundo de que en realidad se trata de un sacrificio necesario para salvar la civilización. Aunque esperar que no haya lectores estúpidos demuestra mi propia estupidez. De cualquier forma, no está de más aclarar: no digo que justifique a alguno de estos monstruos; sólo digo que en algún momento llegué a comprender algo que en el fondo está escondido en el corazón de cualquier honorable ciudadano, en todos los lectores de novelas policiales, en todos los buenos ciudadanos que consumen esas películas donde abunda la sangre y la mentira y que son éxitos de taquilla.

Seguramente esa representación apocalíptica y exagerada de Ciudad Juárez y de todo lo que no era Estados Unidos pesó desde el primer momento en que alguno de nosotros, en algún momento que se escapa de mis diarios y de mi memoria, propuso por primera vez enviar a Guzman de regreso a su tierra.

Esto último no es una ironía. Fue la pura expresión de la cobardía que nos había asaltado por aquellos días. Entonces, cuando ese maldito temblor interior se produce, todos los edificios que una creía sólidos como la piedra se derrumban en un instante y sólo quedan en pie unas tristes excusas para justificar algo que una sabe, no tan en el fondo, es propio de miserables. Pero el instinto de conservación es muy superior a cualquier sentido del honor, ya que uno es connatural al ser humano y el otro es un aparato ortopédico que cada tanto cambia con los nuevos códigos y las ideológicas de turno. Al final, el instinto de conservación siempre prevalece, al menos que uno haya perdido su condición de ser humano y se haya convertido en uno de esos dementes que luego, póstumos y contemporáneos que no han sufrido un ápice lo que aplauden y veneran, llaman *héroe* o *mártir*.

Pensamos en enviar a Guzman de vuelta a México, como si le hiciéramos un favor, como si estuviésemos cumpliendo con su última voluntad, y como si México fuese el basurero de nuestros pulcros jardines. No se nos ocurrió pensar, entonces, que también en nuestro país desaparecían personas. No una o dos (no simplemente alguno de esos casos que cada tanto aparecen en las portadas de *CNN* y del *New York Times*, ninguno de ellos negros) sino cientos de miles, como ya dije al principio. Gente civilizada, no inmigrantes ilegales cruzando los desiertos de Arizona y Nuevo México, sino ciudadanos comunes con algún problema propio o ajeno.

Desaparecen. Punto.

En algún momento —creo que entre Sonora y Ozona— la discusión comenzó a subir de tono por una diferencia de forma, más bien estúpida: Sonia no quería saber nada de la frontera. De repente, se había aferrado a los consejos de su madre y poco más que le faltaba llorar por la falta del regazo de aquel padre al que llamó machista apenas habíamos salido de Jacksonville. Carlos, con una ironía a quemarropa, comentó:

—No te preocupes que tu mami no se va a enterar. La pobre nunca se enteró de nada.

—Tú tampoco, querido —dijo ella.

Hubo un silencio.

—No soy Dios —dijo Carlos, mientras Sarah le advertía que mirase hacia adelante, que íbamos pisando la línea—. No soy Dios. Puede que no me haya enterado de muchas cosas. Pero sí sé cómo temblabas en tus mejores tiempos.

—¿Temblaba? ¿Quién, yo?

—No, la vecina.

Sonia le arrojó uno de sus zapatos que por milagro no rompió el parabrisas.

Carlos dio un golpe de volante que nos movió a todos.

—¡Deja esa necia! —gritó Sarah.

—¡No sean boludos, che! —gritó Steven— ¿No les parece que ya tenemos bastante? Boludos, pelotudos al cuadrado, es lo que digo. Por algo estamos como estamos. Y boludo yo también, por dejar para hoy lo que pude haber hecho ayer: bajarme a tiempo. Lo único que nos falta es que nos demos vuelta en una carretera sin curvas. Entonces los quiero ver, si sobreviven, buscando un hueco donde esconder a Guzman.

—¿Cómo que *los quiero ver*? —dijo Carlos— ¿Ya no te incluyes en el negocio? ¿Vendiste todas las acciones? ¿Cuándo?

Steven prefirió no contestar, pero Sonia seguía fuera de sí. No sólo le pesaban las palabras de Carlos, sino que la carcomían los celos de haberlo perdido a manos de Sarah, una mosquita muerta como alguna vez había dicho, mucho antes de comenzar el viaje.

—Si alguna vez grité contigo —insistió Sonia, furiosa— habrá sido para complacerte. Los hombres no se sienten machos si la hembra no grita, así que como podrás imaginarte, eso es algo que las *hembras de verdad* aprendimos hace miles de años. De otra forma no hubiésemos sobrevivido en un mundo hecho para ustedes.

—Ya veo —dijo Carlos—. No asistí a esa clase de biología evolutiva donde te enseñaron que fingir es una cualidad femenina gracias a la cual existe la humanidad.

—Pues, ya sabes, querido —dijo Sonia—. Cuando el macho no hace gritar de placer a su hembra, la hembra igual grita por compasión. Este es tu caso, y lo segará siendo aunque cambies la que grita, porque la que hace gritar seguirá dando pena…

Las referencias al tamaño del pene de Carlos o a sus habilidades amatorias nos habían desagradado a todos, aunque no sabíamos cómo terminar con la discusión y mucho menos con la furia de Sonia, que lanzaba las palabras y su cuerpo viboreaba de arriba hacia abajo, como hacen las cubanas cuando están enojadas y no hay Fidel que las haga callar.

—Ya está —quiso terminar Carlos—. Es suficiente. Al menos ahora sé por qué gritabas como una gata en celo.

—Por complacerte —insistió Sonia, sin acusar el golpe, demasiado sutil para sus posibilidades, y bajando la voz como si intentase verificar el daño que le había hecho a Carlos.

—Como toda buena profesional… —aclaró Carlos.

—Es que hay que ser muy profesional para temblar y gritar encima de un muerto, chico… —dijo ella.

Era la primera vez que escuchaba de su boca la muletilla *chico*, o *chicu*, como la pronunciaba Roque y el resto de los cubanos.

A esa altura, Sonia parecía más una leona a punto de saltar sobre alguno de nosotros que la dulce muchachita de maneras aristocráticas que respetábamos y hasta admirábamos en la universidad.

—Oye tú, mamacita —dijo enseguida, dirigiéndose a Sarah y todavía sin poder dominar el viboreo de todo su cuerpo—, mira que el paquetito se ve muy lindo al principio, buenos músculos, dientes bien blancos, perfumado hasta cuando transpira mierda, pero después, de lo otro, de aquellito, poco y nada. Tendrás que esmerarte para resucitar lo poco que la naturaleza se empeñó en cultivar ese huerto.

—GPA 3.98 —dijo Carlos.[1]

—Mi GPA fue 3.88 —replicó Sonia—. El 0.1 de diferencia te lo metes donde no te llega el sol, querido.

—No terminé con 4.0 por tu culpa. No sé si te acuerdas de tus ataques de celos cada vez que tenía que estudiar para un examen.

—¿Celos? Estás loco. Sería amor propio. Y déjate de fastidiar con tu GPA y con tu distinción de honor que no lograste supuestamente por mi culpa. ¿Te crees que no hay otros cientos con tu 3.98? Thomas Wilson, el negro del equipo de futbol que en la clase de Filosofía 102 se sentaba contra la ventana, tenía un GPA no tan bueno pero un instrumento musical que era como un posabrazos. El GPA se olvida, querido, el posabrazos no.

STEVEN ALCANZÓ A SOLTAR ALGO así como una risa cansada, pero Carlos no contestó, no sé si por la respuesta de Sonia o porque advirtió, tarde, que íbamos pasados diez millas por encima del

---

[1] GPA: *Grade Point Average.* Sistema de calificación en las universidades de Estados Unidos. El máximo es 4.0.

límite de velocidad. Digo tarde, porque nos agarró la policía de la manera más estúpida posible.

En realidad, siempre habíamos asumido que diez millas por encima del límite era el margen de tolerancia en una autopista, pero no tuvimos presente que ese margen lo mide cada estado y cada policía a su gusto y antojo. La culpa no fue sólo de Carlos o de Sarah, que iba de copiloto y no recordaba el último cartel; ni siquiera de la pobre demente de Sonia, sino de todos nosotros que permitimos aquella discusión estúpida.

Nadie advirtió que el patrullero nos había estado siguiendo con las luces de advertencia y, como nadie iba atendiendo el tránsito (porque tampoco había tránsito en aquel desierto lleno de piedras blancas), mucho menos se podía prestarle alguna atención a los espejos retrovisores. El maldito había aparecido desde abajo de una piedra. Como siempre, tan estrictos y ocupados con los conductores, como si en este país se hubiesen extinguido los asesinos, los violadores y los narcotraficantes.

—A ver, ahí atrás —gritó Carlos—. Todos van durmiendo. ¿Está claro? Van todos durmiendo... *Todos*.

Mientras el patrullero se ponía al lado nuestro y nos indicaba que nos parásemos, Steven y Sonia saltaron hacia la parte de atrás, donde estaba Guzman. Carlos disminuyó la marcha muy lentamente hasta un descanso de la 10. Lo mismo hubiese dado que frenase en cualquier lugar, en medio del camino, porque nadie pasaba por allí. Pero Carlos necesitaba hacer tiempo, aunque no fuesen más que unos pocos segundos.

Después del correspondiente chequeo de la libreta de conducir de Carlos, el policía decidió subir a echar una mirada. Eso no era común por una simple multa por exceso de velocidad, por lo que enseguida supimos que estábamos en problemas.

Subieron dos con cautela, con las manos cerca de sus armas. Daba la impresión de que a cualquier movimiento iban a desenfundar. Yo hice como si recién me hubiera despertado, pero no me levanté de mi asiento. Luego me sentí estúpidamente orgullosa de esta minúscula actuación. El primer policía se asomó y nos observó con cuidado. Sonia estaba sentada junto a Guzman y fingía dormir con una pierna encima de él. Los dos estaban con los cinturones de seguridad puestos y ella se había sacado la falda y lucía unas piernas perfectas y unos glúteos que conmovían hasta a una mujer. En otras circunstancias me habría muerto de envidia. Tal vez esta ocurrencia logró poner cierta distancia entre ellos y el policía, que de todas formas decidió pedirnos los *IDs*. Cuando llegó a la pareja que parecía enredada en el mejor de los sueños, Sonia le entregó su identificación y la de Guzman, fingiendo estar todavía adormecida sobre él. El policía los miró un instante (quizás se rio) y le devolvió las tarjetas a Sonia. Sonia miró desafiante al policía, como si le pidiese explicación por la risita fuera de lugar. Sonia fingió pudor y fastidio por la mirada de uno de ellos y se cubrió con la falda que estaba sobre Guzmán.

Los policías bajaron para revisar el auto que iba enganchado detrás y volvieron por el lado de la ventana del conductor con la multa que Carlos debió firmar.

—Que tengan un buen viaje —dijo uno de ellos—. Maneje con cuidado.

—Muchas gracias, oficial —dijo Carlos, con un tono que daba pena.

Así escapamos la primera vez. Sonia se reivindicó ante el grupo, aunque aquella pequeña victoria personal no le duró mucho tiempo.

Domingo 7 de junio

LLEGAMOS A EL PASO el sábado por la noche. Después de dar vueltas en busca de un motel decente y alejado de la ciudad, terminamos en un camping que estaba a las afueras, contra las sierras y poco antes del desierto. Si no hubiese sido por un cartel que lo anunciaba a la entrada, nadie podría adivinar que aquello era un camping o tal vez un parque nacional. La recepción estaba cerrada y un cartelito colgado en la puerta principal solicitaba a los clientes que llenaran un formulario y lo deslizaran debajo de la puerta junto con los veinte dólares que costaba cada noche. No había demarcaciones claras ni luces, aparte de una medialuna que alumbraba cada tanto. Los servicios sanitarios parecían haber sido abandonados y para usarlos había que valerse de una linterna. Se llamaba Hueco, o El Hueco, seguramente por las cuevas que parecían haber en la zona.

Esa noche ni comimos ni dormimos. Alguna especie de pájaro o de zorro estuvo lamentándose hasta bien avanzada la madrugada. En vano, Steven salió un par de veces a buscarlo para arrojarle unas piedras, pero parecía que el animal nos estuviese observando y adivinara sus intenciones, porque bastaba que Steven pusiera un pie afuera de su carpa para que el animal dejase de lamentarse hasta que, después de quince o veinte minutos de espera, Steven se cansaba y volvía a su carpa para escuchar otra vez a la pequeña y maldita bestia lamentándose o llamando a alguien.

Entonces insultaba desde su carpa.

—¡Maldito animal, hijo de puta!

—Déjalo —había dicho Sonia, desde su carpa—. Es Guzmán… Déjalo.

Nadie respondió a este comentario absurdo de Sonia, como nadie advirtió, en ese momento, que la pobre ya comenzaba a mostrar que algo no andaba bien en ella.

Así que tuvimos que soportar aquel lamento hasta poco antes del amanecer.

El domingo por la mañana dejamos la home en el camping. Steven y Sonia quedaron a cargo de Guzman. Mucho tiempo después entendí que, con alguna rara excepción, cada vez que el grupo se dividía en dos, Carlos y Steven se quedaban a cargo de uno. Así que, a pesar de que manifesté mi intención de quedarme en el camping para que fuesen los dos hombres a tratar con hombres, al final fimos Carlos, Sarah y yo los que salimos a buscar el contacto.

No fue fácil dar con la zona donde se levantaban sinpapeles. Estuvimos desde media mañana hasta pasada la tarde recorriendo varias calles de la ciudad, sumando algún inconveniente propio de un malentendio. Empezamos por el lugar equivocado, aunque parecía el más obvio: la zona del puente que cruza hacia México. No sé exactamente en qué barrio fuimos a parar después de varias horas de sudor, polvo y una creciente frustración, pero cerca de las cinco de la tarde entramos en una taquería para descansar. El restaurancito, que más bien parecía una posada del otro lado, llena de gente morena y quemada por el sol, gente de risa fácil y comentarios inapropiados, refutaba cualquier preconcepto sobre la felicidad. Steven dijo que, de no ser por sus padres que todavía lo esperaban en Nueva York, con gusto cruzaría para el otro lado. No lo descartaba en un futuro próximo. Carlos le recordó que no era sólo por sus padres, sino porque tampoco podía dejar al resto del grupo en ese momento, tratando de resolver lo de Guzman.

En una mesa cerca de una ventana y no muy lejos del trompo de carne que olía a otro mundo, a otro tiempo que sólo se puede encontrar en los sueños o en los recuerdos de la infancia, pedimos los inevitables tacos al pastor y no faltó una cantidad imprudente de cerveza que ninguno de nosotros rechazó, con excepción de Carlos, que apenas probó del vaso de Sarah.

El mozo, apenas notó nuestro acento gringo, dijo que nos iba a servir auténtica comida azteca, para revitalizar el corazón.

Steven observó que el plato más típico de México había sido el invento de un turco del que no recordaba ni su nombre, o de algún otro inmigrante árabe, como los *cowboys* no eran otra cosa que los vaqueros mexicanos adoptados por los yanquis ilegales que por oleadas habían llegado a aquellas tierras tiempo atrás. El mozo se encogió de hombros y dijo que de cualquier forma allí se preparaban los mejores tacos al pastor de Texas y seguramente de México también. Enseguida cambió la breve incomodidad dialéctica por una complaciente sonrisa comercial y al poco rato volvió con los tacos y tres botellas de Corona.

Poco antes de irnos, dejamos que un fastidioso con un sombrero ranchero se sentara en nuestra mesa para descubrir que en realidad no era mexicano sino chicano, y que conocía del otro lado tanto como nosotros. Cuando Carlos llamó al mozo para pagar, le preguntó si no conocía gente que quisiera trabajar en una granja cerca de Amarillo, a lo que el mozo respondió que no tenía ni idea. El borracho del sombrero tejano desapareció apenas escuchó que andábamos en busca de alguien que quisiera trabajar. Cuando volvió el mozo con la cuenta dijo que, si nos dábamos una vuelta por el Segundo Barrio, cerca de Armijo Park, tal vez podíamos encontrar lo que estábamos buscando.

Por Campbell y por Mesa Street encontramos varios grupos de hombres de aspecto mexicano, esperando en diferentes esquinas. Tal vez no sólo era el lugar correcto sino la hora indicada. Pasamos de largo de los dos primeros, y de los dos siguientes, y luego de otros cuatro o cinco. Nos costó mucho decidirnos por alguno de aquellos hombres oscuros que se ofrecían a cada uno que pasaba por allí, con sus camisas antiguas, como gastadas o desteñidas. Hombres más bien bajos y corpulentos, toscos, de miradas vivas pero reprimidas, humildes pero intimidantes.

Una pick up blanca que iba delante de nosotros pasó de largo de varios grupos hasta que se detuvo un instante para levantar a cuatro hombres que saltaron detrás del monstruo como si se tratase de algo rutinario. Nosotros desentonábamos con un convertible y dos chicas dentro. Tal vez la insistencia de varios de ellos para que los recogiésemos, nos intimidó.

Hasta que, luego de pasar una esquina donde había un estacionamiento abierto, con un gran mural de la virgen de Guadalupe y otro de Cesar Chavez recibiendo a unos niños (como Jesús en aquellas revistas de *La Atalaya* y *¡Despertad!* con la que nos acosaban los Testigos de Jehovah cuando éramos chicos), lo vimos a él. Carlos disminuyó la marcha en dos ocasiones pero enseguida continuó sin decir palabra. Tampoco Sarah y yo dijimos nada. Siempre, ante la duda, lo mejor es abstenerse.

Dimos vuelta a dos o tres manzanas y volvimos a pasar por el estacionamiento del mural. Todavía estaba allí aquel hombre de la mochila y camisa a cuadros, como alguien que espera un taxi en el desierto. Buscaba trabajo como todos los demás, pero quizás la inexperiencia y un pánico personal a lo desconocido lo habían alejado del resto hasta la esquina menos codiciada. Los tímidos se juntan, y quizás lo que le deben algo a Dios y al Diablo también.

—No tengo trabajo —le dijo Carlos, deteniendo la marcha.

La vulnerabilidad de aquel hombre nos había animado a hablarle con toda la confianza que nos faltaba.

El hombre lo miró desconcertado, pero no dijo nada.

—¿Viene usted del otro lado?

—Puede ser —dijo.

—¿Sí o no?

No contestó.

—No tengo trabajo —insistió Carlos—, pero necesito alguna información.

El hombre se alejó y Carlos lo siguió. Entonces Sarah se animó a hablarle.

—No somos de la Migra —dijo—. Sólo buscamos un contacto para pasar para el otro lado.

El hombre se detuvo y nos volvió a mirar con extrañeza.

—Cuál es el problema —dijo—. Es fácil pasar de aquí para allá. Si miran el mapa, el camino es todo en bajada. Cualquiera puede…

—Tómelo como un trabajo, si quiere —dijo Sarah— Nada es gratis en este mundo.

—¿Cómo qué quieren saber…? —titubeó el hombre.

—Suba —aprovechó a decir Carlos—. No le quitaremos mucho tiempo.

Pero después de dudar un instante, el hombre siguió caminando. Entonces Carlos le dijo a Sarah que se bajara y le ofreciera los doscientos dólares, como habíamos acordado antes. Hasta quinientos podíamos pagar, pero que comenzara por doscientos. Sarah preguntó por qué ella y Carlos le dijo porque ella era mujer. El mexicano se sentiría menos intimidado. Me ofrecí para acompañarla, pero Carlos dijo que, por la misma razón, mejor debía ir ella sola.

Sarah estuvo caminado a prudente distancia de aquel desconocido por casi media cuadra hasta que finalmente se detuvieron al llegar a la esquina. El hombre nos miró desde lejos y luego de un instante pareció asentir. Entonces volvió por los quinientos dólares.

Cuando subió a mi lado, no sólo sentí su olor a sudor sino también su respiración agitada. Estaba asustado. Ese era German. Mejor dicho, todavía no era German sino un desconocido, un hombre más bien vulnerable y de una mirada fija, estresada, que sin embargo evitaba mirar a los ojos de los demás. Se refugiaba en las cosas. Tenía las manos gruesas y torpes. Cada tanto, se limpiaba el sudor de la frente con la muñeca, un gesto típico de aquellos trabajadores que suelen tener las manos sucias. Sucias de trabajo, no de otra cosa, como hubiera dicho Steven.

Le ofrecí el agua que quedaba de mi botella y la aceptó sin decir palabra. Bebió con avidez, como yo nunca hubiese bebido de una botella ajena. A poco de andar nos detuvimos en el parquímetro de un Wal Mart. Se hizo un silencio bastante incómodo. Ninguno de nosotros sabía cómo explicar lo que necesitábamos. Sarah y yo esperábamos por Carlos y él se sentía obligado a resolver.

—¿Vienes del otro lado, no? —dijo Carlos.

—Así parece —fue la respuesta evasiva de German, como un Jesús siendo interrogado por Pilatos.

—Sólo necesitamos el contacto de un coyote. O como se llame... ¿Cómo le llaman?

—Como usted mande.

—Coyote o como se llame. Alguien que pase cosas de allá para aquí o de aquí para allá.

—¿Cosas? —preguntó German, frotándose el mentón en un gesto claramente escéptico— Los coyotes pasan gente, que yo sepa. Al menos que ustedes anden en otro negocio. En ese caso yo no los puedo ayudar. Prefiero quedarme afuera, si no les molesta. No quiero saber nada con las drogas. No sé sus nombres, no me acuerdo de sus rostros. Hagamos de cuenta que no escuché nada y me dejan por aquí no más.

—No, qué drogas —se exaltó Carlos—. Nada de eso, hombre. ¿Nos ves cara de narcos?

—Si algo aprendí en esta vida es que las caras no dicen nada realmente importante —dijo German—. Si te acostaste con tu maestra, es algo que no puedo saber mirándote la cara.

—Sí, me acosté con una maestra de la secundaria y con mi profesora consejera en la universidad —dijo Carlos—. Estaba que se partía en dos y su marido no la atendía bien. Pero no me importa lo que pienses de nosotros. Vamos a lo práctico, al negocio, si te interesa. Tenemos un amigo del otro lado al que necesitamos ayudar. Eso también es algo que no te importa. Sólo te estamos pidiendo un contacto. Mejor dicho, te estamos comprando la información, que no sé si vale tanto. No hay nada raro. Lo que ya sabes lo vendes si te interesa. Si no, te bajas y buena suerte con tu moral de ilegales.

German no respondió. Respiró como cansado y se puso a revisar su mochila. Estuvo un buen rato abriendo y cerrando sobres y bolsas de nylon. Cuando pensamos que no tenía lo que buscábamos, sacó un rollito de papel minúsculo como un cigarro. Allí tenía un número telefónico. Me lo dio y yo se lo pasé a Carlos.

—¿Y el nombre? —preguntó Carlos.

—Carlos —dijo German.

—¿Carlos qué? —preguntó Carlos.

—El Chapo Carlos —dijo German—. No sé su apellido. No sé si ese es su nombre real, pero así se hace llamar.

Carlos leyó el número y, mientras alisaba el papelito, dudaba qué hacer. No estaba Steven para discutirlo o no podía hacerlo con nosotras delante de un extraño.

—Me esperan aquí —dijo de repente, y se fue al teléfono que estaba a la entrada.

Mientras Carlos esperaba su turno para hablar por teléfono, German preguntó de dónde veníamos. No contestamos, pero él dijo:

—Yo vengo de Nuevo Casas Grandes. ¿Saben dónde queda Nuevo Casas Grandes?

Ninguna de las dos le contestó.

—Queda en Chihuahua —dijo.

Me di cuenta todo lo diferente que era aquel hombre de nosotros. Una no está acostumbrada a compartir algo de la vida privada con desconocidos. Alguien que se expone así, de entrada, proveyendo información sin que se la soliciten, sólo podía ser un campesino del otro lado de la frontera, del otro mundo.

Entonces sentí que hubiese preferido estar en su lugar. Hubiese querido ser una inmigrante ilegal cuyo mayor delito era buscar trabajo en otro país. Hubiese querido ser una mujer invisible, una sinpapeles, alguien perseguido por los otros pero no por su propia conciencia.

A esa altura German parecía más relajado y, ahora, las que estábamos nerviosas éramos nosotras. A pesar de que ya comenzaba a oscurecer, Sarah no se sacaba los lentes de sol y se podía apreciar cierta rigidez en sus movimientos. Quiso pintarse las uñas, pero un evidente temblor hizo de un hábito tan rutinario en ella una misión imposible.

—Dejé mujer y quién sabe si algún hijo por allá —dijo German—. Esta es mi primera vez. La primera vez que cruzo de mojado. Mi hermano mayor cruzó en el 92 pero, según dicen, quedó en el desierto. Ojala que no, decía yo siempre. Ojala que se haya decidido a hacer una vida nueva. Ojala que no, decía mi pobre padre. Ojala que no se haya olvidado de nosotros de esa forma.

La espera de Carlos duró siglos. Finalmente tomó el tubo.

—Seguro que lo atiende una chamaquita que lo hace esperar un rato largo antes de pasarlo con el Chato —dijo German.

Por los gestos de impaciencia de Carlos, las cosas eran exactamente como decía German.

—El Chato no es buena gente, pero cumple con su palabra.

—¿Cómo se entiende eso? — pregunté yo.

—No es buena gente porque es capaz de vender a su propia madre. Pero si dice que te va a dejar en tal y cual lugar, allí te deja.

—No será por honestidad —dijo Sarah—; la confianza es parte de su negocio. Un profesional con todas sus letras.

—Así mismito —dijo German—. Más que un coyote, es un verdadero zorro. Si hubiese estudiado sería gobernador o presidente de algún país.

—¿Esa es la idea que tiene de la gente que estudia?

—No... Pos, sí y no. Los estudios no lo hacen a uno buena persona. Si uno es bueno, tal vez con estudio será mejor. Si uno es malo, peor será, digo yo... Pero como no soy letrado, tal vez ni yo sepa lo que estoy diciendo. Lo que es segurito es que los que estudian siempre pasan menos trabajo. Por eso mi viejo me decía que estudie, para que no tenga que reventarme en el campo como él... Pero yo no llegué a terminar la secundaria porque nos agarró una sequía que terminó con todo. Después, purito trabajo, de sol a sol. La gente que estudia no, es otra historia. Claro que después la gente que no tiene problemas se los busca de todas formas...

En ese momento Carlos había terminado de hablar y se dirigía al auto. Lo vimos llegar con un gesto más bien sombrío.

—¿Habló con el Chato? —preguntó German.

—Sí —contestó Carlos, en un tono que dejaba más dudas que certezas.

—Bueno, entonces me pagan y me voy —dijo German.

Carlos se dirigió a su asiento de conductor. Escribió algo en su libreta. Entonces me pareció que repasaba los números del teléfono de Guzmán tratando de pensar en algo. Sarah lo miraba sin decidirse a hablar. Un minuto después Carlos abrió su billetera y sacó los quinientos dólares que entregó a German. German respiró aliviado.

—Pensé que no venían más esos verdes —dijo.

Tomó el dinero y se bajó del auto.

—Salvado por unos cuantos días —continuó, mientras se bajaba—. Un gusto conocerlas, señoritas… Adiós.

Se fue al supermercado con un andar que revelaba precaución, como alguien que camina por un campo minado. Advirtió un patrullero que se dirigía hacia la entrada y fingió atarse los cordones de los zapatos, hasta que el auto retomó la marcha.

Los tres quedamos discutiendo los detalles en el auto. Entonces supimos que el tal Chato o Chapo había citado a Carlos en un descanso del *Transmountain road*, el que está en una curva de la 375, frente a las montañas. 375 eran las últimas tres cifras del número de teléfono que le había dado German. Ni Carlos ni el coyote habían mencionado nada concreto pero, según Carlos, así se lo había sugerido.

Sarah se fastidió, pero su fastidio era tan vago como el acuerdo que había logrado Carlos. ¿Cómo era que había hecho una cita a ciegas con un coyote y ni siquiera sabía cuánto nos iba a cobrar?

—Porque apenas sepa la naturaleza del encargo —casi gritó Sarah— nos va a pedir lo que se le antoje. Y cuando tengamos que decir que no, ya estaremos en problemas.

—Como si ya no estuviésemos en problemas —se quejó Carlos.

—Nos chantajeará a su gusto.

—¿Qué quieres que le hubiese dicho por teléfono? —preguntó Carlos, no menos enfurecido—. ¿Que el pasajero es sordomudo?

—Cualquier cosa, pero algo más concreto antes de ir a exponernos allá arriba.

—La próxima vez te encargas tú —dijo Carlos—. Tal vez a esta hora estaríamos buscando otro sinpapeles con otro teléfono, o con el mismo, y pagando otros quinientos dólares para volver a decirle que no, que es muy arriesgado reunirse con un mafioso traficante de seres humanos... ¿Qué pretendías que hiciera? ¿Que pidiera para hablar con la madre Teresa?

—No, pero...

—¿Qué hubieses hecho tú en mi lugar?

Sarah se quedó callada hasta que pateó la guantera.

—¡Suerte de mierda! —gritó.

Me di cuenta de que estábamos perdidos. Carlos debía actuar de líder, pero la verdad era que aparte de ser un par de años mayor que el resto y haber mostrado siempre una mayor auto-confianza, era tan inexperiente como cualquiera de nosotros.

Fue entonces que pensé en German cuando Carlos ya había echado a andar el motor y se dis-ponía a volver al camping. Le puse una mano en un hombro y le dije que se detuviese.

—Antes de seguir cometiendo errores —dije— ¿por qué no nos calmamos un poco?

—¿Quieres una aspirina? —me preguntó Carlos, con sorna.

—No, quiero que seamos más prudentes en nuestras decisiones.

—¿Por ejemplo?

—Si volvemos a la home vamos a convertir esta discusión de tres en una discusión de cinco, y estaremos igual que al principio. Como los co-nozco, sé que estaremos hasta la medianoche echándonos la culpa unos a otro. Como si fuese poco, seguiremos peleando sobre el hecho de que mañana tenemos que negociar con un mafioso que no conocemos y que, probablemente como dice Sarah, termine por acosarnos el resto de nuestras vidas, si no nos denuncia.

—No es mi culpa. Esa fue la decisión del grupo. No olvides —se defendió Carlos.

—Ya lo sé. Y yo ni siquiera me opuse, lo que me hace cómplice, una vez más.

—Como a todos, princesa —dijo Carlos—. Además, si tan mal les parece la cita, podemos faltar sin aviso.

Si esa vez no estallé fue porque en el fondo de todo ese mar agitado yo me daba cuenta de que Carlos se ponía irónico cuando no sabía resolver una situación y tampoco se atrevía a renunciar a su liderazgo. Probablemente no era por amor al poder, ni siquiera por un exceso de autoestima, sino porque debía saber que si él no fingía que las cosas estaban bajo control, se iban a derrumbar como un castillo de naipes. No hay nada más poderoso que la fantasía de los líderes. Ni nada más peligroso también. Carlos necesitaba nuestra fe en él, una fe tan absurda como útil, como toda fe que no depende de la realidad de los hechos.

—Como les digo —insistí—, no se trata de culparnos unos a otros sino de buscar soluciones concretas. Hay algo que debe estar claro. No hay nada que podamos hacer para mejorar la situación en la que estamos. Desde que salimos de Nueva Orleans, como locos, lo único que podemos hacer es evitar seguir hundiéndonos más, tratar de que mañana no estemos peor de lo que estamos hoy.

—Estoy de acuerdo —dijo Carlos—. Eso no se discute. ¿Pero en qué consisten tus *soluciones concretas*?

—No tengo *la* solución —contesté—, pero por lo pronto algo bien concreto es que no nos quedamos con ningún contacto del tal German.

—Tampoco él los tiene —dijo Carlos—. En unas horas más se convertirá en otro hombre invisible, si ya no lo era desde antes de cruzar la frontera. ¿Qué querías que hiciéramos? ¿Que le pidiésemos su número de teléfono?

—No soy tonta —dije—. Al menos no tan tonta como me creíste siempre.

—Lo que faltaba —dijo Carlos— ¿Y tú qué sabes lo que yo pienso de ti?

—Hay cosas que no necesitan aclaraciones.

—Déjate de sentir lástima por ti misma —replicó él.

—Ve al punto —insistió Sarah, dándose vuelta—. El psicoanálisis lo hacemos después. Ahora no vamos a iniciar otra discusión inútil.

—Lo que digo es que no podemos dejarlo ir. El tipo no es un mafioso, se ve, es algo que tampoco necesita demostración; pero los conoce y sabe cómo tratar con ellos.

—¿Tan rápido te enamoraste de El Hombre Invisible? —dijo Carlos.

Sarah no dijo nada, pero le lanzó una mirada que equivalía a una de esas bofetadas que las esposas dominantes suelen lanzar sobre sus maridos. Era como si el pobre Obama hubiese sido reprendido por Michelle, por algún desliz en el vocabulario.

—Con todo, muy errada no debes andar —dijo.

Luego, Mirando hacia la entrada del Wal Mart, dijo:

—Todavía debe estar ahí adentro. ¿Lo han visto salir?

Sarah hizo una señal y Carlos movió el auto hasta un lugar desde donde veíamos mejor la entrada. Luego pensamos ir a buscarlo adentro para asegurarnos, pero ninguno estaba seguro si German podría tomarlo como un acoso sospechoso. Así que decidimos esperar a riesgo de perderlo.

Salió media hora después. Carlos nos dijo que le hablásemos las dos. Ya sabíamos que, según él, los hombres confiaban más en las mujeres. Quedamos en que mientras Sarah y yo lo invitábamos a pasar la noche en el camping, Carlos, se iba a mostrar fastidiado.

Pasamos despacio por la puerta principal y Sarah lo saludó fingiendo sorpresa:

—¡Hey, German! —exclamó, en voz baja; noté cierta sensualidad en su voz—. ¿Todavía andas por aquí?

—Pos, como le ven —dijo German.

—¿Y adónde vas con las bolsas?

—Al centro.

—¿Cómo?

—Me dijeron que pasaba el bus por aquí, en una horita, más o menos.

—Súbete —ayudé yo—. Hay lugar para uno más, ya sabes.

—No quisiera molestar…

—No seas tonto. No te vamos a cobrar el viaje.

—Pos, ustedes ya saben. No tengo muchas posibilidades de negarme…

German debió observar el rostro de Carlos.

—Claro, si el amigo no se molesta —dijo.

—No hay problema —agregó Carlos—. Si es sólo hasta el *downtown*…

German pensaba pasar la noche en la estación del Greyhound, así que luego no nos costó mucho trabajo convencerlo para que nos acompañara al camping. Tiempo después supe que necesitaba con urgencia cualquier contacto, pero no había insistido mucho con nosotros porque desconfiaba que estuviésemos metidos en algo sucio. Lo estábamos, aunque él pensaba que podíamos ser narcotraficantes, o aprendices, o algo por el estilo.

ESA NOCHE, EN EL CAMPING, German nos confió sus planes. En Chihuahua le habían comentado que en Pensilvania había muchas plantaciones de hongos y que, si no conseguía nada en el campo, podía probar suerte en las fábricas de champiñones.

—Dicen que hay tantas —decía, con aquella alegría característica de los primeros tiempos—, que uno hasta puede ubicarlas por el olor. Y como yo tengo buen olfato, olfato de perro, no de víbora, creo que me voy a poder defender bastante bien.

Steven, que para entonces ya estaba al tanto de todos los detalles, lo desalentó diciendo que esas eran historias que cuentan los coyotes y luego repite la pobre gente necesitada del otro lado.

—La esperanza es como el tequila —dijo Steven—; ayuda a que la existencia sea menos miserable mientras nos va matando de a poco, sin que uno se dé cuenta.

—Bueno, tampoco te pongas tan trágico — se rio Sarah.

—Esperanza o resignación, yo lo único que sé es que no tengo nada que perder —dijo

German—. Mi hermano murió tratando de hacer lo que yo estoy haciendo ahorita. Murió caminando por el desierto de Nuevo México. Ni siquiera habrá tenido la suerte de que alguien lo enterrase con dignidad. Se lo comieron las hormigas o se lo chupó la tierra. No lo digo como reproche. Al fin y al cabo yo sé que todos los que pudieron acompañarlo en el intento estaban en lo mismo, tratando de sobrevivir y de escapar a la Migra y a la sed y a los coyotes y a la puta madre. Mi madrecita se murió de disgusto unos meses después. Cinco meses después. Con todo, aguantó mucho, según me dijo el viejo una tardecita que lo encontré tirado a un costado del camino que salía del pueblo, borracho, con un tajo en la frente y acosado por unos escuincles que se divertían cantando *Ay, ay, ay, ay, canta y no llores, porque cantando se alegra, cielito lindo, los corazones…* Casi mato a uno de aquellos hijos de puta de una pedrada que le tiré, que gracias a Dios no dio justito. Todo eso fue en el 92. Hace un año mi viejo murió de apendicitis.

—¿Se murió de apendicitis? —preguntó Steven.

German había aceptado todas las cervezas que Carlos le sirvió. Vaya el diablo a saber si Carlos lo hacía por genuina generosidad o simplemente porque quería informarse sobre German. Habiendo conocido a Carlos, me inclino por la segunda. En algo no se equivocó: un mexicano pobre nunca desprecia un trago. Claro que tal vez la verdad no radica en el sustantivo sino en el adjetivo: un pobre nunca desprecia nada.

—De apendicitis, de peritonitis o de angustia —contestó German—. Quién sabe. Tal vez ni el médico sabía de qué había muerto mi padrecito y tampoco le importaba si anotaba ataque de corazón, indigestión o cirrosis. Qué más daba… Con tal de poner algún nombre científico a la desgracia ajena ya era más que suficiente. Ese era su trabajo y quería hacerlo rápido para salir de allí, de aquella habitación que seguramente le debía dar asco o, por lo menos, indiferencia. La verdad (que el viejo se había muerto de angustia, de tristeza, de amor o de decepción por la vida) no importaba, y pronto sería enterrada junto con aquel pobre saco de carne y huesos que para mí todavía era mi padre. A veces pienso en todos los gestos, en todas las muecas que su pobrecito rostro habrá hecho desde ese día hasta convertirse en un montoncito de huesitos limpitos. Por lo menos pude enterrarlo yo mismo debajo de un arbolito más viejo que todos nosotros, ante la mirada atenta de Lobito, su perro, que fue el que más lo lloró, porque yo sabía disimular. Disimulaba vaya Dios a saber por qué, porque al entierro no asistimos más que Lobito y yo. Así que el viejo se quedó por fin descansando cerca del arroyo que está al fondo de la propiedad, que ya ni propiedad era porque estaba embargada de tantas deudas que había acumulado con el banco.

—No me digas que además tenían problemas con un banco —dijo Carlos o Steven; no alcanzo a distinguir la voz aunque paso y repaso varias veces la cinta. Me parece más probable que fuese Steven. Steven no era más cruel que Carlos, pero sin duda el sarcasmo era uno de sus fuertes o simplemente un recurso para disimular otras debilidades.

—Pos, sí.

—Yo pensaba que al menos los pobres de la tierra no tenían que lidiar con esa desgracia.

—Hospital cerca no había, pero el banco era como Dios: estaba en todas partes y le rezábamos cada día. Todo el año anterior habíamos trabajado de sol a sol y de luna en luna. Habíamos trabajado como bestias, más que nunca, pero diosito y la virgen no nos querían tanto, así que nunca escucharon nuestras plegarias por una gotita de agua. Algo mal habíamos hecho, seguramente, sólo que no lo sabíamos. El banco nos había prometido pagarnos las semillas y las herramientas a cambio del trabajo, pero nadie nunca dijo que ese año no iba a llover una gota y así lo único que creció fue la deuda con el banco. Pos, claro, el banco no tenía culpa de que Dios no hiciera llover; nosotros teníamos la culpa y teníamos que pagar por eso. La deuda y la angustia del viejo se le fueron acumulando en su pecho hasta que el pobre se doblaba de dolor apenas llegaba la noche. Al principio el vino lo aliviaba, pero poco a poco ni el vino ni el tequila ni cualquier otra mentira que uno escuchaba en la radio sobre lo bien que iban mejorando las cosas en el país y todo eso. Así que apenas murió el viejo ya no me quedaban más opciones que irme del todo. Si vendía, me endeudaba. Así que llevé a Lobito a la casa de los Hernández, unos buenos vecinos que vivían a una legua y que estaban tan endeudados como yo, y les dije que dispusieran del campo del viejo mientras pudiesen, antes que llegaran los hombres de los papeles. Les dije que tenían mi permiso, aunque más no sea un permiso moral. La tumba de papá no creo que alguien se atreviese a quitarla de donde está, porque todos son cristianos de buena ley. Habrá gente de por allá que desprecia la vida pero ninguno se mete con la muerte. Entonces dejé todo como estaba y me fui. Me despedí de cada rincón de la casa y del campo y me fui, seguro de que no volvía más. Me fui sin arreglar ningún papel. ¿Para qué? si no podía esperar nada bueno de ningún papel. Los pobres y los papeles nunca nos llevamos bien.

—¿No dejaste a nadie más del otro lado? —preguntó Sarah.

—Algo, sí.

178

—*Algo*, me suena a mujer…

—Órale. Todas las mujeres son un poquito brujas. Sí y no. Algo más dejé por allá. Dos años antes me había separado de mi mujercita. Resultó que el tiempo terminó por darle la razón a mis suegros, que decían que conmigo su adorada hija se iba a morir de hambre, que por mí la princesa había dejado al hijo de los Curbelo, la familia que tenía la bodega de vino cerca de Buenaventura, y que a la postre terminaron empleando a mi mujer, la pobre Lorena, de empleada doméstica, como un favor muy, pero muy especial, se dijo, hacia mi pobre suegra que fue a rogarles una limosna para su hija que agonizaba en la miseria de una tierra reseca y de un marido aún más inútil. Un día, apenas yo volvía de la lidia en el maizal, todo sudado y sediento, antes que dijese "aquí llegué", la pobre Lorena me dijo que iba a aceptar la chamba que le habían ofrecido los Curbelo en Buenaventura, que era por un tiempo hasta que las cosas se arreglaran, y que de todas formas ella me amaba a mí, y que me amaría siempre, pero que también tenía que pensar en su hijo, que aquello no era vida y mucho menos futuro para un niño de tres años que en poco ya tendría que empezar la escuelita, y que aguacate y que guacamole. Mucho que me amaba y que para siempre, pero para mí las maletas y en niño moqueando decían más que las palabras. Las cosas hablan solitas y cuando necesitan mucha explicación es porque alguien está mintiendo. No digo que mi mujer no me amaba, pero parecía que no lo suficiente como para no humillarme hasta ese punto. Lo único que me quedaba claro era que se iba a trabajar de doméstica en la casa de los que hubiesen sido sus suegros. La que hubiese sido su casa, en una palabra, porque los suegros, como todo el mundo, un día se mueren, porque debe ser ley que uno vaya dejando lugar a los que vienen detrás. El señorito Iván Curbelo Montenegro, que debía llamarse en vez Monterrubio, como todos los Curbelo, y que pudo llegar a ser su honorable esposo, por lo menos hasta hace un mes estaba ennoviado con una italiana de abolengo, con un apellido que no recuerdo pero era algo así como Prodi o Parodi, no muy linda pero con estudio y fortuna, por lo que no pienso que la pobre Lorena se pudiese enganchar de nuevo con él, por conveniencia o por nostalgia, o que pudiera meterme los cuernos antes de saber noticias de mí en Estados Unidos, pero para mí ya era bastante humillación que mi retoño tuviese que jugar en la alfombra que pisaban los Curbelo Montenegro y que no me quisiera ver los fines de semana, que mi mujer tuviese que vivir con esa idea de que su vida podía haber sido mejor con otro, y que tuviese que acomodar cada día todos y cada uno de los vestidores que se había perdido gracias a un capricho de juventud, que había arruinado su futuro con esto que tienen ustedes aquí presente.

—Jodida la cosa —dijo Steven—. Das lástima que dan ganas de llorar. ¿Te sirvo otra?

—Ándale, no más.

—¿Cuál es el promedio de un mexicano?

—¿De cervezas?

—Sí, cuantas en una noche.

—Depende de la plata. Cuatro o cinco si hay algo que festejar. Seis o siete si hay algo que lamentarse.

—En eso se parecen a estos estúpidos americanos —dijo Sarah.

—Bueno, dale —insistió Steven—. ¿Qué pasó con ella?

—Lo sabrán un día, si no lo saben ya... El amor no dura para siempre. ¿Cuántos años tienen ustedes? ¿Dieciocho? ¿No?

—Veinticuatro —dijo Sarah.

—¡Veinticuatro! ¡No, guey! Pero si parecen unas niñas. En mi pueblo a esa edad ya están arrugaditas de tanto sol y algunas, de sólo pasar hambre y frío, ya parecen abuelas. Debe ser la buena vida que las mantiene así de jóvenes y bonitas. De donde yo vengo el sol seca todo; hasta el maíz más duro se arruga. No es el sol inocentito de las playas de Cancún que tanto les gusta a las güeritas del norte. Yo siempre llevo sombrero, y como soy un poquito moreno no me arrugo tan fácil, pero yo ya tengo veintiséis, aunque imagino que ustedes me habrán dado cuarenta o cuarenta y cinco. ¿Me equivoco? No... Es decir que ustedes son dos años más jóvenes. Pero de seguro que hay más diferencia que eso. Ustedes parecen como que apenas empiezan a descubrir el mundo, y aunque les parezca que dos años no son nada, a veces son toda una vida.

—Todos aquí hicimos *study abroad* —aclaró Sarah.

—¿Y qué viene siendo eso? —preguntó German.

—Un semestre en algún país de Europa o de América Latina.

—Ah, ya veo —dijo German—. Un guey que conocí en Monterrey se dedicaba a eso. Él le llamaba turismo académico o algo así. Las universidades americanas les mandaban un grupito de estudiantes todos los años y por una montaña de dólares él les daba de comer tacos y los llevaba a los antros del DF. Allá del otro lado los chicos hacen todo lo que no pueden hacer de este lado. Las chicas demoran más pero cuando se lanzaban a conocer la cultura del lugar no dejaban muerto sin sus flores. La experiencia era completita, según me contó aquella vez y yo le pregunté si cobraba por hacer eso.

—Yo me perdí de algo —dijo Sarah.

—Tal vez tu *estady abrod* no fue en México.

—No, claro. Fue en Irlanda.

—Híjole. Qué desgracia. ¿Ese país todavía existe? —dijo German.

—La pasamos bien sin necesidad de ninguna experiencia completa —dijo Sarah.

—Ya veo por qué te dejó tu mujer —dijo Steven.

—Ves mal —se defendió German—. Yo nunca fui muy mujeriego. Perro que ladra no muerde. Tuve mis experiencias, sí. A los catorce me cogí una prima que me llevaba como cinco años, porque estaba insinuando demasiadas veces que yo era maricón. No tenía motivos, pero creo que lo decía sólo por jugar con fuego. A esa edad las hembras no saben qué hacer con tantos reglaos con que las viste la naturaleza. Tuve que hacerlo y ella quería salirse de dudas.

—¡Ay, Dios mío! —se quejó Sarah—. Esto es demasiado para mí. Permiso.

Cuando Sarah se fue, German se dirigió a Steven.

—Después a la madre de un amigo de escuela —continuó German—, porque al parecer el marido había perdido el interés por la misma cena todos los días y andaba en otras puterías. Así que en pocas palabras, mi amigo, no voy a negarlo. Tuve mis experiencias como cualquier hombre. Pocas, a decir verdad. Pero mientras estuve casado me mantuve limpito. O casi.

—Sí, ya veo.

—Reconozco que una vez una chica que atendía un almacén en el que yo vendía las cosas del huerto una vez me dijo que ya no trabajaría más allí porque se iba a estudiar al DF y que me iba a extrañar. Apenas me acerqué a decirle que yo también y para desearle buena suerte me estampó un beso en la boca que hasta ahora lo siento. No recuerdo su nombre, pero recuerdo aquel besote. Como buen mexicano que dio el Señor a su tierra, no iba a quejarme. Además la chica era linda que no sabría explicar, y yo me hice como que no había pasado nada y ella se me quedó viendo un rato y enseguida escapó como si yo la estuviese acosando, porque así son las mujeres; uno siempre tiene la culpa de todo. Yo nunca le dije de esto a mi mujer, para evitar problemas y porque de verdad no tenía importancia alguna.

—Seguro que no hubieses soportado lo mismo de su parte —dijo Sonia—. Los hombres son tan previsibles…

—Un poquito o bastante de celo le tenía y me pesaba aquella tontería de la almacenera. Hasta me sentí bastante decepcionado alguna vez que la había estado siguiendo al pueblo…

—¿A quién?

—A Lorena, mi mujer. La había estados siguiendo porque pensaba que tal vez iba a otro lugar del que realmente decía que iba, y descubrí que siempre me había dicho la verdad. Eso fue duro.

—¿Decepcionado?

—Parecerá ridículo…. No sé por qué. Tal vez porque uno nunca quiere estar solo ni quiere sentirse peor que nadie.

—Caramba —dijo Steven—. Después de todo el beso de una principiante no es gran cosa. ¿Cómo sabes que tu mujer era lo que crees que era? No estabas todo el tiempo con ella ni sabías lo que pensaba… ¿Cuántos besos como esos habrá dado ella sin que estuvieras ni al borde de la sospecha?

—Pero yo la amaba y creo que ella me amaba a mí. En esos casos no hay lugar para otra cosa.

—¡Ay, qué tierno resultó el chico! —se burló Sonia.

—Pos claro, cuando uno se enamora se vuelve tonto, menos macho, diría. Pero ese caballo no vive mucho. Esto debería estar en la tapa de todos los libros, pero son justo los libros los que se encargan de decir lo contrario, como eso de que *vivieron felices y comieron perdices* y toda esa pinche mentira tan bonita que no duele al principio sino al final, como toda mentira. Digo, ese amor loco que lleva a la gente a hacer locuras, a arruinar su vida como la pobre Lorena la arruinó cuando se enamoró de mí, se enamoró más que una Julieta y un día despertó y se dio cuenta que yo no era Romeo sino un nopal. Porque todas despiertan un día. Hasta la Bella Durmiente despertó después de cien años. Yo diría que la mía despertó unos poquitos años después cuando se terminó el cuento del príncipe y tuvo que vivir una vida de veras, la verdadera vida, con este servidor. Nada de eso aparece en los cuentos de hadas.

—Es decir que te viniste por despecho...

—Yo qué sé. Ya les conté por qué me vine y no fue sólo por eso. Una amiga que trabajaba para unos mafiosos y que no quería que me viniese, me dijo que a mí me dolía más el amor propio que el hambre que estaba pasando mi mujer. Todos somos buenos criticando o dando consejos, le dije, o iba a decirle y no me animé. No recuerdo, pero debí habérselo dicho. Puede que tuviese razón, sí, pero yo no me iba a quedar de brazos cruzados. ¿Y qué hubiesen hecho ustedes si hubiesen estado en mis zapatos? Después que me dejó, me quedé en la casita con el viejo, cuidando de la tierra hasta juntar unos pesos para largarme para este lado. Calculé que si les mandaba a los tres unos trescientos dólares por mes, todavía podría volver en cinco años. O antes. Iba a volver de otra forma, con unos dólares para pagar las deudas del viejo y empezar un negocio nuevo, habiendo conocido donde viven los ricos de verdad y no gente presumida como los Curbelo. Pero el viejo se enfermó enseguida, poco después que Lorena se marchara de casa y yo empezara a pensar en venirme para este lado. De pronto y sin decir agua va, se dio cuenta que se iba a quedar solo. Solito y derrotado. Fracasado él y tragándose el fracaso de su hijo, que debe ser varias veces peor que el fracaso propio, eso amargo y asqueroso que algún día, más tarde o más temprano uno tiene que masticar en soledad para que no infeste a la gente que uno quiere. Así que del barullo del chiquito y de la conversación animada de sus hijos todos los días a la hora de la cena, el viejo iba a pasar a la última soledad, que es la que acompaña siempre a los viejos, digan lo que digan y prometan lo que prometan sus bondadosos hijos. ¿Ustedes alguna vez les prometieron algo importante a sus padres? ¿Sí? ¿Sí? Bueno, sonaron. Los padres cumplen. Los padres casi siempre cumplen. Los hijos casi nunca. *Nunca*, en una palabra. Y por eso estoy aquí ahora. Tal vez mi viejo se enfermó del disgusto o por la mala comida, sólo Dios sabe. Lo que es segurito es que ni siquiera le quedaba el caballo para tirar del carro que nos llevara al pueblo la tarde que se sintió mal, y él prefirió morirse en su cama. Aquella tarde, antes que me fuera a trabajar en el maizal, había dicho que mi madre había muerto en esa misma cama y él no iba a ser menos valiente, porque la vieja, que estaba mirando desde alguna parte, no se lo merecía. Yo pensé que eran puritas palabras, no más. Cosas de viejos sensibleros. Pos no. En realidad no se murió en la misma cama, como hubiese querido. Ni eso le salió bien. Cuando yo volví de limpiar los maíces, vi de lejos que el viejo estaba parado en la puerta de la casa, esperándome. Entonces me di cuenta. Son esas cosas que uno sabe sin saber cómo es que uno sabe. No me dijo nada, pero yo supe que me había estado esperando para despedirse. Cuando lo abracé él se derrumbó sobre mí y me dijo, "hijo, perdóneme. Yo quería dejarte algo para ayudarte y no pude. Lo siento mucho, hijito", me dijo, y allí se murió, en mis brazos. Así que apenas un doctor de Nuevo Casas Grandes se apareció para certificar que el viejo estaba oficialmente muerto de un paro cardíaco, yo me lo llevé a la rivera del arroyo donde siempre pescábamos de niños los cuatro, mamá, papá, mi hermano Lorenzo y yo, y lo enterré allí, debajo del arbolito, en un cajoncito medio roto de segunda mano que le había comprado al sepulturero del pueblo, un viejo borracho que recuperaba cajones cuando las familias reducían a sus finados y los revendían como si no los fuesen a necesitar de nuevo, como si el resto de la familia fuese inmortal o algo así. Después vendí las pocas cosas que quedaban, las cuatro lecheras, el carro sin caballo, unos anillos de oro de la vieja que descubrí recién entonces que mi padre guardaba debajo de la cama, unos muebles todavía buenos para el uso, las puertas y las ventanas de la casa antes que los acreedores y los abogados se dieran por enterado. Pasé la última semana comiendo yerbas y tomando el licor de unos agaves que crecían solitos cerca de la tumba del viejo, y apenas pude me largué para aquí. Tuve que pelear el precio varios días en la frontera, porque no tenía todo lo que cobran los coyotes y allí yo era uno más, sin nadita de todo lo que les he contado, porque a nadie le importa como a mí no me importaba las desgracias ajenas. Allí yo era un indiecito más, a pesar de que no tengo nada de indio aparte de la camisa a cuadro y los pantalones un poco cortos, porque los nuevos tenía que reservarlos para buscar trabajo en el país de los ricos. En Ciudad Juárez, un cuate de Nuevo Casas Grandes me completó la parte que me faltaba, a cambio de nada, porque todavía queda gente en este mundo, y así es que estoy aquí. La vida sigue para algunos, porque la peor parte siempre la llevamos los que todavía quedamos, lo cual sólo deja de ser verdad cuando nos tomamos unos tequilas.

Esta última mención venía porque momento antes Carlos y Steven habían sacado la botella de tequila que quedaba. Sonia le sirvió varias veces. Bebimos todos, pero la fiesta era en honor a German y ninguno estaba dispuesto a cometer más errores. Él fue el único que se pasó de copas esa noche. Poco a poco se fue poniendo alegre de más, pero pude apreciar que aún en ese estado de abandono, no perdía su inocencia de campesino, o quizás debería decir su nobleza de hombre simple, de trabajador sufrido. Sentí rabia y envidia. Con tequila, con todas sus historias que bien valían una borrachera continua, German seguía siendo una buena persona, más proclive a la alegría que al lamento. Al menos eso fue lo que escribí en mi diario.

Esa noche, o desde la primera vez que lo vi en aquella esquina de El Paso, supe que German era el mejor de todos nosotros. Pero no supe decirle que lo estábamos usando.

Lunes 8 de junio

GERMAN PASÓ LA NOCHE en la carpa que le cedió Steven. Le habíamos prometido llevarlo a la estación del Greyhound al día siguiente, después que nos ayudase con el Chapo. Steven y Sarah se habían mostrado muy nerviosos con la idea de la reunión con aquella gente. ¿Quién sabía, exactamente, las palabras que había usado Carlos si ni él estaba seguro? Y sobre todo, ¿quién sabía qué diablos había entendido o sospechado el tal Chato?

Apenas la cabeza de German se había aclarado con la luz del día, sus propios problemas dejaron lugar al resto del mundo y empezó a querer saber más de nosotros. Mientras desayunábamos debajo de un árbol, volvió a preguntar si andábamos en el negocio de la droga, y pareció respirar aliviado cuando recibió una negativa elocuente y unánime de parte de todos.

—Entonces, ¿qué es? —insistió German— Porque nadie recurre a un coyote si no es por algo que prohíbe la ley.

—Como cruzar la frontera sin papeles… —le recordó Sonia.

—Está bien —reconoció German—. Yo sé que no estoy limpio… Pero otra cosa bien diferente es ser narco.

—Ya te dijimos que no tenemos nada que ver con el narcotráfico ni con ningún tipo de mafia —dijo Carlos—. ¿Tenemos cara de mafiosos?

—Y yo ya les dije que a mí las caras no me dicen nada —dijo German—. Menos las caras de unos cuates americanos acostumbrados a la buena vida, que si bien estamos ahí no más, cerquita, es como si viviéramos en continentes diferentes.

—En siglos diferentes, diría yo —agregó Sarah.

—Por ahí va la cosa… —dijo German.

—No fastidies —dijo Carlos—. Si fuésemos narcos, no te hubiésemos pedido un contacto. Sabríamos lo que hacer y con quién tratar. No le estaríamos rogando a un pobre ilegal que apenas tiene idea de cómo se trata con un coyote de cuarta.

—Bueno, me alegro, porque ser narco es peor que ser asesino… Un asesino es alguien que mató a alguien y un narco es alguien que va a matar a alguien.

—Pues ya lo sabes. No somos narcos ni nada parecido.

—¿Pero entonces qué es, pues?

—Tenemos un amigo mexicano que necesita cruzar la frontera.

—¿En serio? ¿Y tanto misterio por eso?

Se hizo silencio indefinido. Era evidente que ninguno quería mentir sin decir la verdad, que por lejos es la mejor forma de mentir.

—No queremos que se sepa. La ley castiga con cárcel a quien ayude a alguien a cruzar de forma ilegal.

—Bueno, si es sólo eso, dieron con el hombre indicado. Alguna idea tengo. Les puedo pasar la dirección de la casa en Ciudad Juárez donde se juntan los que van a pasar para este lado, aunque, insisto, no creo que sea igualito de complicado pasar desde aquí para allá.

—Es complicado si alguien no tiene todos los papeles en regla.

—Bueno, tanto no sé —dijo German—. Nunca voy a ser abogado ni oficial de aduanas. ¿Saben a qué le llamamos aduana allá en México? Pos, déjenlo, no importa. ¿Tienen un lápiz?

Sonia le dio una *pilot* mientras se levantaba para ir a la motorhome. German escribió en un papel con su letra dura y pesada y le preguntó a Carlos por qué tiraba la comida, que si no iba a comer más que se lo pusiera en una bolsita que él se lo llevaba, que todavía tenía un largo viaje hasta Pensilvania, que era un sacrilegio tirar comida, aunque estuviese un poco comidita, y que si de todas formas la iba a tirar a la basura, que por lo menos le diera un beso y se persignara, porque si no seguro que al otro día iba a faltar.

Carlos se sonrió y dijo que todo eso era una tontería, pero que de todas formas le caía bien. De alguna forma, German le recordaba a su abuelo que había muerto en Colombia unos años atrás. Tal vez su abuelo era así mismo cuando joven, había dicho. Yo sabía, por alguna otra charla que habíamos tenido en la universidad, que Carlos siempre había querido conocer a su padre o a su abuelo cuando eran jóvenes. Una fantasía, está de más decirlo, que compartía con casi todos nosotros. Carlos se los imaginaba ingenuos, había dicho, haciendo comentarios de adolescentes, de adolescentes pobres y casi sin educación. Steven le había dicho que la única diferencia podía ser que su padre y su abuelo eran más pobres, que sabían menos o nada del mundo que nos rodea hoy y mucho o todo de lo que nosotros ya nunca llegaríamos a saber, y que era sólo gracias a esa oscura ignorancia que podíamos sentirnos más sabios que aquellos hombres que ahora imaginábamos simples e ingenuos.

German le preguntó si su familia era de Bogotá.

—No —dijo Carlos—, eran de Villavicencio, del otro lado de las montañas.

El nombre no le decía nada a German, pero para Carlos fue como una llamada de atención. Enseguida debió darse cuenta de los peligros de compartir el desayuno con un extraño y se quedó serio y callado. En algún momento, tarde o temprano, uno termina diciendo cosas que sólo sirven para arrepentirnos de haberlas dicho.

A LAS ONCE DE LA MAÑANA estábamos Carlos, Steven, German y yo en un descanso de la Woodrow Bean Transmountain road, del lado de la sierra. Desde allá arriba se podía ver la ciudad y hasta México parecía al alcance de la mano. Pero las cosas nunca son tan simples como se ven ni tan horribles como se imaginan. El único que parecía no estar nervioso era German, que en vano hacía chistes que nadie entendía. Steven y Carlos palidecían detrás de sus lentes oscuros y sus movimientos eran tan flexibles como los de una estatua.

Cinco o diez minutos más tarde llegó la camioneta del tal Chapo. Se bajaron dos hombres y caminaron lentamente hacia el borde del área de descanso. Steven preguntó si eran ellos y German dijo que ninguno era él. Debían ser sus asistentes, sus alcahuetes. El Chapo podía estar dentro de la camioneta o quizás ni siquiera se había aparecido para ocuparse de un negocio tan menor. Dicen que se aparecía cuando el cargamento era de más de quince cabezas, sólo para asegurarse que no había ningún infiltrado, o cuando había un mínimo de treinta mil dólares en juego.

—Vaya el Diablo a saber —dijo German— cómo puede alguien darse cuenta si hay algún infiltrado sólo mirando a un montón de indios pata rajadas y mal vestidos

Parece que la experiencia había llevado al Chapo a dominar algunos secretos sobre su propia mercancía: la ropa, algo que él sólo veía en las manos, en la mirada de los pobres. Los pobres caminan diferente, respiran diferente, sonríen diferente, se secan el sudor de la frente de forma diferente; sus manos son diferentes, sus ojos brillan con otros miedos, con otras alegrías que no asustan ni alegran a los que no son pobres. Algo debía saber el Chapo sobre pobres y sobre ricos que no se sabía en ninguna universidad. De otra forma, nunca hubiese tenido tanto éxito ni se hubiese hecho tan rico traficando pobres.

—Bueno, vamos —dijo Steven.

De alguna forma se entendía que yo iba a quedarme en el auto. Steven, Carlos y German se acercaron a los otros dos, pero sólo German les extendió la mano. Luego estuvieron hablando sin mirarse. Los hombres son así de inexplicables. Todo lo más importante lo dicen de costado, como si estuviesen cerrando un negocio importante mientras atienden un partido de fútbol. Era como si estuviesen hablando sobre el tipo de piedras o sobre la escasa vegetación que se podía apreciar en aquel costado rasgado del cerro. Guzman decía que los hombres podían cerrar un negocio mientras orinaban enfrentados a una pared, que para ellos venía a ser como una gran pantalla de cine, y por eso había mingitorios en los baños, no porque fuesen más cómodos que los inodoros sino para que los ejecutivos y gerentes pudiesen seguir hablando de fútbol, de dinero y de señoritas mientras orinaban. Es más, aclaraba, es probable que algunos fuesen allí a hablar de negocios como las mujeres se reúnen a tomar el té para hablar de zapatos y de otras mujeres. Debía haber algo de animal en orinar contra una pared, una forma subliminal y civilizada de marcar un territorio que, paradójicamente, no le pertenece a nadie en particular. En broma me había comentado una idea que tenía para una película, donde las decisiones más importantes se resolvían sacudiéndola después del último chorro: *"Reagan y Gorbachov orinaron juntos esta mañana para sellar el pacto de no proliferación de armas nucleares".*

En cierto momento Carlos le hizo una indicación a German para que se vuelva al auto. Cuando llegó, le pregunté cómo iba todo y German se encogió de hombros.

—¿Y yo cómo puedo saberle? —dijo—. Son ustedes los raros. ¿No querían que les diera una manito con el Chapo?

—Sí.

—Y apenas vamos a los detalles y me dicen que me vuelva al auto. ¿Qué soy yo, un paquetito, una mujercita?

—Una mujercita no. Un macho lleno de prejuicios.

—Ah, sí, casi me olvido de que estoy del otro lado —dijo, dando una vuelta antes de sentarse en el auto—. La sierra y el olor a tierra seca me hicieron olvidar por un momento dónde estaba. Acá tienen todas esas historias. No se puede hablar porque apenas uno se distrae, ¡zás! te toman de esto y de lo otro. ¿Cómo le dicen a los tipos como yo?

—No sé. Yo los llamo por su nombre.

—No me vengas con cositas. Aquí le dicen *machistas*. Del otro lado le decimos *machos*. Machista suena complicado.

—¿Y macho?

—Para servirle...

—Lo que pasa es que ellos tienen sus cosas —dije, tratando de simplificar—. Son gente privada.

—...Cuando no te toman de tonto —agregó.

—Yo no te estoy tomando de tonto. Sólo que ellos tienen sus cosas.

—Sus cosas que son tus cosas, también. ¿O me equivoco?

No respondí. German me miraba con firmeza. Luego pareció ablandarse y dijo:

—Es una pena que una chica tan linda como tú ande en cosas tan oscuras.

—No sé de dónde sacas que andamos en cosas oscuras.

—Hasta te has vuelto descarada —dijo—, si es que ya no lo eras de antes. O sólo es que me tomas por un niño, por un mojado. Cada vez que empiezo a creerles termino pensando que ustedes andan en algo muy sucio.

—Tal vez sí —dije—. Tal vez no andamos en algo muy limpio. Pero créeme que no somos sucios. ¿O acaso tú eres un sucio porque cruzaste la frontera de ilegal? Es muy fácil ser una persona honorable cuando la vida no te ha jugado una mala pasada.

—Como por ejemplo ser pobre. Esa es una mala pasada.

—Así es. Es muy fácil ser noble cuando se pertenece a la nobleza. Pero una cosa es terminar en algo sucio por necesidad y otra sólo por ambición de tener más. Tú deberías saberlo mejor que nosotros, y aun así no nos crees.

—No necesitas pedirme que lo crea —dijo él—. A mí ni las caritas ni las palabras me dicen mucho...

—¿Cómo te comunicas con el mundo del más acá, entonces?

—No sé. Los gestos, tal vez. Una mirada como esa que de vez en cuando hay en tus ojos, sí que me dicen mucho. ¿Y sabes qué? Yo sí te creo. Creo que tú no eres sucia. Ni siquiera creo que tus amigos sean sucios. Sólo creo que están en algo sucio y cada vez me queda más claro.

Tampoco respondí esta vez. German me había quedado mirando de una forma que me hacía sentir bien e incómoda a la vez. Tal vez todo era consecuencia de tantos días de tensión, y él era como uno de nosotros que todavía no había sido contaminado por nuestra locura, por nuestro pecado. Esa vez lo miré con ternura, no porque hubiese querido que continuara diciendo cosas agradables sobre mi forma de mirar o lo que fuese, sino porque hubiese querido escapar por esa puerta que se llamaba German.

Por supuesto, él no podía entenderlo.

—¿Tienes novio, Raquel? —dijo.

—No —contesté—, y no estoy interesada en hombres casados.

—No te pongas así. Sólo quería saber. Que te diga que eres una muchacha exageradamente hermosa y que además me perezcas interesante, no quiere decir que te esté proponiendo algo.

—Okay.

—Entonces, si no te ofendes y me permites decirte que lo que pienso es la mera verdad, te lo agradezco.

—Está bien, German. Si yo fuese tan honesta como tú, también te lo agradecería.

—Entonces, ¿puedes tener un momento de honestidad?

—Está bien... —dije.

—Bueno, ¿y qué esperas? —insistió él.

—Okay —recité, como si fingiera un discurso—. *En este humilde acto, declaro mi agradecimiento al señor German, por...*

—No, no —se quejó él—. Dejémonos de actuaciones. Vamos en serio. Si me lo agradeces me lo agradeces, y si no, no, y lo dejamos ahí no más.

—Gracias, German. Gracias de verdad. Tus palabras son un verdadero premio para cualquier mujer. Sobre todo para mí, que no he pasado mis mejores días últimamente.

—Está bien —dijo él—. En caso de que sean palabras sinceras, es muy bueno escucharlas. No sé si sabes que no hay mejor premio para un hombre que saber que ha hecho feliz a una mujer, al menos por un segundo… claro que eso aquí se llama machismo, ¿no?

—Algo así… Pero una cosa es un machista en la cama y otra diferente es un machista en la cocina o en el trabajo.

—Ahora sí que me la pusiste complicada —suspiró German—. Conocí a otra chica americana que hablaba igualito y pensé que la pobre fumaba marihuana y tenía las paredes de su casa tapizadas de discos de John Lennon. ¿Esas cosas las aprenden las chicas bien en la universidad o es lo que uno debe esperar de cualquier mujer en este país?

—De cualquier mujer que se respete, diría yo. Aunque al final todo depende de la forma, del lugar y del momento…

—¿Segurito que no hay forma de decir lo mismo pero menos complicado?

—Una no hace sus necesidades en la plaza del pueblo, quiero decir. Una cosa es que le digas una grosería a una chica en una reunión de colegas y otra que se la digas... a ver, otra cosa es que le digas la misma grosería en el momento justo...

—A ver si voy entendiendo... Es algo así como aquel famoso jefe del FBI de una película que vi hace algún tiempo sobre Kennedy. *JFK*, se llamaba la película. El tipo era un hombre terrible y rigurosísimo en la vida real, pero en la intimidad se vestía de mujer y se hacía azotar.

—Hoover, sí, era masoquista.

—Así, más o menos, las más ardientes feministas, esas que tienen todas las respuestas contra cualquier humilde acto de machismo, esas mismas no pueden tener un orgasmo si no se imaginan que están abusando de ellas o algo por el estilo.

—Eso corre por parte de la imaginación de un machista mexicano.

—No, no, esa película no la hice yo. Me la contó una feminista americana, una chica muy simpática que ayuda a los migrantes en Ciudad Juárez. En un salón muy bonito, alfombrado y lleno de luces de una iglesia bautista, la chica nos daba *tips*, como decía ella, y entre tantas cosas no hablaba del cuidado que teníamos que tener con eso de las demandas por acoso sexual y todo eso, porque el mínimo desliz en nuestro caso significaba deportación y hambre para nuestras familias del otro lado. Alguien se quiso hacer el gracioso y preguntó si las americanas eran todas frígidas pero se hacían las sexis sólo para el cine, y ella se salió con un montón de cosas que dejaron asustado a más de uno. Híjole, la chica parecía tan frágil y defendía tanto la dignidad de las mujeres a ser respetadas, a no ser tratadas con lenguaje vulgar, que ninguno de nosotros hubiese imaginado que saliera con aquello...

—¿Qué era *aquello*?

—Que la güerita tenía la fantasía de que la asaltaban en un callejón de Juárez y la violaban. Pero después de los orgasmos correspondientes que se auto infringía o se lo infringía su marido cuando tenía fin de semana libre, siempre con ayuda del callejón de Juárez, volvía a ser ella. Los orgasmos (y esto iba para las chicas del grupo que se tapaban la cara) no sólo son terapéuticos, decía, sino que, sobre todo en las mujeres, son algo así como uno de los derechos humanos fundamentales. Luego de varios callejones de Juárez, no sólo se sentía mejor y más mujer, sino que luego volvía a ser ella misma, la primera en oponerse a toda forma de acoso y trato denigrante contra la féminas. A algunos todo esto nos resultaba un poquito confuso, pero la chica se veía tan linda, tan blanquita y tan educada que todos entendíamos que estaba en un nivel superior y que, si queríamos cruzar realmente la frontera a la vida del más allá, teníamos que tomarla en serio.

Casi solté la risa.

—No sé cómo explicarte —dije—, pero no le encuentro ninguna contradicción a esa chica. Un poco impúdica de más, como si desnudarse fuese un acto de trascendental valor, pero eso es un pequeño defecto de quienes se sienten por delante de la historia y de los demás...

En ese preciso momento Carlos y Steven regresaban al auto. Los hombres del chato subían a la camioneta y se marchaban de prisa.

—¿Todo bien? —preguntó German, pero no recibió respuesta.

Más abajo, luego de tomar la autopista que va al centro de El Paso, Carlos le preguntó a German si sabía dónde quedaba la estación del Greyhound.

—Cerca de la estación de trenes —dijo German—. Eso es lo que me dijeron del otro lado.

—Por la 10 —confirmó Steven mirando el mapa—. Agarrás Patriot, derecho, y luego la 10 hasta el *downtown*.

—¿Y ustedes para dónde van? —preguntó German.

—Los Angeles —dijo Carlos.

—Qué bien. Antes que me pasaran el dato de Pensilvania estaba pensando empezar por Los

Ángeles. Lo mejor de los Los Angeles es que casi todos hablan español, ¿verdad?

Nadie contestó.

—Pos, ahora no sé si ir a Pensilvania o a California…

—Bueno, ya tendrás tiempo de tomar una decisión. El Greyhound también va a Los Angeles.

—Es que he estado pensando ir en auto —dijo German.

—No me digas… —dijo Carlos, en tono de burla.

—Sí. He estado pensando que tal vez podría pagarles a ustedes el viaje en lugar de pagar el Greyhound. Tengo algo de dinero. Unos gringos tontos me pagaron quinientos dólares por un contacto que no les sirvió de mucho.

Carlos pareció molestarse y dándose vuelta, despeinado por el viento y descuidando el tránsito preguntó:

—¿A qué te refieres?

—Pos, nada. Que me parece que no les sirvió de mucho el coyote que les conseguí.

—¡No te metas en lo que no te importa! —gritó Carlos.

Entonces la reacción exagerada de Carlos me confirmó que algo no había salido bien con los hombres del Chato.

—A ver, amigo —dijo German, sin perder la calma—, ¿por qué te enojas por cualquier cosa que digo? Sólo digo que me parece que no les sirvió el contacto que les pasé por una simple razón. Mejor dicho, por dos simples razones: la cara de cada uno de ustedes dos. Parece que hubiesen vuelto de un velorio. Uno no necesita ser adivino para darse cuenta. Si al menos disimularan un poco... Pero no, el mexicanito no existe.

Ni Carlos ni Steven dijeron nada. Pero cuando estábamos cerca de la estación del Greyhound, German volvió a insistir.

—De verdad, chamacos —insistió—, que ustedes me caen bien. Pero déjenme decirles algo en serio a ver si se dejan de mariconadas. Yo sé que andan en un asunto serio, pero me caen bien porque no andan en el narco. Son muy pendejos y están demasiado verdecitos para eso y me late que se han metido en algo feo sin buscarlo... A ver, ¿cómo decirlo? Ustedes saben que no hay ninguna chance de que yo sea un agente encubierto del FBI o algo así, porque fueron ustedes los que me encontraron a mí, no al revés. Yo tampoco ando buscando problemas, aparte de los que ya tengo. Pero sé apreciar cuando ando entre gente buena. Buena, aunque tal vez inocentes de más y quién sabe si no se metieron en un lío por eso mismo, por inocentones de más. Pero si no me quieren contar en qué líos andan, mucho mejor para mí. Yo sólo quiero llegar a algún lugar donde haya gente conocida, y hasta el momento ustedes son todo lo que conozco de este pinche país. Ya estoy oliendo que no me va a ser fácil encontrar gente con la que entenderme.

—New Jersey está lleno de hispanos —dijo Carlos.

—En eso mismo he estado pensando desde ayer. Nunca me entendí con los paisanos de Chihuahua y ahora resulta que debo entenderme con los *hispanos*, así, amontonados en ese nombre tan gracioso, porque se dice que somos un solo pueblo, hijos de la misma chingada. ¿Cómo le dicen los chicanos? *La raza*… Híjole con eso de La raza, como si la otra gente no tuviese raza. Esa historia de La raza sólo sirve cuando uno no tiene nada que ver con tanta gente desconocida pero se siente desamparado… Es como irle a las Águilas o a las Chivas… Sí, ya se, por lo menos hablan español y comen tacos y gritan los goles de México y de Colombia. Pos, claro que el idioma ayuda. Pero que haya mexicanos por todas partes y que me encuentre en algún lado paisanos de mi mismito pueblo, eso no me dice mucho. Si nunca me fue fácil pedir ayuda en mi propia tierra, no sé por qué aquí habría de ser diferente. No… No todos los pobres somos iguales. Como los ricos, algunos somos difíciles tratando con la gente. A mí del otro lado me dijeron que una vez que uno cruza la frontera es otro, pero yo sigo siendo el mismo y me pregunto qué voy a hacer en Pennsylvania, entre montañas de nieve.

—No has tenido muchos problemas para hacer negocios con nosotros —insistió Carlos.

—Es diferente... Ustedes y yo no tenemos nada que ver, cierto. Yo soy un mexicano pobre, un ilegal sin educación. Ustedes son todito lo contrario.

—¿Y entonces?

—Hay algo... No lo sé. Me supongo que los ricos con educación y sin problemas normalmente no se relacionan con pobres analfabetos y con problemas, al menos que tengan ellos mismos un problema serio y necesiten un pobre con problemas, que problemas y pobres viene siendo lo mismo...

—No sé de dónde sacas que somos ricos —dije.

Steven me miró con ironía.

—Además —insistí—, conozco muchos ricos sin problemas que se han pasado más tiempo ayudando a los pobres de lo que los pobres se ayudan entre ellos mismos...

Steven acentuó su gesto de incredulidad y dijo:

—Los ricos también creen en la vida del más allá, que es lo único que puede preocuparlos en serio.

—Eso es como decir que no hay ricos buenos.

—Sí, los hay. El problema es que cuando se vuelven buenos dejan de ser ricos.

—Esa es una tontería de comunistas como tú —dijo Carlos.

—No soy comunista y sí, es como una tontería que si yo fuese rico me costaría mucho practicar.

—Ya ves. Así son todos los zurdos como tú.

—Pero no, hermano, la idea no ni de Marx ni del Che; es del maestro Jesús: "anda, vende lo que tienes y dáselo a los pobres y sígueme".

—Ya déjate de mamadas —se quejó Carlos—. No estamos en la universidad.

—Ave María purísima —dijo German—. Eso en mi pueblo…

—No me interesa lo que hacen en tu pueblo —lo cortó Carlos.

—Algún día podría llegar a interesarte —dijo German, en tono de misterio.

Se hizo un silencio.

—¿A qué te refieres? —preguntó Carlos, deteniéndose cerca de la estación de buses.

—Déjalo así —dijo German—. No discutamos más sobre el maíz que nunca creció.

German le llevaba uno o dos años a Carlos, pero esos dos años eran como diez, como quince. Nosotros habíamos invertido la mayor parte de los últimos años en resolver problemas demasiado complicados: ¿quién realmente había dado el golpe de Estado en Chile? ¿Es posible que un electrón traspase un mismo plano por dos puntos diferentes de forma simultánea? ¿Cómo se prueba que existe una gramática universal que nace con cada uno? ¿Qué probabilidades tiene un avión que despega de Nueva York a las cinco de la tarde de aterrizar en Seattle con quince minutos de retraso si en el Caribe se ha formado un huracán de categoría tres? ¿En qué vuelta se sienta un perro? German, en cambio, había invertido todo ese tiempo en sobrevivir.

—Mira —dijo Carlos—. No estoy para adivinanzas ahora. Nuestro negocio terminó y no tenemos nada que reclamarte.

—Al menos podrían dejarme en Los Angeles —insistió German, mirándome a los ojos, como buscando apoyo—. Tengo para pagar el viaje. ¿Quieren los quinientos dólares de vuelta? Se los pago si me dejan en Los Angeles. Quinientos.

—Dinero no nos falta —dijo Carlos.

—Es lo que les digo —contestó German, mientras tomaba su mochila y se bajaba del auto—. Si les faltase dinero serían más amables. Lo que les falta es humildad, compa. Con un poco más de eso no se cometen tantos errores en tan poco tiempo. Si dinero no es lo que les falta, entonces el asunto con el Chapo se frustró por otras razones, por razones más importantes que el dinero. Lo cual es mucho decir, ¿no? ¿Acaso hay algo más importante que el dinero? Para alguna gente que todavía no se ha corrompido del todo, como ustedes, digamos, sí, claro que sí… Pero ustedes no alcanzan a darse cuenta de nada de esto porque están encerrados en una burbuja, inflada de purita soberbia, y en pocos días más terminarán siendo esclavos de los narcos o de los coyotes o vaya la virgencita a saber. Una pena. Pero bueno, no puedo desearles nada malo. Que tengan suerte con su amigo…

German no había caminado cinco pasos hacia la terminal cuando Steven le gritó:

—Pará. Pará un poco, loco…

German se dio vuelta y se quedó mirándonos. Steven le hizo seña con la mano para que volviera, mientras titubeaba.

—Mira que no me estoy haciendo rogar como una puta de Hollywood —dijo German—. Llegué aquí solito y solito voy a seguir. Se me acaba de ocurrir que como ustedes debe haber cientos sólo en El Paso, y con menos líos…

—Lo que pasa —se justificó Steven— es que nosotros nunca tomamos decisiones sin consultar al grupo.

—Bueno, aquí está la mayoría del grupo —dijo German—. Tres de cinco. Sin contar el muerto. Si resuelven algo me lo dicen. Yo voy a estar tomando un cafecito allí a la vuelta. Hasta doscientos cincuenta, pago.

De repente, aunque sin cambiar de tono, German se revelaba como alguien que sí sabía relacionarse y hasta manipular a los demás. Tal vez no había aprendido a manipular a los demás por ambición o maldad, como el Chapo, sino como forma de sobrevivir, como un vendedor de mercachifles que regatea hábilmente usando todas las tácticas psicológicas y actorales para vender un reloj de plata a precio de oro y dejar al comprador contento por el precio logrado después de tanto esfuerzo. German se escondía detrás de una máscara de humildad y timidez (no era una máscara falsa, sino la verdadera máscara que la vida va dibujando en cada uno de nosotros según las circunstancias) pero por dentro era de madera dura: la mención a *el muerto* nos dejó mudos por un instante. Podía ser una forma de hablar, ya que los mexicanos usan y abusan de todo tipo de metáforas, de piruetas lingüísticas y hasta de palabras que no dicen nada. Podía ser que se estuviese refiriendo a un problema cualquiera, a un asunto que teníamos y que no queríamos que se conociese. No estaba claro. Es decir, lo que estaba claro es que no estaba claro, y quizás German había jugado hábilmente la carta de la incertidumbre, de la sospecha. Esa carta siempre funciona, ya que en este mundo no hay nadie suficientemente limpio y puro como para tirar la primera piedra. En nuestro caso, el efecto fue inevitable.

Mientras German se iba a paso lento hacia el Starbucks de la esquina, Carlos reconoció, con cansancio, que no sabía qué hacer. Le pregunté qué había pasado allá arriba y Steven rebuznó. Después de varios balbuceos, dijo que, desde el principio, desde la conversación telefónica con Carlos, El Chapo había adivinado exactamente lo que pretendíamos. Si habíamos creído que éramos los primeros que se nos había ocurrido limpiar a un tipo enviándolo al otro lado de la frontera, entonces todavía usábamos pañales. El Chapo no fue; había enviado a dos de sus empleados, por no decir dos de sus mafiosos, para que nos comunicaran sus condiciones. Podían hacer el trabajo siempre y cuando le entregásemos el paquete en seis partes separadas. Cabeza, tronco, brazos y piernas en paquetes individuales. Tres mil dólares por cada envío. Aunque Steven había insistido acerca de alguna otra posibilidad, ellos se habían mostrado inflexibles. Sólo se limitaron a informar sobre el precio del trabajo, dieciocho mil en total. "¿Dieciocho mil? *Eighteen thousand dollars?*" pregunté, incrédula.

—3 x 6 = 18 —dijo Steven—. No es muy complicado, ¿no?

No era una cifra imposible si la dividíamos por seis. Cada uno de nosotros podría pagar perfectamente por una parte de Guzman. Al parecer, los hombres del Chapo ya lo habían hecho antes y la forma menos riesgosa era pasarlo por partes. La más difícil era la cabeza, que dejaban para el final. Una vez del otro lado, juntaban las partes y las arrojaban al basurero de Ciudad Juárez, ya que era el lugar más seguro para esos casos. También podían dejarlo en algún lugar más digno que no habían especificado, porque dependía del precio o porque les daba lo mismo inventar el nombre de algún pueblo o de algún arroyo sólo para satisfacer las últimas inquietudes morales que tenían aquellos aprendices americanos que en cualquier momento terminaban en una corte o en el corredor de los condenados a muerte de algún estado sureño.

Las condiciones y el detalle final habían disgustado tanto a Carlos como a Steven, que finalmente habían preferido no cerrar trato. O tal vez sospecharon que el resto nunca íbamos a aceptar semejante atrocidad. No se lo dijeron de esa forma a los hombres del Chato, temiendo alguna reacción en el momento, como alguien que manosea una mercadería y luego de descubrir que no le interesa promete volver por ella. Quedaron en que los íbamos a llamar, como una forma de aplazar cualquier decisión.

Yo los apoyé. Les dije que habían hecho lo correcto, que tan bajo no podíamos caer, que alguna otra forma íbamos a encontrar, bla, bla, bla. Probablemente ni siquiera los estaba apoyando; probablemente sólo me estaba tratando de dar valor, de decirme a mí misma que yo no era tan mala gente como para aceptar que Guzman terminase en un basurero; probablemente, a través de ellos yo intentaba decirme a mí misma que pronto saldríamos de aquel atolladero y que, además, lo haríamos gracias a la solidaridad del grupo que se demostraba con mi conmovedora comprensión. Conmovedora para mí misma, que casi me pongo a llorar a causa de mi propia bondad, porque dudo que alguno de ellos me estuviese escuchando. Aunque no estuviesen pensando en qué hacer con German, no me habrían escuchado. Esto es algo que fui descubriendo con el paso de las millas. Para ellos, yo no podía decir nada importante. Si a veces me escuchaban era por delicadeza.

—Es lo que pensé —dijo Steven—. Todo tiene un límite. Tan bajo no podemos caer.

El problema, agregó, era que entonces los hombres del Chapo sabían lo suficiente como para chantajearnos. Carlos y Steven no habían dado nombres reales, pero Steven observó que si querían buscarnos no les iba a resultar difícil. No había muchos convertibles rojos y ni siquiera habíamos tenido la precaución de quitar la chapa entes de encontrarnos con ellos.

—Ya está —insistí, tratando de alentarlos—, no se preocupen más.

Entonces pregunté por German.

—El mexica parece un buen tipo —dijo Steven—, lo cual no quiere decir que podamos confiaros.

—¿Acaso alguien confía en alguien aquí? —me animé a decir, como si de repente hubiese aprendido algo de German: si no te respetan, muéstrales que aún puedes causar algún problema.

Los tres me miraron un instante, pero nadie se atrevió a contestar.

—Sí —dijo, Carlos—. Un muy buen tipo que en cualquier descuido nos denuncia para ganarse algún favor de la Migra.

Su rostro había cambiado de forma dramática. Unas profundas ojeras comenzaban a darle un tono cadavérico que asustaba.

—¿Piensan dejarlo ir, entonces? —pregunté.

No hubo respuesta, hasta que Carlos se dio vuelta y me dijo:

—¿Por qué no vas y le preguntas a dónde se bajaría? Porque tampoco es cuestión de cargar con él todo el tiempo…

Yo hice como si lo pensara por un momento y enseguida me bajé. Busqué a German en el

Starbucks y lo descubrí tratando de hacerse entender con la vendedora. Lo ayudé y pedí un café con un *cinnamon roll*. Me dijo que no sabía dónde se iba a bajar, que cualquier puerto le daba igual, que Los Angeles le parecía perfecto, que había oído que había muchos mexicanos por allá, que de alguna forma se iba a resolver, como siempre. Etcétera.

Entonces le dije que esperase un poco más hasta que tomásemos una decisión. Ahora que lo escribo me da pena de mí misma. Evidentemente yo era un cero a la izquierda; Carlos me había pedido que consultara a German como una excusa para discutir el asunto en privado con Steven.

Cuando volví al auto casi no esperaron que yo les trasmitiese la respuesta de German.

—Muy bien —dijo Carlos, sin dejarme terminar—. Precisamente estábamos pensando que lo mejor es que el mexica se venga con nosotros.

No dijo más. Luego supe que la idea era involucrarlo, para evitar la tentación de delatarnos. Eso fue lo que entonces puede deducir de los hechos que siguieron. Pero algún tiempo después, después de analizar más en detalle todo lo sucedido, me di cuenta de que había algo más. Carlos y Steven tenían otros planes para German que nunca se atrevieron a reconocer. Por el contrario, cuando lograron lo que pretendían, se mostraron como si fuesen los primeros sorprendidos.

Pero esto lo explicaré más adelante, cuando llegue el momento.

Martes 9 de junio

EN EL CAMPAMENTO, German volvió con la pregunta tan esperada, sobre el frustrado asunto con el Chapo. Carlos le dijo que se trataba de algo privado de otra persona que él no conocía, alguien que tal vez podría llegar a conocer si se presentaba la ocasión.

Lo que sigue, es parte de una cinta que ya casi ni se escucha y hasta cuesta identificar quién habla:

—Me late que no me va a interesar conocer al cuate —dijo German.

—Quién sabe —dijo Steven—. Tal vez te ofrece trabajo y todo.

—Pos, en ese caso... —dijo German, y en vano se quedó esperando más.

—¿Piensas que los hombres del Chapo nos van a seguir?

—¿Por qué? ¿Quedaron en algo?

—No, pero nunca se sabe. Te pregunto porque tú los conoces más.

—No mucho más.

—¿Serían capaces de seguirnos?

—No sé, porque no sé en qué quedaron.

—Quedamos en que lo íbamos a pensar.

—Obviamente se están rajando.

—Algo así. Ya no queremos nada con esa gente.

—No sé qué los hizo cambiar de idea, pero me late que hacen bien. Sólo se entra en contacto con esa familia por necesidad.

—¿Son una familia?

—Creo que no, pero es como si lo fueran. Así le dicen. No le toquen a uno de sus hombres de arriba porque…

—No nos seguirán, entonces.

—No sé.

—Bueno, ya veo que no sabes nada.

—Si fuese adivino ya sabría qué pasó con el asunto que ni siquiera sé qué asunto es. Pero que no sé nada no es correcto, mi comandante. No está usted ante la virgen María, santificada sea su nombre. Sé entrarle al país más poderoso del mundo sin pasaporte y sin certificado de buena conducta, y sé cocinar algo mejor que esto. ¿No les queda más de lo otro?

—¿Qué es *de lo otro*?

—Aquello que le llevaste al muertito… No me mires así, güey; es una forma de hablar. Me refiero al tequila. Se dice así de done yo vengo. "Tráeme más de aquello que le llevaste al muertito". El dicho es porque hay otro dicho que dice que el pulque alivia a los vivos y revive a los muertos...

—¿Así le llaman en México al tequila? Un poco largo para nombre...

—En México lo hacemos todo largo, para que dure...

—Ya me había dado cuenta desde mucho antes. Al *círculo* le llaman *lugar geométrico de los puntos de un plano cuya distancia a otro punto fijo es menor o igual a una cantidad constante llamada radio.*

—¡Híjole, qué desperdicio! En fin, ¿les queda algo sí o no?

—Ya no, me parece.

—Yo les voy a comprar mañana. No se puede andar sin combustible.

Esa noche, por unanimidad, decidimos que lo mejor era cruzar a Nuevo México lo antes posible.

CRUZAMOS A LA MAÑANA SIGUIENTE. Para mí fue como haber cruzado a México, al viejo México. Todo se veía distinto, todo olía a un país que no conocíamos. ¿Cómo es posible que alguien pueda estar tan seguro de reconocer un lugar donde nunca ha estado antes? Bueno, tal vez la respuesta no es tan elegante. Cuando uno tiene veintipocos años, la vida está regada de cafeína. Lamenté que

Guzman no pudiese salir de su aposento. Él siempre me había hablado de los olores de México. México huele a comida, decía, es decir, a vida y a muerte, porque no hay una sin la otra. Las dos putas son como una pareja de lesbianas, entrelazadas, amándose entre lo prohibido. Uno de sus olores favoritos o, mejor dicho, uno de aquellos olores que más lo transportaban a su infancia, eran los olores del chile, del trompo de tacos al pastor, y de tierra pobre, si es que existe un olor a tierra pobre o a barrio pobre. Guzman decía que los tacos del otro lado no olían igual en las tiendas de *shawarmas* de Miami. El olor del taco mexicano era diferente. El trompo tenía algo en los condimentos que lo hacía único, y sólo con esa fórmula mágica, que unos pocos inmigrantes dominaban, él podía viajar por el tiempo. Todos habíamos olvidado eso, el misterioso e inexplicable mundo de los olores. Guzman no; Guzman podía cerrar los ojos y, mientras aspiraba el aire que lo rodeaba, volvía a ser el niño que todavía no había cruzado la frontera, y el mundo volvía a ser un vértigo maravilloso, con un padre y una madre conversando no muy lejos. Eso debía ser la muerte, había dicho, aquella muerte que había esquivado durante tantos días en el desierto. Eso quería él que fuese la muerte: la voz de sus padres conversando sobre algo trivial en la cocina; el olor de una comida años atrás; las manos cariñosas de mamá y la voz severa de papá cuando todavía lo querían.

Para German, sin embargo, todo era nuevo, asombrosamente nuevo. Conseguimos un campamento llamado *Aguirre Spring* en las afueras de Las Cruces, subiendo las sierras por unos quince minutos, si mal no recuerdo. Creo que ya dije que desde Nueva Orleans nunca paramos en un hotel regular y, en lo posible, siempre evitamos los moteles. Lo más seguro eran los campings, no sólo porque estaban alejados de la gente y de las luces, sino porque podíamos dormir en las carpas, a pocos metros de la motorhome.

En Las Cruces, almorzamos en un restaurante chino que estaba en la avenida Amador. Luego fuimos a la universidad para revisar los correos electrónicos. El mayor temor de Carlos era que los padres de Sonia fueran a inquietarse después de tantos días sin saber de nosotros y no sería de extrañar, dijo, que terminasen enviando a la policía y al ejército para que nos rescataran de las garras de alguna mafia mejicana o de alguna *ganga*, como le llamaba la señora Yolanda a las maras salvadoreñas que, decía, operaban de este lado tan impunemente como del otro.

Efectivamente, los padres de Sonia estaban desesperados por saber noticias nuestras y se quejaban porque su hija había apagado su celular. Le habían dado un ultimátum hasta el mismo día que llegamos a Las Cruces. No especificaban a qué se referían con eso del ultimátum, pero era seguro que no estaban hablando por hablar. Sonia les escribió diciendo que se les había caído el celular en el rio de San Antonio, bonita ciudad, pero les aseguró que apenas pudiese les iba a enviar las fotos del viaje que les habíamos prometido. Lo mismo los padres de Sarah que, por entonces, estaban en Nueva York, en un simposio de verano sobre la malaria o alguna otra peste en el sureste africano. Los muchachos tuvieron más suerte. A no ser por un par de correos deseando unas grandiosas vacaciones y un inolvidable viaje de graduados, no los acosaron tanto. Yo casi no tenía mensajes, a excepción de unos veinte correos basura ofreciendo juguetes sexuales y nuevas técnicas para multiplicar los orgasmos y el tamaño del pene, aparte de uno que me había enviado Guzman antes de salir de Jacksonville y que no había podido leer hasta entonces. Estaba muy entusiasmado con el viaje, aunque le quedaban dudas sobre si Steven debía ir con ellos o no. Steven siempre estaba hablando complicado, sobre todo de política, cosa que lo preocupaba un poco porque esa era la madre de los conflictos que íbamos a tener en el viaje. Según Guzman, Steven se creía el Che Guevara en su viaje de estudiante. A él no le importaba, siempre y cuando no se decidiera a iniciar su revolución antes de llegar a Los

Angeles. Me sonreí. Le contesté (copio y pego): *"no te preocupes; todo tiene solución en esta vida"*. Seguramente pensaba en la posibilidad de que algún día una investigación tuviese acceso a mi correo. O vaya el diablo mismo a saber en qué estaba pensado cuando escribí esas palabras.

Mientras el grupo discutía detalles sobre qué decir y qué no a unos y a otros, tres estudiantes nos escucharon y no resistieron la tentación, como dijo uno de ellos, de preguntarnos de dónde veníamos. Se sorprendieron cuando les dijimos que ninguno venía de algún país del sur. Ellos habían llegado en el otoño pasado, uno de Venezuela y el otro de Argentina. Yo sabía que aquellos que tenían poco tiempo en este país no resistían la tentación de entrar en conversación con cualquiera que hablase su mismo idioma. Nosotros lo hablábamos para no ser entendidos por otros y ellos lo hablaban para que los entendiesen, porque no era sólo el lenguaje: alguien que habla un mismo idioma de la infancia de alguna forma siente el mundo de la misma forma. Cuando el argentino reconoció el acento y otras particularidades en la forma de hablar de Steven, se alegró como si reconociese a un vecino, a un hermano. Pero Steven era como un hermano que no quería hablar y el esfuerzo por no pasar por antipático se le notaba a lo lejos, tanto que daba pena.

A pesar de que aquellos muchachos (que para mí todavía poseían la envidiable belleza de la inocencia y, al mismo tiempo, demostraban que para nosotros ya había transcurrido una era geológica entre Florida y Nuevo México) hacía poco tiempo que estaban en la University State of New Mexico, se conocían todos los rincones del campus. Enseguida nos invitaron a una cafetería donde se comían arepas y de vez en cuando se escuchaban tangos, todo gracias a las insistencias de los recién llegados. Una hora después, en un auditorio cercano decorado con calendarios mayas, entramos a una conferencia bilingüe sobre los efectos de la crisis mexicana y el Efecto Tequila que había castigado las economías del resto de América Latina como si de un juego de domino se tratase. Finalmente, si mal no recuerdo, fuimos por unos cafés y casi al atardecer volvimos al campamento.

Creo que hicimos un gran esfuerzo para volver, por algún momento, a lo que era nuestra vida antes de Nueva Orleans. Sin embargo, ahora todos éramos como German, visitantes, sin papeles, falsificadores de otro mundo. Habíamos dejado para siempre esa especie de paraíso del campus del que una siempre quiere escapar cuando es estudiante.

El campamento fue como el fin de una borrachera de cafeína. Al atardecer, volvimos a la realidad. Lo más fastidioso de estas instalaciones primitivas era la oscuridad y el ruido de los animales que cada tanto nos despertaban. Cuando están llenos de turistas y viajeros, las risas ajenas y la fastidiosa música de los demás se soporta de alguna manera, pero cuando los sonidos, el silencio y la oscuridad son la pura extensión del desierto, no hay vivo que no se sienta un poco muerto. La naturaleza no es normal; es el universo que se niega a evolucionar, un mundo que se ha quedado en un pasado remoto y que amenaza con tragarnos al menor descuido.

A mí, sobre todo, me fastidiaba el grito de un ave y un aullido que se repetían cada tanto, justo para evitar que una se terminase de hundir en el último sueño. Sarah decía que era un lobo. Steven, que era un zorro. Sonia había bromeado acerca del espíritu de los muertos del desierto, porque era un aullido más bien triste, como un llanto. Tal vez no bromeaba; era su forma de decir que tenía miedo y estaba sola, cada vez más sola. Carlos y German se habían mantenido en silencio, seguramente por diferentes razones, como todo lo que se parece.

Miércoles 10 de junio

SEGÚN CARLOS (que había aprovechado el tiempo en el Student Center de la universidad para explorar en Internet la región y los caminos que iban desde Las Cruces hasta Socorro y Chato Road) Nuevo México era el mejor lugar para que Guzman se bajase. Todos asentimos en silencio. Mejor dicho, aprobamos sin siquiera asentir. Éramos suficientemente inmaduros y cobardes como para no llamar las cosas por su nombre. Por si fuese poco, desde que German se había incorporado al grupo, todo se decía en clave. Más o menos esta era la forma ambigua de hablar por entonces, una precaución inútil, al fin de cuentas.

En algún momento supe que la idea era informarlo de la situación poco antes de que el hecho se produjese. De esta forma, German quedaría involucrado, lo cual para mí, luego de pensarlo dos veces, era como otra solución mediocre a un problema mal resuelto. Mejor dicho, una mala solución para un problema creado por nosotros mismos: mejor hubiese sido no haber intentado lo que intentamos en El Paso. Mejor hubiese sido no haber salido huyendo desesperados de Nueva Orleans sin tener idea de qué íbamos a hacer. Mejor, en fin, hubiese sido no haber iniciado nunca un viaje inocente para el cual un grupo de estudiantes demasiado inocentes no estaba preparado.

A medida que avanzamos por la 10 hacia Lordsburg, en silencio íbamos reconociendo el lugar ideal para Guzman. Unas pocas casas parecían flotar en el desierto, listas a ser removidas en la próxima recesión o en el próximo vendaval. Los desiertos de Arizona y Nuevo México estaban sembrados de muertos perdidos y olvidados, había dicho German.

Al principio, Steven se tomó el trabajo de hacer hablar a German. En el camino que va desde Shakespeare Ghost Town hasta Animas, le preguntó por la familia que había dejado del otro lado, pero German no contestó. Al rato dijo "poquita". Nada más. Mucho más tarde, cuando nos agarró la noche cerca de Animas y aprovechamos un campamento abandonado al borde de la 338, se decidió hablar. El alcohol siempre ayuda, escuché que le decía Steven a Carlos en el preciso momento en que yo entraba al baño de mujeres y ellos salían con sus linternas, todavía arreglándose los pantalones, como si les faltase tiempo para acomodárselos antes de salir de los servicios. Al principio no comprendí hasta que volví a la reunión, que parecía animada como en los viejos tiempos. Probablemente, pensé, cuando uno debe fingir normalidad ante un extraño, la normalidad vuelve por arte de magia, aunque sea una normalidad fugaz como una borrachera.

German se sentó en la silla plegable de Carlos, en una de las cabeceras de la mesa que siempre desplegábamos para cenar, con el rostro cerca del farol, como si los demás necesitásemos ver en su rostro el México que salía por su boca.

En realidad, German no se llamaba German sino Hermie o Germi. Su madre había quedado impresionada con una película de 1971, *Verano del 42*, la única película que había visto en toda su vida, en Nuevas Casas Grandes. El padre de German la había llevado al cine, por primera y última vez, cuando eran novios y el mundo todavía era maravilloso. Pero poco tiempo después, cuando iba a nacer su primer hijo, el viejo se negó a darle semejante nombre. Lo llamaron Fernando.

—Que viene a ser Hernán —dijo Steven—. Como Hernán Cortés. Entre Hernán y Germán, me quedo con el último. Pero en tu caso parece que va sin acento en la *a*, lo que suena más anglosajón.

German apretó el ceño como si descubriese algo. Se quedó pensando y, finalmente, continuó, casi como si arrastrase las palabras o las estuviese desenterrando poco a poco, como un arqueólogo va descubriendo una ciudad perdida a partir de algunos pequeños fragmentos que van apareciendo en una fosa profunda:

—Al final mi padre aflojó tres años después, cuando nací yo. A insistencia de la pobre vieja, que en realidad nunca llegó a ser vieja, aceptó llamarme German, sin acento, porque le sonaba a *hermano*. La vieja casi no recordaba la diferencia entre German y el Hermie de la película. Una vez que fui a Casas Grandes de parranda busqué aquella película en una casa de videos, pero no la encontré. El empleado quería encargarla al DF a cambio de que le dejara una seña, pero yo ni siquiera tenía el aparato para pasar la cinta. Sólo quería ver la foto de la caja.

Por primera vez después de Nueva Orleans, no faltó la cerveza. Fue una excepción a pedido del mismo German, que para entonces ya se había fastidiado con la abstinencia que se había impuesto en el grupo, detalle que, había dicho, daba para pensar.

—Si hay algo que me gusta —dijo— es cuando hace mucho calor como ahora y agarro una lata de cerveza y la siento pesadita y toda sudada, así mismito como esta. Bueno, como les decía (¡salud!) tampoco nunca encontré mi nombre en los libros de la biblioteca del pueblo que hablaban de aquella película. Hasta llegué a pensar que la pobre vieja ni siquiera había visto una película en toda su vida, y que aquella música tan bonita que tarareaba, la había inventado ella misma.

Sonia la murmuró un instante. Se hizo un silencio como si alguno de nosotros recordase la película aparte de la música.

—Sí, era esa mismo —confirmó German—. Un día escuché a mi hermano, que había conseguido un libro de inglés para largarse para el otro lado, que decía que en inglés la H sonaba G o J. Entonces me di cuenta que la pobre vieja debía haber escuchado varias veces *Hermie, Hermie, Hermie*, que viene a ser el nombre con el cual quisieron anotarme en Chihuahua pero con otra forma de escribir. Con *G*, no con *H*, y sin la *e* al final. No se escribía como el de la película, sino *Germi* y de todas formas el cura había anotado a su antojo German, para que no sonara tan mariquita. Germi suena a nombre de mujer. Esto mismo debó notar el viejo, por lo que la pobre mama tuvo que ponerse más dura aún para que le acepten semejante nombre en tierra de pocas lluvias y muchos nopales. Puedo verla a la vieja amasando enojada, con ese enojo silencioso que tenía. Nunca la escuché gritar. Pero al final las mujeres terminan logrando concesiones de sus maridos cuando los dos ya están cansados y desilusionados de todo. Vaya Dios o el diablo a saber por qué le había impresionado tanto esta película a la vieja, más allá de haber sido probablemente la única que había visto en toda su vida. En su cortita vida, ahora que lo pienso. Y quién sabe si el pobre viejo también tuvo que comerse alguna historia de amor de la que él no formaba parte, la que, por orgullo de hombre, nunca pudo reconocer. Porque así es la vida. Uno ama a quien no lo ama y cuando parece que termina encontrando a su pareja resulta que hay alguna otra historia jodiendo por ahí... Así que el viejo, de vez en cuando (sobre todo en los aniversarios, alguno de los cuales eran de conocimiento familiar) se abrazaba a la rubia del tequila y lloraba por dentro. Porque si la vieja nunca gritaba, tampoco el viejo lloraba.

—Todos tenemos un papel para representar en esta vida —dijo Sonia, y sospecho que ninguno tuvo tiempo suficiente para meditar en semejante intriga.

Enseguida German mencionó cierta idea que había escuchado en la radio, de joven, algo así como que sólo es perfecto el amor cuando se queda en la flor. Steven había dicho que esa era una frase probablemente de Borges y que se sustentaba, no sin magnífica ironía, en el romanticismo que habían inventado en Europa hacía no más de dos siglos y del que el mencionado escritor argentino no creía ni medio. German había dicho que no tenía idea de dónde venía eso ni hacia dónde iba, pero que así había sido en su familia: la pobre vieja ahogada en la realidad de su día a día mientras recordaba aquellos años en que el viejo era un muchacho romántico, un flaquito lleno de sueños y con ganas de gastarse toda la mensualidad en una película. Como si la verdadera vida estuviese hecha de esos momentos, había dicho, y todo lo demás no impostarse tanto.

—¡Chico! —exclamó Sonia—, la verdad es que no lo había pensado. ¿Cómo es que nunca nos enseñaron esto en la universidad?

—Ni en la universidad ni en todas las iglesias que pululan por el sur… —dijo Sarah.

En algún momento Sarah se había vuelto anticlerical, inspirada por Sonia. No hay nada mejor para espantar a alguien de una religión que la fervorosa tarea evangélica de ciertos individuos.

—¿Qué le pasó a tu hermano? —cortó Steven.

—Murió en este desierto —dijo—, tratando de llegar a Los Angeles. Nunca nadie nos dijo nada, pero era imposible que Fernando tuviese planes de desaparecer. Era un hijo y hermano de ley y en todo México no tenía de quién esconderse. Si de algo huía era de la pobreza y había jurado y rejurado que nos iba a ayudar con la primer chamba que consiguiera. El viejo hizo sus gestiones para localizarlo, pero nunca consiguió nada. Después que Fernando se vino para este lado yo empecé a tener pesadillas. Pensaba en este lado como la tierra de los muertos. Pero del otro lado no era mucho mejor. Todo había ido empeorando poquito a poco. Así quedamos los tres solos. Esperando, siempre esperando algo: la lluvia, un caballo tirando un carro, aquel hombre de a pie que mi madre veía todos los domingos al atardecer, caminando hacia la casa con una maleta en una mano. Al poco tiempo, la pérdida de mamá fue otro golpe terrible, sobre todo para mi padre. Antes de perderla, se iban todos los fines de semana al arrollo, o lo que quedaba del arrollo. Después ya no. El que iba era yo. Casi todas las tardecitas me iba a sentar en aquel barranco que ya no sostenía agua alguna, ni siquiera el agua de la lluvia. Decían que habían construido una presa o una laguna para el ganado unos quilómetros más arriba. Otros decían que era el clima que estaba cambiando. Lo cierto es que nadie lo sabía a ciencia cierta porque ni siquiera nadie sabía ubicar sus propias tierras en un mapa. No corría más agua por aquella enorme cañada, pero bastaba con sentarse al borde, sobre sus piedras secas y coloreadas por el atardecer para sentir el río todavía allí. Los ríos, como los árboles y como la gente permanecen mucho tiempo después de haber desaparecido. Por eso yo podía verlos a mamá y papá todavía sentados allí, al borde del río, a veces cariñosos y a veces tristes, vaya a saber por qué razones que un día se llevó el río.

—Esas cosas aquí no pasan. La gente se muere y se muere —dijo Carlos.

—Eso pasa sólo en las películas de Hollywood —dijo German—: la gente se muere y ya está. Pero eso es sólo una fantasía, no es verdad. El viejo nunca más volvió al río, no por desamor sino por tristeza. Casi diferente fue el de su hermano, el tío Ignacio, que vivía a unas pocas leguas de nuestra casa. Cuando murió su esposa, el tío se dedicó a cuidar el jardín que la tía había dejado. Todos los fines de semana el viejo se iba al patio trasero de la casa y se dedicaba de cuerpo y alma a ese jardín. Así por años. Desde que murió la tía lo recuerdo así, arrodillado sobre sus jazmines y sus tréboles, ordenando las raíces de los árboles, rezándole a las gardenias para que florezcan. El tío Ignacio era un hombre de la naturaleza, bondadoso al extremo de no matar las hormigas que cada día amenazaban los limoneros y las rosas de la tía. Rosalía, la hermana de la tía, que a veces iba a cuidar a mis primos cuando el viejo tenía que ir al pueblo sin compañía de niños, a hacer algún trámite o a resolver necesidades de hombres, también era de la misma opinión y no perdía oportunidad de decirlo a todos, a los tíos, a los vecinos, a las visitas que de vez en cuando íbamos y nos sentábamos en la salita del frente: Ignacio era un pan de Dios, hombre fiel si los hubo, humilde y trabajador, con un único defecto y vicio que era su jardín. Cuando el tío murió sus hijos pensaron que lo mejor era entregarlo a la tierra que tanto amaba y propusieron enterrarlo en el patio del fondo. Al principio, la tía Rosalía se opuso pero luego de tanta insistencia aceptó hacer su tumbita en el rincón de las tunas. Ese fue el acuerdo, porque mis primos eran partidarios de enterrarlo en el rincón de las sábilas, que era su rincón preferido. Al tío Ignacio le gustaba comer las flores de las sábilas porque calmaban el dolor. Así que le pidieron al hijo de un vecino llamado Horacio, varios años mayor que yo y que ya había sacado tantos músculos en aquel último año como los que nunca había sacado antes cuando dejó la escuelita y se dedicó a jimador en tierras ajenas. El cura no estuvo de acuerdo, pero se sabía que tenía una gran deuda con el tío por aquello del hijo del cura que el tío reconoció como propio y luego enviaron a la capital para ser adoptado. Entonces dijo que, aunque no estaba de acuerdo, se sabía que el Señor hacía excepciones varias para quienes lo habían sabido servir y se habían arrepentido de todos sus pecados. Así que pusimos al bueno del tío Ignacio en el cajón que habían dejado libre los huesitos de la curandera Rita, seis años atrás, y lo enterramos en uno de los rincones del patio, en el rincón de las sábilas. El hijo de Horacio hizo una demostración impresionante de fuerza masculina cavando un foso profundo en pocos minutos. Sus músculos brillaban al sol mientras sacaba paladas de tierra y muchos huesitos que, según dijo la tía Rosalía, eran huesitos de cabras pero el hijo de Horacio insistía que no, que mirase bien porque eran de niños chiquitos, unos tan chiquitos como la palma de una mano y otros ya más crecidos, y otros de un señor más grande. El hijo de don Horacio, que se sabía había nacido con problemas, no dejaba de decir que eran los hijitos del cura, y cuando lo decía se persignaba porque el cura había muerto poco tiempo atrás y su madrecita le había dicho que si alguna vez había escuchado y visto algo en realidad no había escuchado ni visto nada, y que si insistía en desobedecer iba a arder eternamente en el infierno. Afortunadamente el nuevo cura era de la idea de que el infierno no era eterno, porque Dios no podía odiar tanto a sus hijos, ni siquiera a los pecadores, así que si uno era capaz de aguantar el calor por un tiempo podía salir de allí un día. Por eso el Horacio chico había aprendido a trabajar de sol a sol, sin quejarse y sin sufrir el castigo de tan altas temperaturas, porque, decía, se estaba entrenando porque todos sabían que era candidato. Cada vez que encontraba una cabecita, la levantaba y la miraba a través de la luz del sol y decía que mirásemos, que había encontrado otro hijito del cura Ramón. Entonces, la tía Rosalía le llevaba un vaso con agua fresca y le decía que se refrescara, que el sol le estaba haciendo mal en aquella cabezota que tenía, llena de pelos como cerda de caballo, y que se apurase porque su padre lo esperaba para su leche de la tarde. Bastó esta revelación para que el hijo de Horacio saltara de alegría y se olvidase de los huesitos y del cajón del tío Ignacio. Nunca supe qué había en el rincón de las sábilas, pero muchas veces por las noches lo veía al tío arrodillado sobre la tierra, como un pálido reflejo de la luna que la gente ignorante ve como un brillo de las animas y que en realidad es el fosforo de los huesos que brilla por las noches. Una y otra vez el viejo se arrodillaba para acomodar la tierra con sus manos tan buenas. Y la tierra le devolvía aquellas flores de sábilas que sólo él podía comer.

—Es una historia muy mexicana —observó Sarah.

—¿Por qué lo dice usted? —preguntó German, creo que fingiendo formalidad.

—No sé. Esa rara relación que tienen los mexicanos con la muerte.

—¿Por qué rara?

—Bueno, no será rara para un mexicano, claro. Pero sin duda que es una relación muy particular. Nunca entendí, por ejemplo, cómo pueden festejar el día de los muertos comiendo calaveras de azúcar y todo eso.

—Puede que sea una relación muy especial —dijo German—. Pero yo no diría que somos los únicos que tenemos muertos. Los yanquis también tienen una relación especial con la muerte, según los cuentos que llegan allá. La diferencia, me decía un compa que había estado de este lado mucho antes, es que cuando un americano se muere, se va al cielo o se va al infierno y ya no le importa si su esposa o sus hermanos o sus hijos pecadores son condenados al infierno. El que está en el cielo está en el cielo, y como bien merecido lo tiene por tanto esfuerzo y responsabilidad, sabe disfrutarlo como se debe sin distracciones. Cuando un mexicano se muere no se desentiende de sus seres queridos ni los que quedamos aquí nos desentendemos de nuestros muertos. Ellos nos acompañan y nosotros los seguimos. Comemos con ellos, celebramos con ellos, lloramos con ellos. Un muerto no se va del todo hasta que sus hijos y todita su gente no se ha ido también. Cuando un yanqui mata a otro, en realidad mata un cuerpo. Los mexicanos matamos un cuerpo y luego tenemos que arreglárnosla con el alma del finado. Por lo menos un mexicano viejo. No hablo por todos esos hijos de la chingada que abundan tanto hoy en día y que sin pensarlo demasiado venderían a su madre por un paquete de cocaína o una valijita llenita de dólares.

—¿Segurito que esa es toda tu historia? —preguntó Carlos, como si lo imitara en el uso de diminutivos.

Para mí era más que suficiente. German hablaba como Guzmán. Mejor dicho, no hablaba igual. Hablaba distinto, pero con palabras distintas decía lo mismo. Tal vez porque los dos compartían algo de aquel viejo México que sus padres había arrastrado hasta Carolina del Norte. German era mucho menos sofisticado, pero, de alguna forma, sentía igual.

—Pos, segurito nunca estuve ni un poquito —dijo German—. Pero si voy a contar todo, no me darían los años que me quedan.

—¿Tan complicado es?

—No, complicado no. Triste, como la vida de cualquier pobre. Aunque, por lo que veo, ser rico no garantiza nada tampoco. La vida es así de chingada. Los pobres con problemas dejan todo para ser ricos y los ricos no pierden oportunidad de meterse en problemas. Apuesto que hasta no hace mucho ustedes eran unos de esos…

—¿A qué te refieres? —preguntó Carlos.

German nos miró a todos y debió advertir que todos lo observábamos con atención.

—¿Cuándo me lo van a presentar? —dijo.

Algunos nos miramos. Sonia bajó la mirada y Carlos se levantó de su silla.

—¿Presentar? ¿A quién? —preguntó Steven.

—Al finadito, pues —dijo German, con una convicción que no dejaba lugar a ninguna alternativa.

Lastimosamente, Steven comenzó a hablar de alguien que había tenido un accidente. Luego mencionó cierta investigación que estaba en curso, ya que los hechos no habían quedado del todo aclarados. Supongo que German no se creyó la historia de Steven, pero habrá juzgado innecesario insistir sobre detalles que no tenían demasiada importancia porque se recostó en su silla y dijo, en un tono casi indiferente:

—Así es la vida. Los chingados somos los que nos quedamos para tirar del arado.

Steven asentó con un gesto de pesar y le sirvió otro vaso de tequila.

German lo bebió de un solo trago y al poco rato se recostó contra una enorme roca y se quedó dormido.

ESA NOCHE, HICIMOS FUEGO en un área más bien desolada. Bebimos. No había reuniones alegres, pero de vez en cuando la desesperación dejaba lugar a la resignación y hasta cierta sospechosa alegría que no siempre podíamos disimular como debíamos.

Casi a la medianoche, Carlos fue a la motorhome y roció la cara de Guzman con el resto del tequila. Cuando volvió, Steven lo miró con un gesto incrédulo y él dijo que el pobre todavía era parte del grupo y que lo mejor era no disgustarlo mientras estaba con nosotros. Había que conservar esa sonrisa que se resistía a desaparecer de su rostro. Así que, además de compartir un trago, lo ayudaba a refrescarse, ya que desde El Paso se había comenzado a poner gris, y blanco se veía mejor.

—Se puso gris del susto cuando supo que lo íbamos a dejar en Ciudad Juárez —dijo Sonia, pero la ocurrencia no causó ninguna gracia. No hubo protestas; sólo un silencio acusador.

—Espero que aquel se haya dormido de veras —dijo Carlos, señalando la oscuridad.

—Lo mismo da —dijo Sarah—. Ya no le queda nada por saber.

—Como si fuera Dios —ironizó Sonia.

Entonces, a pesar de la hora, del cansancio y del maldito tequila, Sarah propuso otra vuelta. Dijo que de esa forma tal vez podíamos saber quién de nosotros tenía alteraciones de la personalidad cuando estaba borracho. Carlos y yo nos opusimos a la sugerencia. Mejor dicho, yo tímidamente lo apoyé. Para nada bueno podía servir jugar con fuego. Cualquier resultado podía significar un indicio para una acusación injusta. Además, el hecho de que supiésemos quién lo había hecho no cambiaba mucho las cosas. Ni quien lo hizo había sido responsable de lo que hacía, ni el resto era menos culpable por haberlo ocultado. En dos palabras, se trataba de un pecado colectivo y no había comenzado con la muerte de Guzman sino en el preciso momento en que nos habíamos despertado y, a tientas, intentábamos reconocer la nueva realidad, la que sería nuestra vida desde entonces.

—De todas formas yo quisiera saber la verdad —dijo Steven—. Todavía no me resigno a sospechar de mí mismo.

Según Steven, que comenzaba a mostrar un creciente fastidio con Guzman, éste había sido el responsable de todo. En la noche del 30 de mayo, Guzman se había ido a recostar temprano luego de su catarsis personal. Se había quedado dormido, pero había sido el único de los seis que casi no había fumado y, sin duda, el que había bebido menos tequila.

—Vaya el diablo a saber cuál eran sus planes —dijo Steven—. ¿Por qué compró él mismo dos botellas de tequila si no iba casi a probarlas? Si estaba tan deprimido, como decía, ¿por qué no fumó ni bebió como el resto de los pelotudos? El tipo se acostó en una de las camas y apareció tendido sobre la otra. Es decir que debió levantarse en algún momento. Debió estudiarnos con detalle a cada uno de nosotros, como si entonces él fuese el único vivo y nosotros los cadáveres.

—Apuesto que no nos debíamos diferenciar mucho de lo que es Guzman en este momento —ironizó Sarah.

—Hurgó en la maleta de Sonia —continuó Steven— hasta que encontró la ropa que llevaba puesta en Alabama...

Al mencionar Alabama hubo un silencio. Por un instante sentí que Carlos preguntaba por qué Alabama. Pero no dijo nada. Entonces Steven debió revisar mentalmente su versión de los hechos antes de seguir adelante.

—Se vistió con la ropa de Sonia —continuó, lentamente, como si fuese descubriendo los hechos poco a poco y debiera hacer un esfuerzo enorme para traducirlos en palabras— y se asomó a la ventana. Como debió permanecer un cierto tiempo allí, apagó el aire acondicionado. De otra forma no se explica este detalle. En algún momento apareció Roque...

Steven fue el primero en sospechar la verdad. Si hasta el momento nadie lo había hecho, sólo podía deberse al estado de paranoia y delirio en el que nos habíamos hundido desde la muerte de Guzman. Podría decir que los americanos tenemos un fuerte instinto de sobrevivencia, por eso las cosas más importantes las hacemos sin pensar, porque sabemos que si las pensáramos un poco no la haríamos nunca. Esa es una verdad que se demuestra leyendo un libro de historia de la escuela primaria. Pero en un nivel aún más profundo, nuestra pesadilla de aquel verano se explica por una condición que, más o menos, sufrimos todos los seres humanos y que tal vez explique más adelante, pero que se puede resumir así: si en la vida cotidiana uno siempre busca culpables en los demás hasta por los hechos más insignificantes, es por el simple hecho de que en el fondo uno se sabe capaz o responsable de los peores actos, no sólo contra los demás sino contra uno mismo. Uno quiere ser una buena hija, una colega honesta, una buena persona para los demás, precisamente porque en el fondo una sabe que no lo es o fácilmente puede no serlo. El mundo está lleno de estos buenos deseos y de mejores apariencias y, con todo, es la mugre que es. Imaginen lo que sería el mundo si uno simplemente dejara de intentar ser alguien más y se abandonara a ser lo que realmente uno es, así como fue Sonia por un momento y ha sido Roque hasta hoy. Todo lo que vemos de los demás es como sus currículos, listas abundantes de éxitos, de logros y de actos caritativos. A nadie se le ocurriría incluir en sus solicitudes de trabajo todos sus fracasos y su gigantesco y miserables egoísmo, en el mejor de los casos, gracias al cual uno termina logrando cierto éxito con el cual presumir ante los demás. Entonces, si uno se considera un hombre o una mujer honesta, sólo se puede deber a que ha invertido sus mejores esfuerzos en serlo y en ocultar detalles que lo negarían. Pero no sólo ocultar detalles a los demás sino a sí mismo. Porque, muy en el fondo, uno sospecha lo que debería ser obvio: todos somos peores individuos de lo que quisiéramos pensar o peor de lo que de hecho nos consideramos. Todos somos culpables de algún de extrema crueldad, si somos adultos, y somos egoístas y crueles, si somos niños. No por casualidad hasta los santos se han hecho famosos en la historia por algún tipo de martirio, sea auto infringido o facilitado por los demás. Porque todos, hayamos vivido demasiado o muy poco, sentimos la culpa, justificada o no, como una sombra hasta en los días más brillantes. Esta condición humana hunde sus raíces en la noche de los tiempos, por lo que se podría llamar *complejo de Caín*, para no usar un mito griego, como tanto les gusta a los psicoanalistas. Con los años he ido descubriendo que hasta el más inocente y bondadoso hombre sobre la tierra lo sufre de alguna forma. Pero dejémonos de teorías ahora.

—Ya veo por dónde vas —se quejó Carlos—. Te agradecería que no nombres más a esa basura. Ya bastante tuvimos con él.

—Lo siento, pero es importante —insistió Steven—. Tal vez Guzman se había contactado con el señor R en algún momento. Hay que considerar que el muchacho seguía deprimido, y no era ningún secreto el por qué. Le dijo una hora, se asomó a la ventana y le dio la señal de libre. Fue a la puerta, le abrió. En algún momento Roque le hizo creer que en el fondo no lo odiaba. Algo así…

—Bueno, ya es suficiente —dijo Carlos—. El resultado ya lo sabemos. Pero la hipótesis no funciona. Si realmente fue Roque, ¿cómo es que la puerta estaba cerrada con llave?

Steven dudó, se encogió de hombros.

—Tal vez no estaba cerrada con llave —dijo.

—Yo mismo dije que verificaran si estaba trancada —dijo Carlos—, y estaba trancada.

—Sí, lo recuerdo —confirmó Steven—. Pero ahora yo no diría que es *seguro* que estuviese trancada. Fue un momento demasiado confuso. Ni recuerdo el tipo de cerradura que tenía.

—No sabemos si la puerta no se trancaba sola al cerrar —dijo Sarah—. En algunos moteles funciona así. No es necesario cerrar la puerta por dentro para trancarla. Basta con cerrarla.

—Estaba trancada —insistió Carlos—. Eso es seguro. Aunque a juzgar por la naturaleza enfermiza de Roque, tampoco cuesta nada imaginarse que ese tipo pudo haber planeado todo para arruinarnos el viaje sino y el resto de nuestras vidas.

—Habría que volver al motel —dije, sabiendo que no tomarían en serio ni un segundo— para verificar si el pestillo gira solo al cerrar o la puerta se tranca al cerrarla.

—Por favor —se quejó Carlos—. Esta conversación ya la tuvimos en San Antonio y nunca nadie dudó de que la puerta estaba con llave. Si seguimos por este camino, con el tiempo iremos agregando más sombras que luces. A esta altura para mí está claro: nunca sabremos quién lo hizo, así que lo mejor es aprender a olvidar.

—Tú pareces el más interesado en olvidar —observó Sonia.

—Callar es salud —contestó Carlos, visiblemente molesto.

—En San Antonio yo no estaba en condiciones de segur ninguna discusión —dije—. Ahora decir que todos lo hicimos es como decir que nadie lo hizo. Pero la verdad sigue faltando.

—Volvimos sobre lo mismo en San Antonio —insistió Carlos— y para lo único que sirvió fue para terminar insultándonos unos a otros. Así seguiremos discutiendo sin resolver el problema que tenemos ahora.

—Entonces ¿piensas vivir el resto de tu vida sin saber quién lo hizo? —insistí.

—También hablamos de eso.

—¿Cuándo?

—No lo sé. En algún momento uno de nosotros lo mencionó, pero es tan obvio que no recuerdo quién fue. La única forma de saberlo es llevando el arma a la policía para que comparen las huellas dactilares y ¡bingo! A uno de nosotros lo mandan al corredor de la muerte y a los otros unos cuantos años por estúpidos.

Estuvimos algunos minutos en silencio hasta que Carlos dijo que mejor nos íbamos a nuestras carpas, que ya era tarde. Con Steven arrastró a German hasta debajo del toldo improvisado como carpa. German se quejó pero continuó durmiendo.

Jueves 11 de junio

EN LA PÁGINA que corresponde al 11 de junio anoté los nombres de Carlos y Roque, subrayados dos veces, y un par de cuentas que debían referirse a los gastos de la semana. Ese día estuvimos buscando un lugar apropiado en las proximidades del campamento y cuando decidimos un lugar que se parecía a cualquier otro decidimos esperar a la noche para que los hombres se ocuparan del trabajo.

Por la noche, German estuvo contando otras historias de Casas Grandes, porque había prometido que mientras hubiese tequila, cada

anoche nos iba a contar algo del otro lado hasta
llegar a Los Angeles. Para entonces se había convencido de que ése era el lugar donde iba a comenzar su nueva vida. En cierto momento
preguntó por el muerto y dijo que quisiera conocerlo antes que le diésemos cristiana sepultura.
Steven le preguntó para qué, y German dijo que
no podía ayudar en un entierro sin haber conocido al finado.

—Los sepultureros no conocen a sus clientes —dijo Steven.

—Ni yo soy sepulturero ni el finadito es un
cliente —se quejó German—. Por lo que vengo
sabiendo, era amigo de ustedes, y desde que estoy
en este viaje quiero asegurarme que el muerto no
va a volver.

Steven se rió pero German le dijo que no iba
en broma, que con esas cosas no se jugaba y se fue
desierto adentro. Más adelante supimos a qué se
refería. Poco después salieron Carlos y Steven.

A la hora en que el sol ya se había puesto
pero todavía quedaba luz suficiente para leer y escribir, cuando esperábamos en silencio más noche para proceder con Guzman, apareció una
camioneta rural que se detuvo un instante al
borde del camino. Una muchacha se bajó y luego
la siguió el conductor. Estuvieron discutiendo un
rato. Él la tomó del brazo y ella lo abofeteó. La

escena, que parecía sacada de una vieja película, terminó con un beso muy apretado. Enseguida supimos que ya no podíamos dejar a Guzman allí. Steven no estuvo de acuerdo. Dijo que con ese criterio no podríamos dejarlo en ninguna otra parte. Pero a esa altura (otro signo de confusión de nuestro supuesto líder) Carlos prefería Arizona. Si la parejita hubiese pasado un día después sería otra cosa, pero la home era un elefante difícil de pasar desapercibido. Ante la duda, Sonia, Sarah y yo habíamos votado para irnos temprano al día siguiente. Ante la duda es mejor abstenerse. Siempre. Eso es lo único que habíamos aprendido en todos aquellos quilómetros.

Viernes 12 de junio

ÍBAMOS A TOMAR el campamento de Dos Cabezas Peaks, pero por alguna razón desistimos y seguimos hasta Benson. Carlos, que iba conduciendo el carro, hizo una señal con la mano y nos desviamos por Cascabel Road al sur. Al principio, German se extrañó que el camino que llevaba a California fuese tan estrecho, tan desolado y empolvado. No supe si había preguntado con sinceridad o simplemente esperaba alguna forma de explicación. Luego, ante el silencio de los demás, comentó que más que al Oeste parecía que nos dirigíamos al sur, como si no esperase explicaciones.

Sarah, al volante, dijo que los muchachos sabían lo que hacían. Para entonces, Sarah había tomado partido. Siempre estaba de parte de Carlos y Steven; el resto, Sonia y yo, quedábamos al margen y ni siquiera alcanzábamos a conformar el grupo, el grupo de los relegados, de los marginados. Éramos, simplemente, dos nadie, con derecho a la queja en el caso de Sonia, que todavía ejercía esa miseria humana; o al silencio, que venía a ser una opción más digna de mi parte.

Nos desviamos por otro camino menor que quizás sea lo que en el mapa se lee como Stands Ranch road, aunque no estoy segura. Finalmente, Steven nos señaló un lugar a la derecha y nos metimos luego de patinar varias veces en la arena. Era una especie de ensenada donde improvisamos un campamento. German no dijo nada; en todo momento se dispuso a ayudar con las carpas que levantamos debajo de unos arbustos que no ofrecían mucha sombra. Cualquier otro en su lugar hubiese preguntado por los servicios inexistentes, menos German que había tomado como algo natural que decidiésemos instalarnos al costado de un camino desierto.

El sol todavía estaba alto y pegaba con fuerza cuando Carlos y Steven fueron en el carro a Sierra Vista por las provisiones. Al menos eso es lo que dijeron, porque nunca se sabía completamente las decisiones que tomaban los dos hombres del grupo. Poco a poco lo que había empezado como una tierna y políticamente correcta democracia el primer día en Jacksonville, se había tornado, dada las excusables circunstancias, en una disimulada dictadura que quienes la sufríamos no estábamos dispuestos a cuestionar antes que el problema estuviese solucionado.

Al mismo tiempo que salían con prisa y levantando polvo, Sonia les gritaba que necesitaba unas *pads*, toallas femeninas.

—Y condones —gritaba mientras les arrojaba con piedras—. Una caja de condones, por si se acuerdan, ¡desgraciados!

El auto se detuvo un instante y Carlos le gritó:

—No te pongas histérica. Te traeré las toallitas de la marca que usas siempre. ¿Para qué gritas?

—Grito para que vean que las otras que quedamos todavía estamos vivas y no vivimos sólo de carne de cerdo y cerveza como ustedes. Pero los señoritos van y vienen sin consultarnos como si fuésemos cadáveres que caminan.

—De acuerdo —dijo Steven—, es cierto que salimos un poco apurados. Pero tampoco es algo tan grave, ¿no?

—Evidentemente para ustedes no —dijo Sonia.

—¿Y para qué quieres condones? —preguntó Carlos.

—Para masturbarme, chico —dijo una Sonia irreconocible, despeinada y a punto de saltarles encima—. No me gustan los pepinos sin protección. Tienen microbios.

—Ahora ya sabemos por qué siempre falta ensalada —gritó Carlos.

—¡Miserable! —gritó Sonia, mientras agarraba unas piedras para tirarles.

Carlos y Steven escaparon a tiempo pero una de las piedras fue a dar en una de las luces traseras.

Cuando volvió el silencio y el polvo y los ánimos se habían calmado, preparamos té en una pequeña fogata en un hoyo que hizo Sonia en la arena y que luego rodeamos con piedras. Sonia quiso saber qué de Carlos le había atraído a Sarah, pero Sarah ensayó varios silencios y dijo que era un asunto privado. Sonia aclaró que ella la caía bien, que era él, Carlos, el que cada día soportaba menos.

—Entre nosotros nunca hubo amor sino admiración —dijo—, y no es posible admirar y convivir por mucho tiempo. Él debió sentirlo primero pero, como es típico, no supo resolver el error en forma y tiempo: los hombres sufren como niños cuando una mujer amenaza con abandonarlos, porque son débiles, y por eso mismo necesitan demostrar que son fuertes. Esa característica está acentuada hasta niveles patológicos en hombres como Carlos que creen haber nacido para mandar. No quiso romper a tiempo, no quiso aceptar que yo ya no lo quería o, peor, que él ya no me atraía ni siquiera en la cama. Porque a un hombre se le puede decir y demostrar que es insensible, avaro, negligente, arrogante, tímido, soberbio, injusto, criminal... pero no le cuestionen la inteligencia y el pene.

—Al menos Carlos respeta las reglas de juego —dije, como si sondeara con una vara un lago oscuro y profundo.

—¿Las reglas? ¿Qué reglas? —preguntó.

No contesté.

—Las reglas que nos han impuesto desde siempre los hombres —agregó ella, sin dejar un espacio mínimo de duda—, cuando no son las reglas que impone él mismo, sus propias reglas.

—La reciprocidad parece ser una regla sin género —observé.

—Oh, sí —ironizó ella—. Como la reciprocidad entre el lobo y el conejo. Por algo la mejor defensa de las presas es siempre el camuflaje. La presa debe engañar para sobrevivir.

—No entiendo la conversación —dijo Sarah.

—Sólo metáforas de una discusión sin sentido —dije—. Ya sabemos que Sonia tiene un problema con los hombres y eso no lo vamos a arreglar ahora.

—Es raro que lo digas tú —se defendió ella.

—No, no es raro —dije yo, defendiéndome de la verdad—. Que no me haya acostado con ningún hombre hasta ahora no quiere decir que los odie. Todo lo contrario.

—Todo lo contrario —volvió a ironizar Sonia—. Como aquello de nuestros abuelitos: que porque te amo no te toco. Una fórmula que vendían los padres y estaban obligados a comprar los amantes. Cuántas generaciones frustradas...

Sonia debía agradecerme al menos haberla salvado de revelar el incidente de Alabama pero, por el contrario, había apretado el acelerador en la ironía, algo que había aprendido de su principal contendiente, Steven, y que le venía muy bien como arma blanca.

—Es decir que el sexo viene a ser como un arma de guerra —dije.

—Siempre lo ha sido —dijo ella—. Pero como sólo los hombres podían usarlo como arma de guerra, no porque el pene sea como una espada o como una lanza sino porque los hombres decidieron que cuando la clavaban humillaban. Y cuando viene una hembra y les demuestra lo contrario se quedan confundidos, no saben qué hacer.

—Dejémonos de teorías —se quejó tímidamente Sarah.

Tal vez en ese momento Sonia sintió compasión o reconoció alguna de sus propias debilidades y trató de cambiar de tema.

Después de una larga historia sobre las frustraciones de Sonia con sus padres, sobre los planes de matrimonio que tenían Sarah y Carlos, German se unió a la rueda. Poco después había logrado conducir la conversación hacia Guzman y el cuarto clausurado de la home. Con total naturalidad, como si le estuviese hablando de un primo inválido, Sarah le explicó lo que había pasado. Cambió Nueva Orleans por San Antonio, omitió la marihuana y culpó a Roque, tal como pensaba Steven. German no se mostró sorprendido en ningún momento. Era como si le estuviesen hablando del clima o de algo que ya sabía sin los correspondientes detalles.

Entonces Sonia fue a la home y trajo algunas ropas de Guzman y se las ofreció a German. Me sorprendió la actitud de Sonia pero mucho más me sorprendió que German aceptara la ropa como si fuese nueva.

—El finadito tenía buen gusto —dijo German, probándose un chaleco sin mangas.

Al principio me molestó la liviandad con que había tomado el ofrecimiento de Sonia. German nunca había tenido en sus manos tanta ropa de marca y no disimulaba su entusiasmo. Todo eso me recordaba a la Bernarda Alba en aquel curso de Spanish 425. Uno de los personajes, la criada, si mal no recuerdo, había dicho que los pobres sienten también sus penas, a lo que Bernarda había contestado: "pero las olvidan delante de un plato de garbanzos". O algo así. Parecía que a German tanta ropa de marca lo impresionaba más que el hecho de tratarse de la ropa de un fallecido. *¿Son más insensibles los pobres? ¿La escasez y el sufrimiento terminan por deshumanizar a una persona?* escribí entonces… Odio la ingenuidad, pero mucho más odio la ingenuidad propia que la ajena.

Poco después lo fui disculpando, lo fui entendiendo un poco más. Los mexicanos tratan la muerte de una forma diferente. No le tienen tanto miedo ni tanto asco. El dos de noviembre para ellos es más bien una fiesta. Difícil de entender, pero algo así como una fiesta para nosotros. Nuestro Halloween es una broma de mal gusto; pero es una broma, al fin. El Día de los muertos de ellos es una celebración, algo que va en serio. Eso de comer calaveras de azúcar es algo que nunca pude tragar pero que en el fondo envidio:

no tenerle miedo a la muerte y mucho menos a los muertos…

AL ATARDECER, cuando se terminó el té y lo poco que quedaba de comer, German le pidió a Sarah si tenía alguna hoja de afeitar. Sarah le dio una desechable de Carlos. Al poco rato, apareció German sin la barba rala que tenía, con aspecto de limpio y vestido con la ropa de Guzman.

Tal vez la única que no tenía una visión pragmática de las cosas era yo. Verlo a German completamente vestido con la ropa de Guzman esa tarde no le hizo ningún efecto ni a Sonia ni a Sarah. Yo, en cambio, cuando lo vi, debí hacer un esfuerzo monstruoso para no ponerme a llorar como una niña. En parte todavía era una niña. No sólo era la única en la clase, en los *dorms* y en el viaje que todavía no se había acostado con otra persona, sino que apenas había aprendido a controlar el llanto ante cualquier tontería. La frustración fue doble, o cuádruple. Pensé que era algo que ya había superado. Pensé que el viaje iba a ser una prueba y una confirmación de que ya no sufría de esos ataques profundos de nostalgia. Pensé que lo había logrado finalmente hasta que esa noche me derrumbé como en los tiempos de la *high school*, cuando no sabía cómo resolver ciertas situaciones y me ponía a llorar, desesperada, y no había *teacher* ni amigos bien intencionados que trataran de ayudarme pidiéndome disculpas por algo que en realidad no habían hecho ni habían dicho. Pero los fantasmas siempre vuelven. Uno aprende a lidiar con ellos, a mantenerlos a raya, pero el día menos pensado vuelven. No hay psicólogos que los pueda echar de la casa gris, aunque después de años de terapia los creyentes creen que han sido ayudados, ya que no curados, por esos ingenieros del alma a los cuales tengo más compasión que respeto. Lo que ocurre es que los fantasmas maduran y envejecen con una y, entonces, un buen día están tan débiles y arrugados como una misma y ya no pueden hacer tanto daño, ya no pueden ejercer su especialidad que consiste en destruir a quien los alberga, como si trabajasen para adelantar en lo posible la esperada liberación que sigue a la de todas formas Inevitable, ante la cual se derrumban todos los Imperios, los Ilustres más Importantes, las fortunas más poderosas y los infortunios más persistentes.

Sarah volvió a preguntar si me sentía bien. Le di una excusa. No recuerdo. Mentí que a veces pensaba en cierto amigo, que ellos ya sabían, que no hicieran preguntas tontas. Nunca hizo ningún comentario, pero yo siempre supe que mi estúpida actitud no le había pasado indiferente. Luego, reflexionando sobre esos detalles, se me ocurrió que tal vez alguno de ellos sospechaba de mi desequilibrio mental, que en nuestro caso era como decir que tal vez alguno de ellos me veía como yo los veía a ellos, más precisamente a Carlos, como alguien capaz de disparar un arma de fuego en la nuca de un amigo y luego no recordar ni siquiera el estampido. Como si alguien debiera ser necesariamente un desequilibrado mental para matar a otra persona. Como si los desequilibrados fueran responsables de las desgracias de este mundo y no razonables hombres de traje y corbata que, luego de mandar a un país a la guerra por error, son honrados por sus servicios al país y a la humanidad.

De la misma forma, sé que no podría evitar que algún lector de estas memorias piense que el asesino de Guzman fue, en realidad, su mejor amiga. Es decir, yo. Eso no puedo evitarlo y de hecho es inevitable: una sociedad embrutecida por los misterios artificiales del cine y de las novelas de entretenimiento, que viene a ser lo mismo que decir una sociedad embrutecida por el mercado y el consumismo de literatura chatarra, no puede otra cosa que sospechar de la menos sospechosa de esta historia que viene a ser la autora de la misma. Pues, al diablo con todos ellos. Dios quiera que, aparte de toda esta bastardía, haya algunos lectores más inteligentes. No digo más sensibles, porque eso es otra basura producto del mercado. *Inteligentes*, sólo espero algunos lectores inteligentes que sean capaces de hacer algo de justicia, como lo es desenterrar una verdad.

Aquella noche yo, que precisamente nunca me he destacado por mi inteligencia y sí por una innecesaria sensibilidad, lo que mejor podía hacer era levantarme en silencio y huir para no hacer la situación más dramática y sospechosa. Siempre tuve miedo de que la gente descubriera en mí algo que no existía, ese tipo de injusticia que obliga a la gente a mentir para no pasar por mentiroso por culpa de una verdad desproporcionada.

Ya era de noche cuando Carlos le avisó al celular de Sarah que iban a llegar tarde. No había dado muchos detalles para no agotar la batería del teléfono de Sarah, que en cualquier momento se quedaba muerto. Básicamente le dijo que habían tenido un problema con el carro y, casi por casualidad, habían conseguido que un mecánico de la zona los auxiliara. Luego habían logrado conseguir un supermercado en Sierra Vista y, según leí en entrelíneas más tarde, más al sur no había mejor lugar para Guzman, ya que, aunque escasamente, el área se poblaba más hacia la frontera. Sarah, dijo, hubiera jurado lo contrario.

Cuando Carlos y Steven llegaron, todos estábamos en nuestras carpas, durmiendo o intentando dormir. Yo había terminado de escribir mi diario y Sonia se había hundido en su silencio de siempre. Imaginé que Sarah, como todas las amantes y señoras esposas, iba a informar a Carlos de lo ocurrido durante su ausencia. Él no tenía nada que protestar. Le habíamos ahorrado trabajo.

Unas horas más tarde nos despertó Steven. Pasada la medianoche, se había levantado para orinar detrás de uno de los arbustos y, mientras se aliviaba de sus aguas, según nos ilustró mejor al día siguiente, vio a German que estaba sentado en el carro, del lado del conductor. Entonces le preguntó qué estaba haciendo allí a esa hora. German se había dado vuelta para mirarlo, pero no había dicho nada. Cuando Steven terminó de orinar y pudo acercarse, German ya había desaparecido. Entonces se dirigió a su acarpa. German estaba durmiendo allí, como si nada, o fingía hacerlo. "No manches, guey", había dicho, apenas abriendo el cierre de su carpa para sacar la cabeza. German dijo que no sabía de qué hablaba, que Steven había estado de copas, y que si realmente era él, German, el que estaba en el auto, seguramente estaba tomando aire, que no veía a qué venía tanta alharaca por una tontería semejante.

A la mañana siguiente German fue el primero en levantarse. Cuando lo vimos estaba sentado contra el arbusto, pensativo. Steven se le acercó, todavía abrochándose la camisa, y le volvió a preguntar qué estaba haciendo por la noche en el auto, a lo que German contestó:

—Es el finadito. No te rías.

—A otro perro con ese hueso —dijo Steven, riéndose a carcajadas—. A mí no me vengas con historias de fantasmas porque pedrés el tiempo, che. Aunque nacido en Princeton, soy medio argentino, casi uruguayo ¿viste?

—Tú no entiendes nada —dijo German—. Los muertos no se van así no más porque se mueran. Pueden ser buenitos con uno o peor que la peste. Sí, ríete más fuerte, porque tal vez mañana no puedas hacerlo.

—A mí podés presentarme al mismo diablo que no le creo —insistió Steven—. ¿No dicen que para ser curado hay que creer? Pues, para ser asustado también, y como yo no creo en nada de eso no puedo asustarme por algo que no existe. Puedo ver visiones si estoy muy cansado o pasado de copas, como decís vos, pero nunca voy a creer ni en Zeus ni en la Llorona. Santa Claus, los Reyes Magos y las apariciones de la Virgen María en el queso Roquefort nunca pudieron hacer mucho negocio conmigo. Tampoco me llevo mal con ninguno de ellos. Yo no creo en ellos, ellos no creen en mí, y así nos llevamos bien de bien todos.

—Creas o no creas, los muertos están ahí. Siempre están poco después de morir.

—¿Como cuántos días? —ironizó Steven.

—Depende. Si andan amargados, nunca se van. Dan vueltas por años, algunos por siglos.

—¿Y qué ceremonia hay que hacer para que nos dejen de joder?

—Yo no soy un experto en eso —dijo German—, pero escuché muchas veces a gente que sabe más que yo que hay dos formas: o los espantas con un procedimiento que sólo alguien que sabe puede hacerlo, o te haces amigo de ellos y te acostumbras a convivir. Con el tiempo se van solitos y uno enseguida se da cuenta. Se convierten en uno de esos recuerdos que no molestan. Algunos nunca piden nada, sólo andan por ahí, como muchos vivos andan por estas tierras. Mi hermanito nunca me abandonó. Se murió por algún lugar de este desierto y volvió para cuidarme. Nunca se ha ido de mi lado porque yo le he pedido que no me deje.

Steven no contestó. Hizo un gesto entre escéptico y de comprensión.

No me lo imaginaba a German temblado de miedo, pero su voz revelaba que estaba hablando en serio.

El asunto nunca quedó claro, pero el carro no arrancó esa mañana. Quizás algo desconfiado, Carlos lo había estado inspeccionando y cuando intentó encender el motor se encontró que estaba muerto. Estuvieron horas tratando de arreglarlo pero no lograron más que agotar la batería entre tantos intentos fallidos.

—Ya andaba mal —había dicho Carlos, como si buscase una última explicación.

German dijo que el finadito lo había terminado de descomponer, lo que significaba que andaba tras de nuestros pasos y que en cualquier momento nos alcanzaba y ya no podríamos salir de allí.

Más allá de las disputas metafísicas y fantasmagóricas, había un problema claro y objetivo: teníamos que dejar el carro allí y llevarnos a Guzman. Ya no podíamos dejarlo, como habíamos planeado, en un lugar donde sería fácilmente localizado por testigos. Así que había que llamar a la compañía arrendadora y decirle dónde se había quedado su maldito carro.

—Es decisión del finadito —dijo Guzman—. No serán ustedes quienes decidan dónde se va a quedar.

Sábado 13 de junio

POR ALGUNA RAZÓN recuerdo más las noches de Arizona que los días. Tal vez porque escribía de noche cuando iba a buscar silencio y refugio en ni carpa (ya dije que este inocente y femenino hábito de escribir un diario se había vuelto peligroso); tal vez porque de noche despertábamos de aquel infierno de 110 grados que nos mantenía embotados. Vaya el diablo a saber.

El 13 de junio, la noche nos agarró en las afueras de Tucson, en un pueblo llamado Casas Adobe, tan miserable y deprimente como su nombre. Al menos ese fue mi comentario cuando Carlos frenó justo enfrente a un motel que finalmente no tomamos porque el estacionamiento no nos pareció suficientemente seguro. En un rincón, sentados en el suelo, tres jovencitos que parecían recién salidos de la selva lacandona, compartían cigarros de marihuana mientras escuchaban *El Cascabel* a todo volumen.

German me lo reprochó. Dijo que todo puede ser deprimente si no se tiene la capacidad de leer la magia que hay en cada cosa. Seguro que no usó esa palabra, *leer*, tan apreciada en la universidad. Tal vez dijo *comprender* o *apreciar*, pero eso es algo que no registré en mis cuadernos ni tiene mayor importancia ahora.

—Por algo los pobres suelen ser más felices que los ricos —dijo.

—Pero los pobres siempre buscan ser ricos o acercarse a los ricos. Al revés no —replicó Carlos.

—Bueno —contestó German, dándose por aludido—, lo que pasa es que para ser feliz, o al menos intentarlo, primero hay que sobrevivir. A veces los pobres sólo buscan sobrevivir en un mundo donde mandan y ordenan los ricos.

—Ah, ya veo, camarada —dijo Carlos.

Steven se puso de lado de German. A Steven le podían tocar cualquier cosa menos la ideología. Le podían decir marica o cornudo, pero nunca nadie iba a refregarle una idea por la cara. Recuerdo que Guzman lo había definido como una especie rara de anticomunista defensor a muerte del Che Guevara.

—A veces los pobres sólo buscan sobrevivir —repitió Steven—. Eso cuando sobreviven en un mundo hecho por y para los ricos, aunque el *por* es muy generoso con la monarquía democrática. Entonces sí, suelen alcanzar la felicidad en una telenovela o en humilde latita de cerveza. En Atlanta conocí un accionista de la Coca Cola y no sé de qué otra droga pesada que no sabía qué hacer con tanto dinero ni con sus dos hijos drogadictos. Por la mirada de la señora juraría que tampoco sabía qué hacer con ella y sus amantes.

—Otro con fobia a los ricos —se quejó Carlos—. Eso de no soportar el éxito ajeno debe ser una patología que no se estudia en psicología porque está muy enredada en la política, que viene a ser lo mismo que en la universidad se llama sociología, pero no tan complicado.

—Claro —contestó Steven—, porque el síndrome de Estocolmo ya pasó de moda… Mirá, yo no les tengo ninguna envidia a los ricos ni creo que sean ricos porque son exitosos. Son exitosos porque son ricos, que es diferente. Con algunas nobles excepciones, como la de Bill Gates o Steve Jobs, yo no veo que les debamos mucho a los ricos. Más bien veo el problema al revés. Son los ricos los que le deben a los demás, sólo que como tienen dinero suficiente para mantener funcionando a la gran prensa, de la que dependen hasta los más humildes periodistas, el resto de los consumidores terminamos creyéndoles. A mí me daría igual que sean ricos, felices o infelices si todo quedase allí no más. Yo no quiero ser millonario ni vivir esclavo de las acciones que suben y bajan en la bolsa. Pero tampoco quiero ser esclavo del dinero que no tengo. Que disfruten de sus lujos es una cosa, pero que pongan y saquen senadores y presidentes según el golpe de sus cuentas bancarias, es otra muy diferente. Así que no es envidia, como podrás imaginarte. Es simplemente el deseo de que no te pateen el culo y que encima debas darte vuelta para agradecérselo. Porque si no, sos comunista o chupacabras.

—Por lo menos podríamos agradecerles que ya no usamos antorchas para alumbrarnos de noche…

—¿Agradecerles a quién? ¿A los dueños del mundo? Claro, si nos han hecho creer que somos libres gracias a que ellos están en el poder y lo controlan todo, incluso el discurso de gente educada como nosotros, ¿cómo no íbamos a agradecerles que además tengamos televisores y computadoras? Porque miles de años de Sócrates, de Arquímedes, de Newton y de Voltaire son apenas una distracción de escolares, ¿no? Por supuesto que los Rockefeller, los Waltons y los Koch inventaron la rueda, el cero, la electricidad, los derechos humanos, la ley de gravedad y todo eso...

—No digo tanto, pero al menos no somos esclavos de algún régimen despótico.

—Oh, no, pues si somos el sumun de la libertad. Cuánto más pobre más libre, como esos empleados de Walmart que son libres de elegir entre trabajar todo el día para la familia más rica del mundo por una limosna o vegetar en el desempleo. La libertad tiene un precio, y no me refiero a esos pobres muchachitos de uniforme sin edad para tomar alcohol que van orgullosos a invadir otros países para defender *nuestra libertad*, como tan candorosamente se repite hasta en la sopa, y que luego debemos pagar y reverenciar por el resto de sus vidas y de las nuestras también. No, no me refiero a esa ternura. Quiero decir que el precio de la libertad es contante y sonante: cuánto más dólares tienes, más libre eres. Y si no los tienes, te jodes, porque esa es la última de la última definición de un país libre y democrático.

La libertad se compra, como se la compraba siglos atrás. La ventaja de hoy es que la ciencia y los derechos humanos han avanzado algo y ya no lavamos la ropa a mano. Pero seguimos siendo esclavos que repiten que son libres y felices gracias a los dueños de la tierra y no, precisamente, gracias a los demás. Por algo la palabra *esclavo* procede de *eslavo*, porque esos pueblos del noreste de Europa eran esclavos de Roma. (Yo le tengo una fe bárbara a la etimología, porque es como la sabiduría del lenguaje, la verdadera memoria colectiva.) Los romanos también llamaban *adictos* a los esclavos, palabra que procede de *ad-dicto*, es decir, alquilen que *dice*, que *habla* en favor a alguien más mientras se inclina y se somete. Uno de los argumentos preferidos de los esclavos asalariados y de los amos de la tierra consiste en mencionar la brutal dictadura de Stalin como si fuese la única alternativa a su propio confort, como si un esposo que golpea a su mujer se defendiera diciendo que gracias a él la pobre no se casó con el novio que la violaba…

Corto aquí para abreviar una serie de argumentos que no vienen al caso. Lo importante es destacar que el entredicho no puso ninguna tensión entre los hombres. Esto había sido así desde la salida de Roque. El silencio de Carlos se debía a esa forma que tienen muchos individuos que he conocido: prefieren no contestar porque no son tan buenos discutiendo como aplicando la máxima de Teo Roosevelt que podía traducirse así: calla amablemente y esconde un puñal. Aunque la figura del puñal no va muy bien con la del *redneck*. Los cowboys no podían batirse a duelo como hacían los gauchos en el sur, con un cuchillo en vez de un revólver, por aquello de la mayor distancia interpersonal entre los americanos del norte que les incomoda el contacto o la proximidad del otro, o simplemente por cobardía, porque todos somos valientes con una semiautomática. A ver: calla, sonríe, reza y acaricia tu pistola.

Es cierto que las discusiones y los conflictos eran frecuentes y permanentes, pero estaban protegidos por una muralla que nos impedía ir más allá. No era solidaridad; nos protegía el miedo, la sospecha y probablemente un creciente odio mutuo. Cada disputa se disolvía en pocos minutos, como un cubo de hielo bajo el sol del desierto.

Las mujeres tampoco teníamos grandes diferencias. Como siempre, los problemas los teníamos cada una consigo misma y, para colmo de males, la vieja práctica de la confesión femenina no había prendido nunca en las 2.500 millas del viaje. Por el contrario, nuestra amistad se sostenía en una cuidadosa superficialidad, cada vez más sólidamente superficial, como en uno de aquellos lagos congelados que no hace mucho conocí en

Minnesota: a medida que íbamos entrando en las sombras más largas del invierno, la superficie se iba endureciendo como una roca, y de esa forma iba haciendo imposible cualquier fisura, cualquier indicio de las cosas que sobrevivían en las aguas más profundas.

De Casas Adobe volvimos a la I-10 hasta que encontramos un camping razonable, alejado de la gente, del ruido de los autos y de las luces. Por acceder a un capricho de German —una estupidez semántica, dijo Steven—, o porque ya estaba oscureciendo, evitamos alojarnos en Casa Grande.

Apenas nos instalamos, Carlos se ocupó de Guzman. En esto siempre le reconozco el mérito de encargarse de aquello que los demás no podíamos hacer por falta de estómago. Se sentiría obligado con Guzman o simplemente era un asunto práctico. Desde Texas, creo que desde San Antonio, Guzman había permanecido con el rostro cubierto con una sábana, ya que todos sabíamos que su estado iba a empeorar de ahí en más. Sólo Carlos se atrevía, día por medio, a refrescarlo con tequila para que aguantase el mayor tiempo posible antes de que le diésemos *una solución*, como decía él mismo. De esa forma, inexplicable, todos íbamos postergando la solución a medida que pasaban los días y corrían las millas, como si Guzman fuese a resucitar o como si en algún momento nos tropezásemos con el lugar perfecto para que él pudiera descansar por el resto de la eternidad y nosotros por el resto de nuestros miserables días, de los que todavía teníamos que hacernos cargo.

Sonia y Steven lo habían dicho de alguna forma, aunque cada día que pasaba cada uno quería hablar menos del asunto: como en la cinta de *Hotel California* que había estado sonando hasta días antes (*"we are all just prisoners here, of our own device"*) todos éramos prisioneros de Guzman. En realidad él se llevaba la mejor parte. Paz, toda la paz que nosotros no podíamos disfrutar y que probablemente no disfrutaríamos en vida. Él había sido el responsable de hacer del mejor viaje de nuestras vidas el más directo camino al infierno.

Cuando estábamos en marcha, el aire acondicionado iba al máximo, tanto que a veces nos congelábamos cuando afuera el calor era insoportable. Pero cuando parábamos en algún camping al atardecer y el frío desaparecía, Carlos tenía que compensar el incremento de la temperatura con tequila abundante que, al parecer, había dado tanto o más resultado que el hielo. Así sobrevivió Guzman y así nos fue destruyendo a todos, poco a poco.

Domingo 14 de junio

PARA MÍ, ESTA MAÑANA (para los demás, seguramente antes), las cosas comenzaron a dar un vuelco importante. Con excepción de German, nos despertamos bastante tarde, como si nadie quisiera seguir acortando el camino a Los Angeles. German, como siempre, como seguramente es costumbre en la gente de campo, para entonces ya estaba de pie, tomando café. Por el farol sobre la mesa y por las colillas de cigarrillo en el suelo, se podía deducir que había estado sentado allí afuera desde antes del amanecer, leyendo el diario de Guzman.

Al pasar, Sonia lo miró con desdén, pero considerando que ése era un gesto habitual en ella, German no lo interpretó como seguramente venía: a más de uno nos cayó mal advertir que German había tomado el diario de Guzman (¿cómo? ¿cuándo?) sin siquiera pedir autorización al resto. Carlos y Steven no dijeron nada, pero algo debieron comentarse cuando se alejaron para preparar más café. Murmuraban y miraban de soslayo como si estuviesen conspirando. Tal vez advertían, pensé entonces, del creciente peligro que representaba el intruso. Tal vez los había fastidiado, como al resto, la violación de la privacidad de alguien que no se podía defender. Tal vez todos estábamos equivocados de alguna forma, dándole demasiada importancia a las formas y las reglas que habíamos aprendido en el mundo civilizado que habíamos dejado atrás. Al fin y al cabo, los vivos siempre son más importantes que los muertos, aunque la moralina tradicional diga lo contrario.

Temprano, Sonia y Steven estuvieron discutiendo por una tontería, algo relacionado con las hormigas en el azúcar por no haber cerrado la bolsita adecuadamente la noche anterior. Carlos dijo que si seguían peleándose de esa forma iban a terminar en la cama, o mejor dicho en la carpa, porque la única cama disponible estaba ocupada por el rey.

—¿Y a vos qué te pasa? —preguntó Steven.

Sonia no dijo nada.

De allí pasamos a otros reproches igualmente menores y, finalmente, alguien (creo que Sarah), mencionó que en lugar de estar inventando problemas, mejor era resolver los que ya teníamos. Entonces, se hizo un nuevo silencio que duró, con algunas notables excepciones, hasta la noche. Es increíble cómo la gente puede derribar edificios enteros en pocos minutos pero no puede romper un silencio de horas después de una disputa mínima.

Me acerqué a German para preguntarle dónde había conseguido el diario de Guzman.

Sobre la mesa de camping estaban las novelas que Guzman solía leer con obsesión: *Afrodita*, la última de Isabel Allende, porque toda mujer que se precie debe leer a Isabel, decía (haciendo su mejor esfuerzo por dominar el arte de la ironía que no se le daba naturalmente), y la novela en la que se basó la película *Fresa y Chocolate*, porque aunque la película era más famosa que la novela, Guzman estaba convencido que el secreto de un buen productor de cine era aprender a hacer grandes películas de novelas menores, como *Gone with the Wind*, *Summer of '42*, o *The Bridges of Madison County*, ya que nunca nadie haría una gran película de *La Metamorfosis*, de *Pedro Páramo* o de *Cien años de soledad*. Ni siquiera su admirado Tennessee Williams había sido la excepción a la regla, a pesar de ser un dramaturgo y a pesar de Marlon Brando.

Yo estaba decidida a increparlo por aquella invasión de su intimidad, aunque probablemente era la invasión de nuestra privacidad lo que nos preocupaba; no la de Guzman. Probablemente era la invasión al territorio que sólo compartían Carlos y Steven y del cual las tres mujeres queríamos desentendernos. Como todo, nos preocupaba alguien por lo que representaba de nosotros mismos.

Pero German no me dio tiempo a escoger las palabras más apropiadas. Mejor dicho, no me dio tiempo a juntar coraje.

—Debe ser muy interesante la vida de un estudiante —dijo—. Sobre todo la de este chavo. Yo siempre quise ser uno de esos escuincles que van a la universidad y viven leyendo y hablando de cosas complicadas... Porque sólo a aquellos que no les interesa si mañana lloverá o no, que sólo miran al cielo los fines de semana, pueden pensar en eso. Yo hubiese dado todo lo que tenía para ser uno de ellos, para no sufrir porque las nubes pasaban sin regar al menos un poquito las semillas que se iban secando en la tierra, como si le hubiésemos hecho algún mal a Dios. Las nubes desfilaban negras y hermosas, con ese bonito olor a tierra mojada que traían de alguna otra parte y, de repente, se evaporaban en la nada o se iban a regar donde no hacían falta. Entonces, después de tanto dinero invertido en semillas y fertilizantes y después de tantas horas agachado sobre la tierra, nos quedábamos el viejo y yo callados, con las camisas remangadas y mirando al horizonte, sin decir nada. Una vez el cajero de la agro que vendía las semillas y que no podía cobrarnos las últimas cuotas me dijo que no me quejara, hombre, que si hubiese ido a la universidad, como su mentado hijo, no andaría llorando por unas semillitas del diablo, esas mismitas que él vendía y no podía cobrar porque yo no había ido a la universidad.

German se rio con dodos los dientes. Tenía una risa agridulce y una mirada brillante.

—Pos, ¿cómo no me va a parecer padrísimo la vida de este chilpayate?

—Guzman —aclaré.

—Sí, Guzmancito —dijo—. Es muy interesante su diario. Se ve que era un joven inteligente, bien educado y con ideas. El chavo registraba todo porque, decía, un día todito eso le iba a servir de material para una película. Sólo que no sabía exactamente qué parte era importante y qué no y, por lo tanto y por lo cuanto y por consiguiente y como corresponde (como decía un tío mío que hablaba todo así, como si fuese doctor en leyes), el chico documentaba todo. Le faltaba sólo eso, saber lo que era importante y lo que no lo era. Por consiguiente, lo registraba todo. Todo, todito, cualquier cosa que le pasaba o escuchaba o se le ocurría. Hasta una mosca en el lugar adecuado, o inadecuado. Una mosca muerta en el momento preciso puede ser importante... escribió por aquí, creo que en la segunda página... No recuerdo por qué habría de ser importante una mosca muerta en el lugar apropiado, pero lo interesante de todo es que una mosca muerta en el lugar apropiado puede llegar a ser importante.

—No estoy entendiendo y creo que no me está interesando —dije, abusando del gerundio, creo que imitándolo para burlarme de él o para desautorizar lo que no alcanzaba a entender. Lo mismo hacía German, copiar nuestras formas de hablar, nuestros tics, *you know*, aunque en su caso era un asunto de sobrevivencia.

—A ver… —insistió él, hurgando en el diario que ya había leído—. En otro lado dice que el artista no busca los porqués, sino que debe saber qué es lo que importa aunque no parezca importante. ¿Se entiende? Creo que no. Ni yo lo entiendo mucho, aunque me cayó muy bien cuando lo leí. Casi que estuve tentado a subrayarlo, si no fuese un sacrilegio modificar el diario de un fallecido que todavía no termina de dejar esta tierra.

—Te felicito…

—A ver… Un momento. Esto viene siendo como un descubrimiento sublime, como si después de escarbar en la arena me encontrase con oro puro. Sólo imagina, si puedes: me he pasado la vida escarbando en la tierra seca y más de una vez tuve la fantasía de que me topaba con el cofre de un pirata, de algún yanqui fugitivo, para hacerlo más real, y siempre resultaba ser una pinche piedra o una herradura oxidada, y ahora vengo a descubrir que si uno descubre *una mosca muerta en el lugar indicado*, eso puede que se trate de un tesoro. Entonces me doy cuenta de que viví en el mundo equivocado. No, no lo digo como algo chistoso. No te creas. Basta con comparar California con Casas Grandes para darse cuenta quién está en lo cierto y quiénes todavía deliran. Nuestros muertos no dan de comer como los de Hollywood.

—¿Te leíste todo eso?

—Las novelas no —dijo—. Sólo las primeras páginas. Soy lento leyendo. A veces tengo que leer dos veces la misma página porque me distraigo y luego ni me acuerdo qué estaba leyendo. Debe ser que tengo más imaginación de escritor que de lector. Pero voy a leerlas. Segurito. El diario sí, casi todo. Lo leí casi todo. Las primeras páginas vienen a ser como la constitución de un artista frustrado… Frustrado porque no le dejaron tiempo, no porque fuese mediocre, y aunque yo no sé distinguir a uno bueno de uno malo sí me doy cuenta que el chico sabía hacia dónde iba y qué tenía qué hacer para tener éxito en Hollywood… Por eso gravaba en algún lado las conversaciones. Así es como hacen los que escriben las películas, ¿no es cierto? Bueno, no encuentro donde dice eso de la mosca, pero por algún lado debe estar.

—¿Así que el muy cretino nos grababa a todos sin permiso…?

—Sí. ¿Y qué mal pudo hacerles con eso?

—En este país nadie puede grabar a nadie sin autorización previa...

—Está bueno eso. Cuando me compre una grabadora y empiece a grabar lo que dice la gente, segurito que sentiré la emoción de hacer lo que está prohibido, como cruzar la frontera sin pasaporte. Tal vez me convierta en un artista y todo.

—Para ti es chistoso porque vienes de México.

—Es chistoso para cualquiera que no sea de este lado, mamita. Muchas leyes, muchas leyes y cuando tienen que borrar un pueblo del mapa tiran una bomba y, ¡pum! sólo se acuerdan de Dios.

—A mí no me vengas con historias de la Segunda guerra.

—Estaba pensando en Vietnam.

—Yo sólo sé que Guzman era mi mejor amigo y ahora resulta que hasta me grababa sin mi permiso.

—¿Y cuál es el drama? —dijo, moviéndose intranquilo en su silla— Seguro que ninguno se gastó por dejar sus voces en esas cintas que pronto se perderán, como todo. Pero parece que grabar a los demás tenía sus limitaciones. No podía grabar sus ideas, pensaba, así que las escribía. Que es más o menos lo que tenemos aquí...

—Y yo que me creía su amiga. A una amiga se le cuentas esas cosas.

—Si son amigas mujeres, tal vez —dijo—. Aunque dudo que incluso las mujeres lleguen a tal extremo. A nadie se le cuentan *algunas* cosas. ¿De dónde sacaste eso? ¿No me digas que no tienes ningún secreto, que se lo has dicho todito al cura?

—No me confieso con ningún cura —dije—. Los considero demasiado pajeros como para contarles mis intimidades. Si una tiene algún pecadillo, no va a ir a corromper al cura para que se masturbe en su honor. Pero Guzman no era cura ni mucho menos. Creí que había laguna confianza entre nosotros. Creí que éramos amigos.

—Deja esas tonterías y acepta a la gente como es. Que seguro no son muy diferentes a ti. Según dice tu querido amigo en otra página, hasta los había grabado a todos ustedes en la reunión del *majestuosamente aburridísimo jardín de la familia de Fulana*, la más difícil de las fáciles. ¿Quién era esa Fulana?

—No es asunto tuyo.

—¿Sabías que tenía una grabadora?

—Claro. Una grabadora y una filmadora, como cualquiera.

—¿Dónde dejó la grabadora?

—Yo debería hacer las preguntas.

—Bueno, no importa. No creo que alguien en su sano juicio vaya a escuchar todo eso. En algún lado dice que tenía no sé cuántos cientos de horas de grabaciones. ¿Qué locura es esa? Debe ser una exageración. Aunque no soy letrado y nunca me gustó leer ni el almanaque, prefiero su diario. Al menos la cosa está resumida aquí.

—¿Dónde sacaste ese diario?

—Estaba sobre la mesita. Lo tomé prestado cuando fui a dejar la ropa que no me servía. El chico tiene mi mismo talle, pero creo que yo soy un poco más ancho de hombros.

—No sé cómo es del otro lado, pero de este existe algo llamado propiedad privada. No debes tomar lo que no te pertenece.

—No he robado nada. Sólo he tomado prestado unos libros. ¿La gente ya no comparte libros? En mi casa había un sólo libro y todos los meses desaparecía con la luna creciente. Se lo llevaba alguna vecina y lo devolvía semanas después. No teníamos teléfono para preguntar dónde estaba el libro de Simbad y Aladino, pero sabíamos que tarde o temprano aparecía como por arte de magia. En el campo todo circula; las coas no se quedan escondidas como en la ciudad.

—¿Y el diario? ¿No crees que es algo demasiado íntimo?

—Yo qué sabía que era un diario. Pensé que había tomado tres libros…

—De todas formas, es muy raro que estuviese sobre la mesita. Estaba en su maleta de mano.

—Tú sabrás, pero yo nunca le robaría nada a un muerto. Si yo hubiese metido mano en su maleta puede que habría tomado prestado el grabador también. Aunque si escucho todas esas cintas seguro que no voy a tener ni idea de quién fue este escuincle. Pero basta con leer unas páginas de su diario para que la cosa quede clara… a ver, escucha ésta, es algo así como interesante, aunque no mi favorita: "*…creía que buscaba, como todo el mundo en aquella época y como todo el mundo hoy en día, ser yo mismo. Ser uno mismo. Uno mismo. Escuchamos este mismo sermón en los programas de televisión y en el consultorio del psicólogo. En realidad, lo que uno busca es lo contrario. Uno busca ser otro,* no *uno-mismo. Lo que se supone ser uno-mismo en realidad es ese-otro que uno quiere ser. Con suerte, claro. Mejor dicho, todos esos otros que uno quiere ser para no ser uno mismo. La prueba está en que uno no necesita sufrir tantos trabajos para ser uno mismo. Unos necesitan años y otros una vida entera para ser ese-otro, o esos-otros, que estúpidamente llaman uno-mismo. Como si fuera una religión. Como si uno debiera venerar ese Uno-mismo y ser siempre fiel a Uno-mismo, como si se tratase del dios del Antiguo Testamento: Yo Soy El que Soy*".

Fingió secarse el sudor de la frente y dijo:

—Caray, güey, ¿siempre escriben así en la universidad? Gracias a Dios nunca llegué a poner un pie en uno de esos antros. Pobre escuincle...

—¿Pobre él o pobre nosotros?

—Nunca pensé que tanta complicadera iban a interesarme tanto. Debe ser el cambio de clima, de ambiente. Cuando uno se rodea de gente rara se vuelve un poquito rarito. Es como si de repente hubiese descubierto a un tipo sabio que en mi tierra no valdría un cobre por afeminado. Pero como no necesito mirar al cielo para ver si llueve o no, empiezo a mirar las cosas aquí abajo. Aunque no se me acomoda eso de que dicen de él, la verdad es que en casi todo lo demás estoy de acuerdo. Es como si todo lo que leo lo hubiese escrito yo mismo, pero en una vida anterior en la que fui príncipe o algo por el estilo.

—No me dirás que también has leído alguna página de éstos —dije señalando las novelas de Isabel Allende y Senel Paz.

—Pos claro —dijo, primero con obviedad y luego riéndose—. Es la primera vez que leo una novela. Mejor dicho, a falta de una, dos. Leí las primeras dos páginas de cada una. Si mi viejo me ve, me excomulga. Al principio me costó, debo reconocerlo, pero no sé si es este aire fresco de la mañana americana, el café o la nicotina de los últimos cigarros que me van quedando, pero no puedo negar que empecé a tomarle el gusto. Me gusta mucho eso de imaginarse que uno no es uno. Híjole, hay gente que sabe vivir. O sabía.

—¿Y para qué quieres saber quién era ese *scuincl*?

—*Escuincle*, se dice es-cuin-cle. Tal vez lo sepas prontito… A propósito, me encantó aquello de "mi amiga"… A ver, déjame buscar la página. Aquí, sí aquí mismo: "*Mi querida Raquel se ha graduado en psicología, Cum Laude. De segurito que de allí tomó el hábito de tomar nota sobre cada detalle ajeno. Se cree Freud y Hannah Arendt juntos. Claro, no más de lo que yo me creo Tennessee Williams y García Lorca…*" Luego sigue en inglés. No, no es esta la página que te quería mostrar. A ver, no te pongas nerviosita… Ésta, la 18: "*…Me encanta estar con Raquel. Es tan dulce y tan inteligente… aunque bastante ingenua también*". Tachó *aunque* y arriba agregó *y*. Aquí ya me había puesto celoso. Pero espera, hay más… "*Sin duda, una de las chicas más atractivas de toda la universidad. Si no usara esos lentes gruesos y si se pintase un poco andaría arrastrando hombres por todo el campus. Tiene unos ojos y una mirada que matan, y unos labios carnosos que con un poquito de rouge serían la fantasía de cualquiera. Aunque nunca he estado con una mujer, si no considero los manoseos con mi primita Angélica una tarde en el patio de casa, diría que su sexo es tan voluptuoso, formado de pliegues gruesos y húmedos como sus labios, como su mirada. Voluptuoso y*

callado, a punto de gritar sus verdades desde hace si-
glos. Hay noches que no sé si podría enamorarme de
ella o quisiera ser como ella, pura hembra si se la mira
por debajo, o más allá, de lo que parece".

German se echó hacia atrás y se rio con ganas.

—¡Qué maricón resultó el muertito!

Entonces, le arranqué el diario de las manos
con toda la furia de la nunca fui capaz. Lo políticamente correcto siempre es una fuente inagota-
ble de coraje, aunque una siempre desee lo que
condena. Yo hubiese deseado que Guzman me dijese todo eso en persona, en una mesa de la cafetería, en uno de los bancos del campus que dan al
río Saint John. Quién sabe si hasta no me hubiese
entregado a mi primera experiencia. Primera, segunda, quién sabe. También hubiese deseado que
German no repitiera todo eso en tono de burla,
que dijera que estaba de acuerdo, que redoblase
alguno de esos insultos que se supone odiábamos
tanto: el muertito tenía razón, la niña no era niña,
la nerd no era sólo nerd sino hembra, bien hembra, capaz de conmover al roble más duro. En fin,
todas esas tonterías con la que secretamente fan-
tasea cualquier muchacha a esa edad.

—¿Quién te crees que eres, muerto de hambre? —lo increpé—. Te tomas atribuciones y
competencias que no tienes y luego te burlas de
alguien que nunca conociste y que ya no puede

defenderse. Es lo que yo llamo un canalla cobarde.

Los demás se dieron vuelta para mirar. Sonia se habrá sorprendido de cómo puede llegar a reaccionar *una mosquita muerta*, porque nos miraba entre asombrada y burlona, con aquella boquita entreabierta, llena de lápiz labial, y aquellos ojos que cada día se iban volviendo más y más ausentes. De lo único que me arrepentí luego fue de aquello de "muerto de hambre". Me traicionó el lenguaje, esa forma común de insultar en el castellano de los pobres indocumentados, como quien dice "hijo de puta", como si alguien pudiera ser insultado por ser una víctima de las circunstancias.

German apenas contestó que de cualquier forma ya había leído el primer capítulo del diario del finadito, y que le daba igual que se lo sacara porque seguro que el resto era más de lo mismo. Hasta a mí me sorprendió que el intruso, que comenzaba a convertirse en un intocable, terminase aflojando, y aflojando ante la mosquita muerta.

Sólo poco después comprendí por qué aquel interés por el diario de Guzman.

CARLOS Y STEVEN SALIERON a explorar el área y volvieron antes del mediodía, cuando el sol ya hacía imposible cualquier forma de vida. Los dos hombres estuvieron deliberando debajo de la escasa sombra de un arbolito hasta que Carlos se levantó y se dirigió a German, que descansaba debajo de la home, y le preguntó si le parecía que aquel podía ser un lugar apropiado para Guzman. German no dudó un instante y dijo que el lugar estaba desolado. No había una tumba por millas a la redonda y era una crueldad dejarlo allí solito. Steven se acercó con un aspecto miserable, entre sudado y cubierto de polvo. Cuando escuchó las palabras de Guzmán, preguntó si estaba bromeando y German le dijo que no, hermano, que no sólo había que dejar al muerto descansar en paz, por bien del muerto, sino que si no descansaba en paz iba a reclamárselo a cada uno cada día. Si Steven estaba de acuerdo en no dejarlo allí, no era por las razones de German, sino porque había contado ya varios vehículos que pasaban o se detenían sin motivo aparente. Según German, esos carros no existían. Steven se rió a carcajadas hasta caerse en el suelo. German insistió en que se fijara que todos los modelos que pasaban por ahí eran de los años cincuenta, como la Ford que tenía su abuelo. Tal vez le habían mentido o exagerado del otro lado, pero en este país los carros son todos nuevos, o casi todos, como lo había comprobado en los últimos días, así que la coincidencia de tantos vehículos antiguos sólo podía significar que algo grave había ocurrido por esa fecha, algo no resuelto, algo que se había ocultado deliberadamente, y los que volvían eran aquellos muertos que en alguna parte habían quedado mal enterrados y olvidados.

—Yo no sé mucho de esas cosas —había dicho German—, pero si hay algo de lo que estoy seguro es que a los muertos no les gustan las injusticias. Si han sido malos, se arrepienten y se esconden. Diosito sabrá lo que hará con ellos, no nosotros. Pero si han sufrido de alguna injusticia, vuelven para cobrársela. Tarde o temprano se las cobran. Por eso es mejor tenerlos contentos o dejarlos ir. Es lo que se llama la segunda muerte.

Steven se dejó caer en el polvo.

—Ya veo —dijo—. O nos entregamos todos a la policía y se descubre quién apretó el gatillo, o lo vestimos de reina y le traemos flores todos los años.

—Más o menos es eso —confirmó German.

Steven se rio, aunque una nunca puede saber qué significa la risa de alguien en esas circunstancias. Carlos parecía tomarlo más en serio, no porque creyese en lo que decía German sino porque no quería más inconvenientes. Fracasados todos los intentos hasta ese momento, estaba dispuesto a cualquier cosa por una solución cualquiera.

—¿Cómo sabes que no hay tumbas por aquí cerca? —preguntó, serio.

—Es algo que se huele —dijo German—.
No con la nariz. Donde no hay muertos no hay
sueños. ¿Alguien soñó algo esta noche? No, claro,
nadie. Los sueños se producen cuando alguien interrumpe el descanso de la noche y uno empieza
a caminar sin estar despierto, o a hablar con alguno de ellos, si lo conoció por algún tiempo. Si
no, los muertos simplemente lo pasan a uno
como uno pasa a toda esa gente cuando camina
por el DF. ¿Quiénes son? Nadie sabe. Todas esas
personas que van y vienen como ríos en la gran
ciudad son tan humanos como nosotros, pero
nunca conoceremos a ninguno de ellos. Pero si
alguno es un cuate o una novia o un padre, de
seguro nos van a encontrar y nos van a hacer alguna pregunta, o nos va a reclamar algo, o nada
más que nos comentarán lo que vieron en alguna
parte cuando no estaban con nosotros. Igual pasa
con los muertos. Si no son importantes para nosotros, puede ser que se crucen en nuestros sueños, pero no se quedarán mucho tiempo allí.
Siguen, pasan. Pero cuando uno está en un verdadero desierto, ¿qué es lo que encuentra? Nada. Silencio, no hay sueños de ningún tipo o los sueños
son chiquitos y sin importancia. Por eso les con-
viene, por su bien y por el bien del muchacho,
encontrar un lugar que no esté desolado. Por algo
existen los cementerios. A veces las almas se con-
suelan unas a otras, pero si el pobre se queda

solito tarde o temprano va a empezar con sus viajes y les va a reclamar todo lo que hicieron mal con él. Y veo difícil que en algunos años, cuando ya no soporten más sus reclamos, alguno de ustedes se atreva a volver a desenterrar al finadito para cambiarlo de lugar…

Steven dijo que estábamos perdiendo el sentido de las cosas. Que el sol nos había quemado el cerebro. Carlos estuvo de acuerdo en resolver el asunto de la manera más práctica posible y le dio la razón a Steven: el lugar no convenía porque demasiada gente había pasado ya por allí. Era necesario encontrar algo más tranquilo

—Algo desolado de vivos y habitados de muertos —dijo Steven—, para conformar al amigo aquí presente que no tiene voto pero sí una voz muy persuasiva.

Entre varios lugares que incluían el Gran Cañón y Papose Lake, Steven propuso el Valle de la Muerte, en California. Alguien más, creo que Carlos, advirtió sobre la inconveniencia de subir hasta allá donde no faltaban los viajeros ni los turistas. Sonia había insistido en que había que cruzar la frontera sin arriesgarnos a ningún otro contacto con mafiosos, a lo cual Steven le preguntó si se había vuelto loca.

—¿Lo piensas tirar en cualquier lugar, como iban a hacer los hombres del Chato? —la increpó.

—Dada las circunstancias, ¿dónde se te ocurre dejarlo? —preguntó ella.

Siempre me ha fascinado presenciar cómo las personas narramos los mismos hechos. A veces una simple palabra hace toda la diferencia.

—Cualquier lugar será lo mismo para él —dijo Sarah—. Nunca nadie le llevará flores.

—Habíamos dicho México. Él quería volver a México —dijo Sonia—. Allá va a estar más seguro.

—Esa tarde el pobre estaba delirando, como vos ahora.

—Eso tú no lo sabes. Tal vez el que delira eres tú y en tu delirio ves a los demás delirando. Eso ya lo he visto antes.

—¿Qué es eso de México? Ya lo intentamos y ya vimos que mejor hubiese sido no haberlo intentado jamás. No tiene sentido. Después de lo que pasó queremos darle una forma digna a lo que nunca lo fue. Es como lavar la conciencia con algún ritual, con algún raquítico escrúpulo moral. Para eso reza ciento treinta avemarías, alguna de esas formulas mágicas que tienen ustedes para olvidar los pecadillos. Aparte de eso, que viene a ser un asunto muy personal, ahora lo único que cuenta es saber cómo vamos a hacer para sobrevivir los que quedamos vivos.

—Para sobrevivir con alguna dignidad, dirás. México fue su último deseo.

—Bueno, si por dignidad te refieres a veinte años en la cárcel, si no la silla eléctrica, yo te regalo mi dignidad.

—No seas antiguo —se burló Carlos—. Esa tecnología en blanco y negro ya casi no se usa.

—¿Eso es lo que querés? —continuó Steven, dirigiéndose a Sonia y haciendo caso omiso al comentario de Carlos— Si es eso lo quieres, ya sabes qué hacer, pero no nos involucres. No tienes derecho. Seguimos todos en el mismo barco y es por alguna buena razón. Nadie se ha bajado hasta ahora. Por el contrario, ganamos un pasajero más, que está más loco que todos nosotros juntos. Pero tal vez todavía estás a tiempo y te haces responsable de todo y nos dejas afuera de ese paquete lleno de dignidad y moralina. Moralina tardía, está de más decirlo porque si vamos a los antecedentes....

Steven se calló. Hubo un silencio y Sarah preguntó a qué se refería con "los antecedentes". Una vez más, Steven hizo como si no hubiese escuchado y continuó dirigiéndose a Sonia:

—No es eso lo que quieres, ¿verdad? Entonces hay que ponerse un poco serios y actuar de forma práctica y cerrar este capítulo…

—En México será libre por fin… —insistió Sonia.

—Basta con México —la cortó Carlos—. Es absurdo. La frontera se está poniendo cada año más difícil, como ya lo comprobamos en El Paso.

—Arizona es diferente —insistió Sonia.

—No correremos ese riesgo —dijo Carlos.

—Un día viajaré a México y le llevaré flores.

—Ya basta...

—Y tal vez me quede allá y entonces seré libre...

—Sonia, relájate —le dijo Sarah.

—¿Podríamos al menos considerar el deseo de dónde quisiera ser enterrado alguien? —preguntó Sonia—. Cuando yo me muera no quisiera que decidan por mí.

—Está bien —dijo Steven—. Ve a preguntárselo a él. O pregúntale a German, que es el único que puede comunicarse con los muertos.

—No es necesario —contestó Sonia—. Todos sabemos que Guzman quería volver a México, vivo o muerto. ¿Se olvidaron de que pensaba cruzar él solito la frontera, caminando? ¿No es así, Raquel?

No contesté. Sonia no me parecía en su sano juicio, aunque nunca se sabía cuándo hablaba en serio y cuándo quería fastidiar, simplemente.

—Como dijo el gran Jefferson —dijo Carlos—, el mundo le pertenece a los vivos. Y ya que nos toca a nosotros estar vivos, no vamos a dejar que los muertos nos dicten lo que debemos hacer.

—Mr. Thomas —se quejó Sonia—, la dignidad de los muertos es la dignidad de los vivos también. Usted no podía comprender eso porque era un viejo masón.

—Como quieras —dijo Steven—. No te voy a contradecir. No, siempre y cuando los vivos no tengamos que sufrir de los caprichos de los muertos. A mí no me impresionan esas cosas. Lo único que sé es que esto hay que resolverlo racionalmente y listo. Como sabes, yo soy donador de órganos. La primera vez que me preguntaron si quería ser donador o no cuando saqué mi primera libreta de conducir dije que sí. Nunca tuve dudas. Cuando uno muere el mundo y todo lo que deja en este mundo debe servirle a alguien más. Una casa, una cuenta bancaria…

—El hígado, un riñón… —dijo Carlos.

—Dejá la cerveza —se quejó Steven—. Estoy hablando en serio. A mí no me impresionan los fantasmas porque no creo en ninguna de esas boludeces. De igual forma, tampoco me impresionan los discursos morales que no sirven para ayudar a los demás sino para joderlos mientras uno salva su alma compasiva con unas limosnas. Así que, el dónde, el cuándo y el cómo vamos a dejar al pobre Guzman, lamentablemente se reduce una cuestión de cálculo, no de supersticiones, de apariencias y de aparecidos…

El resto de la discusión se ha perdido para siempre. La cinta se enredó hasta convertirse en un hilo irrecuperable. Mi diario no registra ninguna entrada ese día y yo no recuerdo mucho más aparte de la conversación que tuve con German por la mañana. Poco más tarde me crucé con él. Le estaba dando de fumar a una cabeza de vaca que había encontrado.

—Ustedes están enfermos —me dijo—. Necesitan ayuda, como dicen ahora.

Debían ser las cuatro o las cinco de la tarde cuando el grupo decidió levantar campamento. El acuerdo era entrar por uno de los valles cercanos a Salton Sea que en el mapa se veía como una mancha blanca, muy semejante al Valle de la Muerte varias millas más al norte.

Marchamos unas horas por la 10 y, cuando ya olíamos California, sin demasiado cálculo ni premonición, a la altura de Quartzsite, Carlos propuso tomar por la 95. Nadie dijo nada y bastó que Sarah dijera que sí, que ya todos sabían que California era más complicado y que no se perdía nada explorando el área, para que Carlos girase con violencia para salir justo a tiempo de la 10. Hubo un silencio entre atónito y cómplice, como si todos esperásemos que alguien *resolviera* de una buena vez.

Después de dar algunas vueltas por el pue-blito, logramos encontrar de nuevo la 95 y toma-mos hacia el sur. Anduvimos una o dos horas sin saber y sin atrevernos a preguntar hacia dónde íbamos. El único que dijo algo fue German, algo acerca de que antes de cruzar la frontera él se ba-jaba. No porque no quisiera volver a México, dijo, sino porque no iba a hacerlo sin una buena razón, la que podía incluir una buena cantidad de dólares como para poner su negocio propio en Nuevo Casas Grandes. No se iba a dejar llevar por unos locos que se complicaron la vida por haberla tenida demasiado resuelta. Sarah le dijo que si no le gustaba que se bajara, a lo que German dijo que bueno, que si les venía bien, él se podía bajar allí mismo, que mientras tuviese brazos y piernas po-día llegar a cualquier lugar, aunque no creía que alguno de nosotros estuviese decidido a hacerlo. Efectivamente, Carlos, que iba al volante, ni si-quiera desaceleró. Nadie dijo nada.

En algún momento empezamos a entrar en el desierto, en caminos sin asfalto y sin señaliza-ciones. Hasta que casi llegamos a la mitad del tan-que de combustible y nos detuvimos. Nos instalamos en un valle arenoso que llamamos Vaca Muerta por un esqueleto que nos recibió y donde más bien abundaban las tunas con forma de hombres crucificados.

—De segurito que el animalito se perdió —
dijo German, señalando el esqueleto—. Por lo
menos hace cinco años, o más.

Armamos las carpas a la sombra de la home
y debajo de unos arbustos. German se recostó debajo de la home, como solía hacer, porque según
él era el lugar más fresco, como bien lo saben los
perros en Chihuahua. Cuando salió de su tranquilo letargo un par de horas más tarde, Steven le
preguntó qué tal el área, si había alguna población fantasma que le sirviese de compañía al
nuevo vecino, a lo cual German dijo que sí, que
aunque no muy numerosa, algo se ve que había.
Es muy difícil que los muertos interrumpan el
descanso a la hora de la siesta, pero cuando lo hacen es porque su presencia es muy fuerte. Había
soñado con una plantación de maíces, por lo cual
aseguraba que alguna vez aquellas tierras habían
sido pobladas por gente feliz y que, seguramente
por ese mismo hecho, no se habían visto más que
uno o dos autos fantasmas muy a lo lejos. Steven
dijo qué bien, con sorna, y luego más en serio que
a él lo único que le importaba era la última observación: él tampoco había visto más de dos autos, que no sabía si eran fantasmas como decía
German o no, ya que iban envueltos en la nube
de polvo que levantaba cada uno.

Carlos, más ansioso que de costumbre (su
ansiedad era proporcional a sus silencios),

encendió el fuego en el suelo y nos dijo que teníamos que salir a explorar con la media luz del atardecer, a la hora en que se podía ver sin ser visto. Salimos todos menos Sonia, que ese día andaba con sus cosas y prefirió quedarse a cuidar la home. Nos repartimos para verificar que en la zona no había casas. Carlos y Sarah, Steven solo y German y yo salimos hacia tres puntos diferentes. Por momentos, el aire olía a animales muertos. Por momentos, parecía que estábamos cerca del mar o nos invadía el olor a melón persa. A varias millas a la redonda no había más vida que unas arañas que se cruzaban muy veloces delante de nosotros y unos pocos lagartitos que trataban de esconderse entre las piedras. En cierto momento, German se detuvo y señaló un minúsculo valle entre dos pequeños cerros. Cuando bajamos, comentó que había una vista maravillosa desde allí, que si no fuese tumba sería el lugar perfecto para una casita.

—Claro que una tumba —dijo— también es una casa; sólo que para muchito más tiempo.

Fuimos los últimos en volver a la home para enterarnos que, si las cosas nunca habían estado bien, parecían persistir en su proyecto de empeorar indefinidamente. Tal vez fue el golpe más duro desde que salimos de Nueva Orleans. Sonia se había quedado bebiendo tequila y, por alguna razón, había decidido darle una segunda dosis a

Guzman. Fue entonces que descubrió que Guzman había perdido el gris de El Paso y su rostro había vuelto a ser blanco como antes, incluso como antes de Alabama, con cierto pálido color a vivo.

La recuerdo sentada, hundida en una de las sillas de lona al lado de un fuego moribundo. Moribundo el fuego y moribunda ella. Carlos perdió la paciencia o perdió los nervios y dijo que lo último que necesitábamos era cargar también con una depresiva, pero para Sonia sus palabras rebotaron como en un muro. Enseguida Carlos le pidió perdón llamándola *bebé*, pero con el mismo efecto. Sarah tomó a Carlos de un brazo y lo hizo a un lado para preguntarle a Sonia si sentía algún malestar que pudiese describir con palabras. Muy técnico aquello. Sonia había contestado *No, no, no...* varias veces. Tantas veces que lo opuesto parecía lo más obvio. Entonces nos retiramos. Nos sentamos a comer unas hamburguesas que se habían pasado de fuego. Carlos pretendió explicar la conducta de Sonia porque, si mal no recordaba, estaba en su período. Típica negación de la realidad que tienen algunos hombres, especialistas en inventar explicaciones para que nosotras, las mujeres, las loquitas, las melancólicas, las histéricas no nos desesperemos y perdamos el resto del control. En parte los comprendo. Ellos siempre deben ser más optimistas, menos realistas, para no reconocer una realidad que los supera. Tal vez es una fortaleza de género, una de esas malditas características masculinas de la que carecemos aquellas otras que nos quebramos ante una realidad objetivamente irrefutable. El romanticismo, la fantasía, es cosa de hombres; por algo lo practicamos y lo exigimos las mujeres.

—Otra mentira —dije, casi golpeado la mesa—. Vivimos mintiéndonos como si mentir fuese la mejor forma de cambiar las cosas.

Finalmente, la que logró develar el misterio fue Sarah cuando le preguntó si había estado en la motorhome y, ante el silencio de Sonia, le preguntó cómo había encontrado a Guzman. Sonia dijo que Guzman mejoraba con el paso de los días.

—Es sólo una impresión —dijo Sarah—. Deja ya de pensar en eso.

Por la mirada de Carlos, por el trato casi infantil de Sarah, supe que algo andaba realmente mal.

—Mírame —le dijo Sonia, agarrando a Sarah de la blusa—. ¡Mírame!

—¿Qué quieres que vea? —dijo Sarah.

—Mira mis ojos, mi pelo, mi boca. Mira mis ojos… Eso que ves serás muy pronto tú también, una anciana, un cadáver que camina.

No sólo su rostro había envejecido (había dicho Sonia, y tenía razón), no sólo sus ojos se habían arrugado y sus manos parecían llenas de manchas causadas por el sol, sino que además estaba totalmente segura de que había perdido su atractivo para siempre, que todo aquello que había sido hasta ayer había sido un sueño, una fantasía. Todo lo había recibido por unos pocos años y lo había vivido como si fuese para siempre.

Hasta aquel preciso día, hasta aquel preciso instante, no había pensado ni un solo minuto en algo tan obvio. La vida nos va matando poquito a poco. Nos da todo hasta los treinta (en su caso hasta los veinticuatro) y después nos lo va despojando lentamente, sin tregua. Si una no se resigna, lucha el resto de su vida para que el descenso a la fosa sea lo más lento posible. Con suerte, porque ya nunca sentirá el vértigo de ascender de niña a princesa. De princesa a bruja es todo el camino que resta, dijo y de alguna forma tenía razón.

¿Cómo no me di cuenta antes? No era algo pasajero. No. Era un proceso, un lento proceso que nos llevaba desde lo más dulce de nuestras vidas hasta la muerte por un largo, larguísimo y absurdo camino hacia abajo. Todo lo cual es evidente apenas cualquiera podía ver el rostro de Guzman, que estaba muerto y que, por lo tanto, debía desmejorar día a día hasta convertirse en un desperdicio, en un fantasma. Pero no, por el contrario, cada día estaba más joven, más atractivo.

Sonia había descubierto que no era Guzman el que rejuvenecía; en realidad, era que ella la que se iba descomponiendo cada día, a una velocidad que no podía alcanzarla ni siquiera la muerte. Hasta la muerte era más lenta que su decadencia en vida, que no sólo se podía medir en los espejos.

Carlos desestimó aquellas palabras murmurantes con cierta vehemencia que entonces me pareció una reacción exagerada. Dijo que toda aquella historia no tenía sentido, que Sonia no sabía administrar su estrés, que por eso siempre había tomado decisiones desafortunadas. Entonces se levantó y se fue.

Me gustó aquello de "decisiones desafortunadas". Se parecía mucho a ese discurso de los padres de este país que en las plazas y en las tiendas aconsejan a sus hijos de cinco años a tomar buenas decisiones, como si todo se redujera a una partida de ajedrez, como si los jugadores fuesen dioses y estuviesen libres de tomar decisiones catastróficas. Luego, contradiciéndose gravemente, o tal vez siendo consistente en un mundo poblado de individuos donde las mujeres no lo son o pertenecen al genérico rango de las mascotas, dijo:

—Cosas de mujeres —y se fue.

Sarah intentó calmarla, pero Sonia no parecía nerviosa. Era otra cosa. Era *algo* que nos había estado persiguiendo por la 10 desde que huimos

de Nueva Orleans como locos, hasta que, finalmente, nos había alcanzado a todos. Y porque no
hay nada peor que un fantasma que no se ve, era
muy probable que ya no pudiésemos liberarnos
de eso tan fácilmente, sin importar hacia dónde
nos dirigiésemos y cuán rápido fuésemos.

Esa noche hice varios apuntes desordena-
dos. En uno de ellos especulaba sobre la posibilidad de que Carlos nunca había querido a Sonia,
porque, aún dolorido por lo que ella había hecho
(en el supuesto caso de que lo supiera), no podría
ser tan insensible a la terrible suerte que parecía
empezar a correr ella. Por entonces creí que Carlos sólo temía los desequilibrios de Sonia. El hilo
se iba a romper por ese lado. No importaba Sonia; importaba que no dijera la verdad o, mejor
dicho, que no dijera algo que todavía nadie sabía
con claridad. El grupo no tenía una versión oficial de los acontecimientos de Nueva Orleans y
algunos de sus miembros parecían a punto de lan-
zarnos a todos al mismo abismo.

En otro rincón de la misma página, con le-
tritas casi microscópicas, escribí otra posibilidad:
de alguna forma, de la misma forma (de la única
forma que quizás cada uno es capaz) Sonia seguía
enamorada de Carlos. Sufría de celos pero había
logrado disimularlo muy bien. Esto la había llevado a la locura. Para ella el sexo era como un
arma, aunque tal vez nunca supo si era un arma

que usaba contra ella misma o contra alguien más. Quién sabe qué teoría es la correcta. ¿Sonia amaba demasiado a Carlos como para no tolerar verlo con otra o se amaba demasiado a sí misma como para no tolerar verse envejecer? Tal vez ambas cosas. ¿Qué no son los celos sino una variación espantosa del amor propio y el miedo infantil a quedarse solo? ¿Qué no son los impulsos autodestructivos sino una consecuencia natural del amor propio y de la comprobación que la soledad es un destino inevitable?

Carlos se retiró en silencio. El más fuerte, el más seguro de sí mismo se había ido para no hacerse cargo del fantasma que había despertado Sonia y que todos pudimos ver de alguna forma.

Todos, menos German, que cuando decía algo se descargaba con un insulto incrédulo, llamándonos *pinches chicanos* o *pachucos de mala muerte*. No soportaba que alguien tuviese algún problema adentro cuando había tantos otros afuera. Para él, los verdaderos problemas estaban afuera. Así de simple era German. Así de admirable.

—Al finadito le gusta el pulque —dijo—. ¿Qué tiene de malo? Es cosa de nuestra tierra. A mí también, y si tengo que morirme preferiría que me regaran con esa agua bendita antes que con flores y lamentos fallutos. El pulque rejuvenece. Yo supe de muchos que se salvaron del desierto gracias a él, y vayan a saber los santos y el Diablo mismo si este guey no termina reviviendo gracias al agua bendita. Por ahí revive con lo que le faltaba, convertido en un hombre de verdad.

—¿Qué es el pulque? —pregunté yo, que apenas tenía una idea por algún informativo de Univisión.

—Una bebida que sale del maguey. Se hace solito en la mera plantita, en el maguey, entre los tronquitos de las hojas del maguey. A veces es agüita no más, pero cuando no llueve por un tiempo se fermenta y se hace un licor que ni comprado resulta tan bueno.

Creo haber escuchado que Sarah dijo *permiso*. Steven la siguió después.

—¿Eso es el pulque? —pregunté. Mi voz sonaba extraña. Era mi voz, lo sé, pero otra voz. La voz de la que fui alguna vez. Un timbre parecido al que tengo ahora, pero definitivamente más ingenuo, inseguro, quizás algo seducida por la simplicidad de German.

—No exactamente. Es como si fuera. El pulque que uno toma normalmente viene en botellas de vidrio y hay que pagarlo. Pero si uno anda perdido por el desierto, lo mismo da que sea natural de la plantita.

Quince años atrás, Guzman había sobrevivido a la travesía de aquel mismo desierto gracias a la misteriosa agüita que alguna vez había

mencionado sin que nadie le diera alguna importancia, y que le había ayudado al cuerpo y al alma
para soportar el descubrimiento de algunos esqueletos de otros migrantes que no habían tenido
la misma suerte. Tal vez los más afortunados habían pasado de un sueño al otro, de un delirio al-
cohólico a la deshidratación. Guzman no había
cruzado por New Mexico, como siempre pensé.
Su padre tenía conocidos en un pueblo cercano a
Arizona. Podía ser los Nogales, San Luis Rio Colorado, quién sabe.

—¿Todos los mexicanos hablan así? — pregunté.

—¿Así cómo?

—Con tantos diminutivos.

—¿Qué es eso?

—*Plantita*, *tronquito*, *agüita*, qué se yo. Así,
todo chiquito.

—Es la forma normal de hablar, ¿no? Yo no
miento nada, como esos doctores que hablan así
y asá, complicado, y mueven la mano, así, para
que se entienda menos. La gente de verdad, la
gente del pueblo que come tortillas y suda la camisa aquí y acá, habla natural, chiquito como dices tú. Pero es lo único chiquito que tenemos.

—Tenía que ser. Mexicano, macho y lleno
de prejuicios.

—Era un chiste. Yo sé que aquí a las mujeres
no les gustan esas cosas.

—Otro prejuicio.

—No entiendo…

—Las mujeres de este lado son más sofisticadas, pero en el fondo, o más abajo, son mujeres igual.

—Así mismito no entiendo. Antes de cruzar al El Paso nos dieron una lista de cosas que no debíamos hacer aquí. Una bien rara era que si queríamos evitar problemas no mirásemos a las mujeres a los ojos ni le dijésemos nada que se pudiese tomar como piropo. Sobre todo si son rubias y bonitas. Un chavo que sabía mucho de este lado me dijo que si me cruzaba con una barbie lo mejor era mirar para otro lado, porque si las miras te ponen cara de asco y después nunca se sabe. Eso es lo que nunca entendí. Si se arreglan tan bonito, entonces por qué no quieren que las miren.

—Es verdad. Si no se hacen las difíciles no son ellas. Nunca mires a una mujer a los ojos ni le digas nada lindo porque después de masturbarse en sus casas, como aquella instructora de Ciudad Juárez, te pueden demandar por acoso sexual.

—No manches. Mejor me cuido de no tomar ni pulque ni cerveza en la calle, porque cuando estoy alegre me pongo cariñoso.

—Si tomas alcohol en la calle irás preso. Mejor paséate con una ametralladora, si no quieres tener problemas con la ley.

—Habría que probar con la chica, Sonia —dijo German.

—¿Probar qué?

—Terapia de pulque. Seguro que se le van todas esas tonterías sobre el finadito. El pulque es agua bendita.

—Aparentemente el tequila no le hizo nada bien. Hasta ahora no nos ha hecho nada bien a ninguno de nosotros, exceptuando a Guzman.

—El pulque no es tequila, es leche de las diosas para los pobres.

—Debe ser porque cuando uno recurre al pulque es cuando ya la situación es tan extrema que cualquier agüita se convierte en agua bendita...

—El por qué no lo sé ni me interesa. Ya sabes que no soy nada letrado. Yo sólo digo lo que es...

Se hizo uno de esos silencios que, por alguna razón que todos desconocemos, incomoda tanto, como si la gente no soportara estar sentada uno frente al otro sin saber qué decir. ¿Por qué callar es como un fuego que hay que combatir con tanta urgencia? La humanidad sería mejor si supiésemos callar a tiempo y los individuos, que son los que, al fin de cuentas, realmente importan, los que realmente existen más allá de los discursos, tendríamos una mejor calidad de vida si no nos sintiésemos tan mal por semejante beneficio.

—A mí también me gusta *El Cascabel*, ¿sabes? —dijo German.

—¿Qué es eso?

—Aquella música que tocaban los escuincles de Casas Adobe y que tanto molestó al jefe.

—A Guzman también —dijo Sarah, volviendo de una reunión improvisada en la home.

No era la primera vez que me dejaban afuera de sus conversaciones y me usaban para mantener ocupado a German. No creo que pudiesen sospechar nada malo de mí; sólo actuaban como cualquiera actúa con una niña de diez años, aunque nunca supe qué era peor. Más tarde supe que en aquella reunión habían decidido pagarle a German una suma generosa para que se encargara de Guzman según las formas que se usaban en su tierra. No querían más problemas de ningún tipo, dijeron, ni con los vivos de este lado ni con los muertos del otro. Otra vez, Sarah iba a negociar con él, pero los tres habían decidido desembolsar hasta tres mil dólares del fondo común. Sarah le ofreció mil y German regateó hasta aceptar mil quinientos.

—No manches —dijo German—. ¿Al finadito también…?

—De verdad —dijo Sarah—. Todavía tiene un cassette negro con una banderita verde y un título de no sé dónde en la tapa. No, no es una banderita. Es la virgen de Guadalupe, creo. Tiene *El Cascabel*. No recuerdo la música; recuerdo el nombre por la imagen del cascabel de un lado y el de la virgen del otro. Todavía debe estar allí. Lo veníamos escuchando cuando salimos de Panamá City. Lo que pasa es que después se quedaron enganchados con Selena y parecía que no había otra cosa.

En ese momento volvieron Carlos y Steven. Otra vez los hombres habían resuelto qué debíamos hacer. La propuesta y la votación fue más bien una formalidad. Cuatro a favor y una abstención, más bien una ausencia. Sonia.

De todas formas, no había muchas otras opciones y, al menos en ese momento: esperaríamos un día más para verificar que aquel era el lugar que parecía ser, que no había pobladores cerca y que no se trataba de un pasaje de turistas. Si el día siguiente resultaba tan tranquilo como el día que llegamos, por la noche se procedería.

Como era de esperar, yo no me opuse. Tal vez voté a favor por no contradecir a la mayoría, pero la verdad era, y algo de eso mencioné entonces, que podía entender las prórrogas anteriores pero a esta altura las razones me parecían tan sólidas como un castillo de arena. No dije que, además, comenzaban a parecerme sospechosas. Si lo íbamos a hacer debíamos hacerlo de una buena vez por todas y no andar con detalles que más que confirmarnos un lugar perfecto para Guzman iba a terminar por agravar la situación que, a diferencia del propio Guzman, no paraba de empeorar. Me escucharon sólo por respetar mi derecho a la queja, que era el derecho de los demás a decir y decidir.

Lunes 15 de junio

EL 15 TRANSCURRIÓ sin novedades, si no considero la insistencia de German para conocer a Guzman. Quería ver el rosto del muerto antes de enterrarlo, decía. Carlos y Steven se opusieron (o fingieron oponerse), alegando que no había necesidad. German argumentó que no podía enterrar a alguien sin saber quién era. Carlos contestó que los sepultureros no tienen por qué ver el rostro de cada uno que mandaban a tierra, a lo cual German contestó que él no era un sepulturero sino un sobreviviente sin tierra.

—Mira, no nos compliquemos —dijo Carlos—. Yo me encargo del asunto.

—¿Cuál es el problema? —dijo German—. ¿No es un hombre como cualquiera? ¿Los mexicanos tenemos tres ojos?

—Me da mala espina tanto interés de tu parte.

—Quiero saber a quién voy a enterrar esta noche. No veo qué tiene de raro.

—Por alguna razón sospecho que hay algo más —insistió Carlos.

—Puede ser —reconoció German—. La impresión que dejó en esa pobre chica, tan bonita ella, me hace querer conocer al sujeto.

—Sonia ha sido muy sensible a tanto estrés —dijo Carlos—. Eso es todo. No veo qué tiene de extraño.

Los tres hombres abandonaron la conversación abruptamente y fueron a comprobar que el lugar donde íbamos a dejar a Guzman no era paso de ningún granjero ni estaba cerca de aventureros. Volvieron unas horas más tarde, lo que provocó el reclamo de Sarah que, para entonces, se había comenzado a poner nerviosa.

Apenas el sol comenzaba a tocar tierra, German tomó la pala y rumbeó por el mismo lado. Dijo que no se confiaba en que las señoritas pudieran hacer un trabajo rápido y como Dios manda. Se refería a Steven y Carlos que se disponían a preparar la camilla en la cual iban a llevar a Guzman. Nadie contestó. Puso la pala sobre el hombro y se alejó unas yardas. Luego se dio vuelta para decir que no nos olvidásemos de *aquello*.

A esa altura, German tenía voz pero no voto, y había insistido tanto que, finalmente, resolvimos discutir el tema. Sarah puso cinco vasos con el tequila que ya no íbamos a necesitar para Guzman. Mientras servía, argumentó que el hecho de que German conociera a Guzman no tenía ninguna consecuencia para nosotros, más allá de acceder a la petición de alguien que a esa altura ni era un perfecto desconocido ni podía resultar más amenaza de la que ya era, con el atenuante de que él ya estaba involucrado de alguna forma. Steven dijo que era mejor que enterrase a Guzman alguien que no pertenecía al grupo. No recuerdo exactamente las palabras, pero por un momento sentí que la idea era quitarse responsabilidades en lo posible. No sé si antes o después yo había soñado que Guzman había llegado con vida hasta Vaca Muerta y que German lo había ultimado de un disparo por un asunto relacionado con su homofobia. De todos nosotros, German era el único capaz de disparar un arma de fuego por razones de honor. De hecho, probablemente era el único que había disparado un arma de fuego por cualquier razón. Por otra parte, no existía. German era y sería un invisible más, una de esas sombras que deambulan de estado en estado buscando trabajo en la construcción o en las plantaciones, evitando cualquier tipo de problemas, mintiendo sus nombres y escondiéndose de cualquier tipo de gente que no sea invisible como ellos. Si en el camino German había hecho algo que nadie quería hacer, ni el diablo iba a enterarse.

A Sonia no le gustó la idea de ceder ante la insistencia de German, pero quizás fui yo la que más se opuso a que lo conociera. Me parecía que no había necesidad y que tal vez a Guzman no le hubiese gustado esa agresión a su intimidad. O tal vez intuía lo que luego se nos iba a venir.

Se decidió darle la oportunidad de conocer a Guzman. Es decir, lo que la gente comúnmente entiende por conocer a alguien y lo que entonces yo entendí por decidir. Con el tiempo he ido descubriendo que la gente hace un diagnóstico de la realidad en diferentes tiempos y se mueve a diferentes velocidades, que lo que llamamos presente es pasado para algunos y futuro para ingenuas como yo. Por lo general, aquellos que tienen el poder de cambiar algo, aunque no sean más que detalles de la realidad que nos rodea, ya saben con mucha antelación lo que ocurrirá y en ocultarlo reside gran parte de su poder. Me refiero al grupito de los tres, a Carlos, Steven y Sarah (seguramente liderados por Carlos) que por entonces ya iban por delante, tomando las decisiones que más tarde Sonia y yo íbamos a confirmar y German iba a ejecutar.

Por su parte, a German no le bastaba con saber que Guzman estaba allí, no le bastaba con haberlo visto alguna vez vestido de mujer pero con el rostro cubierto por un sombrero panameño. Quería ver su rostro, que era la única forma de conocer algo del finadito, como decía él, y probablemente porque lo había intrigado de sobremanera el hecho de que Sonia —Sonia la bella, la alguna vez deseada por todos, y por alguna, espejo latino de la Nicole Kidman de los años 90— había caído en un abismo depresivo la vez que constató que Guzman había rejuvenecido mientras ella se hundía en la descomposición del tiempo. Como un antiguo creyente católico, German había sugerido que tal vez el finadito era un incorrupto, lo cual solo se podía saber con el paso de los días. Si era incorrupto, debía ser declarado santo, aunque nada podía estar más alejado de las intenciones del grupo que cargar con una futura celebridad.

German era el único que parecía saber de qué iba todo, sólo que, por su condición de indocumentado y de integrante del grupo sin voto, prefería pasar por bruto a decir abiertamente lo que pensaba. Se movía en espirales, siempre dándole vueltas a algo, de modo que una nunca se enteraba de lo que realmente pensaba hasta tiempo después cuando la espiral se cerraba sobre su centro. Pese a todo, era como alguien que recién entra en una fiesta donde se ha abusado del alcohol y nadie recuerda qué se está celebrando. Como si fuese el único vivo en un mundo de zombis y simplemente se limitara a explorar el terreno antes de ser descubierto.

Cuando German volvió con la pala en el hombro, la reunión ya se había disuelto y la camilla improvisada estaba lista. Sarah se acercó a German y lo tomó de la mano para conducirlo a la motorhome. Este gesto inesperado debió amedrentarlo de alguna forma. Él la siguió como si de repente ya no estuviese tan seguro de lo que quería. Ella debió esperarlo un instante en la escalerita de entrada. Antes de entrar, German se persignó tres veces. No estuvieron mucho tiempo. Uno o dos minutos, tal vez. El resto había decidido ocuparse en tareas triviales como acomodar las sillas y la mesa en un lugar despejado.

Compartimos agua y unos sándwiches. Durante toda la cena, German no dijo nada, pero más tarde, a la hora de la sobremesa cuando se fue a fumar en la oscuridad como era su costumbre, le pregunté si le había afectado conocer a Guzman.

—Podías habérmelo dicho antes —dijo.

—¿Decirte qué?

Sin mirarme, se alejó con un gesto de fastidio. Tuve que insistir.

—¿Decirte qué?

Estuvo unos segundos interminables buscando las palabras.

—Que el finadito se parecía tanto a mí —dijo.

En ese momento no supe qué decir; era como si de repente yo misma lo acabara de descubrir. Guzman era una copia de German, con algunas variaciones. La piel de German todavía mostraba el castigo del sol y sus ojos eran color café, bastante claros pero no verdes como los de Guzman. Guzman viajaba de ojos cerrados, por lo que esta diferencia no podía aliviar la impresión que debió sentir German cuando Sarah le descubrió el rostro a su gemelo.

German y Guzman eran como dos gotas de agua. Tal vez exagero si digo que tal vez eran medio hermanos o primos o parientes lejanos. Esas cosas pasan en el campo. O pasaban antes. Ni en Los Ángeles, ni en Chicago, ni en Nueva York conocí nunca a mis vecinos. Los veía, pero no los conocía, no sabía quiénes eran. Más bien los evitaba como ellos me evitaban a mí. El chico que trabajaba en el Starbucks de la Octava y Washington Square siempre me regalaba una sonrisa cada vez que me entregaba el *cheesecake* o el *cinnamon roll*, pero nunca supe nada de él, aparte del nombre que llevaba colgado en la camisa. Ni siquiera supe nunca si esa sonrisa no se convertía en un gesto de cansancio apenas se daba vuelta para servir el café que acompañaba al *cinnamon roll*. Nunca lo supe ni lo voy a saber porque un día desapareció y nadie, ni sus compañeros de trabajo —que para entonces ni eran compañeros, porque habían reemplazado gradualmente a otros que pudieron ser sus compañeros— sabían nada del chico de la cruz tatuada en el brazo izquierdo y la mención a uno de los versículos del evangelio de Lucas, cuyo número no recuerdo, en el brazo derecho. Tal vez en el fondo me acostumbré a vivir con esa frustración de ser nadie y estar rodeada de nadie. Tenía sus ventajas. Una se sentía libre, muy libre. Tal vez demasiado. De otra forma no se explicaría por qué cada vez siento más y más nostalgia de aquel absurdo viaje. En Chicago como en Nueva York, como en cualquier ciudad hormiguero, nadie conoce realmente a nadie porque todos están demasiado cerca de demasiada gente, perfectamente unidos por la indiferencia. Ahora, con la proliferación de tantos teléfonos inteligentes la cosa es peor. No necesito detenerme ni un instante para aclarar a qué peste me refiero. Si alguien no lo entiende es porque ya está infestado. Perdido.

La gente del campo, en cambio, habita grandes extensiones de tierra, a veces desolada, pero son pocos y se conocen o están inevitablemente relacionados de alguna forma, por lo cual no es disparatado pensar que tanto parecido entre Guzman y German se debía, más que a la perspectiva de una tribu ajena, a un vínculo real, seguramente ignorado por cualquiera de ellos. Por otro lado, ¿acaso no hay un tipo de rostro portorriqueño (nariz diminuta, rostro trigueño, pequeño y delicado como de niña) que se repite indefinidamente con pocas variaciones y sólo se advierte cuando uno no es portorriqueño o no ha convivido mucho tiempo con ellos? Lo mismo los peruanos, los venezolanos y cualquier otro pueblo fundado por tribus aisladas o por unas pocas familias inmigrantes algunos siglos atrás.

El diablo sabrá si no eran primos en algún grado y gemelos por alguna de esas inexplicables coincidencias de la naturaleza. La vida los había disfrazado de otras personas. German olía a pasto seco, a ropa secada al sol, a sudor. No sé. O era mi imaginación. Era algo más oscuro de piel y tenía las manos torpes, tal vez porque había pasado sus últimos años escarbando en la tierra de sus padres y no acariciando páginas de libros olvidados entre las sombras de la biblioteca de una universidad. Cuando Guzman iba a Atlantic Beach siempre se embadurnaba con una cantidad exagerada de escudo solar factor setenta, de modo que apenas se sentaba debajo de su enorme sombrilla amarilla comenzaba a brillar como un delfín. Se sentaba a leer *People*, para descansar de los

Chomsky y los Zavarzadeh, decía, o se quedaba mirando las olas mientras suspiraba, mi pobre Guz: "un día voy a ver esas mismas olas pero con el sol de frente".

Yo sabía que se refería a California y, aunque yo prefería el sol en la espalda y las llanuras húmedas a las montañas secas, trataba de seguirlo en sus fantasías.

—Deberías venir conmigo —decía, y yo fingía no estar segura—. California tiene mejores canciones...

Entonces se ponía a cantar *California Dreamin', Hotel California, Horse With No Name...*

I've been through the desert
on a horse with no name
It felt good to be out of the rain
In the desert you can remember your name
'cause there ain't no one for to give you
no pain

German, como dije, era Guzman pero un poco mayor o más castigado por el sol de Chihuahua. Tenía algunas líneas al costado de los ojos. Cuando se sonreía, las líneas se volvían más largas y más profundas.

—Todos los mexicanos se parecen —dije.

—Me extraña que diga eso una persona con más educación que yo... —dijo, y se fue.

Después de un momento volvió a aparecer de entre las sombras y preguntó:

—¿Me vas a decir que fue purita casualidad?

—Si puedes, te explicas mejor —dije.

—¿Cuántos días estuvieron buscando a alguien que se pareciera al finadito?

—Unas pocas horas.

—Claro, y por casualidad dieron con alguien que justo se parecía tanto al compañero por desaparecer...

—No entiendo hacia dónde vas. En realidad tú no fuiste el primero. Estuvimos buscando chicos más guapos pero al parecer no abundan del otro lado. Tú viniste a ser algo así como el menos feo.

—Sólo el diablo sabe por qué me gustas tanto —dijo, y se dirigió otra vez a los cactus, como si fuese un tic nervioso.

—Y solo el diablo sabe —dije— por qué insististe tanto con conocer a Guzman antes de que lo dejásemos descansar de una buena vez para siempre. ¿A qué tanta insistencia?

—Es natural...

—¿Sabes qué pienso?

—Si no me lo dices...

—Pues, pienso que tú ya sabías que él se parecía a ti.

—Estás loca.

—No. Sólo que querías estar seguro de que él se parecía a ti. Luego lo adornas todo con supersticiones mexicanas que no existen o no te hacen mucha diferencia.

—¿Soy vidente, acaso? ¿Cómo iba a saber que el finadito justo se parecía a mí, como si fuese yo el que está allá?

—Por una foto.

—¿Qué foto?

—Por una foto que tenía Guzman en su diario.

—Está loca.

—Cada vez que repites que estoy loca me doy cuenta de que te agarré in fraganti.

—No tengo ninguna foto.

—No dije que tengas una foto de él. Sólo dije que viste una foto de él en el diario. Pero por tu negativa ya veo que la has escondido.

—Estás loca de verdad. ¿Todas esas cosas te enseñaron en la universidad?

—Ya ves que para algo sirve…

No contestó. Hundió la cabeza entre los hombros y se volvió hacia los cactus.

—¿A dónde vas? —pregunté.

—A sacar el animal a tomar agua —dijo.

En seguida se apareció Steven diciendo que todo estaba listo, que en media hora salían los tres.

—¿Y a mí qué me dices? —dijo German.

—Vos hiciste el pozo… —dijo Steven.

—Sí, pero no me acuerdo dónde lo dejé —contestó Germán, y siguió caminando.

—¿No vienes?

Steven lo miró perderse en la oscuridad si decir nada. Me miró por un momento, como si yo fuese responsable de algo, y se fue a la motorhome.

Me quedé sentada mirando el perfil oscuro de las montañas. Por un momento, me pareció que me dejaban por fuera de algo. Sentí una briza de alivio. Debí pensar que el viejo orden comenzaba a resquebrajarse de alguna forma.

Pero no me detuve a pensar en lo más importante sino, como de costumbre, me distraje en los detalles. Me quedé pensando en aquellas otras palabras de German: "sólo el diablo sabe por qué me gustas tanto". Sólo el diablo sabía por qué, en el fondo, yo lo prefería así. Si había alguna forma de terminar con el liderazgo de Carlos y del subcomandante Steven, yo la iba a apoyar. Creo que era esto lo que sentí entonces. Sabía que el pobre Carlos había asumido una responsabilidad que los demás abandonamos, pero, por alguna razón inexplicable, quería verlo caer. Quería verlo caer. No sólo a él. Yo estaba dispuesta a terminar con todo aquello de alguna forma. Quizás no de una forma directa, pero de alguna forma: con Carlos y sus colaboradores, con el viaje y, sobre todo, con Guzman. Si fuera por mí, lo habríamos dejado en aquella fosa esa misma noche. Pero si no insistí fue sólo porque German parecía molesto o tal vez decidido a otra cosa.

German se echó al lado de un cactus y enseguida Sarah se acercó para preguntarle qué le pasaba, si no pensaba terminar el trabajo. Sólo en ese gesto confirmé el plan de Carlos. Cualquiera podía enterrar a Guzman, pero debía hacerlo German. Parecía algo tan obvio que me llamaba la atención que German no lo percibiera o, al menos, que no lo demostrase con alguna de sus bromas. Probablemente lo mismo nos pasa todo el tiempo: todos, de alguna forma, somos marionetas de otras fuerzas, de otros conspiradores. Creemos mover los brazos por nosotros mismos, creemos conocer lo que nos está pasando, creemos saber lo que es importante y lo que es irrelevante… También German tenía sus planes y, quizás por esta misma razón, no advertía que otros participaban del mismo juego, como dos pésimos jugadores de ajedrez que se distraen con sus propias estrategias en lugar de pensar en las de su adversario. ¿Por qué? Quizás no necesite repetirlo: porque, en el fondo, todos nos consideramos peores que el resto, aunque preferimos pensar lo contrario.

—Sí que voy a terminar la chamba —dijo German—, pero como que me quedé cansado de tanto escarbar en la piedra. Está durito allá. Pobre chico, seguro que no esperaba una cama tan dura.

—Déjate de tonterías —dijo Sarah—. ¿Quieres más dinero?

—Sí —contestó German—. Pero dinero limpio. No te preocupes que sé cómo hacerlo sin matar a nadie.

—Se te subieron los humos a la cabeza. No debimos dejar que te metieras en lo que no debías.

—Espero que no me maten por saber demasiado.

—No seas estúpido.

—Mejor me levanto. No sea que me quede dormido y me entierran en lugar del otro. Al fin y al cabo nos parecemos tanto… Es por eso que no quiero que haya entierro a esta hora de la noche. No quiero que se equivoquen de nuevo.

—¿Dónde hiciste la fosa?

—Pos, mero mero donde quedamos. Pero se me hace que es muy tarde. No quisiera levantar a los muertos a esta hora.

—¿Qué?

—Se los dije ayer mismo. Este desierto está lleno de finaditos. Gente así como yo, pero finados.

Sarah se acercó a mí y yo le hice un gesto escéptico. Entonces volvió a acercarse a German y preguntó:

—No entiendo cuál es el problema. ¿No piensas ir, entonces?

—No, es muy tarde —dijo—. Los muertos que se entierran a medianoche nunca quedan bien enterrados. ¿Algún día alguien vio un entierro por la noche? Pos, nada es por casualidad. Por algo será. En ningún país eso es costumbre. Si a los muertos les incomoda algo, tarde o temprano se levantan. Eso es segurito.

—Tonterías —dijo Steven, que se había acercado en silencio—. Cosa de chicanos.

—Yo no soy chicano.

—Mexicano, que viene a ser lo mismo.

—Si fuera lo mismo ya nos habrían devuelto estas tierras.

—Cosa de mexicanos, de donde sean. A mí no me asustan con la llorona.

—Porque nunca has visto una.

—No he visto porque no creo.

—Puede ser —dijo German—. Pero conmigo no cuenten para un entierro tan tarde noche. Al fin de cuentas no tengo nada que ver. Si quieren, los ayudo mañanita temprano, apenas salga el sol.

—¿Seguro que no? —dijo Carlos—. ¿Seguro que no tienes nada que ver?

—A don Seguro lo mató un rayo —dijo German.

—Por cómplice o por autor, a Don Seguro lo condenaron a cincuenta años de prisión. Pero prisión del primer mundo, de esas de las que no se sale.

Logramos sacar a Guzman de la motorhome, por primera vez desde Nueva Orleans. Al principio nadie se atrevía a tocarlo, pero Steven dijo que Guzman era un amigo y que lo único que debíamos hacer era tomarlo de los brazos y bajarlo hasta la camilla que habíamos improvisado para trasladarlo a su destino final.

—Ni si quiera huele... —dijo Carlos—. Huele a tequila.

—Hasta sonríe —agregó Steven—. El más allá debe ser eso, una especie de borrachera indefinida.

—Todavía no es más allá del todo —dijo Guzman—Ya les dije que los muertos no se van así no más. Por algo existen los funerales, para asegurarse que el muertito se va a ir tranquilo, sin pena y sin asuntos pendientes. Éste parece que tiene unos cuantos y ustedes no entienden que es mejor seguir las normas...

—Hay que proceder —dijo Carlos, repitiendo esa palabra que ya me producía un malestar indescriptible.

Cuando Carlos y Steven estaban a punto de recostar a Guzman en la camilla que lo esperaba en el suelo, sentimos el ruido de una camioneta que se estacionaba a un costado del camino. Sin perder tiempo, sentaron a Guzman en una de las sillas que estaban al lado de la mesita plegable.

Resultó ser un hombre algo obeso, con unos bigotes tipo Hulk Hogan y una jardinera como las que se usaban antes.

—Estoy perdido —dijo el hombre—. Necesito volver a la I-10 lo antes posible y…

El hombre miró a Guzman que permanecía envuelto en la sabana hasta la cintura.

—La 10 está hacia el norte —dijo Steven, señalando con la mano.

—Es lo vengo suponiendo desde hace un ahora y no llego nunca. No puede ser.

—Yo mantendría el rumbo —dijo Carlos—. Precisamente venimos de allí.

—Está bien, si ustedes lo dicen. Pero me resulta muy extraño… Ya había hecho este camino antes y no se parece en nada al que recuerdo.

— Seguro que va bien —insistió Sarah.

—Bueno, así haré —dijo el hombre de los bigotes largos y volvió a mirar a Guzman.

Sarah se acercó a Guzman para cubrirlo. Se inclinó y le preguntó si se sentía mejor, si quería más agua.

—¿Está enfermo el chico? — preguntó el hombre.

—No, está fantástico —dijo Steven—. Sólo que le gusta el tequila y a veces no sabe medirse.

—*Join the club!* —dijo el hombre, soltando la risa.

Enseguida se nos presentó como Villa o Villain y estrechó mi mano y luego la de Carlos. A pesar de la escasa luz que quedaba, debió advertir el desinterés y la frialdad de los demás. Decía que seguro el chico era un *compa*, como decían del otro lado, porque él, aunque no hablaba nada de español aparte de unas cuantas palabras, en realidad era mexicano, de padres mexicanos y después de la cerveza su favorita era el tequila.

—¿Se fue de copas él solito? — preguntó.

—Sí —dijo Carlos, seco, tratando de cortar la conversación.

Pero el camionero no parecía tan apurado.

—¿Cómo es eso? ¿Dónde está la solidaridad de los compañeros?

—Es que se va a casar y se puso nervioso — dije yo.

—Así somos los hombres cuando entramos en estos asuntos —dijo el camionero, sin dejar de reírse con toda su barriga—. En el fondo somos unos cobardones. El día de mi boda me emborraché y terminé vomitando en el baño del club. Gracias a Dios que tengo amigos de ley y se encargaron de que nadie se enterase. Me cambiaron, me lavaron, me pusieron todo *perfumadito* y me llevaron de nuevo a la fiesta. El único problema fue que mi mujer, que Dios la tenga en la gloria, empezó a preguntar por qué me había mojado el pelo y por qué tenía tanto perfume y si ese perfume era de hombre o de mujer, y entonces las amigas, que también por suerte eran de las buenas, le confirmaron que era perfume de hombre...

El hombre casi pasa de la risa al llanto. Se refregó los ojos con el reverso de sus manos gigantes y dijo que ya se iba, que le deseaba toda la suerte del mundo a la nueva parejita. Antes de irse volvió a mirar a Guzman, casi con curiosidad, y se fue.

—Salimos mañana —dijo Carlos.

Cuando terminé de traducirle a German lo que había dicho el camionero, German dijo:

—Se los advertí. El muertito no se va a ir así tan fácil. Todo tiene un orden en esta vida y más allá también. Pero la arrogancia de los vivos es no respetar a los muertos. Ellos no son cosas, no son productos ni paquetes. Todavía son personas y seguirán siendo personas igualito a cualquiera de nosotros mientras haya alguien que se acuerde de ellos. Si yo supiera que alguien está tratando de deshacerse de mí como de un perro muerto, segurito que haría todo lo posible por...

—Los muertos, muertos están —sentenció Steven, de paso y sin detenerse.

Él y Carlos levantaron a Guzman y lo llevaron como la primera vez en Nueva Orleans.

Parecía que caminaba, parecía alguien que sólo había tenido una indisposición por un exceso de copas.

—Así es —dijo German—; y ya ven que siguen estando y no se van.

Muchas veces no entendía qué quería decir. Supuse que se trataba de lo que alguna vez alguien había mencionado sobre la forma de hablar de los mexicanos, que consistía en dar diez vueltas sobre un mismo punto, sin mencionarlo. Ahora que lo vuelvo a escuchar, comprendo que lo suyo no era simple palabrerío. Tal vez no era muy sofisticado con sus ideas, pero no eran ideas huecas. Estaban llenas de supersticiones que hasta el momento habían sido premonitorias.

—Mucho respeto —le reproché—, pero no tienes vergüenza de burlarte de su condición sexual.

—¿Qué es eso de *condición sexual*? ¿En qué condición estaba?

—No te hagas el tonto. Sabes que me refiero a que te burlaste de él porque era gay.

—Ah, era eso. ¿No era gay, entonces?

—Sí era, pero te reíste cuando lo supiste.

—Los maricas son divertidos. Pero si el chico era marica, era marica. Yo no lo hice así. La culpa la tendrá su padre o vaya diosito a saber.

—Pero te reías...

—Me reía porque era marica, sí, pero aquí soy el único que todavía lo considero una persona. Ustedes lo respetan, eso es cierto, lo respetan como los americanos respetan a los perros. A los indios en América Central le inyectan sífilis para probar los efectos de alguna nueva vacuna que salvará a la humanidad, pero si uno le da una patada a un perro lo meten en la cárcel, ¿no? Tal vez yo no lo respeto al finadito, como dices tú, pero todavía lo considero una persona. Un poco ridícula y un poco víctima, como todos los maricas. Pero yo sería incapaz de matar a un marica por su… ¿cómo se dice?... por su *condición*. Me gusta la palabra. Me recuerda a una tía que era inválida y todos decían que no podía visitar a los parientes por su condición. A pesar de su condición no era mala ni desatendida. Así mismito, sentadita en su sillita de ruedas destartalada, hacía unos pastelitos que…

—Déjate de historias. A mí no me engaña tanta charlatanería. Para mí está claro que eres un mentiroso compulsivo que nos quiere hacer creer en historias de muertos y de aparecidos, de que hay que respetarlos para evitar represalias del más allá y no sé qué más, y luego resulta que tú mismo eres el primero en faltarle el respeto al finadito.

—Estás loquita —dijo, borrando su sonrisa de la cara—. Yo no le falté el respeto. Nadie le falta el respeto a un marica por decirle marica.

Respeto le faltan a alguien que todavía es una persona y lo tratan como una cosa a la que hay que hacer desaparecer sin dejar rastro... Aunque algún vestigio de dignidad todavía tienen, ya que no se animaron a tirarlo del otro lado. O no fue dignidad sino que el precio le pareció demasiado elevado...

—Estás equivocado y hablas sin saber —casi le grité, furiosa—. La diferencia es que nosotros creemos más en los vivos que en los muertos. Nos preocupan más los vivos que los muertos. Nos interesan más los vivos que los muertos.

—La diferencia, se me hace, es que a ustedes les interesan más ustedes mismos que los demás...

Martes 16 de junio

EN EL CAMINO DE REGRESO a la 10, German hizo lo posible por hacer las paces conmigo. Volvimos a hablar de Guzman, pero esta vez en un tono más respetuoso. Yo recordé casi todo lo mejor que recordaba de los viejos tiempos. Incluso, estuve a punto de reconocer que en algún momento me había enamorado de él. De una forma platónica, dije, y ahora me da gracia (los griegos eran los últimos que podían amar de una forma platónica). No recuerdo qué dije para explicar aquello de platónico, pero sí recuerdo ese vértigo que todos conocen de algún momento en la vida en que dos miradas se cruzan por fracciones de segundo y una nunca sabe qué significa exactamente pero de cuya intensidad no queda ningún lugar a las dudas.

Pero German tenía otras intenciones, otros planes que no tenían nada que ver con emoción alguna. No al menos con algo parecido al amor. Yo sospechaba algo desde el día anterior, desde la mañana en que le quité el diario de Guzman. No me equivocaba.

—¿A qué vienen tantas preguntas sobre Guzman? —le pregunté sin rodeos.

—Por nada —dijo él—. Me quedé pensando toda la noche… No podía dormir.

—Todo tiene una razón de ser —dije—. Hasta la lluvia que cae y el tequila que se fermenta entre las hojas del maguey.

—Pregunto por preguntar. Después de leer su diario me picó la curiosidad.

—¿Después o antes?

—No sé.

—¿Qué hiciste con la foto?

—¿Qué foto?

—La de Guz, obviamente. La que estaba en el diario.

—No se… no la vi…. —dijo.

Tequila

En ese momento pensé que me estaba mintiendo. No me equivocaba; si German no hubiese
visto ninguna foto en el diario hubiese dicho "no
vi ninguna foto" o algo así. Pero dijo "no la vi".
Sólo aquel *la* demostraba que sabía de qué estaba
hablando.

—¿Por qué no podías dormir?

—No sé. Me hubiese gustado tener una vida
como la de cualquiera de ustedes...

—Una vida de futuros perseguidos... —
dije.

—¿Y qué imaginas que es la vida de un
sinpapeles? —se lamentó él.

—Otra cosa es que lo acusen a uno por algún asesinato....

—Bueno, claro. Pero el finadito se mató
solo. Lo que pasa es que ustedes se creyeron la
historia de que había sido uno de ustedes y luego
que uno empieza a huir como un loco hasta el
más inocente se convierte en criminal...

—No creo. Nadie se pega un tiro en la nuca.

—Sí, es raro. Pero no imposible. Si el chico
quería complicarles la vida, como lo está haciendo ahora, esa era la mejor forma.

—No, tampoco creo eso. Él no nos tenía
ningún rencor. Nosotros éramos sus amigos. Por
algo nadie cree que se haya matado él solito. Nos
arruinó la vida, eso es cierto, pero no pudo haber
sido él solito. Tal vez fue uno de nosotros y

ninguno quiere reconocerlo. Mejor dicho, ninguno lo sabe, porque aquella noche estábamos todos intoxicados; si no con tequila, con marihuana. O con ambas cosas.

—¿Es cierto que era maricón? —preguntó.

—Sí, era gay.

—Gay, maricón, es lo mismo. Qué pena.

—Pena es que esté muerto, no que haya sido gay.

—Todos los gays tienen alguna historia trágica.

—Juraría que tu vida ha sido un poquito trágica, como la de todos.

—Pero no soy gay. Bien machito y para servirle.

—Eso no me consta —dije.

—Es algo que se puede probar —dijo él.

—No te hagas el listo conmigo —le advertí.

—No es listo. La verdad es que daría cualquier cosa por besar esos labios. ¿Sabes que no los había visto hasta que leí el diario de Guzmán? Tenía razón. El muertito podía ser muy gay pero no era ciego. Me hacían falta sus ojos para ver la realidad. A veces hasta los más machos somos un poco ciegos ante la belleza femenina, y todo es culpa de la vida jodida que nos ha tocado a más de uno.

—Basta… —lo interrumpí— No distraigas la conversación.

—¿Distraerla? ¿Cómo para qué lado? ¿De dónde venía?

—Te había preguntado por qué ese repentino interés en Guzman.

German no contestó inmediatamente como hasta entonces. La conversación parecía haberse quebrado en ese punto. Al mismo tiempo, su silencio ponía mi observación aún más en evidencia.

—La verdad —dijo—, es que Guzman pronto renacerá. La loca de Sonia tiene razón. ¿No has visto que el hombre cada vez se ve mejor? Son cosas que pasan habitualmente en estas tierras que están condenadas a no producir nada, tal vez porque los muertos que la habitan no necesitan de todo eso que necesitamos nosotros. Los finaditos renacen cuando se han ido antes de tiempo. Son incorruptos. Dicen que antes la Iglesia los canonizaba inmediatamente, pero claro, ahora nadie cree en nada, ni siquiera la Iglesia se cree a sí misma.

—Yo no me lamentaría por eso…

—Pero los incorruptos son los mismos, con o sin Iglesia, y éste en cualquier momento se levanta y vuelve a caminar.

Debí poner una cara de espanto porque me puso una mano sobre un hombro y dijo:

—Tranquila, belleza…

—Nada de tranquila, y no me toques.

—¿Llegaste a leer la página que sigue a aquella confesión que te leí? ¿No? Pues me lo imagino. No. Eres demasiado respetuosa de la intimidad ajena. Mira, si lees, si dejas de ser la niña correcta que eres o mal has sido hasta ahora, verás que el tal Guzmán hasta se lamenta de que seas tan reprimida. *"Me hubiese acostado con ella, a no ser más que para saber qué se siente ser lo que no soy. Sólo Dios sabe si no me hubiese convertido en hombre".* Palabras más, palabras menos. Yo juraría que sí, que el pobre se hubiese convertido en hombre si hubiese tenido semejante oportunidad de oro.

—Basta… —dije—. Otra vez intentas distraer la conversación para no contestar a las preguntas que te hago.

—Puede ser. Debes entender que bueno o mal soy un hombre. Es como si a alguien que se está muriendo de sed en el desierto le pusieran un vasito de agua fresca delante de la nariz y le preguntaran de dónde viene o a dónde va.

—Otra vez —insistí—, a ver si esta vez puedes contestar la pregunta del principio: *¿a qué viene ese repentino interés por Guzmán?* No es tan difícil de entender. Creo que mis padres me dejaron un muy buen español. ¿A qué viene ese repentino interés por Guzmán?

German se encogió de hombros, miró a los costados y titubeó algunas palabras inconexas antes de responder.

—Quiero ser él…

Lo miré como alguien mira a un niño.

—En muchos sentidos —dijo—. No me voy a volver gay a esta altura de mi vida, obvio, pero quiero ser Guzman en todo lo demás. En parte ya soy como él. Quiero acostarme alguna vez contigo. Quiero ser Guzman Quinones el resto de mi vida.

—Estás delirando —dije—. Sonia te pasó su…

—Yo ni la toqué.

—No me vuelvas a hablar de eso.

—Como quieras. Pero mira que no les voy a pedir permiso. Te puedo rogar que me cuentes alguna historia de su vida, que pronto será mi vida, pero no creas que les voy a rogar que me permitan ser Guzman Quinones.

Yo solo atiné a mirar por la ventana, tratando de digerir las palabras de German. Afuera habían corrido dos o tres horas sobre una línea recta, interminable, rodeada del mismo color arenoso sobre una misma llanura de muchas piedras y pocos cactus. El calor del asfalto derretía el cielo y multiplicaba el horizonte.

—¿Y por qué no te vienes conmigo? —dijo German.

Sarah comenzó a insistir que nos habíamos perdido, porque cuando nos desviamos de la 10 al sur no habíamos recorrido mucho más de una hora hasta el improvisado campamento de Vaca Muerta y ahora, de regreso, llevábamos por lo menos tres o cuatro horas y no había señales de la 10. Dudamos si seguir o volver. Es probable que hubiésemos agarrado hacia el sur creyendo que íbamos hacia el norte.

—Eso sólo le pasa a la gente que ha vivido lejos de la tierra y lejos del cielo —dijo German.

—Y tú, —dijo Sarah—, si en lugar de flirtear con Raquelita hubieses estado más dispuesto a colaborar, tal vez nos hubiésemos enterado antes...

—Desde aquí atrás no se ve tan claro —se defendió German—. Además para algo están los que saben.

La discusión se hizo más intensa y German se inclinó hacia atrás y se quedó callado.

—Es Guzmancito el que sigue complicando las cosas —dijo—. Por eso es mejor hacerse amigo del escuincle... Bueno, y tú, ¿te vienes conmigo o no?

—No seas ridículo —le dije—. ¿Por qué habría yo de seguirte? No tienes nada que ofrecerme. Sólo buscas sacar ventaja casándote con una ciudadana americana.

—Puede ser —dijo él—, pero no creas que es tan fácil. Si fuese un estudiante o un trabajador legal, de esos suertudos que consiguen un sponsor para una visa, sí me convendrías. Pero por haber cruzado la frontera ilegal no me permitirían regularizar mis papeles tan fácilmente... Probablemente nunca. Si no alcanzo a juntar pronto suficiente dinero para volverme a México, me iré quedando y quedando poco a poco. Como tantos otros, según escuché siempre. Vienen pensando en volverse y terminan haciendo toda una vida aquí, tal vez sus mejores años, aprendiendo a esconderse de la migra, aprendiendo a encontrarse en las tiendas hispanas que huelen a jabón de la tierra, a chile y tequila. Me acostaré con alguna mujer sinpaleles como yo y por ahí la dejaré preñada y tendré que afrontar, hacerme cargo, agachar la cabeza y seguir trabajando doce horas por día hasta que un buen día reviente cargando una bolsa de cemento. Tal vez me muera como tantos otros, siendo nadie, sólo o acompañado, pero siendo nadie, un fugitivo sin domingos, como aquel de la televisión. Así que, ya ves, ni siquiera es seguro que me sirva casarme contigo. Si lo hiciera lo haría por purito amor. O por purita calentura, al menos, pero no por interés.

—Estás muy bien informado.

—Cualquiera que viva del otro lado está bien informado. No sólo en las universidades se aprenden cosas importantes.

—Seguro que estamos yendo al revés, hacia el sur —dijo Steven.

—Si así fuese ya habríamos cruzado la frontera —dijo Sarah.

—¿Qué hay del sol? —preguntó Sonia.

—El sol parece estar de aquel lado.

—No, más bien de este otro.

—Si al menos hubiese una puta sombra….

—En México no estamos, al menos.

—¿Quién te dice que no…?

—Pero en algo tienes razón —dijo German en voz baja, desentendiéndose de los nervios y de la ansiedad del resto del grupo—. Cuando te digo que te vengas conmigo no lo digo por tu bien sino por el mío. Porque la verdad es que haría cualquier cosa por tenerte. No tengo ningún orgullo en esto. Me rindo ante la purita verdad.

—*Lo que falta es que nos quedemos sin combustible* —dijo Carlos—. *Estamos tocando fondo.*

—Olvídalo —dije—. Estás bajo los efectos del desierto.

—¿*Qué*? —gritó Sonia.

—¿Dónde pusiste el diario? —me preguntó German, como quien aprovecha a saquear un barco que se viene a pique.

—¿El diario de Guzman?

—No, el *New York Times*… El único diario que conozco. El tuyo no lo he leído aún.

—*Que tenemos algo más de un cuarto de tanque…* —confirmó Carlos.

—No pienso dártelo —dije.

—No quiero el diario —dijo German—. Sólo necesito un dato que no llegué a copiar.

—¿Un dato?

—*¡La reputísima madre que lo parió!*

—Sí, sólo un dato. La dirección y el teléfono de la empresa donde tengo que presentarme el 10 de agosto para la chamba de utilero. Con treinta y cinco dólares al día tengo asegurado un comienzo de reyes.

—Guzmán sufrió sus últimas horas por esa humillación.

—*¡Entonces pará! ¡Pará esta mierda!*

—¿Cuál humillación?

—La de trabajar de utilero por treinta y cinco dólares al día cuando había pagado una fortuna y se había matado estudiando en la universidad…

—Pobrecito. No sabía lo que tenía. Una vez un tío (que se pasaba leyendo cosas raras, cosas de comunistas, creo) me dijo que tuviese cuidado con lo que deseaba, porque un día se podía convertir en realidad. Ahora veo que más cuidado hay que tener con lo que uno desprecia.

Entonces, la idea de German me pareció tan absurda que no la tomé en serio. Pensé que se iba a olvidar de semejante ocurrencia. Luego, a medida que insistía con los detalles, me fue convenciendo de que si bien era una idea absurda, en su cabeza de mexicano cualquier cosa podía ser tomada por realidad y, por lo tanto, era inútil persuadirlo de que los gigantes que veía en realidad eran molinos de viento. (Ahora, claro, comprendo que no había inocentes molinos sino gigantes al acecho. La idea de German no tenía nada de disparatada. Sobre todo en este país que tanto se jacta de ser un país de leyes. No hace mucho, leí en la prensa el caso de Carmen Figueroa, una detective que trabajó por diez años en la policía de Arizona hasta que descubrió que era ilegal, que sus padres le habían dicho que había nacido en Estados Unidos cuando en realidad había nacido en México.)

—¿Qué sabes tú de cine? —le pregunté.

—Utilero. Es para arreglar las cosas que usan en las películas, ¿no? Bueno, no sé mucho, pero se aprende. Se aprende. Lo que importa es estar en el momento y en el lugar adecuado. Todo lo demás es esfuerzo inútil.

—*¡A mí déjame quieta! ¡No eres nadie para amenazarme así!*

—¿No te parece que es un pecado lo que vas a hacer?

—*¡Vete a tu acierto!* —gritaba Carlos—. *¿Quieres que nos demos vuelta y nos matemos todos?*

—No, creo que no —dijo él, sin parecer del todo convencido—. Si donar órganos está bien, ¿por qué no sería correcto donar una identidad que ayudaría a vivir a alguien que se había quedado sobre esta tierra de sinsabores? Si yo me muriese y alguien necesitara mi trabajo, mi identidad, mi vida, yo estaría totalmente de acuerdo en que la tomase. ¿Acaso los hombres no toman a las mujeres que dejan los finados? Si yo me muriese, preferiría que tomaran mi nombre antes que a mi hembra. ¿Quién necesita un trabajo, un nombre después de muerto? Los vivos que quedamos para pelearla en esta tierra tenemos derecho a tomar todo lo que necesitamos de los muertos. Casa, tierra, mujer, trabajo. ¿Quién se puede quejar de que ocupamos las calles, las casas, las ciudades que hicieron todos aquellos que ya no están? Por algo los antiguos hicieron las pirámides de piedra. Para que duraran, para que otros se aprovecharan de ellas. Nada les pertenece a los muertos. Generosamente, ellos nos lo han dado todo. Hasta el más tacaño se vuelve generoso cuando se muere. Ellos ya no tienen que lucharla más, están en lugares mucho mejores que nosotros. Cualquier muertito de buen corazón estaría de acuerdo con esto. Y el pobre Guzman no dejó ni tierra, ni casa, ni mujer… Mejor favor nadie podría hacerle que permitirle hacerle un favor a alguien.

—¡Dios! —gritaba Sonia, histérica—. *Pero qué hombre tan inútil. ¿Cómo nos metimos en el desierto con tan poco combustible?*

—Tal vez tengas algo de razón —dije.

—También voy a necesitar sus documentos —dijo él—. Espero que tú puedas facilitármelos. No puedo pedírselos a nadie más. Cuando no tienen algún asunto con el honor y la decencia, salen con sus discursos religiosos, de esos que se venden en liquidación por baja temporada. Ahorita empiezan a pelearse porque están perdidos. ¿Qué tiene de malo perderse de vez en cuando?

—Déjame pensarlo —dije, algo aturdida.

—Te prometo que seré un buen Guzman.

—Teníamos tres cuartos de tanque cuando dejamos la 10 —se justificaba Carlos.

—¡Claro, y de repente se evaporó medio tanque!

—No se evaporó. Lo utilizamos andando.

—No pudimos quemar tanto.

—Tal vez el tanque pierde. Hemos metido la home en muchos lugares con piedras.

—Tal vez alguien nos pinchó el tanque.

—¿Has visto a alguien metido debajo de la home?

—Sí, claro —intervino German—. Seguro que fue el mexicano. A la hora de la siesta me dedicaba a perforar el tanque.

—Quién sabe… —dijo Carlos—. A esta altura todo es posible.

—Lo que pasa —continuó German—, es que como no tenía ningún problema allá del otro lado, crucé para meterme en líos mayores de este, y como de a poquito me fueron pareciendo que no eran tan importantes, se me ocurrió que podíamos morirnos todos de sed en medio de un desierto tan bonito como el de Arizona.

—Nadie te está acusando —dijo Steven—. Estaba pensando en Guzman...

—Haces bien —dijo German—. Ya les dije que él decidirá dónde se va a quedar. Así que si el tanque está pinchado eso quiere decir que no estamos lejos del lugar que él eligió.

—Es lo que me temía —dijo Carlos—. El muchacho va a enterrarnos a todos juntos.

—¡Ya cállate! —gritó Sonia.

—Como siempre, cada tanto te recuperas. Seguro que ya cambiamos de luna.

—¡Vete a la mierda!

—¿Por qué no parás y revisamos el tanque antes que se seque?

—¿Estás loco? Te olvidas que afuera hay más de 110 grados? Apenas abras esa puerta vamos a perder mucho frío y después nadie se va a tirar debajo para asarse como un pollo al espiedo. Mejor aguantamos hasta la próxima sombra.

—Si hay una próxima sombra en este maldito desierto —se quejó Sarah.

Estaban todos fuera de sí, cada uno echándole la culpa al otro. Carlos dijo que les había informado a todos que tenían más de medio tanque al llegar a Vaca Muerta pero que últimamente nadie le prestaba atención, que estábamos todos como ausentes, sufriendo una precoz demencia senil. Sonia gritó que no tirase indirectas, que lo único objetivo es que nadie recordaba que él lo hubiese dicho nada de la gasolina y que, si lo había dicho o no, en cualquier caso ese era asunto y responsabilidad de quien conducía.

—De ahora en adelante, conduce tú —gritó Carlos.

—¡Sabes que no sé conducir una motorhome! —gritó a su vez ella.

—¡Pues, aprende! Aquí se te acabaron los privilegios, los autos de lujo y los empleados de tu padre.

—¿Crees que soy una inútil? —volvió a gritar Sonia, siempre sacudiéndose desde la cabeza a los pies, como si fuese una serpiente o un pez recién sacado del agua— ¡Maldito machista! ¡Irresponsable!

Yo también grité. Grité que se callaran, tan histérica como ellos, pero sin ningún efecto. Entonces me tiré otra vez en el asiento y golpeé el vidrio de mi ventanilla con tanta fuerza que la pulsera de Guzman lo rompió. Por suerte no se desintegró totalmente, pero allí quedó la marca de mi pequeña rebeldía en forma de telaraña.

—Ven lo que logran —dijo Sonia—. Hasta la mosquita muerta pierde el control.

Tequila

Iba a responderle, iba a gritarle que se callara, que se fuera al demonio. Iba a gritarle que era una puta sin licencia especial para juzgar a los demás, pero algo me contuvo. Era Guzman. De alguna forma era como si Guzman me hubiese puesto una mano sobre un hombro para que no lo hiciera. Ya antes había sufrido de estas explosiones del carácter sin ningún resultado o, mejor dicho, con un resultado adverso. Cuando me di vuelta encontré la mirada calma de German, que observaba aquella escena histérica como si estuviese en una butaca de un teatro, inmóvil, pensativo.

—Esto no es un problema —dijo German, en voz baja.

—Claro, hombre y perfecto —dije—. Para ti no existen los problemas. Aunque te estés muriendo...

—Si alguien se está muriendo, eso puede ser un problema —dijo él—. Pero la verdad es que los problemas tienen el tamaño que uno les da.

Sonia estaba lejos de calmarse; saltó y se dirigió al cuarto de Guzman diciendo que lo iba a tirar por la ventana, que todas nuestras desgracias se debían a él y nosotros lo seguíamos cuidando como si fuese un príncipe. Steven logró detenerla cuando ella ya había arrancado las sábanas que cubrían a Guzman.

Entonces se hizo un silencio. Los dos se quedaron inmóviles. Me acerqué y pude ver a Guzman poco antes que Steven se decidiera a cerrarle los ojos para cubrirlo otra vez. Él seguía allí, como el primer día, como recostado en la almohada, pero ahora nos miraba de costado como si contemplara la locura que había desatado la falta de combustible mientras escuchaba la confesión de Sonia que, a decir verdad, nos representaba a todos: Guzman era el único responsable de todas nuestras desgracias. Si no el único, el principal.

EN ESE MOMENTO la home comenzó a disminuir la marcha y nos inclinamos a mirar hacia afuera. Habíamos dado con una gasolinera que luego resultó estar abandonada. Lo único que podía ofrecer era un poco de sombra fresca y cobijo por la noche. Debió tener un nombre español porque al frente todavía colgaba un letrero de Coca-Cola oxidado que decía "El M... to".

—*El Muerto* —dijo Steven—. Ese debió ser el nombre.

Los argentinos no creen en nada, dijo Sonia, y por eso se dan el lujo de burlarse de esas cosas que hacían persignar a German.

Carlos trató de ubicar en el mapa aquel lugar sin muchas pistas: El Pincacate, San Luis Rio

Colorado... Para el otro lado tampoco: La Paz
County Park, Alamo Lake...

—No te enojes —le dijo Steven—. Podía ser
El Mexicanito...

—O *El Maldito*... ¿Qué te parece, *Maldito*?

—... Algo así.

La estación parecía haber sido abandonada
de imprevisto. Mucho después supimos, por las
marcas de un almanaque y de un cuaderno de
venta en uno de los cajones, que había funcio-
nado hasta el 4 de junio de 1956. Según un calendario universal, ese día fue un lunes. No me
extraña, ya que los días lunes están reservados
para las grandes catástrofes, como las de Hiros-
hima y Nueva York. El resto de los días de la semana pertenecen a las catástrofes individuales, a
las pequeñas catástrofes, que son las que más importan.

Nada había sido empaquetado o puesto en
un lugar que incomodara la vida de un empleado,
a no ser por el polvo que lo había cubierto todo
sin excepciones. Bastaba con soplar un poco o
golpear cada cosa con un paño para que volvieran
a la vida, como por arte de magia: una radio
muda como un perfume sin olor, un cuaderno de
contabilidad con todas las pequeñas urgencias
del momento (números diminutos, grandes de
más, subrayados, tachados, envueltos en varios
círculos, seguidos de signos de exclamación, de

pregunta, borroneados, redibujados), una taza de
café partida en el piso, una mesa con dos botellas
de Coca-Cola (una sin destapar), una botella oscura de cerveza y otra de tequila prolijamente or-
denadas en un rincón de la cocina (olor a olvido,
a pecado olvidado, a culpa sin dolor, a secreto
desaparecido, a música evaporada, a perdón, a ya
no importa), una pluma con tinta seca en la
punta, una interesantísima colección de monedas
y billetes de la época, otra taza de café que alguna
vez estuvo llena de café (y que seguramente desapareció en el aire en cuestión de días, de semanas), una nota desprolijamente escrita para un
enamorada de nombre Raquel, un zapato sin su
par, varias hojas de afeitar en el baño, zapatos de
mujer ya sin olor a cuero, servilletas de tela en la
cocinita, huesos de pollo y latas de corned beef,
Four Square, un revólver con cinco balas, unos
huesos de perro en una rincón del depósito trasero, un depósito con tanques vacíos cerca de un
pozo de agua lleno de arena.

En el fondo de un cajón, debajo de la má-
quina registradora, había un cuaderno con una
carta que conservé por mucho tiempo y que ya
no puedo encontrar después de tantas mudanzas.
Básicamente, la carta estaba escrita en un pésimo
inglés, un inglés de alguien con poco estudio o
tal vez un inglés chicano, a juzgar por las estruc-
turas de las frases. Estaba firmada *J. S.* Cuando la

leí por primera vez no le encontré mucho sentido. Luego de releerla varias veces se fue aclarando, como el espejo empañado de un baño después de una ducha caliente, como las mismas cosas que habíamos encontrado en la estación, cubiertas de polvo, de olvido, de sinsentido.

A principios de 1954, J.S. había aceptado aquel trabajo que nadie más hubiese aceptado, no al menos alguien de su edad, a cambio de que se olvidase lo que eufemísticamente llamaba *accidente*. En la carta, J. S. intentaba convencer a Rosa para que dejara su trabajo en San Diego y se fuera con él. Allí, en la gasolinera (nunca mencionó el nombre de la gasolinera) le proponía iniciar una nueva vida. Para esto, J.S. tenía trazado un plan: a partir de la estación, y aprovechándose de la ventaja estratégica de que la conveniente soledad iba a ser visitada con cierta frecuencia por los camioneros que en todo el país estaban reemplazando a los ferrocarriles, los dos iban a formar una familia y un pueblo que llamarían Modesto o Molesto (la grafía era confusa, aunque la segunda opción parece improbable), como su padre, como su abuelo, como él mismo y como todos los que vinieran después. En algunos años más, Modesto, Arizona, se convertiría en una ciudad como Tucson o Chula Vista...

J.S. había tratado de convencer a Rosa para que dejara la gran ciudad por la tranquilidad de un pueblo que estaba por fundarse. De la grandiosidad del futuro, tan propio de algunos hombres que no encuentran otra forma de conquistar a una mujer que impresionándola con historias de Súperman, pasaba a la modestia más realista de su presente, describiendo las posibilidades de un huerto que había iniciado a poca distancia y del restaurante que podrían abrir con el tiempo para los viajeros. Dos o tres veces a lo largo de las cuatro carillas mencionaba lo del *accidente* y la poca capacidad de la gente para entender *ciertas cosas*. Razón por la cual era mejor dejar que Dios juzgase a exponerse a la injusticia de los tribunales del gobierno que, con mucha solemnidad y poca idea de los hechos, nunca podían tener alguna idea aproximada de ninguno de los casos que supuestamente resolvían. J.S. confiaba en que el olvido era la mejor forma de justicia humana, la más razonable, la más común a lo largo de la historia, la más justa e implacable de todas.

Nadie se tomó el tiempo de leer completamente esta carta de dos páginas que Sarah descubrió el primer día. Carlos mencionó algo sobre los cincuenta, sobre los años felices mientras ella se dejaba caer en una silla todavía empolvada. No dijo nada; sólo dejó escapar una evidente expresión de alivio o ensueño que no tenían nada que ver con nuestra situación desesperada.

Evidentemente siempre hubo una exagerada percepción de los años cincuenta, como si hubiesen sido realmente felices. No lo digo yo; lo he leído de gente que tiene las cosas más claras. Había dos razones para ello. Primero, los cincuenta eran los años en que los *baby boomers* habían vivido su infancia. Había entonces una abundancia desproporcionada de niños que luego vinieron a ser los rebeldes jovencitos de los años sesenta, y uno generalmente tiene una buena memoria de la infancia, por dura que haya sido. Pero si leemos la prensa de aquella época, veremos que de felices no había mucho. No, al menos, en una forma destacable. Los adultos estaban obsesionados con el peligro rojo, el macartismo asolaba la nación, los predicadores de yugulares hinchadas galopaban como Atilas sobre las instituciones y sobre la conciencia colectiva, obligando a rezar hasta en las escuelas públicas, violando la constitución para incorporar un juramento por Dios (pobre Dios) en el juramento que repiten ahora los niños. Ninguna de esas cosas por amor ni porque fueran felices sino todo lo contrario.

Probablemente sea imposible determinar con una mínima certeza qué pasó con Modesto o, mejor dicho, con J. S. Probablemente haya sido detenido, evacuado o quizás haya muerto aquel mismo 4 de junio de 1956, en aquel mismo lugar, esperando a Rosa y alimentando sus fantasías de joven fugitivo. Probablemente sus huesos continúan amontonados en algún rincón de su ínfima utopía o desparramados por el desierto.

Mucho tiempo después, no por casualidad, supe que en los años cincuenta, en los desiertos de Arizona y Nuevo México, se habían hecho varios experimentos con bombas atómicas. Según el Sandia National Laboratories, en el pasado se habían detonado varias bombas de nueva generación, algunas por accidente. En otros casos, los accidentes fueron evitados en el último segundo, o por un simple botoncito que no se activó, como es el caso del avión que se estrelló con dos bombas atómicas en Carolina del Norte en 1961.

—Felices, sí —dijo Steven—, porque en el pasado no están nuestros problemas. El pasado es mucho más romántico cuando el presente es un catálogo de miserias.

—Para mí igual son los años felices —insistió Sonia—. Esos años que yo nunca viví, con chicas Miss Universo y hombres de verdad…

—Por eso son felices —dijo Steven—. Porque aquí la muerte pasó hace mucho tiempo. Pasó hace mucho tiempo y ya no se siente.

—Quien sabe —dijo Sonia—. No se siente pero todavía está. Digo, en caso de que esto se haya vaciado de repente por alguna bomba, de esas que nunca salieron en las revistas, la radiación puede estar todavía por todas partes. Sería lo único vivo, aparte de nosotros.

—Déjense de teorías conspiratorias —dijo Carlos—. Tenemos un problema real, concreto. No vale la pena inventarse otros.

Dijo y se marchó a revisar el tanque de combustible de la home. Carlos quería ser optimista. Tal vez lo fuera. No importa. Como un padre, como cualquier líder, se sentía en la obligación de levantar el espíritu de los demás, aunque el suyo estuviese atascado en un pozo. Volvió más tarde confirmando que el tanque estaba perforado. Tal vez había sido el filo de una piedra cuando bajamos en algún descanso.

—Sabrá el Diablo cómo fue —dijo—. Pero al menos ya está sellado de nuevo. El problema es que si queda alguna gota de gasolina es mucho…

Sonia se puso a llorar. German le quitó importancia. Más problemas no significan que no tendremos más problemas, dijo. Nadie se iba a morir. Lo único seguro era que hasta allí había llegado el pobre Guzman, que era decisión suya, que lo del tanque no era más que uno de esos accidentes con el que los muertos actúan y nos conducen…

Steven se levantó de golpe, como si no quisiera seguir escuchando. Habló algo con Carlos. Según Carlos, la estación debía tener algo de gasolina. Sólo era cuestión de encontrarla, y para eso pensaba perforar la zona de los dispensadores. Si el petróleo se había mantenido por millones de años bajo tierra, bien podía encontrarse gasolina abandonada por unos pocos años. Más si el abandono había sido tan abrupto como parecía. En realidad, según todos los indicios, el abandono había ocurrido a fines de los años cincuenta, no pocos años atrás. Quizás pocos años atrás había pasado alguien por allí, pero difícilmente hubiese dejado abandonado un recipiente de gasolina. Pero nadie quiso contradecir esta débil y absurda esperanza. Los demás simplemente nos habíamos limitado a creerle a Carlos, o a fingir que le creíamos para no caer en la desesperación. Todos, menos Sonia.

Steven le advirtió que el petróleo no es lo mismo que la gasolina refinada, que la gasolina se degrada con los años hasta volverse inútil. En el mejor de los casos, en el caso de que todavía quedase gasolina activa en los tanques, debían estar llenos de gas, a punto de explotar. Bastaría con cualquier chispa en el intento de perforar alguno de los tanques para que volásemos todos. Mejor era, propuso, esperar que pase un automovilista.

En esta espera estuvimos dos o tres días.

17 o 18 de junio

A UN COSTADO, pasando una hilera de tunas cru-
cificadas, había una pequeña capilla sin cruz. Sonia pasaba mucho tiempo allí, dos o tres horas
por día. Decía que era un milagro que hubiese sobrevivido cuarenta años, a lo cual Steven contes-
taba que para alguien que cree, cualquier cosa es
un milagro. La modestia metafísica no es un
rasgo de los humildes religiosos. Si un ateo se en-
ferma de cáncer es un castigo; si el Papa Juan Pa-
blo II padece párkinson y Ronald Reagan sufre
Alzheimer, sólo se trata de una prueba divina,
como la que envió a Job. Si una catástrofe natural
arrasa una ciudad entera matando a miles de niños inocentes y queda una virgen o una cruz en
pie, sin lugar a un ápice de dudas, ese lugar se
convertirá en sagrado. A veces la naturaleza humana es muy previsible. Un milagro ha ocurrido,
se dirá. Nadie recordará que cada pueblo arrasado
por un terremoto, un tornado o un huracán con-
taba con más de una iglesia. En el sur cualquier
pueblo decente tiene al menos una iglesia cada
tres casas. Pero si queda un prostíbulo en pie
nunca aparecerá en la prensa: *"Milagro: el huracán
Putañero arrasa un pueblo de Texas y deja en pie al
Lupanar de las Hermanas Cariñosas. Fieles de todo
el mundo inician peregrinación".*
    —¿Eres ateo?

—No. Pero no creo en Santa Claus.

—Me ofende tu blasfemia —dijo Sonia—
En este lugar no debió haber más de una capilla.

—Ni más de una caja registradora —contestó Steven—; y ya ves, ahí está la caja registradora con sus monedas y sus dólares viejos y nadie aprecia ese milagro.

—Eres un imbécil que no cree en nada —
dijo Sonia.

—En nada, no —dijo Steven—. Creo firmemente en la imbecilidad humana. Además, el escepticismo no es una condición natural de los imbéciles. La credulidad, en cambio, tiene un largo historial de catástrofes... La inquisición, las guerras santas, los campos de concentración nazis y los gulags soviéticos no hubieran sido posibles sin inquebrantables creyentes. Imagina alguna calamidad histórica promovida por el escepticismo...

—Eres un pobre agnóstico, chico —dijo Sonia.

—No me hagas recordar lo que eres tú —
dijo Steven.

—Yo sé lo que soy —dijo Sonia—. Soy una pecadora. Como todos. Porque todos somos pecadores. El que no lo reconozca está cometiendo otro pecado más, el pecado de la soberbia.

—Pues yo no —dijo Steven—. No voy a entrar en ese juego. Si hay gente soberbia en este mundo son los pecadores redimidos que nos miran desde el Paraíso o desde su estatus de *salvados*. Aplastan a un pueblo, traicionan a su mejor amigo o venden a su madre por treinta monedas de plata y luego de un bañito de arrepentimiento están listos para la fiesta eterna. A mí no me vengan con ese verso, más bien versículo. Yo no me voy a azotar la espalda hasta sangrar por ese viejo cuento de que soy un vil pecador, una basura que debe contarle sus inmundicias al cura de la esquina, como si el cura fuese Jesús y no un viejo pajero. Pajero, puñetero en el mejor de los casos. Hasta a los pobres niños más inocentes se los tortura con esa historia. Los van preparando desde chiquitos a sentirse basuras y a tratar a los demás semejantes como lo que son, más basura, y luego nunca paran. Pero quizás uno sea apenas un ser humano. Soy un ser humano que nunca ha matado a nadie en beneficio propio. Es más, ni siquiera he matado a nadie, lo cual ni siquiera me llena de orgullo…

—¡Pues, yo tampoco! —gritó Sonia—. Pero no por eso dejo de ser pecadora.

—Sí, ya veo. Peca, peca no más, disfruta mientras puedas, sigue pecando que al final Dios perdonará todo. Excepto que uno no reconozca que es un miserable pecador y se arrodille ante la iglesia y ante el gobernador de Arizona. Pues no, querida; yo he tratado de ser una buena persona en la medida de lo posible. Y cuando hice el bien no pensé que merecía el Paraíso. Alguien que hace el bien sabiendo que invierte en semejante retiro, no es un hombre bueno. Es un puto interesado. Puto de mierda, y me quedo cortito. Una vez me invitaron a una iglesia en Atlanta y al verme rodeado de tanta gente en trance, desvariando como ebria, como fanáticos de Boca saludando al equipo desde la tribuna, me imaginé que tal vez tenían razón, que tal vez todos ellos estaban por ingresar al Paraíso, y que el Paraíso estaba lleno de gente como esa. Entonces salí corriendo, desesperado, sin que nadie, ni siquiera mis amigos, llegaran a advertirlo. Si el Paraíso está habitado por ese tipo de gente, prefiero el infierno, como el pobre Hatuey. Pero como no creo un corno en ese cuco, me contento con un modestísimo Motel 8 administrado por un hindú, o un Western Inn con piscina, o un apartamentito en Jacksonville Beach, frente a la playa, si Dios está de acuerdo. ¿Querés que te diga una cosa? Tampoco creo que Diosito, tan bueno como dicen que es, haya tenido la estúpida idea de crear a la humanidad para luego condenar a la mayoría en el fuego eterno del Infierno. Hay que ser sádico, malvado en todo el sentido de la palabra para proceder así y para tener fe en que esto sea cierto.

—Dios tiene razones que los hombres no pueden comprender.

—Excepto si se trata de algún hombre poderoso, como el presidente Truman, que dijo que Dios había puesto la bomba atómica en nuestras manos para que arrasáramos dos ciudades enteras, llenas de inocentes. O algún pastor tele evangelista, alguno de esos que van a llorar sus pecados en público y a echarle la culpa al demonio por haberle tentado con alguna mujer pecadora o algún Adonis irresistible. Esos sí que saben lo que piensa Dios, razón por la cual algunos incluso son tan ricos. Si esos elegidos no supiesen lo que piensa Dios no vivirían gritando ante una tribuna que tiembla en una especie de catarsis colectiva, que es lo único colectivo que conocen, ya que el Paraíso es cosa de gente indiferente ante el dolor de sus amados en vida y condenados al infierno por falta de fe. Me pregunto si Dios podría estar feliz teniendo seguidores que tiemblan en el suelo mientras repiten la misma palabra, como si una verdad necesitara ser repetida cien veces cada domingo para ser aceptada, para que no se quede dormida. Por eso el lavado de cerebro comienza antes de que el futuro fanático aprenda a hablar, el que luego sirve para otros asuntos más políticos...

—Caray, no había pensado en eso —dijo German—. ¿Qué sentirá la vieja si sabe que el viejo fue derivado al infierno? No me la imagino gozando del Paraíso mientras el viejo arde en los reinos del cornudo. Si no baja ella del cielo para hacerle compañía, es que nunca lo quiso como decía siempre que lo quería, como en el bolero, de aquí hasta la eternidad… Pero, entonces, ¿con qué se castigan los pecados?

—Algunos ni son pecados y los que son de verdad muchas veces ni siquiera se castigan nunca —continuó Steven, casi sin pausa—. Pero las victimas necesitan consolarse con algo, con alguna forma de justicia simbólica.

—Lo más difícil no puedes hacerlo —lo increpó Sonia—. Tu soberbia no te permite reconocer que eres un vil pecador, como todos nosotros.

—Ah, qué bien. Pecados para todos por igual. Yo pago esta ronda. Qué fácil. No, de puro rebelde me niego a reconocerme como pecador. Si alguien tiene que reconocer que es un vil pecador que lo hagan los dictadores y los poderosos del mundo que con un dedo y una firma deciden el destino y hasta la muerte de miles de personas. Pero no. Éstos luego van a la iglesia a confesar sus pecadillos y todo se arregla bien fácil, porque Dios lo perdona todo, ¿no? Déjese de joder. A otro imbécil con ese cuentito que ya tiene unos cuantos siglos.

—¿Siglos? Como dos mil años. ¿A eso te refieres? —dijo Sonia.

—No tanto. No quisiera meter en ese juego sucio a un tipo tan bueno como Jesús. Que por algo lo crucificaron. No por canalla, sino por bueno.

—Ay, ahora vamos a darle algún crédito al Hijo de Dios.

—Sí, ¿por qué no? Yo se lo doy. ¿Puedo citarlo sin autorización? Al fin y al cabo él no tiene la culpa de todo lo que desde entonces vienen haciendo sus fans.

—¿Su club de fans? ¿Te refieres a la Iglesia?

—A *las* iglesias, digamos, así en plural. Tampoco hay que insistir con eso de *La* Iglesia con mayúscula y en singular. Hay que ser un poco más modesto.

—Si no crees en *la* Iglesia no crees en Jesús y si no crees en Jesús no crees en Dios. Ergo, señor mío, amante de la razón pura y la lógica abstracta, mueres atorado en tu propia contradicción.

—Ni amante de la lógica abstracta ni contradictorio, no al menos en esto. Mira, contradicción es confundir a una religión y una iglesia con Dios. Pobre Dios. Tantas veces han metido al Creador del Universo entre dos cascaras de nuez que el pobre debe estar confundido. No debe haber nada más herético que eso. Bueno, casi todo lo que hacen las religiones es superstición. Luego llaman superstición a las creencias ajenas.

—¿Qué es superstición en la Santa Iglesia?

—Muchas cosas. No comer carne en viernes santo, por ejemplo. ¿Dónde está escrito eso? Y así casi todo. La misma iglesia es un invento de unos fanáticos que nunca conocieron a Jesús. Unos fanáticos que le vinieron al pelo a Constantino, un emperador sanguinario que, como tantos otros, supieron cómo explotar una creencia en auge. Y así surgió otra superstición, como lo es la iglesia y todas las iglesias, *megasupersticiones*.

—¿Qué, no leíste los Evangelios?

—Sí, leí, casi tanto como vos.

—Habrás leído cuando Jesús le dice a Pedro "tú eres Pedro y sobre ti levantaré mi iglesia"…

—Aquellos curitas que por orden del emperador se reunieron en Turquía en el 325 eliminaron de porrazo decenas de evangelios y decidieron que solo algunos eran los verdaderos, porque una paloma se posó sólo sobre cuatro. Un hueso que hay que tener el estómago duro para tragárselo. Pero aun así y con todo, en los evangelios que quedaron, quedan muchas afirmaciones que contradicen toda esa propaganda.

—¿Cómo por ejemplo, monseñor?

—Por ejemplo, es cierto que Jesús dijo, según los evangelios canonizados por los curitas de Constantino, "tú eres Pedro y sobre ti levantaré mi iglesia". En aquel tiempo no existía la palabra iglesia; seguramente se refería a un templo o al cuerpo de Pedro como templo. Al fin y al cabo esta idea no le era ajena a Jesús, el cuerpo como templo, como iglesia. Lo que el discurso milenario olvida olímpicamente es que luego de eso el mismo Jesús le dice a Pedro: "quítate de mi camino, Satanás. Me eres estorbo". Satanás, estorbo, obstáculo, es una piedra, *pietra*, *petra*, Pedro, la iglesia. Pero no, ningún obispo, ningún Santo Padre va a recordar esta francesita que sigue ahí, metidita como una espina silenciosa... Bueno, tal vez Jesús no sabía lo que decía cuando dijo lo que dijo. Para corregir todo eso están las interpretaciones de los hombres de fe...

—¡Eres un blasfemo! —casi gritó Sonia, pero debió acordarse que, a diferencia de los protestantes, los católicos no levantan la voz— ¡No tienes derecho a ofender mis creencias! ¡El Señor se encargará de hacer justicia un día!

—Claro, lo que quiere decir que me merezco el Infierno por no ser un hipócrita repetidor de avemarías —dijo Steven—. Aunque lo mismo da repetir cien veces un rosario en México o gritar cincuenta aleluyas en Atlanta. Vaya uno a saber si Dios prefiere mentes anestesiadas a espíritus críticos, aunque sus voceros en la Tierra no tengan dudas sobre esto, como no tienen dudas sobre casi nada en el mundo del más acá o del más allá. Claro que prefiero un anestesiado repetidor de avemarías antes que esos fraguadores de historias, como son los pastores gritones de aquí.

Por lo menos el Jesús que inventaron los católicos, si bien dejó de ser un subversivo para convertirse en un peón del Imperio romano primero y los sucesivos después, al menos es un buen tipo, adicto al sufrimiento pero buen tipo. El Jesús de los conservadores norteamericanos también es rubio y de ojos celestes, pero anda con los bolsillos cargados de dinero y es un amante ferviente de las armas. Y como la relación de estos campeones tradicionalistas con los fundadores de este país es por demás conflictiva y con frecuencia incompatible, se inventaron aquello de que los Padres de la Revolución fundaron este país en el cristianismo. De nada les sirvió a aquellos pobres filósofos insistir en lo contrario, porque cuando uno quiere creer en algo cree, y las evidencias contrarias que revienten...

Su relación diplomática y amistosa con Sonia había tocado fondo y, como es costumbre, la animosidad se traducía en eso que tanto odio, como ya he dicho antes y que son las argumentaciones inútiles. No los distinguía la banalidad sino el estilo: Steven era sarcástico como un limón, más argentino; Sonia, simplemente, era católica o pecadora arrepentida o simplemente una mujer con sus problemas particulares, como todos nosotros, que había encontrado en el dogma una forma de terapia o de aspirina; y Dios sabe si salvación también.

—Evidentemente —se escucha la voz de Steven, por momentos arrugada en una cinta que continúa perdiendo su claridad cada año que pasa—, yo no sé la verdad última de cada cosa. Mucho menos tengo una idea más o menos clara sobre la existencia humana. Evidentemente, la mía no es una ignorancia singular, aunque incomoda como mal ejemplo hasta el extremo de despertar los peores sentimientos en los predicadores del Amor divino. No te creas que es la primera vez que veo esos ojos, esa mirada, ese odio que debió sentir Sócrates por su exceso de modestia epistemológica. Imagínate, los demagogos de Anito, esos inevitables parásitos que naturalmente produce cualquier democracia, lo acusaron de irreligioso. El viejo corrupto y perverso no alcanzaba a creerse la verdadera verdad de los dioses griegos. No fue crucificado por poner en tela de juicio las tradiciones y los poderes, como Jesús, pero lo ejecutaron igual. Los fanáticos religiosos son muy sensibles y se ofenden con facilidad cuando alguien se atreve a tener alguna opinión de sus religiones o de las maravillosas obras de sus administradores, como la Inquisición o las guerras santas o la legitimación de los ejércitos imperiales, pero consideran que cuando alguien no tiene religión tampoco tiene sensibilidad ni derecho a ofenderse ante tanta arrogancia metafísica y moral. Entonces, sacan los dientes cuando alguien hace algún comentario sobre Dios o la Biblia o el Talmud o el Corán, porque, evidentemente, pertenecer a alguna secta los convierte en dueños del copyright de los textos sagrados, cuando no en los voceros de Dios, en jueces y guardianes que preceden el Infierno y las exclusivas puertas del Paraíso. ¿No es curioso que quienes se creen dueños de la verdad al mismo tiempo pregonan una forma extrema de humildad que consiste en la humillación colectiva, en el reconocimiento de pecados mortales de los que son autores hasta los más infelices e insignificantes hombres y mujeres de esta tierra?

—Mira, chico, me perdí en más de una vuelta entre tanto palabrerío inútil. Pero de algo estoy segura. Las cosas son mucho más simples hasta que viene alguien como tú a ensuciarlas. Yo sólo sé que el pasado no condena, porque la mayor virtud consiste en arrepentirse de los pecados en nombre del Señor. Ese es un don y la nueva buena que nos anunció…

—Ah, bueno, si vamos a simplificar, por qué no empezamos por lo más simple. La mayor virtud es no pecar; y si uno peca, asumir y no echarle la culpa al pobre diablo, como si fuese un trofeo divino, otra maravillosa oportunidad para ganarse el cielo.

—Si pecas y no lo reconoces, es como seguir pecando eternamente. ¿Tú no tienes ningún pecado que reconocer?

—Pecado, pecado, algo de gravedad metafísica, no.

—¿Tal vez un pecadillo, digamos, de esos que los marxistas con su moralidad antiburguesa miniminizan siempre?

—De esos sí. Algunos, unos cuantos.

—¿El señor podría ser más concreto?

—Sí… A ver… Por ejemplo, muchas veces me imaginé que te acercabas a mí y me dabas un beso con esos labios tan tiernos y ricos que Dios te dio. Luego seguías más abajo y terminabas repitiendo que la necesitabas muy adentro. Nunca hice esas cosas con una caribeña, y para serte honesto me requema la cabeza… ¿Sabías que caribeño significa caníbal?

—¡Qué machista asqueroso, como todos los hombres!

—Como algún personaje que conocí no hace mucho… Pero bueno, me pediste una confesión y te la doy. Si quieres te doy más detalles.

—No seas asqueroso. Una cosa es un accidente y otra una costumbre.

—Me gustan esos accidentes, aunque como soy demasiado tímido sólo me limito a imaginarlos. De hecho en todas esas fantasías todo ocurría por accidente. Vos que te cruzabas, me mirabas sin querer y descubrías que te gustaba, o me rozabas al pasar. Al final siempre terminábamos revolcándonos en los peores lugares…

—Basta…

—En los detalles está lo mejor de varias fantasías que tuve contigo. Incluso cuando todavía eras hembra de Carlos, un amigo, dicho sea de paso… Pero como buen amigo me abstuve de cualquier insolencia, calladito como si nada.

—Las porquerías que uno se entera —dijo Carlos, desde la mesa donde continuaba examinando el mapa.

—Y de las que mejor ni enterarse —dijo Steven—. Pero, en fin, esos son mis pecados. Yo nunca torturé a nadie ni di la orden de arrasar ni siquiera una aldea antes de asistir compungido a una misa por la gloria del Señor…

—Tú lo has dicho —dijo Carlos—. Hay cosas que todavía no están claras.

—Si te refieres a lo de Guzman —dijo Steven—, a mí no me cabe ninguna duda: *yo no fui*. Dudé los primeros días, las primeras horas, sí, pero eso se debió a la locura en la que nos despertamos aquel día. Ninguno sabía lo que hacía, como en El Paso, como siempre, y de eso sí somos todos responsables por igual.

ANTES QUE STEVEN TERMINASE, Sonia había tomado su taza de té y se había marchado. German le reprochó a Steven que no había sido amable con la chica y no sé qué otros lugares comunes.

—Ella empezó —dijo Steven—. Si viene con toda esa moralina suya, que no espere encontrarse con un monaguillo que le dice a todo amén al disfrazado de turno...

—Ustedes están enfermos de orgullo —dijo German.

—Puede ser. Además de otras cosas...

—No digo nada de sus exitosas vidas antes de la desgracia del finadito, pero parece que a partir de ahí no han sabido resolver lo más simple. Me basta con el poco tiempo que llevo con ustedes para darme cuenta de eso. Es un error tras otro. Empezando por cómo tratan al muertito. Sí, ríanse no más... Es lo que digo; no saben lo que hacen y van de Guatemala a Guatepeor. Si al menos tuviesen la humildad de escuchar a este sinpapeles y sin letras, tal vez las cosas serían diferentes.

—¿Qué harías diferente? —preguntó Steven.

—Ya les dije, una y mil veces, que el finadito necesita sus tiempos y sus formas. Como cualquier persona, o más. No se trata se tirarlo en un pozo a la medianoche, como para que nadie se entere del hecho. Sea como sea que ocurrió esa desgracia, que no me toca a mí juzgar sino a Dios, el pobre aún se merece lo que cualquier otro cristiano recibe una vez que ha emprendido camino hacia el otro mundo.

—Bueno, ¿y qué, concretamente? — preguntó Sarah.

—¿Cómo *y qué*? Lo que cualquier cristiano, digo. Un funeral decente, por lo menos y para empezar. ¿No? Y si sinceramente quieren agradarlo después de tanto manoseo, deberían hacer algo honesto por él antes.

—¿No digas? ¿Le cantamos un feliz cumpleaños? —preguntó irónico Steven, mientras preparaba café y advertía, molesto, que ya casi no quedaba más.

Por primera vez sentí que la sensatez estaba del lado de German. O siempre la estuvo o yo comenzaba a ver el mundo de otra forma, seguramente más absurda, menos horrible.

—Podrían tratarlo alguna vez como persona —dijo German.

—¿Nos sacamos una foto y le contamos la historia de cómo llegó hasta aquí? —preguntó Carlos. Eran palabras de Steven, pero la voz evidentemente es la de Carlos.

—Seguramente él no necesita que le cuenten nada —continuó German—. Necesita que los amigos lo traten como a una persona y no como a una *evidencia* a la que hay que eliminar.

En ese momento se hizo un silencio que duró hasta que yo pregunté qué haría él, Guzman, en nuestro caso. Con un mexicano hay que insistir varias veces con la misma pregunta hasta descubrir qué es lo que realmente está pensando.

—Cualquier detalle sincero, como el de un hombre que le lleva flores a su enamorada. ¿Para qué carajo sirven las flores? ¿Para qué?

—No es tan difícil adivinarlo —dijo Steven—. A las mujeres se les regala flores porque representan la vagina que todos queremos, sobre todo si se trata de rosas, y una forma de tener la real es dando primero la simbólica. Las flores para los muertos serán por poner un poco de color a tanta tristeza y de disimular el mal olor que debían despedir antiguamente, porque como se sabe los muertos modernos son inodoros…

—Muy chistoso —dijo German—. Pos, nadie sabe bien para qué ni de dónde sale esa costumbre sin sentido, pero por algo está ahí y por algo afecta tanto a las mujeres que nunca recibieron un gesto de este tipo. Hasta las viejas más modernas, de esas que se cortan el pelo cortito y se enojan si uno les abre la puerta y las deja pasar primero se quedan malitas cuando no le inspiran a nadie llevarles unas florcitas. Hay cosas donde no entra la modernidad. Si uno se las tira de creativo, como dicen ahora, y le lleva a una mujer un manojo de cables o una colección de tapitas de

Coca Cola, quiero ver si la alegría de la pobre es sincera. No, hasta la más modernita prefiere el viejo ramito de flores y esas cosas.

—Sí, claro —dijo Steven—, seguimos cogiendo y muriendo como hace un millón de años. Sobre todo, cogiendo, porque la forma de morir ha cambiado un poco en los modernos hospitales.

—Pero del más allá no sabemos nada más que los viejos mayas. Segurito que sabemos mucho menos.

Se hizo un silencio que más bien parecía una discreta aprobación. Luego German comentó, como pensativo:

—Pos sí, puede ser una foto. Eso sería una forma de reconocimiento. La gente se saca fotos en grupo cuando está feliz, cuando quiere recordar a alguien que aprecia. Yo nunca tuve fotos de la escuela, ni de mi abuelo, pero me saqué unas cuantas con mi mujer en el casamiento… Las terminé tirando en el pozo de casa, todas picaditas para que se disolvieran más rápido…

—¿Una foto con Guzmán? —pregunté, muy estúpida.

—Claro —dijo él—. ¿Quién es la estrella de Hollywood aquí?

—Tú.

—No, no, señorita. Yo soy sólo un extra. Mejor dicho, el doble de la estrella. El que se tira del caballo o se revienta en un accidente de auto para que el otro se conserve así de bonito, por siempre.

—Sí, la foto... —dijo Sonia desde lejos y se quedó como estaba, hundida otra vez en su mundo.

—¿Por qué no? —dijo Sarah—. German podría tener razón.

—*Podría, tal vez, probablemente...* —se quejó German—. Nunca escuché esas palabras tantas veces en toda mi vida anterior.

Carlos se quedó mudo, tal vez dubitativo, el tiempo suficiente como para renunciar a cualquier resistencia. Tampoco tenía razones para oponerse. Hasta ese momento, su liderazgo no nos había llevado a ninguna parte. Además, era cosa de mexicanos. German y Guzman se podían entender mucho mejor entre ellos, y con probar no perdíamos nada.

—El momento ideal es al atardecer —dijo German—. He visto que el sol hace un efecto muy bonito a esa hora. Es como si todo se pintase de rojo y amarillo. Seguro que a su padre le gustará ver a su hijo disfrutando del viaje de graduación, camino a Hollywood.

—El padre ni lo quería por marica —dijo Carlos.

—Entonces le buscaremos una novia —dijo German—. Luego le enviaremos la foto al viejo, para que viva y muera tranquilo. ¿La dirección del viejo es la que aparece en el diario?

—No se te ocurra… —dije, tajante.

—¿Por qué no?

—Simplemente porque es una mentira. Además de innecesaria.

—¿Qué importa que sea mentira? —dijo German, cambiando de tono—. Lo que importa es que su padre se sienta orgulloso de su hijo alguna vez. Es lo que cualquier padre espera y cualquier hijo intenta hacer gran parte de su vida. Eso lo aprendí cuando se murió el mío. ¿Para qué le dije que nunca había tenido una cosecha buena desde que yo tenía memoria? Si al menos esa verdad hubiese servido para otra cosa que no sea para clavarle un cuchillo en el corazón al viejo que ya ni se defendía, primero, y después de su muerte otro cuchillo en este tonto, en este que late aquí con sus propios fracasos.

—Resumiendo —dijo Steven—: la verdad a rajatabla es un idealismo criminal. No está mal. Me sirve.

—Hablo en serio —dijo German—. Si uno no aprende eso no aprende nada en esta vida, aunque se haya graduado de Harvard. A veces la verdad no vale la pena. A veces la mentira es lo más justo que se puede hacer en este mundo de sufrimientos. No digo la hipocresía, no, sólo digo la mentira…

—Porque no es lo mismo la mentira de un opresor que la de un oprimido. Para ser hipócrita hay que ejercer algún tipo de poder. Un pobre diablo que miente para sobrevivir nunca puede ser un hipócrita...

—Algo así.

Se hizo un silencio.

—¿Quién quiere ser la novia de Guzmán? —insistió German.

—Estás loco —dije—. El sol de este infierno te quemó el cerebro.

—Un momentito, mamacita —se defendió él—. ¿Olvidas que nací y me crié en esto que tú llamas *infierno*? Y sin aire acondicionado, como vuestras mercedes. Así que si aquí hay alguien todavía despierto ese soy yo. Este es el mismito desierto que va de acá para allá y da la vuelta sin saber de fronteras y que alguna vez y por siglos fue todo purito México, no sé si con equis o con jota, pero México, en fin. Todo es el mismito pinche desierto, sólo que rajado por los *United States* allá por el quién sabe cuándo. El mismito que pica y arde, con la conocida diferencia de que del otro lado se entierra a los viejos, no a los jóvenes como aquí. Esta tierra está llena de esos chamacos. Yo soy un viejo al lado de cualquiera de esos. Muchos sueños y carnes demasiado blanditas para resistir la fregada del desierto.

—Yo no quiero —insistí.

—Yo sí —dijo Sonia—. ¿Por qué no?

—Tú no puedes —dijo German—. Tú no eres virgen.

—Eres un atrevido —se quejó Sonia—. ¿Tú qué sabes de mi vida?

—Sé algo de la vida. A las vírgenes las reconozco por la mirada. Las vírgenes no miran a los ojos sin conmoverse. Hay algo, no sé exactamente qué es, pero no se pueden esconder.

—Tiene que ser Raquel —dijo German—. Es la única virgen, aparte del novio.

—Yo no soy virgen —mentí—. Además, no puedo ni quiero.

—El problema no es que no soy virgen —dijo Sonia.

—¿Cuál es?

—Estoy vieja para eso —dijo Sonia.

—¿Cuántos años tienes?

—Veinticinco cumplí la semana pasada.

Silencio.

—Feliz cumple atrasado.

—Veinticinco...

—Bueno, sí, un poco vieja... Pero te ves padrísima. Seguro que se la paras a cualquiera si te lo propones.

—No, ya no —dijo Sonia—. Los hombres ya no me miran cuando paso.

—¿De dónde sacas eso? —dije yo—. Casi no hay hombres en días a la redonda.

—Ya me había dado cuenta hace meses. Me di cuenta mucho antes de la graduación: los hombres ya no me miraban como antes.

—¿Fue por eso que lo mataste al pobrecito? —dijo German.

—¿Qué pobrecito?

—El finadito. Guzmán.

—No sirves para el FBI… —dijo Sonia—. ¿Qué podría matar yo? No puedo matar una mosca. Para mí que el pobrecito se mató solito. Le gustaba meterse cosas porque a él tampoco lo miraban los hombres, por más mérito que hacía. Todo lo contrario: le hacían cara de asco, lo odiaban. Yo llegué a saber lo que es eso justo antes de graduarme. Antes yo tenía que fingir que me molestaba que me mirasen, como si todos fuesen a estar allí por siempre. Ahora é muy bien lo que se siente ser una escoria…

—¡Qué trágica, che! —exclamó Steven—. Mira que el pecadillo que te confesé era verdad…

—Seguro que ya no pecas más —dijo Sonia.

—Bueno —contestó Steven—, ¿y qué pretendes en estas circunstancias?

—Sí, excusas —dijo Sonia, en tono de cierre—. "En estas circunstancias" todos siguen comiendo, bebiendo, pelando por todo y riéndose por nada…

Silencio.

—Ojalá el pobre se hubiese matado antes de salir —dijo Sarah—, así nos ahorraba toda esta experiencia tan interesante. Hay que ser bien hijo de puta para hacer lo que hizo en el momento en que lo hizo.

—Supongo que uno no planea esas cosas —dijo German—. Morir es como enamorarse. Uno puede coquetear, pero cuándo le llega es cosa de Diosito.

—Amen.

Después de treinta o cuarenta horas en aquel desierto lleno de cactus como cruces, el sol y el silencio comenzaban a doler. Nunca en mi vida había visto tanto sol ni había sufrido tanto el silencio como aquel día. Parecíamos perros refugiándonos en las pocas sombras que encontrábamos. Yo cerraba los ojos y veía más luz, luz roja, luz de sangre, y le rogaba a Dios que no se olvidara de la noche.

19 o 20 de junio

EN UNA BREVE REUNIÓN en la estación se resolvió dar sepultura a Guzman a cien yardas detrás de la capilla. Más de una vez Carlos le preguntó a German si había algo que objetar. Por la tarde, Carlos y Steven se instalaron debajo de un arbusto al borde del camino. El resto esperamos el atardecer en la estación. German contó otras historias de Casas Grandes. Todos sabíamos que si no eran mentiras, exageraba. Sonia se rio como nunca antes desde Nueva Orleans mientras él insistía en que ella todavía podía voltear varios caballos y hasta algún burro, y tuvo que explicarle que los burros tenían un pene exageradamente grande, por lo cual, al menos en su tierra, tenían fama de encantar mujeres. Sonia dijo que no le creía, que esa leyenda de ser cierta era producto de la fantasía masculina. Quizás por eso mismo, observé, era una fantasía verdadera, porque las mujeres no contábamos las nuestras o las escondíamos en algún lugar común, previsible, políticamente correcto como aquello de que el tamaño no importa, como si prefiriésemos las finas esculturas griegas con penes diminutos en los salones de nuestras casas y en los dormitorios las pinturas de sátiros con penes como espadas que aquellos mismos griegos habían pintado en los jarrones de cerámica. Las verdades más profundas están en los sueños o en lo que no se dice. Sonia se rio, no sé si desacreditándome o dándome la razón. Pude ver que su risa no era la misma risa que conocíamos de un mes atrás. No supe qué era hasta varias horas después: su risa estaba desconectada de sus ojos. Su boca reía, pero sus ojos no.

La primera vez de German fue con una marrana. Qué decepción, dijo Sarah. Una marrana, una cochina, en serio, insistió German, uno de esos animalitos simpáticos y más bien tímidos de cuatro patas. La suya (que su padre llamaba Verónica, tal vez por Verónica Castro, porque era más bien chiquita y tenía los ojos azules) terminó degollada unos meses después. Cuando decidió tener su primera experiencia no tuvo en cuenta que el destino natural de los cerdos es, en su mayoría, fallecer poco antes de Navidad. Así que la pobre Verónica terminó en la mesa de Noche Buena. Sí, de alguna forma él era viudo y había tenido que comerse su primer amor para no levantar sospecha un 24 de diciembre de un año que, por suerte no recordaba con exactitud, aunque debía ser 1987 o 1988. Por eso en México tener sexo se dice *hacer cochinadas*, porque es cosa de cochinos, dijo Sarah. German no sabía. Lo cierto es que había cumplido los quince años cuando un tío, que había intentado en vano llevarlo a un prostíbulo que él mismo frecuentaba, le había dicho que si los jovencitos a esa edad no tenían su primera relación sexual pronto se volvían maricones. Como el pobrecito de Guzman. Así que, como acostarse con una mujer grandota y desconocida le daba terror, siguió el ejemplo de un primo que se había iniciado con una cerda vieja, un día que sus padres habían ido al pueblo de compras. El único inconveniente que recordaba su primo era que la puta luego lo seguía por donde iba y él tenía que espantarla para que no sospecharan, dándole palos en la cabeza, que era dura como una piedra y no daba mucho resultado. El amor es más fuerte. Claro que esas cosas no pasaban en los Estados Unidos, dijo, y de ahí, según él, que había tantos maricones. Porque en Estados Unidos no había cerditas o porque las niñas eran muy difíciles de coger. La Verónica estuvo siguiéndolo como un mes, así como decían que podía pasar cuando pasaba, y de poco sirvieron los palos que le tuvo que dar en la cabeza para que no lo dejara en evidencia ante el padre y los vecinos que se reían cada vez que el animalito, con sus ojitos debajo de sus enormes orejas lo veía pasar. Afortunadamente, como decía, quedó viudo en Navidad. Claro que después hizo sus progresos. Por un año y medio se montó la yegua de arar. Tanto tiempo había pasado conduciendo el arado detrás de aquellas dos enormes nalgas que a veces se abrían y dejaban ver el hermoso sexo del animal que después de la Navidad no pudo resistirse a entregar todo su amor a una compañera de trabajo que estaba muy fuerte. La primera vez fue cuando terminaron la jornada y después de bañarla como corresponde. Después ya era en medio del trabajo, cuando Lucía estaba toda sudada y bufaba por un descanso. Pero como ninguna felicidad es para siempre, su padre terminó cambiando la yegua por un potro que, para colmo de males, nunca se acostumbró al arado ni llegó a reconocer lo qué era un surco recto. Afortunadamente, a los diecisiete el viejo le tuvo compasión y lo llevó con la puta más linda de Chihuahua, una americana rubia y casi tan jovencita como él, que le sacó todo el gusto por otro tipo de animales pero que cobraba una hectárea de trigo por quince minutos en el Paraíso. Además de bonita, nadie en el pueblo quería morirse sin haberse acostado con una yanqui, y cuando se iban a algún otro pueblo seguían presumiendo de haberse acostado con una del otro lado, y mientras contaban y repetían la misma historia iban omitiendo los detalles que menos le convenía hasta que ellos mismos terminaban por convencerse que en realidad se trataba de la hija de Rockefeller que se había perdido en Casas Grandes. German alcanzó a visitarla apenas tres veces, de donde supo que no había otro burro más burro en toda chihuahua que él.

—La mitad de lo que cuentas es mentira —dijo Sonia.

—¿La mitad? ¿Cuál mitad?

—No sé, tal vez la última mitad.

—¿No me crees que era el más burro de Chihuahua?

—Burro eres por la gracia de Dios, pero no sé si en todos los aspectos. Habría que verlo.

—Lo siento —dijo German—, pero me estoy reservando para la virgen.

—¿Qué virgen?

—Ésta —dijo, agarrándome de un brazo—. Esta mismito…

—Vaya, qué suerte tienes —me dijo Sonia, decepcionada. Por un momento pensé que se iba a poner a llorar allí, como una niña—. Las cosas de la vida. Cuando salimos de Jacksonville, nunca hubiese dicho que la come libros de lentes iba a quitarme un burro…

—Se puede compartir —aclaró Guzmán —. Es de gente de bien.

—A mí no me metan en ese jueguito —dije yo—. Por lo demás, lo de la zoofilia me da asco.

—¿Qué viene siendo eso de la *zoofilia*?

—Eso de tener relaciones con los animales.

—Híjole, no sé por qué hablar tan complicado. Esa parte no es del todo vedad, pero es como si lo fuera. Me lo contó Emiliano, el hijo de un ranchero vecino, cinco años mayor que yo. El viejo no tenía plata para putas y a cien leguas a la redonda las hijas decentes eran intocables hasta el casamiento, así que el muchachote se cuidaba de no volverse marica o de llegar virgen y sin experiencia al matrimonio comiendo los animales de la *farm*, como le dicen aquí. Al fin de cuentas no sé qué es peor. Ni la cerdita ni la yegua nunca le pasaron sífilis ni gonorrea ni herpes ni le exigieron nunca nada… eran animales limpitos, como se sabe. Vayan a comparar ustedes montar una cerda sobre el verde de la pradera o entre la pulcritud de los maizales a acostarse entre las mismas sabanas de un hotel, esas mismitas que se ven tan blanquitas, esas mismitas en que dos enfermos tuvieron sexo la noche anterior y por la mañana la limpiadora alisó sin cambiar las sabanas para ahorrarse unos minutos de trabajo o para robarse un poquito de jabón, que tal vez sea con esas morditas que sobreviven la pobre y sus hijos. Yo pensé que iba a seguir el ejemplo de Emiliano, y ganas no me faltaron, pero me quedé solo en la fantasía y el viejo, que debió pasar por lo mismo, porque en el fondo todos sentimos lo mismo que cualquier buen o mal vecino sintió alguna vez, me llevó a la Marilyn Monroe.

—Suerte que no nací en un lugar tan primitivo —dije.

—No te enojes —dijo German—. En el fondo todos somos igualitos de primitivos. Lo que pasa es que no todos pasan la misma hambre...

—Déjala que se enoje —dijo Sonia—. ¿Qué propones?

—No sé... —dijo German, dubitativo—. Podrían desfilar desnudas para que yo pudiese elegir la más fuerte. La más buena cae primero, pero la otra cae igual al final, ¿qué les parece?

—Eres un estúpido muy lindo —dijo Sonia—. Pero yo no puedo ser la novia.

—Cierto, no eres virgen —dijo German—. La novia debe casarse de blanco.

—No. No digo por eso. Es que el pobrecito de Guzman nunca me quiso. Más bien me odiaba. Yo le quité el novio.

—¿Carlos?

—No, deja. Es una larga historia —dijo Sonia.

—No tan larga —dije yo—. Duró dos minutos y se puede contar en mucho menos.

—Eres una maldita perra —dijo Sonia.

—Creo que me perdí de algo jugoso…

—Maldita, puede ser.

—…Algo del mundo civilizado.

—Lo de santa ni el vestido ya te queda… Mírate.

—A ver, chicas —interrumpió German—. No se peleen que van a arruinar la fiesta. Entonces la novia es Raquel. Virgen es mucho mejor, aunque no sea santa. Porque virgen y santa hay una solita. Que yo sepa, o son vírgenes o son santas, no las dos cosas, y como santas sólo las madrecitas como la mía…

—A mí déjenme en paz —dije.

—Una boda toda de blanco —dijo Sonia—. Virgen ella y virgen él. Qué conmovedor ver dos almas tan puras unirse al fin.

—¡Eres una estúpida! —le grité, ya fuera de control.

—¿Acaso no estabas enamorada de Guzman? Esta es tu oportunidad.

—Yo nunca estuve enamorada de German.

—Entonces te gustaba —dijo Sonia—. Vamos, si serás mosquita muerta. Por supuesto que te gustaba. No digas nada. Ni vale la pena. Tú debías ser la única de las *cheerleaders* que no lo sabía. Meterte en el grupo de las *cheerleaders* fue lo más arrojado que hiciste en tu vida. Todas sabíamos lo difícil que era para ti vestirte de minifalda y moverte con alguna gracia, todo porque sabías que Guzman iba los sábados a los partidos de los Dolphins. Lástima que el chico iba a ver otra cosa, no a nosotras que nos matábamos por presumir de toda nuestra juventud... Nos matábamos literalmente, porque no era raro que alguna no llegara a tiempo y la de arriba terminase en el suelo. Pero nos reventábamos con elegancia y nunca decíamos que nos dolía una rodilla o la mala leche de alguna celosa que no cogía bien.

—Suele suceder... —dijo German.

—¿Y todo para qué? —continuó Sonia, sin advertir el juego de palabras de German— Los chicos estaban tan verdes que temblaban cuando una las miraba. Lo más que podían hacer era masturbarse en nuestro honor. Eso en el mejor de los casos, porque tu chico no iba a ver el fútbol ni a las *cheerleaders*; iba a ver a los jugadores y a uno en especial que ya no recuerdo el nombre...

—Dejemos eso —dijo German—. Otro día nos cuentas más de esa historia.

—Otra vez saliendo en defensa de Guzman... —se quejó Sonia.

—¿Yo? —preguntó escéptico Guzman.

—Sí, tú. No es la primera vez que muy sutilmente sales en su defensa, de una forma o de otra. Ahora no quieres que hable mal de él. ¿O será que tú también eres gay y te escondes detrás de esa mascarita de macho mexicano? ¿De dónde salen los mexicanos gays que no tienen *clostes*? Ah, ya sé: salen de los agaves, que es donde están los jimadores.

—Estás loquita...

—No tanto. Si hasta me parece que te pusiste colorado.

—Estás loquita. Si me puse colorado será de rabia. No aguanto que se me confunda. Es lo único que no aguanto. Puedo aguantar el frío, el hambre, puedo aguantar que me den en la cara, pero no aguanto ni un tantito así que me crean mariquita. ¿Sabes lo que le hice a la última que dudó de mis potenciales?

—Sí, la dejaste plantada y alborotada. Si te digo que no es la primera vez que me parece que sales en su defensa, por algo será. Es lo que me parece.

—Eso, te parece. A mí también me parece que tú eres adicta a los problemas. Si no tienes uno a mano, pues te los inventas.

—En eso llevas razón.

—Como guste —dijo German, cansado—. La verdad es que a mí las discusiones me cansan más que un día entero de chamba al sol. Por eso no sirvo para hombre casado; prefiero mover una montaña a fregarme con asuntos tan importantes. Ya ven que el sol se está poniendo y nosotros aquí, discutiendo sobre el perejil de San Pancracio. Ahora hay que apurarse con lo de la foto porque nos agarra la noche.

Se dirigió a los otros tres que se habían sentado a un costado, como si conspiraran, y les dijo que se arrimaran, que iba a comenzar la boda. No recibió respuesta, pero se levantaron y se dirigieron a la motorhome.

—¿Podemos cancelar esto? —preguntó Sarah, evidentemente nerviosa.

—¿No era esto lo que quería Guzman? —preguntó Carlos— Los mexicanos tienen estas cosas. Córranlo para donde disparan y que se vayan.

—Vamos a tener una boda —dijo German—. ¿Alguien se opone? Ya basta de tanta tristeza. Tendremos boda y fiesta. No te quedes ahí, parado como un caballo. Ayuda a bajar al novio para la foto.

Llegamos a tiempo. Poco antes de los últimos rayos de sol nos sacamos la última foto con Guzman. Todavía está ahí, sentado en una silla blanca, pensativo y con su sonrisa de siempre, como si recién se hubiese levantado de una larga siesta después de una noche de parranda, mirándose en German que daba indicaciones.

—A ver, la novia —decía German, golpeando las manos y sin aclarar si se refería a mí o a Guzman—, por favor, un poco más contenta.

La última foto con Guzman, aquella que no pudimos tomarnos en Nueva Orleans, iba a conformarlo. Ni siquiera German sugirió cubrirlo con algún saco para ocultar la ropa de Sonia que aún llevaba puesta. Tal vez porque sabía que no debía disgustarlo en algo tan importante, si realmente queríamos que se quedase quieto allí donde lo íbamos a dejar. Su espíritu descansaría en paz y nosotros lograríamos algo parecido.

—Y los padrinos, ¿qué pasa con los padrinos? Si no sonríen un poco no hay foto. Sonrían, por favor…

Yo estoy de pié, con un sombrero de verano y un paño blanco que me cubre parte de la cara, como si me asomara por entre las sábanas, como en una de esas fotos antiguas donde la mujer aparecía asustada, detrás de su esposo sentado y rodeado de una familia de otros rostros temerosos:

Carlos y Sarah de un lado, Steven y Sonia del otro.

—Todo listo… Eso es, muy bien. Uno, dos, tres… Padrísimo. La virgen salió magnífica.

¿Todo aquello había sido parte de un ritual que sólo la gente del otro lado conoce? ¿A quién se refería con eso de la virgen, a Guzman o a mí? ¿A quién le había estado hablando German desde el comienzo?

Luego German fingió algunas frases graves sobre el significado y el valor del matrimonio y cuando dijo que nos declaraba marido y mujer oímos un camión que se detenía. Cuando Carlos corrió a atender al conductor, recordé al hombre de camisa a cuadros que se había perdido unas noches atrás. Al principio me pareció que ya había vivido la misma situación mucho antes, si no fuese porque Sonia dijo que había estado en la misma situación antes, a lo que Steven dijo que se trataba de lo que los franceses llaman deja vu, algo muy común, pensaba él, que ocurre especialmente cuando uno libera cierta tensión acumulada.

—Falsa alarma —dijo Carlos, volviendo agitado.

No supimos si respirar aliviados o preocuparnos aún más. En realidad había sido una ilusión acústica que luego descubrimos era muy común en aquel lugar. Autos y camiones inexistentes comenzaban a pasar con alguna frecuencia desde el atardecer hasta la medianoche.

Los hombres tendieron a Guzman sobre el suelo y lo pusieron en el sobre de dormir que nunca utilizó. Allí pasó toda la noche fuera de la home, por primera vez.

21 o 22 de junio

FINALMENTE, STEVEN DESCUBRIÓ un tanque de gasolina sin abrir. Estaba escondido debajo de una tapa del suelo de la despensa de alimentos. Quien lo había puesto allí revelaba el miedo de quedarse atrapado en la soledad del desierto. Esto pude deducirlo yo misma de la carta del último empleado, pero en todo el tiempo que estuvimos allí nunca había vuelto mi atención a ese detalle. Carlos había logrado abrirlo con una palanca y había metido la nariz para comprobar ese sagrado olor a combustible que nos conmovió a todos cuando se desparramó un chorro en el suelo, como si fuese un bautismo que representaba nuestra salvación.

Sin embargo, el combustible no pasó ni la primera prueba. Carlos había acercado con cuidado un encendedor a unas gotas que había dejado caer sobre una mesa sin resultado. Luego había arrojado un papel encendido sobre la gasolina que estaba desparramada sobre el suelo y el papel se fue apagando como si se sumergiese en agua. Steven dio una patada en el tanquecito y salió.

Por la tarde invertimos el resto de nuestras expectativas en el camino. Los tres o cuatro autos que alcanzamos a ver esa noche y temprano por la mañana, cuando el sol aún no había asomado, nunca se detuvieron. Los vimos acercarse, los esperamos sin decir nada y así desaparecieron en la noche. Algo impulsivo, pero con el mismo resultado, Steven se dejó ver al último que pasó poco antes de amanecer.

No lejos de allí comenzaron una nueva discusión entre Carlos y Sarah. En los peores momentos caíamos en una pequeña guerra civil.

—No te preocupes —me dijo German—. Ya verás que Sarah se saldrá de control apenas su hombre le siga dando razones. Hace días que la veo juntando presión. Por suerte la pistola no está en sus manos.

—Claro —dije—. Porque las mujeres somos todas unas histéricas...

—No, no todas. Pero los hombres y las mujeres tenemos algunos problemas que son propios de hombres y de mujeres.

—No sabía que los hombres también tenían defectos.

—Muchitos.

—Como ceder ante la tentación de Eva y hacerle caso...

—Y muchos otros también.

—Como por ejemplo...

—Si hay algo que los hombres nunca aprendemos es que cuando una mujer necesita discutir no hay razones que la desvíen de su propósito.

—Ya sabía que las mujeres eran las responsables de los defectos masculinos. Y Adán se comió la manzana y por eso la humanidad no es feliz...

—Algo de verdad debe haber en ese cuento —dijo German—. Cualquier cosa que uno diga o haga será usada en nuestra contra. Si uno no está de acuerdo, es un tirano que quiere imponer su opinión. Si uno finalmente decide darle la razón a la señora, es un sarcástico que devalúa su valiosa autoestima, como dicen ahora. Si uno se calla es porque no quiere dialogar, como dicen los psicólogos y las vedettes de la TV. Uno siempre es el culpable de la incomunicación. Pero sobre todo un hombre nunca aprende que una mujer no te viene con problemas para que uno se los resuelva. Una mujer saca problemas de la galera porque los necesita o necesita sentir que los problemas están aquí afuera y son los otros. Si uno intenta entender el problema en cuestión, está liquidado: ustedes lograrán convencerse, y hasta convencernos a nosotros mismos, que de cualquier forma *nosotros* somos *el* problema, la fuente de todas las desdichas. Y si uno no lo entiende de esa forma, es simplemente porque uno es un machista un opresor, un manipulador, un maldito, el único culpable de que ustedes no sean felices, libres, exitosas y todo eso que se supone deben ser todas las mujeres si no existieran los hombres. Luego salen con eso de "el hombre que realmente te quiere es el que te hace sentir una diosa, una reina…" Híjole, si uno dijera, "la mujer que te quiere es la que te hace sentir un dios", seguro te demandan en una corte… Y te condenan más por antiguo que por egocéntrico.

—Me recuerdas a Guzman, pero menos sensible. ¿Te ha impresionado mucho su diario?

—Mira, mujercita…

—No me llames mujercita.

—Mira, mujer. Puede ser que tomé alguna palabra presada de tanto leer ese diario, pero una o dos palabras, nada más. Seguro que ustedes saben mucho de historia y de matemáticas y de negocios y de toda esa chingada, pero no creo que sepan algo de lo que es sobrevivir a golpes en la vida real.

—*La vida real…* ¿Dónde se compra eso? También yo puedo decir todo lo que has dicho pero al revés. Hablas porque es gratis y hablas con autoridad porque no necesitas probar nada, porque nunca aceptarás que estás equivocado…

—No sé explicarlo pero lo sé. Aunque tengo casi la misma edad que cualquiera de ustedes, yo ya estuve juntado, casado y separado. Todavía no he matado a nadie pero he hecho casi todo lo demás. Pos sí, tal vez yo me equivoco en lo que digo, pero sin tal vez tú no lo sabes.

Se supone que alguien así debía caerme mal, que debía odiarlo o detestarlo de alguna forma. Y sin embargo, era todo lo contrario.

CASI AL MEDIODÍA, German preparó la fosa a cien pasos del depósito de autos. Carlos y yo nos encargamos de Guzman. Antes de envolverlo y atarlo en una lona gruesa, Carlos corrió el cierre del sobre y le descubrió ligeramente el rostro. Guzman parecía dormido, pero su sonrisa ya se había borrado de su rostro. Era un rostro triste, como si estuviese a punto de llorar.

—Como si supiera —murmuró Carlos.

—Tal vez lo sabe... —dije.

Carlos me miró como si me reprochase algo.

Pusimos el cuerpo en el sobre de dormir que nunca utilizó y con los otros tres lo llevamos sin ceremonia hasta la fosa. Sonia fue la única que murmuró algunas frases incoherentes, como si rezara. Un minuto de silencio, o menos, y nos volvimos a la gasolinera.

Carlos y Steven comenzaron a mover escombros para cortar la ruta mientras German se quedó cubriendo la tumba con paladas lentas. Luego arrimó varias piedras que debían señalar el lugar exacto. No era sólo por una superstición religiosa; parecía preocupado por la posibilidad de que el sitio se perdiese definitivamente. Hubiese jurado que la desaparición total de Guzman le convenía, pero German siempre actuaba de una forma diferente, como si pensara diferente. Según él, una cosa era ocultar un sitio y otra muy distinta era perderlo para siempre. Nunca se sabía cuándo en la vida iba a necesitar volver. Porque uno siempre vuelve, decía, más cuando uno se va poniendo viejo y el futuro no existe y el presente ya no importa.

De cualquier forma, allí quedó sepultado Guzman y allí comenzó su nueva vida. En un momento me atreví a preguntarle si la idea de la vida que se renueva gracias a los muertos procedía de los antiguos mexicanos (tuve pudor de no mencionar a los aztecas), según los cuales el mundo sólo podía seguir girando si se ofrecía a él la sangre de los muertos. German no sabía de qué antiguos mexicanos estaba hablando, pero de cualquier forma, dijo, parecía obvio que la gente cuando muere ayuda a los vivos que quedan, de muchas formas. No sólo cuando sus espíritus todavía deambulan por el mundo de los vivos y se dedican a ayudar a sus seres queridos de las formas más inesperadas, o a entorpecer las cosas cuando han sido maltratados, porque esa es la única forma que tienen de llamar la atención de los vivos que de repente, aturdidos por la muerte ajena y por la propia ignorancia, se vuelven sordos y ciegos. No mudos; sólo sordos y ciegos. Los muertos también ayudan a los vivos por una ley natural que consiste en que al irse de este mundo que habitaron con tanta pasión, dejan un espacio, alguna que otra herencia, alguna enseñanza, alguna de sus experiencias en formas de recuerdos ajenos, como un último favor de un padre que se va a descansar y sabe que quedan sus hijos en medio de la batalla. Los muertos siempre dejan algo y los vivos sólo lo toman prestado hasta que la sangre se cansa y hay que renovarla de nuevo. ¿Acaso las ciudades donde vive la gente no fueron construidas todas y cada una por los muertos? Alguien puede construir su propia casa, pero nadie puede construir su propia ciudad ni su propio mundo.

Entonces, para que las cosas funcionen de la mejor forma posible, hay que reconocer que ellos, los muertos, o mejor dicho *los que se están yendo*, todavía son seres de este mundo y hay que respetarlos de todas las formas posibles. German no era un experto en ningún tipo de ritual, decía, como el cura de Nuevo Casas Grandes o el curandero que vivía a los fondos del rancho de una vieja viuda, vecina de su padre, pero la perfección no le preocupaba. Sabía que lo que valía era la intención, y que si los vivos se confundían tan a menudo con las formas, a los muertos, que estaban más allá, sólo les importaba el contenido, *lo sentido*. Los muertos siempre conocen las intenciones mucho mejor que los vivos, y por esta razón había insistido en enterrar a Guzman él antes que cualquiera de nosotros. No se trataba, entonces, que el mexicanito se ocupara del trabajo duro porque estaba acostumbrado a dar vuelta tierra. Tampoco era el dinero. Era todo eso y algo más. Quería asegurarse que las cosas comenzaran a funcionar bien.

Se quedó un tiempo al lado de su tumba, sentado en una piedra, como si descansara. Vaya el diablo a saber en qué pensaba o qué estaba haciendo, comentó Steven. Ese tiempo de espera sirvió para agravar aún más los ánimos de los otros cuatro. Mejor dicho, de los otros tres, porque Sonia, que había pasado la noche anterior vomitando, apenas participaba de este nerviosismo.

22 o 23 de junio

LA TAREA DE LOGRAR que algún conductor se detuviera fue un fracaso. Casi no pasaban autos por muchas horas y, cuando pasaba alguno no mostraba la más mínima intención de detenerse. La segunda vez que pasó uno, casi al atardecer, Carlos y Steven se pararon en el medio del camino para obligar a una vieja Chevrolet pick up que se detuviera y casi los atropella. Lo mismo la quinta o sexta noche: un Cadillac del 62, según Steven, que, al ver a Sarah casi desnuda y con los brazos en alto, aceleró la marcha y desapareció.

Este fue un momento de desánimo colectivo. Ni siquiera German se atrevió a bromear sobre la sexualidad del conductor. Las mujeres nunca estamos seguras de por qué un hombre podría interesarse en nosotras, pero siempre nos queda la protección del honor masculino, por el cual cualquier fracaso se debe a la poca hombría de alguno de ellos, pero en el fondo siempre lo viviremos como una carencia propia, como una flor que ha perdido su color y su perfume, aunque se trate de una flor en toda su plenitud, como lo era Sarah en aquellos tiempos.

German maneó la cabeza, como derrotado ("cómo va a funcionar el mundo así", había dicho), mientras Sarah lastimosamente se volvía a cubrir los senos. Cuando volvía a la estación vi que lloraba. Steven le dijo que no se sintiera mal, que todos le agradecíamos el intento, pero Sarah no contestó y se fue a refugiar a la home.

Lo que parecía claro era que nadie se iba a detener allí, que el lugar estaba maldito o era escenario de alguna superstición de la zona. Razón por la cual, concluimos una noche, aquel era, indiscutiblemente, el lugar que había elegido Guzman.

Steven había dicho que había que empezar a excavar los surtidores en busca de algún resto de combustible, aunque más no fuera con las manos y alguna que otra barra de hierro que encontramos en el depósito de autos.

Poco después nos abalanzamos sobre los surtidores y logramos arrancar uno como si se tratase de un árbol. Luego de horas de romper la placa de hormigón que cubría los contenedores, sólo encontramos un enorme pozo vacío que German llamó *El cenote de la Exxon*. Carlos bajó desesperado para volver a subir cubierto de un polvo negro mezclado con sudor en todo el rostro. En su rostro transformado en una especie de Hulk violento, se veía toda la desesperación del grupo.

Así que de la preocupación por el combustible pasamos a la ansiedad por encontrar agua. Comenzamos a beber lo menos posible y a controlar que cada uno no bebiese más que los demás. Hubo discusiones, peleas lastimosas que se resolvían con el abandono de alguna de las partes. Alguno de nosotros, creo que Steven, dijo que antes que nada debíamos enterrar a Guzman, por razones obvias. Primero, para terminar con la mala fortuna que nos había perseguido sin tregua desde Luisiana. Luego, para no terminar comiéndolo, como había ocurrido en Sierra Nevada, California, en la conocida caravana de los Donner, o en los Andes, mucho más recientemente. El comentario irónico de Steven era más bien una forma de protesta ante la situación que comenzaba a empeorar, pero poco a poco se fue revelando como una advertencia razonable.

En pocas horas la moral del grupo comenzó a decaer. El que parecía menos afectado era German. Todos lo notábamos y él también lo sabía y parecía presumir de su fortaleza o de nuestra debilidad, construida por años de calefacción y aire acondicionado.

—Quedan tres galones de agua —dijo—. Si alguno de ustedes toma más de dos vasos por día le rompo la cabeza.

Sus palabras no fueron contestadas por nadie. La autoridad de Carlos y de Steven había caducado de repente, a fuerza de repetidos fracasos, y lo único que les quedaba era callar y tramar algún golpe.

Llenó un vaso, lo devolvió al recipiente y calculó dos por cada uno. Finalmente hizo una marca, bastante por debajo del galón de agua que estaban abierto y dijo:

—Cuando vuelva, no quiero ver el agua más abajo que esto. ¿Está claro, no?

Nadie contestó. Carlos salió de la estación y se entretuvo examinando el surtidor de gasolina que quedaba en pie.

Enseguida German salió arenas fuera diciendo que se ocuparía del finadito después, que había que atender a los vivos primero, porque siempre teníamos más urgencia, y luego de unas horas volvió con dos medios galones de un líquido que se suponía era agua de tuna y un puñado de gusanos blancos. Filtró el agua con un paño y cuando bebió un vaso hizo un gesto de ardor como si hubiese tomado tequila.

—De esta sí pueden tomar lo que quieran —dijo—, porque hay bastante allá. Pero con cuidado, que está ardiendo.

Enseguida entendí que se trataba del pulque, o algo así, del que había hablado Guzman, y gracias al cual había sobrevivido con su padre cuando cruzaron el desierto.

Sonia fue la primera en probar y en repetir varias veces.

—Dicen que fue una diosa la que descubrió el pulque del maguey para los hombres —dijo German—. Las mujeres y el pecado siempre se han llevado muy bien.

Sonia tomó dos o tres veces más hasta que comenzó a recuperar la alegría que había perdido en Nuevo México. German le dijo que mejor tomase del otro medio bidón, que todavía era aguamiel, pero Sonia hizo como si no escuchara. Carlos debió decirle que era suficiente, que dejase aquello.

—El maguey manso —dijo German— da el aguamiel para los hombres y dulce para los niños. Es una planta muy simpática, el cuerpo de un dios que salva vidas, según los viejos, y que sólo florece una vez en su vida, a los diez años, y luego se muere. La flor es como una verga así de gigante, poquito más grande que la mía.

—Ya deja eso —insistió Carlos.

—Estoy reservando el agua para los amigos —dijo ella y se apoyó en él—. Ahí tienen, agua importada de Suiza, toda para ustedes solitos. Hasta la última gota…

Steven probó el pulque y lo escupió en el piso.

—Eso es un sacrilegio —dijo German.

—Es un asco —dijo Steven.

—Espera que llueva —dijo German.

—Debes tomarlo de un solo trago —dijo Sonia—. De otro modo es medio empalagoso. Mira, así, lo tragas y luego sale ese retrogusto bien rico.

—Ya basta —dijo Carlos.

—Déjame —dijo Sonia, probablemente ebria o en uno de sus ataques depresivos—. Tú…

y yo… ya no tenemos nada que ver. Ve a cuidar a Sarita, que no se la coman los coyotes. Yo puedo hacer lo que quiera… Soy libre, bien libre. Libre como un insecto, como una flor, pero libre. Vamos, cariño, ¿de qué tienes miedo? ¿Tienes miedo de que tome de más y se me escapen cosas de la boca? ¿Quieres que me confiese ahora?

—Basta —dijo Carlos, sacudiéndola de un brazo con fuerza—. No sabes lo que haces.

—Maldito machista —se quejó Sonia, tambaleándose sobre la mesa—. Maldito, maldito.

En ese momento volvió German y tomó a Carlos de un brazo.

—Déjala. Un hombre no hace eso.

—¿Qué mierda te metes tú? ¿Es que también quieres acostarte con ella?

—Déjala —volvió a decir German.

Su tono de voz no era simplemente una petición.

Carlos se sacudió su mano con violencia y, sin dejar de mirarlo con rabia, salió.

Sonia comenzó a reírse como si fingiera contenerse.

—Por fin un macho en el desierto —dijo—. Tanta falta que hacía. Si este mundo tuviese más machos no habría tantos problemas. O los problemas se solucionarían de una buena vez. Pero no, hay que esperar una eternidad hasta que lo que parece interminable, se termine por la decisión y mando de un macho de verdad.

—Mira, muchachita —la interrumpió German—. Macho sí, para servirla y satisfacerla cuando sea necesario y hasta que diga basta. Pero no me venga con esas babosadas mientras está ebria. A mí las cosas me gustan ganarlas en buena ley y con toda la intención, aunque sea mala.

Carlos orinaba a la sombra del depósito de autos.

—Igual me gustas así de malito —dijo Sonia, dejándose caer en la silla del desaparecido—. Pero no creas que me voy a arrodillar ante el pedestal. Yo sólo quiero salir de aquí de una vez por todas. No quiero más falsos líderes que cada hora que pasa nos hunden más y más en el fondo del pozo. A mí me gustan los hombres que saben lo que hacen... Esos son machos de verdad. Los otros que se la pasan hablando y presumiendo apenas sí califican para machistas miserables. Cretinos... Ay mi cabeza, se me sale de lugar...

—Yo no sé si sé lo que hago —dijo German—, pero sí sé que no me voy a quedar aquí lamentándome de mi mala suerte.

—Hablas como un americano. Cruzar la frontera te hizo bien.

—Saldré para el otro lado por más de beber —dijo German, justo cuando volvía Carlos—. Cuando vuelva me pagan lo del entierro y si no hay carros que paren para esta noche, salgo mañana temprano para Los Angeles. Tendré que irme solito, porque no creo que alguno de los príncipes aguante la caminata del primer día.

Enseguida Sonia comenzó a decir que se sentía mal, que no se quería morir allí, sola, y salió tambaleándose para vomitar junto a una de las columnas del patio trasero.

—Como si la gente no se muriese siempre sola... —rezongó Steven.

—Tendremos que parar como sea el primer carro que pase —le dijo Carlos a Steven, tomándolo del brazo—. Si no quiere parar tendrá que parar igual, porque vamos a cortar la ruta con piedras.

—Ojalá pare alguno —dijo German—. Ojalá alguno sea de verdad...

—Te secarás antes que Guzman —dijo Steven—. Si hicieras un simple cálculo, sabrías que es una travesía imposible.

—Nunca necesité de ningún cálculo para sobrevivir de peores... —dijo, y salió.

PASARON VARIAS HORAS de hermético silencio. Al principio se lo atribuí a la espera de que alguien se reventara en el muro de piedras que habían levantado Carlos y Steven para cortar la carretera, pero cuando German volvió a la gasolinera al atardecer, con dos galones de pulque y un gran paquete de gusanos de maguey, comprendí que lo habían estado esperando. Lo acusaron de haberle robado el dinero de Guzmán, algo así como dos mil dólares que le quedaban en su cartera.

Guzmán no se mostró sorprendido. Por el contario, hizo un gesto de confirmación.

—Ustedes necesitan tratamiento —dijo.

—No te hagas el sano —dijo Carlos.

—¿Podrían al menos decirme cuándo le saqué ese dinerito a don Guzman? —preguntó German.

—Cuándo, no sabemos —respondió Carlos—. Eso sólo lo sabes tú. Pero sabemos que lo hiciste.

Carlos puso sobre la mesa tres billetes de veinte dólares.

—Esto lo traías de México ¿verdad?

—Sí —dijo, German—. Sesenta verdes y monedas iban quedando.

—Esto otro te lo dimos en El Paso —continuó Carlos, poniendo sobre la mesa quinientos dólares en billetes cien.

—Usted lo ha dicho —dijo German—. Es todo lo que tengo, más lo que me deben por el entierro.

—No todo —continuó Carlos, dejando caer un pequeño fajo de dólares doblados—. Son mil novecientos dólares, exactamente el *cash* que le quedaba a Guzman y que ya no le queda en su cartera. Estaban en tu maleta, junto con su diario. Esto explica tanto interés de tu parte por sepultar a Guzman.

—Ya veo —murmuró German—. Es una pinche trampa. ¿Adónde quieren llegar con esto?

—A la verdad —confirmó Carlos—. El pulque te ha borrado la memoria.

—Ustedes son una banda de criminales —dijo German—. Seguramente siempre fueron unos psicópatas escondidos en el confort y ahora la necesidad los ha revelado tal como lo que son.

—Es decir que es verdad —confirmó Steven.

—Ahora veo que lo del muerto no fue un accidente ni nada por el estilo —dijo German—. Ustedes son capaces de cualquier cosa. Mienten descaradamente y sin un propósito. De donde yo vengo, los criminales roban y matan por alguna razón, pero psicópatas como ustedes sólo hacen esto por placer.

German se había puesto de pie y parecía decidido a pelear con los dos hombres cuando Carlos sacó la pistola de la cartera de Guzman.

—Seguro que lo del tanque perforado tampoco fue un accidente.

—Te quedas en el depósito hasta nueva orden —dijo Carlos.

German salió lentamente, escoltado por Steven. Una vez adentro, Steven puso cadena y candado al portón.

—No creo que este candado te detenga — dijo Steven—. Tal vez no te sea muy difícil escapar del aquí, pero debes saber que si lo haces tendrás que volverte caminando por el desierto. Si te acercas a la gasolinera corres el riesgo que te meta plomo.

—Sobre el Cadillac rojo tienes medio galón de agua y un cuarto de pulque —dijo Carlos.

—¿Y por qué no me matan ahora, hijos de la chingada? —lo desafió German.

Ninguno contestó. Se volvieron a la gasolinera como si tuviesen todo bajo control.

Yo fui sorprendida por la situación, lo que me demostraba que, por alguna razón, ya no confiaban en mí. Me mantuve callada y traté de ordenar mis pensamientos. Carlos hablaba con una autoridad que me parecía fingida o sobreactuada. Sarah se había mantenido en silencio como si ya estuviese advertida. Sonia, en cambio, había enmudecido, estaba pálida.

24 o 25 de junio

LA PRIMERA NOCHE German no dijo nada, lo que mantuvo en alerta a Carlos. Por la mañana, en la gasolinera, cuando estaban todos reunidos para repartir lo que nos tocaba ese día, pedí que me explicaran lo que estaba pasando. Steven y Sarah me miraron extrañados. Sonia intentaba revivirse otra vez con el pulque que quedaba.

—Tal vez soy la única aquí que no entiende nada —dije—. Por eso planearon toda esta farsa y me dejaron afuera, ¿no?

—¿Qué farsa? —preguntó Carlos, con convicción.

—No te hagas el tonto —dije—. Ustedes lo planearon todo. Le mintieron a German que habían encontrado el dinero de Guzman en su bolsa.

—Te dejamos afuera porque es evidente que estás enganchada con ese tipo —dijo Sarah.

—No manches —dijo Sonia, fingiendo acento mexicano—. Lo supe desde el primer día.

—Veo que todos lo sabían —dije yo—. Todos, menos yo.

Se cruzaron las miradas en silencio.

—Todos menos yo y esta pobre —insistí, señalando a Sonia.

Fue como si no hubiese escuchado. Sonia seguía diciendo, como una niña en la escuela, que lo sabía, que a Raquelita le gustaba el mexicano.

—German te cuenta cosas que no nos cuenta a nosotros —dijo Steven.

—¿Como qué cosas?

—No sé. Tú sabrás.

—Lo que yo pueda saber no tengo por qué compartirlo con ustedes —dije—. ¿Estamos casados, acaso? ¿Pertenecemos a la misma secta? De cualquier forma lo que sé es que German nunca ha planeado un boicot o una traición como la que han perpetuado ustedes ayer. Un miserable golpe de Estado; apenas advirtieron que el chico empezaba a mandar más de lo que obedecía. Una vergonzosa *mise-en-scène*.

—No tiene derecho —dijo Sarah—. Además debemos protegernos.

—¿Protegernos de German? Es él el que debería protegerse de nosotros.

—Evidentemente, todavía no has entendido —dijo Steven—. Sabemos que German estaba recogiendo datos para luego chantajearnos. Sarah lo descubrió hurgando en el cuarto de Guzman. Aparte del dinero que se robó, buscaba nuestros nombres completos, nuestras direcciones. Dentro de unos años o de mucho menos, cuando queramos rehacer nuestras vidas, empezaremos a recibir sus amenazas. Para él será fácil vivir de nosotros, sin trabajar, y para nosotros será volver a este infierno.

—Así que estaba buscando nuestros datos en la maleta de Guzman… —observé.

—No, de la maleta de Guzman sacó el dinero.

—Y se robó los documentos de Guzmán, obviamente —insistí.

—No —dijo Carlos—. De nada sirve chantajear a un muerto. Los vivos como él viven de otros vivos, no de los muertos, por más que se pase todo el tiempo con esas historias que ni él se las cree. Sólo sacó lo que le servía, su dinero. Más claro, imposible.

—A mí lo único que me queda claro —dije— es que le plantaron una trampa sucia, acusándolo sin sentido.

—Estás ciega —dijo Sarah—. Cuando uno persiste en negar las evidencias es poco menos que un tonto. Al menos que estés enamorada del Pancho Villa.

—Si se vieran ustedes lo ridículo que son— dije—, al menos tendrían más humildad. De verdad que esta vez les salió bastante feo. Se precipitaron de nuevo, como se precipitaron en Nueva Orleans, como nos precipitamos todos al iniciar este maldito viaje.

—¿Qué sabes tú? —preguntó Carlos.

—¿De Nueva Orleans?

—No te hagas la tonta. ¿Qué sabes de German?

—Lo suficiente como para darme cuenta de que él nunca hubiese robado el dinero de Guzman sin robar también sus documentos. A él le interesan más los documentos y la vida misma de

Guzman que el poco dinero que podía tener en su billetera. Yo sé perfectamente, igual que ustedes, que Guzman tenía las tarjetas de crédito y el efectivo en su cartera, junto con su libreta de conducir y su carnet de Seguro Social... German me ha estado insistiendo en que les explique a ustedes las ventajas de que él sea Guzman, para que le dejen esos documentos. La treta de acusarlo de robo sólo revela que fueron ustedes quienes le tendieron la trampa. Es una prueba más de que son unos mentirosos psicópatas. Ninguno de ustedes es confiable. Cualquiera de ustedes pudo haber matado a Guzman.

—¡Claro! —exclamó Steven—. Porque robar la identidad de alguien es propio de buenos ciudadanos, ¿no?

—No seas *redneck* —le dije—. Una cosa es robarle la identidad a alguien y destruirle la vida, y otra es robársela a un muerto para reconstruir otra vida. No voy a aplaudir esto tampoco, y por algo nunca he cedido a las peticiones de German, pero encuentro que su plan no es más ni menos inmoral que usar los órganos de un muerto para salvar la vida de un enfermo. Sí me parece un delito mucho más miserable lograr un beneficio personal robándoselo a otro. A otro que todavía está vivo, quiero decir. Guzman no tiene nada que perder si alguien que todavía intenta sobrevivir toma su nombre y sus documentos. Ni siquiera su honor estaría en juego. Será ilegal, sí, pero no inmoral, como lo es acusar a un inocente de robo para luego encerrarlo. Inmoral y cobarde, por si no se dieron cuenta.

Aquel indicio me hace pensar que en realidad ni Steven ni Carlos nunca planearon sustituir a Guzman por German. La idea había sido solo de German y los líderes del grupo apenas alcanzaban a darse cuenta de la forma en que habían echado a perder una nueva oportunidad de solucionar el problema de Guzman. Comprendí que si Carlos seguía siendo el líder era más por nuestra debilidad que por su fortaleza, más por nuestra necesidad de creer en alguien que por su sano juicio. (No me culpo por haber formado parte de esta inquebrantable fe, porque lo veo todos los días en las noticias y millones de personas no son suficientes para reaccionar a tiempo: cada una de las decisiones estúpidas de un líder poderoso parece siempre motivada por una misteriosa y poderosa inteligencia, que por si fuera poco ellos mismos llaman así, *inteligencia*.)

Se hizo un silencio irremediable. Me quedé sentada más de lo que hubiese querido, sólo como una forma de extender aquel gesto acusatorio que rompía los oídos. Hasta que decidí contener un nuevo insulto y me fui a la home.

Desde allí los vi reunidos en la mesa de la gasolinera, horas tras horas, enredados quién sabe en qué discusiones y conspirando sin dirección ni sentido. En ese momento recordé todas las decisiones catastróficas que habíamos ido tomando desde Nueva Orleans. Habíamos sido como simios tratando de comprender una nota del *New York Times* sobre la bomba atómica. Estaba claro: todos tenían excelentes planes, pero en realidad nadie sabía lo que hacía ni hacia dónde íbamos. Sólo quedaba esperar que el azar o los espíritus del desierto, que sólo German conocía, nos sacaran de aquel infierno y nos pusieran otra vez en el mundo civilizado, que en realidad venía a ser otra especie de absurdo, pero al menos un absurdo conocido, un absurdo familiar donde uno conoce las reglas y su lugar.

Cuando aflojó el sol, salí a caminar por la carretera. Tuve esperanza de que la suerte me premiara en ese momento y viera aparecer un carro de repente. Tal vez me hubiese subido y me hubiese ido sola. Habría sido un acto de extrema crueldad, pero creo que lo hubiera hecho. Un cuarto de luna y un cielo especialmente estrellado, casi tan estrellado como los cielos del sur, me hicieron sentir como si volviese a casa. Recordé que cuando era niña miraba el cielo de noche y pensaba que eso era lo más lejos que existía en el mundo. Tiempo después, años, edades después, en países lejanos y mirando las mismas Tres Marías, las mismas constelaciones con diferentes nombres que veía con mi abuelo en Chile, con mi madre en Ohio, con mi padre en Pennsylvania, todos muertos y todos allá tan lejos y yo allí tan sola, comprendí que el cielo, ese mismo cielo de siempre es lo más cercano que existe; y por eso, en las noches de verano, apago todas las luces y salgo a mirar mi pasado que en realidad es la eternidad donde están todos y donde estaré yo algún día, si algún día alguien se acuerda de mí.

ESA NOCHE, CASI MADRUGADA, en la hermética soledad de la motor home, me sacudí de una vieja superstición, como quien sacude un sombrero empolvado. Revisé las cosas de Guzman y encontré las grabaciones que guardaba celosamente en una carterita con llave. Con una tijera corté la carterita, como un cirujano hace una cesárea, y me hice de los veintidós casetes.

Casi tanteando en la oscuridad, puse en la grabadora uno cualquiera:

—*El tequila sólo puedo soportarlo en una margarita* —le había dicho yo, una vez que lo encontré en un bar de la playa, en Jacksonville.

Eso debió ser por la primavera del 98, abril, quizás, cuando todavía se podía caminar de chaqueta y pantalones largos por la playa. Yo había pedido, como lo haría otras veces, una margarita con limón, sin sal.

—*Tequila y Margarita...* —comenta él—. *Nice título para una película. Supongo que yo sería Tequila.*

—*¿Desde cuándo tomas eso tan fuerte?* —pregunto yo.

—*Desde chico* —dice él.

—*Algún día aprenderás a tomarme en serio.*

—*¿Por qué lo dices?*

—*Por nada... El tequila es demasiado fuerte para mí. No sé cómo te puede gustar eso.*

—*No, no me gusta.*

—*¿Entonces?*

—*Entonces nada, güey* —se queja él y yo siento que ya lo extraño—. *¿Por qué todo debe tener una explicación?*

—*Todo siempre tiene una explicación. Lo que pasa es que casi nunca la tenemos a mano.*

—*En cualquier caso, a mí nunca me interesan las explicaciones* —a veces hablaba como si estuviese solo—. *Siempre arruinamos un buen momento con explicaciones y en los malos, las explicaciones no ayudan tampoco. Como en esas novelas laberínticas de Sábato que nos hacía leer el profesor de español 450, donde en lo mejor algún personaje se despachaba con cinco páginas sobre la existencia y el existencialismo. Algo así como* El Ser y la Nada *pero con un subtítulo aclaratorio:* novela. *Tanto admirar el existencialismo, el valor de lo concreto sobre lo*

*abstracto y lo suyo era el psicoanálisis. Luego se reía
del manual para surrealistas de Andre Breton...*

—*Bueno, ¿no era él mismo el que decía que los
personajes son como los seres humanos, que sueñan
pero también tienen ideas?*

—*No sé. Ni sé si me interesa todo de un ser humano. Además, cuando sueño no tengo ideas, y el
cine es sueño o es documental. Explicarlo todo... Seguro un día eso tendrá nombre de alguna enfermedad.*

—*A mí me gustó* Memorias del subdesarrollo
—digo yo, con una voz que me suena extraña,
casi desconocida.

—*Sí, como a casi todos los críticos* —responde
él, como cansado—. *Pero lo interesante no eran las
explicaciones de Sergio, sino el personaje perdido en
sus explicaciones. Como la Cuba sin el Che Guevara,
en pocas palabras.*

—*Ah, cierto. Gracias por la explicación* —digo
yo, con el tono de alguien que se cree repentinamente inteligente.

—*¿Ves? Por eso estoy deseando olvidar la universidad. No soporto esa dieta de investigaciones sobre el reino de este mundo.*

—*Como quieras, Billy Joel. A mí me sigue llamando la atención que alguien gaste su dinero bebiendo algo que le desagrada.*

—*Tampoco me desagrada. Simplemente no me
gusta el tequila como me gusta la cerveza o el viento*

salado del mar. *Pero ya que me pides explicaciones,
tan sutilmente como siempre, se me ocurre que tiene
algo que ver con México.*

—¡*Vaya, qué descubrimiento!* —digo yo—
¿*Sabías que, por ley, sólo se puede producir tequila en
México?*

—*Sí...* —contesta, melancólico— *A mi viejo
le gustaba mucho. Cada vez que bebo un poquito
trato de entenderlo, ya que él nunca pudo entenderme a mí.* No digo entender *en el sentido intelectual de la palabra, eso que viene después de una gran
explicación. Digo entender, en el sentido de sentir lo
que debió sentir el viejo. Al menos por un minuto, por
treinta segundos...* No sé si Tequila y Margarita,
*pero he estado pensando en el guión de una película
que bien se podría llamar así,* Tequila. *Iba a lla-
marla* Verano del 76, *pero ahora me parece que* Tequila *suena mejor.*

—¿*De qué va?*

—*Todavía no lo sé bien, pero sería algo así
como un testamento espiritual... No, espera, eso
suena demasiado pretencioso y aburrido. Sería algo
así como un viaje al origen, como un recorrido por un
territorio de la infancia donde las cosas se sienten pero
no se piensan. Quiero decir...* —recuerdo que a veces hablaba buscando las palabras en la oscuridad
del techo—, *donde las cosas tienen la intensidad que
tenían cuando éramos niños y apenas se podían*

comprender, como no podemos comprender demasiado cando nos estamos hundiendo en una siesta,
en...

—...en un vaso de tequila.

—Eres tú la que no me toma en serio, mi niña.

Yo me sentía tonta por mis propios comentarios que sólo demostraban que no podía seguirlo cuando se sumergía completamente en su
extraño mundo. Entonces, me limitaba a obser-
varlo desde la orilla de ese gran abismo que se
abría entre los dos. Ahora que el tiempo ha
puesto perspectiva y vuelvo a escuchar su voz y la
mía en una vieja grabadora, mi voz bastante diferente, joven y plagada de inseguridades, com-
pruebo que hasta mis sentimientos más
inmediatos eran más listos que mi comprensión
de los hechos.

—*Nos vamos muriendo de a poco* —dice
ahora él—. *De a poco vamos perdiendo el olfato, la
vista, el oído, la sensibilidad de la piel... No me refiero a que vamos quedando miopes y sordos, sino
algo peor: vamos dejando de sentir el mundo a medida que aprendemos a usarlo correctamente. ¿Y todo
para qué? Pos, para sobrevivir; lo cual es otra de esas
interesantes ironías que nos va plantando la vida a
cada paso, como si en el fondo el Creador, El Responsable de todo esto fuese un tipo con mucho humor, un
humor sarcástico, un humor negro algunas veces...
Yo sigo tratando de salvar lo que queda de niño en*

mí para no convertirme en otro zombi. A veces vuelvo sin querer. En los últimos dos años no he podido dejar de pensar en el desierto. ¿Te dije que cuando niño casi me morí en el desierto? ¿No? Bueno, sí te dije eso de cruzar ilegal. Mi viejo, no yo... A ver... Bueno, olvídalo. Tequila... No suena mal. Me gustan los nombres cortos. Son como cápsulas, como nombres de gente que uno conoce mucho, aunque de por sí no digan nada. Pasarían mi película en los cines de México y el viejo iría a verla. Ese es mi mayor sueño, que el viejo vea una película mía, aunque nunca me lo diga.

—*No podías haber elegido un camino más largo para hacerte querer por tu padre. Los psicólogos se harían una fiesta contigo.*

—*No sólo los psicólogos* —dice—. *Como quieran, la tendrán cuando yo sea famoso.*

Esa melancolía nos unía... Mejor dicho, no nos unía; nos separaba, pero era algo que teníamos en común y nos ahorraba preguntas incómodas. Pero suponer que dos soledades absolutas como las nuestras podían llegar a unirse, a neutralizarse por lo que tenían en común, era una esperanza natural, comprensible y peligrosa. Un camino sin salida. Él siempre estaba ensimismado en su mundo invisible, o *transvisible* y yo tenía la firme esperanza que, apenas mirase a través de mí por más de tres o cuatro segundos, iba a terminar por verme, como alguien que deja de ver una calle por una ventana y finalmente ve el vidrio que está a cinco centímetros de su nariz. El chico más sensible de la universidad, el que podía ver más allá de las cosas comunes, no podía verme. O yo estaba demasiado cerca o lo que él veía a través de mí era, más bien... desagradable.

Como creo que ya dije, poco a poco me fui desilusionando; o perdiendo la ilusión, que son dos cosas diferentes. Pero nada dramático, nada como esos desamores de adolescentes que se parecen al fin del mundo. No, en mi caso no. Tal vez (es probable que ya lo haya dicho también) porque no era amor sino apenas admiración, esa admiración de la que sólo son capaces quienes no han cumplido veintidós y están obligados a comportarse como adultos. Bastó unos pocos días de un viaje de graduación, que ojalá nunca hubiésemos iniciado, para liquidar lo que podía quedar de esa fantasía propia de la juventud.

26 *de junio*

ESE DÍA, ESE ATARDECER Carlos comenzó con sus incursiones repetidas al desierto en busca de pulque. Casi siempre volvía ebrio y con fuertes evidencias de haber estado tirado con la cara en el suelo. Esa noche, la segunda noche, German empezó a gritar. Gritaba que algún hombre se acercara y lo matara de una vez por todas, que prefería un disparo en la cabeza a dormir con tantos muertos, que el lugar estaba rodeado de muertos que no podían dormir, que si se moría él también de mala muerte tampoco iba a poder descansar y que no dejaría a ninguno de nosotros descansar en paz.

Me acerqué al dispensador de gasolina y escuché a Carlos.

—¿Qué pasó con el hombre? —ironizó, satisfecho de su pequeño triunfo.

Sonia no respondió.

Me crucé con Steven en el momento en que iba al depósito.

—Pan, queso y carne seca para tu hombre —dijo.

Se acercó al depósito y pasó la bolsita por debajo de la puerta.

—¿Traes la pistola? —preguntó German.

—No hagas un drama —dijo Steven—. Ni vos sos el Che ni nosotros te vamos a dejar morir de hambre.

—Prefiero que me peguen un tiro de una buena vez —dijo German—. Ningún hombre merece una mala muerte. Es preferible tener una mala vida a terminar como un perro, muriendo de mala muerte.

—A mí la muerte no me importa —dijo Steven.

—A mí sí —insistió German, casi en secreto y con un tono de voz agitado—. La vida es un día, pero la muerte es para siempre. Nunca descansarás en paz si mueres una mala muerte. El Señor castiga en vida pero nunca te dará una mala muerte si tiene mejores planes para ti…

—Como quieras. Pero no creo que te mueras mucho antes que nosotros.

—¿Qué harán conmigo?

—Nada. Además, ¿no te ibas a ir caminando?

—Mi hermanito murió así, de mala muerte, caminando, arrastrándose por este desierto. Lo sé porque él mismo me lo dijo, muchas veces. Ayer volvió. Me dijo que no saliera, que me iba a morir como él, que tuviera cuidado que el arbolito se estaba secando.

—¿Qué arbolito? —preguntó Steven, como si hablase con un niño.

—El arbolito que plantamos cuando éramos chamaquitos, cerca del arroyo. Era un manzano que nunca llegó a dar frutas, aunque lo cuidamos como a uno más de la familia. En realidad, lo que mi hermanito quiso decir es que el arbolito es la familia. Ahora yo soy el único que queda de la familia y tengo que completar lo que él no pudo hacer. Mis viejos murieron de angustia cuando él desapareció. Desde entonces la familia se fue secando como el arbolito. Yo soy el último brote que queda y no puedo morir de mala muerte. Aquí está el último de muchas generaciones que se fueron frustrando. La tierra seca los fue chupando de a poco...

—No entiendo —dijo Steven.

—Ustedes nunca entienden nada...

—Ya deja de lamentarte —dijo Steven—. No te morirás aquí, ni de buena ni de mala muerte. Es para que aprendas a no hacerte el vivo. Para que no te confundas con nosotros, ni ahora ni por el resto de tu vida. Tal vez algún día tengas suerte y algún presidente perdone pecadillos como el tuyo. Pero nosotros nunca vamos a perdonar ninguna traición. Así será de ahora y por siempre.

Jueves 28 de junio

PASARON DOS DÍAS sin novedades. Las tres mujeres turnándonos de día y de noche, casi sin cruzar palabra, para vigilar el camino a la espera de un conductor furtivo que se detuviese poco antes o terminase estrellándose en la improvisada barrera de piedras. Carlos y Steven iban y venían por el camino de arena, calculando la posibilidad de aventurarse a pie, al menos hasta la 95, pero lo único que traían de vuelta era medio bidón de pulque. Y German, el pobre German, recluido en el depósito de autos, gritando de vez en cuando que le llevaran más agua, aunque no estuviese ardida, y una mujer donde echarle un hijo.

Comenzamos a perder las esperanzas. Por la tarde, poco después del mediodía, a la hora en que el sol del desierto se ponía tan blanco que no dejaba ver las cosas claramente, Sarah había alertado que se aproximaba un auto. Todos llegamos a verlo, aunque iba levantando una nube de polvo que casi lo hacía irreconocible. Cuando pasó sobre las piedras que habían puesto Carlos y Steven sin dejar rastro, supimos que estábamos perdidos. Carlos corrió desesperado y se tropezó más de una vez. Cuando llegó a la barrera, el auto ya había pasado. Las piedras seguían allí, como si nada, había dicho Carlos con la cara cubierta de polvo y la nariz sangrando. Tal vez algunas piedras se habían corrido un poco, pero no podía decirlo con seguridad. Sarah corrió a limpiarle la sangre y se lo llevó de nuevo a la sombra.

Sonia dijo que era Guzman, que Guzman nos había llevado hasta allá y no nos dejaría salir. El incidente no era muy difícil de comprender. Por entonces sobrevivíamos a puro pulque, en un casi permanente estado de ebriedad que solo era mitigado por el frescor de la noche, lo que explicaba aquella alucinación colectiva.

Esa tarde, el grupo decidió liberar a German. La probabilidad de que German averiguase

nuestros nombres completos y la de que muriése-
mos todos de hambre, de sed o de desesperación
eran las mismas. Al atardecer le abrieron la puerta
del depósito, pero German no salió. Una hora
después, Steven entró a preguntarle si estaba enfermo o le dolía el orgullo por alguna parte, pero
German tampoco contestó. No era suficiente con
abrirle la puerta del depósito. Debieron al menos
pedirle perdón por una acusación injusta y un
castigo aún peor. Pero nadie dijo nada porque, en
el fondo, todos sabíamos que tanta generosidad
no tenía otro propósito que usar a German, una
vez más, en nuestro beneficio. Seguramente él ya
lo sabía. Ellos eran unos cretinos, por decir poco,
y yo la misma cobarde de siempre.

Estuvieron discutiendo. Ya no había esperanza de salir de allí, al menos que no fuese por
un milagro. Sonia había dicho que estábamos en
los territorios del demonio, por lo cual ya ni sus
oraciones servían para algo. Siguió una breve discusión con Steven, visiblemente fastidiado. Carlos le dio la razón a Sonia: solo un milagro nos
sacaría de allí y el único que podía romper con el
maleficio era German. Todos sabían, dijo, que
aquel desierto era una continuación de los infiernos del sur, del otro lado, y sólo salamandras
como German sabían cómo sobrevivir. Sólo
gente como él podía entenderse con Guzman. El
único problema era que German había decidido

vengarse de nosotros viéndonos sufrir hasta el final, dejándonos morir poco a poco como perros. La discusión continuó hasta la noche. Yo me retiré a la home y me quedé mirándolos por una ventana. Me palpitaban las sienes y todo lo que veía tenía forma de última vez. Comencé a imaginarme cómo serían mis últimos minutos, cómo haría para no sufrir lo que de todas formas era inevitable, cómo haría para no tener una mala muerte. Decidí que por la mañana temprano iría yo misma por pulque y bebería hasta cruzar la frontera de la forma menos dolorosa posible.

Me dormí sentada un par de veces. Cada día que pasaba estábamos todos más débiles, más intoxicados con el pulque y comenzábamos rápidamente a integrarnos al ritmo del desierto, despertando apenas salía el sol y rindiéndonos al sueño apenas atardecía. En la estación estuvieron horas girando alrededor de la lámpara, nerviosos. Discutían algo y no se ponían de acuerdo. En algún momento Sonia y Carlos salieron a los dispensadores. Discutieron. Él, visiblemente ebrio como siempre, parecía querer explicarle algo. Ella lo evitaba hasta que en cierto momento lo abofeteó. Fue lo único que escuché desde donde estaba. Él no reaccionó. Más bien que se volvió a la tienda en silencio, cabizbajo. Luego que los ánimos se calmaron, Steven apagó el farol y se tendieron en las colchonetas que habían tirado en el piso de la estación, el que debía estar lleno de alacranes pero ellos decían que era el único lugar fresco.

Cuando desperté eran más de las dos de la madrugada. Debí sentir algún ruido, algo así como la señal de alerta de un búho. La escasa luna que quedaba en el cielo fue suficiente para ver que Sarah era la única que todavía caminaba cerca de los dispensadores. Caminaba errante con un galón de pulque en una mano. Se recostó a uno de los dispensadores y se quedó varios minutos inmóvil, como una estatua.

Me quedé mirándola con atención. Esa noche descubrí que Sarah era, por lejos, la más bonita de las tres. Probablemente era la más bonita de la universidad, ya que entonces no pude recordar a nadie que la superase, y por alguna extraña razón nunca había reparado en ese hecho. Sonia sabía cómo parecerlo, pero Sarah lo era por naturaleza. Su rostro era extremadamente delicado y su figura no tenía nada que envidiarle a las chicas que aparecen en esas revistas ridículas que una admira porque no puede escuchar lo que dicen cuando no están posando como diosas del Olimpo. En realidad no sé cómo explicarlo sin caer en la cursilería o en la inútil suspicacia de algún lector retorcido. Tal vez debería aceptar el hecho de que las cosas más importantes sólo pueden ser sugeridas a través de metáforas oscuras y de palabras precarias e imprecisas que desesperadamente buscan aferrarse a un significado que se les resbalan. Leo y releo donde escribí *bonita* y me doy cuenta cómo las palabras traicionan la realidad. *Bonita* suena a algo superficial, cuando en realidad se trataba de algo tan profundo y misterioso como la noche del desierto. Tal vez por eso uno necesita escribir miles de palabras para intentar expresar algo que en el lenguaje de los dioses se resume en una sola frase.

Sarah bebió más pulque y dejó derramar el resto sobre su pecho. La odié por esto.

Luego arrojó el galón vacío sobre la arena y se dirigió lentamente al depósito de autos.

German no dormía. Decían que nunca dormía. Estaba sentado en el asiento trasero del convertible y no dijo nada cuando Sarah se asomó a la puerta del depósito. Lo buscó en la oscuridad, dio unos pasos y se detuvo. German no pareció inmutarse. Apenas levantó la mirada cuando ella se acercó. Tampoco dijo nada cuando la agarró de la mano y la arrastró a su lado. Ella subió sobre él como si montara y lo cabalgó sin prisa.

Esa noche odié como nunca antes. Los odié a los dos con toda mi alma y tuve que volver a ver la luz del día para comprender que tal vez aquello había sido necesario. Pero no por ello mi odio había disminuido. Maldije una y otra vez, y aun maldigo el día en que a Guzman se le ocurrió la maravillosa idea de un viaje de graduación con gente que nunca terminamos de conocer.

Jueves 29 de junio

La mañana siguiente nos despertamos con los gritos de Carlos. Finalmente, no sé si por casualidad o porque había estado hurgando toda la noche por todos los rincones, había dado, en uno de los depósitos exteriores de la motorhome, con un tanque de gasolina de reserva. En sus ojos vi el fanatismo y la locura, algo muy distinto a lo que había alcanzado a Sonia. No quiso aceptar el hecho de que la solución había estado desde siempre allí, con nosotros. Todavía bajo los efectos de una intoxicación sin tregua, hablaba y razonaba con dificultad; decía que el muerto lo había hecho, que gracias al muerto íbamos a poder salir de allí. Poco después comprendí que no se refería a Guzman sino a German. German había muerto y resucitado. German era Guzman, y así comenzó a llamarlo primero Carlos y después todos los demás.

Apenas pasada la euforia, Steven me informó de la resolución que el grupo había tomado la noche anterior. Olvidarían el incidente del dinero y, de ahí en más, German sería Guzman. Así que yo misma podía, si estaba de acuerdo, entregarle el diario, su libreta de conducir y su seguro social.

—¿Qué importa si estoy de acuerdo o no? —preguntó— ¿Cuándo les importó mi opinión sobre algo?

—Siempre serás parte del grupo —dijo Steven—. Nos guste o no, por el resto de nuestras vidas seremos un grupo...

—Unidos por el miedo y el odio, hasta que la muerte nos separe.

—No sé si tanto, pero algo así.

—Son unos perfectos idiotas —dije, tomando el diario y los documentos de Guzman—, pero al menos todavía les queda algo se sensatez.

—Yo no sería tan optimista —dijo Steven—. La verdad es que somos unos cretinos, por decir lo menos, idiotas, como decías vos, pero no nos quedan muchas opciones.

—Dios nos ha probado y perdonado —dijo Sonia.

—¿Cuándo te lo dijo? —preguntó Steven—. Yo todavía estoy esperando que se comunique.

—Si no tienes fe, nunca te vas a comunicar con Él.

—Vaya dios tan celoso. Parece que más importante que ser un tipo bueno es creerse lo que sus voceros dicen que dijo.

—Ya dejen eso —dije.

Tomé el diario de Guzmán, su billetera con el seguro social y la libreta de conducir, los dos mil dólares del entierro y los mil novecientos de Guzman y fui al depósito.

En realidad, quería verlo. Quería ver cómo se atrevía a mirarme. Pero German ya no era el hombre simple y risueño que habíamos encontrado en El Paso. German parecía Guzman sin afeitar, una especie de Cristo o de Che Guevara condenado, pero más allá de las decisiones de los hombres. Lo miré un instante en silencio, pero él pareció ignorarme.

—Aquí tienes —dije—. Has tomado todo lo que querías mientras veías a todos hundirnos en la miseria. Eres el único ganador. Supongo que estarás eufórico, mucho más eufórico que el pobre Carlos.

—Yo no he ganado nada —dijo—. Simplemente esperé que la tierra diera sus frutos. Otros comerán de mí cuando llegue mi hora.

—Qué dramático...

—Sí, parece dramático. Lo peor es que es verdad.

—No me hables como Guzman, que yo sé perfectamente quién eres. Y lo sabré por siempre.

—Te hablo como he hablado siempre. Puede que seas tú la que ha cambiado en tan poco tiempo.

Me miró por primera vez, serio. No supe descifrar aquella mirada. Sí sé que German no volvió a recuperar el rostro burlón y sonriente que lo caracterizaba. Apenas una sonrisa, de vez en cuando, más bien resignada.

Sarah se encargó de Carlos. Trataba de tranquilizarlo, de que no se riese tanto porque le hacía mal. Él decía que al fin éramos libres, libres, libres, y repetía esa maldita palabra de una forma que asustaba. Sonia acariciaba un almohadoncito como si se tratase de un niño mientras Steven la ayudaba a subir a la motor home. Sarah siempre fue una mujer dura, escondida detrás de un rostro de niña y un cuerpo frágil, una de esas personas que están hechas para el apocalipsis pero que nunca lo sabrán. Cada uno tiene alguna virtud y alguna fortaleza, pero sólo en algunos casos sirve para algo, como puede ser la habilidad de patear un globo de cuero o de abordar un barco con un cuchillo en la boca. A Steven nada le podía hacer mal, ya que no creía en nada. No tenía miedos inventados y los fantasmas perdían el tiempo con él, decía siempre. No se llevaba bien con la muerte, pero no le tenía miedo tampoco, así que no necesitaba ni curas católicos, ni psicólogos con diploma, ni curanderos mexicanos. Tal vez aquello de no-creo-ni-en-los-reyes-magos era una coraza tan real como las arenas del desierto o simplemente era otra forma de tener fe, de sobrevivir a tientas, como Sonia, como German, de mantenerse a flote en un mar enardecido.

ESE MISMO DÍA VOLVIMOS al camino. A poco de andar, Steven detuvo la home y se bajó para arrojar la pistola lo más lejos que pudo.

—Maldita—, había dicho antes de arrojarla con furia.

Al volver Sonia dijo:

—Ella no tiene la culpa, pobrecita. Somos nosotros los pecadores.

Steven la miró un instante.

—Vete al diablo —dijo.

Luego de casi dos horas entramos en la 95 y, después de tres horas y cinco minutos (Steven conducía exageradamente despacio para no tentar la mala fortuna), nos encontramos con la bendita I-10. Sólo Carlos festejó como un niño al escuchar la campana del recreo. Sarah comenzó a cantar *Hotel California*.

On a dark desert highway, cool wind in my hair
Warm smell of colitas, rising up through the air
Up ahead in the distance, I saw a shimmering light
My head grew heavy and my sight grew dim...

Luego comenzó a sonar *A Horse With No Name* en la casetera.

After two days in the desert sun

My skin began to turn red
After three days in the desert fun
I was looking at a river bed
And the story it told of a river that flowed
Made me sad to think it was dead...

(En vano he hecho tres o cuatro intentos por encontrar la gasolinera de El Muerto. La primera vez fue en 2001. Alquilé un auto en Phoenix y estuve recorriendo todo un día, sin encontrar el más mínimo indicio. Mejor dicho, las posibilidades eran demasiadas. Existen varios caminos de tierra al sur de la 10 que cruzan o se desvían de la 95, muchos de los cuales están abandonados. Tomaría varias horas recorrer con cuidado alguno de ellos. Hace dos de semanas, mientras escribía estas memorias, busqué en un mapa satelital de Internet, palmo por palmo, con el mismo resultado. Una posibilidad es que la gasolinera esté ubicada del otro lado de la frontera, pero es mucho más probable que yo no haya dado con el camino adecuado dentro de los límites de Arizona. También es posible que el viento del desierto los borre por algún tiempo antes de volver a descubrirlos.)

Cuando cruzamos el río Colorado tampoco hubo muestras de alegría, pero sí una sensación unánime de alivio. Un alivio inexplicable que quizás era más un deseo que una realidad. Entrar en California era como dejar algo atrás, el desierto, la historia que nunca nos abandonaría. Era como cruzar una abrupta línea que separaba la soledad que todo lo chupaba, como un remolino de arena se traga cada una de las plantas y de los insectos que la habitaban, una línea que separaba el suelo estéril de los campos verdes con riegos y las casas con árboles, la barbarie de la civilización, la memoria de la esperanza en el olvido.

El repentino verde de Blythe fue una ilusión pasajera que duró unas pocas millas. Enseguida comenzó un nuevo desierto hasta que, finalmente, llegamos a Indio. Allí pusimos combustible (un acto aparentemente tan pagano que, de repente, se había revelado como sagrado en toda su intensidad) y nos estacionamos en un rincón de la gasolinera para descansar. Sarah encendió el aire acondicionado al máximo. Bebimos café y Coca-Cola como si se tratase de una exquisitez y nos quedamos dormidos, o dormitamos. Por un momento sentí alivio y confusión, como en los días en que vivíamos bebiendo pulque. El sólo hecho de que mi tarjeta de crédito aún funcionara, entonces me había parecido un milagro inexplicable: ¿cómo era posible que el cielo lloviese combustible y pagase el café con sólo pasar la tarjeta en una vagina electrónica y sin ningún esfuerzo? ¿Cómo era posible que la realidad continuara funcionando, totalmente indiferente a nuestro descenso en los infiernos, como si nada hubiese pasado realmente? ¿Hasta cuándo sería así? ¿Ese muchacho que descansaba en un asiento de la mororhome era Guzman o aquel otro, German, que soñamos todos en El Paso?

Carlos se rio. Sarah le dijo que se quedara tranquilo, que descansara.

Una o dos horas después nos fuimos a un restaurante que estaba muy cerca de allí, en un camino llamado Vista del Norte, en la intersección de la 10 e Indio Business Loop. Allí tuvimos el primer almuerzo en un restaurante desde Nueva Orleans. De hecho, fue la primera y última vez en todo el viaje que compartimos una mesa los seis. Sonia parecía algo recuperada. Por lo menos comprendía las bromas de Steven. Sarah y Carlos se habían relajado en la sobremesa, lo suficiente como para que ella lo tomara de la mano y recostara por un momento su cabeza sobre el hombro de él. Esos gestos tontos que cualquier mujer sueña toda la vida y que muchas lo logran alguna vez. German había preguntado si lo invitarían a la boda, pero no recibió respuesta.

Fue en ese momento en que la camarera se acercó para preguntar por el postre y Sonia le preguntó qué día era.

—*Thursday* — dijo la chica, con esa sonrisa tan previsible, como si informar sobre el día de la semana fuese un motivo de extrema alegría. Ni siquiera le llamó la atención el estado deplorable de nuestras ropas, probablemente porque debía estar acostumbrada a clientes más extravagantes o porque parte de su trabajo consistía en fingir felicidad.

—Jueves, ¿pero qué fecha? —insistió Sonia.

—*June 29.*

No creo que se equivocara. Lo más probable es que mi cuenta de los días y mi riguroso diario tengan algún error. Nadie se sorprendió por el simple hecho de que no fuera viernes. Tampoco yo dejé traslucir mi perplejidad. ¿Hay un día de más en estas memorias, un día que nunca existió? No lo creo.

Sonia, en cambio, lo había tomado con la frescura de una niña. Enseguida comprendimos su entusiasmo. El 29 de junio era el cumpleaños de Guzman. Según sus planes, para entonces ya deberíamos estar en Los Angeles. Es decir, estábamos atrasados apenas unas horas, un día como mucho. No más.

Comimos en silencio. Cuando la chica se volvió para preguntar por el postre, Sonia dijo que trajera un pastel de cumpleaños.

—*Cinnamon Molten Cake* —leyó Steven en el menú— No. *Molten Chocolate Cake*, tampoco. ¿No tienen algo digno de un homenaje?

Elegimos uno, casi al azar. Steven insistió en que debía parecerse a un pastel de cumpleaños.

Una especie de composición de cuatro *Molten Chocolate Cake* con al menos una velita en el centro.

—*Gotcha*—dijo la chica con una sonrisa y se fue.

—Yo paso —dijo German—. Estoy satisfecho y no pienso gastar un dólar más por hoy.

—Yo pago —dijo Steven—. Faltaba más.

—Igual, no quiero —insistió German.

—Tendrás que comer —dijo Steven.

—¿Por qué?

Hubo un silencio que Sarah interrumpió, fingiendo naturalidad:

—Porque es tu cumpleaños —dijo.

German no dijo nada; su rostro no revelaba sorpresa, sino confusión. Ya lo sabía pero todavía le costaba asumir sus propias intimidades.

—No hay ninguna casualidad —dijo Sonia—. Tú mismo planeaste este viaje para festejar tu cumpleaños en Los Angeles. ¿No fue así? ¿No fue así, Raquelita? Eso no es un secreto para nadie. Nunca fuimos tus amigos pero tú te conformabas con tener algunos admiradores que te cantaran feliz cumpleaños. La admiración debe ser un buen sustituto del amor, un amor no correspondido, la única forma que habrás conocido. Más o menos como una, cuando es joven y hermosa… Compartimos algunas clases, las suficientes para darnos cuenta que nunca fuiste bueno en nada. Si algunos te llamaban Pedro Almodóvar seguramente no era por tus maravillosos proyectos de fin de curso...

—Me alegro de saberlo —dijo German—. Estamos un poco atrasados, entonces.

—Un poco —confirmó Steven—. ¿Tienes la dirección donde te quedarás en Los Angeles?

—No, pero ya me las arreglaré. Tengo la dirección donde empezaré mi primera chamba.

—Te recomiendo que no uses esa palabra —dijo Sarah—. *Chamba* suena demasiado mexicano.

—La mitad de Los Angeles son mexicanos —dijo German— o chicanos o como se llamen.

—Está bien —dijo Sarah—. Ya veo que ya se te pegó el acento mexicano, porque nunca te escuché hablar así. Más bien tu español era español hispano... Mejor no digas que fuiste a la universidad...

—Igual da —aclaré—. Donde trabajará no lo conocen. Mientras trabaja de utilero, tal vez de limpiador, tendrá tiempo para ir aprendiendo inglés. Entonces sí, dentro de unos años podrá decir que fue a la universidad, aunque no llegó a completar por las carencias obvias...

—No sea malita —dijo él—. Segurito que aprenderé bastante de utilero o de lo que sea. Tal vez hasta me meto de extra de alguna película que necesiten mexicanos brutos como yo. Hasta puede ser que consiga trabajo de doble. Así que, pos, si algún día ven en alguna película un bandolero que se muere y todavía respira, de segurito ese soy yo…

La camarera apareció con un pequeño pastel de chocolate y nieve coronado con una velita. Enseguida le siguieron otros empleados que, con cierto apuro, comenzaron a cantarle *happy birthday* en su apurada versión restaurante. Todos aplaudieron, los camareros y los clientes que estaban en las mesas alrededor y alguno de nosotros. German se levantó brevemente para decir sus primeras dos palabras en inglés, *thank you*.

Yo quería llorar pero logré contenerme. "Por culpa de las telenovelas mexicanas uno ya no puede llorar en serio", había dicho alguna vez Guzman. También Steven tenía los ojos húmedos; también él parecía confirmar la sentencia olvidada de Guzman. Al menos éramos dos los que no pudimos creernos que era Guzman quien estaba delante de nosotros. De alguna forma habíamos resuelto el problema del viaje y, ahora que estábamos a salvo, podíamos sentir un poco de compasión por el amigo ausente. Un poco de compasión en lugar de aquel resentimiento que sentimos todos por tanto tiempo, un resentimiento que se sentía en la saliva, en la respiración agitada, en el recuerdo odiado de los tiempos felices y en el odio aún mayor de los días y las semanas que siguieron después.

El próximo tramo fue hasta El Monte. Por esas pocas horas, en ese breve recorrido de apenas ciento y algo de millas, el mundo no pareció tan horrible. Nuestras vidas habían sido bendecidas con una segunda oportunidad. Sí, Guzman estaba muerto. En el delirio de una noche de excesos, alguno de nosotros había apretado el gatillo y todos los demás lo habíamos matado. Desde entonces, sin que mediase declaración o protesta alguna, todos preferimos ser culpables de un crimen colectivo a confirmar la aparente imposibilidad de que uno de nosotros lo había hecho, seguramente porque, en el fondo, todos nos creíamos capaces de hacerlo. Pero el hecho concreto es que nunca nadie fue condenado por un crimen colectivo, aunque nunca nadie podrá siquiera refutar el hecho de que existen y son los más comunes. Los más comunes tal vez por eso mismo, porque nunca nadie ha sido condenado por algún crimen colectivo.

Como dije antes, lo llegamos a odiar. Sin embargo, era como si Guzman nos hubiese perdonado, como si nunca hubiésemos pasado por Nueva Orleans y él continuase allí, sentado junto a Sonia, pensativo, algo decepcionado por la ceremonia de su cumpleaños, preocupado por su futuro éxito en Hollywood. Yo, que lo conocí bastante bien (si alguien en este mundo llegó a conocerlo al menos superficialmente) sabía que ése, la oportunidad de vivir otra vida, de ser otro, hubiese sido su mayor deseo. Desde entonces, aunque nunca llegué a perderle completamente el miedo a la justicia de los hombres, sí le perdí todo el respeto, como un niño puede perderle el respeto a su padre cuando un día descubre que, en realidad, había dedicado su vida a torturar prisioneros mientras recibía homenajes de algún régimen hipócrita. Por elementos como esos, sólo se puede tener miedo, no respeto.

CASI AL ANOCHECER NOS DETUVIMOS en una gasolinera de El Monte, por un poco de café y algunas donuts. Fue allí donde nos dimos cuenta que Roque nos había estado siguiendo, probablemente desde Indio o desde mucho antes. Como era su costumbre, sorprendió a Sarah y a Carlos con un comentario irónico entre dos góndolas del minimarket. Algo sobre el colesterol de las papas fritas que terminan por matar a una persona muy lentamente. Su rostro sonriente, que no se puede decir que era el rostro de un hombre feo, era uno de esos que cuesta una eternidad llegar a olvidar. Porque hay individuos que nacen con el don de hacerse odiar y otros que lo cultivan a puro esfuerzo. Roque poseía alguna de estas dos cualidades o las dos juntas, y no podía dejar de compartirla por donde iba.

Carlos y Sarah se fueron a la motorhome como si buscasen refugio o si solo quisieran evitar problemas. De paso le debieron advertir a Steven, que rellenaba sin necesidad el tanque de combustible. Yo esperé un momento fingiendo agregar crema a un café que no pensaba tomar, porque no quería que Roque me viera y mucho menos quería intercambiar palabra alguna con él. Cuando pude, dejé el café a un lado y me fui de prisa a la home. Steven interrumpió el dispensador y se puso al volante para poner rumbo definitivo a Los Angeles.

Por un momento Carlos dudó. Sus ojos habían cambiado. De una alegría infantil había pasado a la mirada fija de alguien que está por cometer un acto grave. Sarah lo advirtió y le dijo que se quedara tranquilo, que volviese a su asiento, que faltaba poco, que no echara todo a perder. Un incidente con la policía era lo último que deseábamos en ese momento.

—Tranquilo, hermano —dijo Steven, desde el volante—. Tranquilo, macho. Ya falta poco para llegar. No hagas caso. Tranquilo... tranquilo. Ya nos vamos.

La mirada de Carlos era la de un toro herido en una corrida: era una mirada fija, exhausta, como si sopesara la posibilidad de bajarse para embestir al torero.

Enseguida, Roque se acercó a la motorhome a paso lento y sin perder su sonrisa. Se acercó a una ventana y comenzó a saludar. Le tiró besos a Sonia con la mano. Hasta que, por un acto de compasión divina, su sonrisa se congeló y, poco a poco, se fue transformando en algo parecido al pavor. Se quedó mudo y serio cuando vio a Guzman del otro lado del vidrio. Los dos se miraron por un instante que quizás duró unos pocos segundos en el reloj pero varias horas en todos nosotros. Sólo este detalle había sido revelador. Roque hizo lo posible por reaccionar y continuar burlándose de nuestra suerte, pero ya no era el mismo. Su rostro lo traicionaba. Su rostro traicionaba al gran maestro de la simulación, lo que revelaba que hasta la Muralla china tiene sus grietas por donde sangra secretamente. Guzman, que por su propio diario debía saber mejor que nosotros quién era Roque, se acercó al vidrio y le hizo un gesto obsceno y luego se besó el dedo pulgar, lo que entiendo significaba un juramento de por vida. Por primera vez vi a Roque congelado por el miedo. Aunque ninguno se atrevió a comentar este instante, ni lo haría jamás, parecía claro que todos habíamos sido removidos por una revelación. No era sólo la presencia de alguien tan profundamente indeseable que había vuelto, que casi sin dudas nos había estado siguiendo en las últimas horas con el único propósito de disfrutar por vernos en el infierno, sino porque todos supimos, si bien no con la certeza necesaria, que Roque había logrado eliminar a Guzman y, magistralmente, había logrado arruinar nuestras vidas como forma desproporcionada venganza. Todos nosotros, como bastardos descendientes de Caín, habíamos asumido una culpa que no nos correspondía y que ya no podíamos revertir. Pero si la justicia había sucumbido a esta superstición inculpatoria que todos llevamos dentro, al menos nos quedaba la venganza como precaria protección.

Al pensar en esto, sentí un odio infinito. No me contuve y salí de la motor home. Evidentemente, lo mío no había sido un acto heroico; sólo quería disfrutar de aquella pequeña humillación de nuestro verdugo. Quería mostrarle que alguien no le tenía miedo, quería confirmar que *él lo había hecho* (como si la prueba estuviese escrita en su frente o en la mía) y que, de alguna forma, todos ya lo sabíamos. Con el tiempo he ido comprendiendo que existe un poder oscuro con el que comerciamos con mucha frecuencia y que radica en el hecho de hacer creer a los demás que uno sabe algo que los demás no quieren que se sepa.

—Parece que hubieras visto al mismo Diablo —dije.

Él no contestó.

—¿Cómo está la escritora de Hollywood? —dijo.

Tal vez sólo se refería a mi costumbre de escribir un diario de viaje.

—Estás más rica —insistió—, más sexy, como si de repente te hubieras convertido en mujer. ¿No me digas que ya no eres virgen?

—Eres patético —dije—. Intentas burlarte de todos nosotros, pero tu rostro dice otra cosa.

—Así es, ya no eres virgen —dijo—. Se te ve en la carita. La próxima vez probarás con un hombre de verdad. Lo que está escrito en la piedra no se borra con los pétalos de una rosa.

En ese momento German lo tocó en el hombro y, antes que Roque reaccionara, lo golpeó en la cara con tanta fuerza que Roque cayó encima del recipiente con agua y jabón para lavar vidrios.

—Los malos poetas me ponen nerviosos —dijo German.

El incidente fue visto por un policía que se acercó. Antes que dijera ninguna palabra, Roque aclaró que sólo se trataba de una broma entre amigos. Una broma pesada, pero broma, en fin. Nadie lo contradijo y el policía, no del todo convencido, nos pidió las identificaciones. Revisó con cuidado una por una.

Guzman fue el último.

—Guzman Cuignones... —leyó el policía.

—*Quiñones* —lo corrigió German, como solía hacerlo Guzman.

El policía lo miró y miró la foto de su ID un par de veces.

—*Kee... gno...ness* —intentó pronunciar—. ¿Dónde van hacia?

—Hollywood —dijo German, mirando al policía a los ojos hasta incomodarlo.

—El chico es sangrando —dijo el policía, señalando la nariz de Roque.

—Fue sin querer —dijo German—. Siempre hacemos estas bromas, pero esta vez se nos fue la mano. A mi novio le gusta hacer de Brooke Shields en *Golpéame muy lentamente*. ¿Cuál era el título original?

—*¿Killing Me Softly?* —preguntó Steven.

—Esa es una canción —dijo Sonia.

—Gracias por la ayuda —ironizó Steven.

—Bueno, no sé por qué recuerdo la película en español y no en inglés —insitió German—. ¿Alguien recuerda cuál era el título en inglés? ¿*Golpéame muy lentamente*, en inglés?

—*Killing Me Softly* no está mal —dijo Sarah—. Pero seguro que no la vi. ¿Con Brooke Shields, dijiste?

—*Here you go* —interrumpió el policía, con un evidente tono de fastidio—. Conducen seguro.

—Gracias, oficial… —dijo German, con un sutil gesto libidinoso.

El policía tenía una camisa de mangas cortas, más cortas de lo habitual, como esas que usan quienes quieren mostrar los músculos de los brazos ganados por horas de sufrimiento en el gimnasio. La expresión de German debió incomodarlo hasta el vómito.

Apenas el policía se dio vuelta para volver a su auto, Roque se apresuró a subir al suyo y desapareció.

Recién muchos años después logro comprenderlo, al menos en parte. Como decía German, a los muertos hay que tratarlos bien o, en su defecto, como personas. No son cosas, siguen siendo personas por mucho tiempo hasta que todo se hunde en el olvido. Luego, quién sabe.

Si Guzman nos devolvió nuestro maltrato con el infierno del viaje, no menos debió hacer con Roque, a quien amó secretamente y por encima de todas las humillaciones. Y si hasta los muertos todavía son personas, así también hasta el hombre más insensible que haya pisado esta tierra es todavía un ser humano. Es decir, a diferencia de todos los demás seres vivos de este mundo, es un ser vulnerable más por sus propios fantasmas que por sus necesidades más básicas. Roque habrá padecido la sutil venganza (o justicia, como se quiera) de Guzman y habrá buscado con igual desesperación su tumba para exorcizar sus propios demonios. Pero él era el único que no sabía dónde estaba sepultada su víctima para echar mano del último recurso de los criminales, que es el perdón ajeno, y no conocía ni estaba a su alcance otra forma de relacionarse con los otros cinco que no fuera a través del miedo y las amenazas.

Quizás haya pensado que matando a German terminaría por eliminar el fantasma de Guzman. Quizás todavía piense que cumpliendo con viejas amenazas logrará mantener su delirante mundo bajo control y calmar la insaciable sed que sólo produce el odio, y se vuelve a equivocar. Quizás ni siquiera considere que morir de una mala muerte, lenta y denigrante, sea tan malo después de todo, porque hasta los monstruos como él, en el fondo, están detrás de una paz definitiva. Me refugio en la idea de que esto último es improbable. Que no le importe sería una pena.

1998 - 2014

EN LOS ÁNGELES EL GRUPO se fue desmembrando poco a poco, sin promesas y sin despedidas, como si se trataran de actos rutinarios como bajarse de un bus para volver a casa después de un día agotador. El único pacto implícito consistía en ignorar algunos fragmentos del viaje. ¿Acaso la vida de cualquier persona no es más que la sucesión de algunos fragmentos, unos brillantes, otros opacos, otros irremediablemente enigmáticos? ¿Acaso no somos todos arqueólogos de nuestra propia memoria, escudriñando de vez en cuando pequeños desperdicios de una gran ciudad perdida para siempre en las profundidades del desierto? De vez en cuando rescatamos algunos de esos fragmentos (el armazón vacío de unos lentes, la carcasa de una radio obsoleta, un trozo de cerámica donde uno, alguien solía guardar el vino, la pluma de un santo que quizás fuera un vil canalla o un verdadero mártir), desperdicios que parecían perdidos o que quizás los arrojamos nosotros mismos al borde del camino, porque no nos servían o porque preferimos olvidarlos.

Estoy segura de que si en aquel preciso momento alguien hubiese preguntado por Guzman, los demás habrían puesto cara de pregunta o habrían señalado a German con obviedad. De alguna forma todos estábamos lo suficientemente devastados por la realidad como para aceptarla. Como todos, no queríamos la verdad sino algo mejor.

Sonia fue la primera en bajarse en Montebe-
llo y luego lo hicieron Carlos y Sarah en el centro.
Sonia nunca llegó a trabajar para la NASA, como
era su sueño. Ni cerca. En el otoño de 1999 estuvo
inscripta en el programa de de posgrado de física
de Miami University, pero no terminó el semestre. Una versión que finalmente nunca pude
comprobar dice que desde 2001 a 2004 vivió entre los Amish de Lancaster, Pensilvania, y que,
más que la escasez de televisión y de la abundancia de Dios, nunca se pudo adaptar a la falta del
mar. Actualmente es la esposa de uno de los pastores más populares de una iglesia bautista en una
pequeña ciudad de las montañas de Kentucky.
Carlos estuvo un tiempo, probablemente un año
internado en Dallas en un instituto de rehabilita-
ción contra las drogas. Actualmente es el candidato que lidera las encuestas para alcalde de una
ciudad no tan pequeña en Texas. Muchos habrán
oído hablar de él hace cinco años, no por sus ex-
cepcionales habilidades para los negocios y la per-
suasión sino por una aventura sin importancia
con una mujer sin importancia. Confío que con
este dato no estoy revelando la identidad de nadie, ya que políticos que presumen de su moralidad religiosa y a los que cada tanto se le descubre
una o algún amante (por lo cual luego salen a pedir perdón a la televisión acompañados de sus esposas y con sus caras de niño que ha ensuciado

los pantalones de nuevo, como si al resto nos importara un carajo), no son una rareza, precisamente. La relación con Sarah no debió durar mucho. En 2006 ella obtuvo su Ph.D. en Stanford University, con una disertación sobre los beneficios económicos de la mentira. El texto de más de cuatrocientas páginas se puede leer en el sitio de la biblioteca de la universidad y va desde la discusión entre Sócrates y otros personajes platónicos sobre los beneficios de decir la verdad hasta las manipulaciones de los balances de las compañías privadas, del PIB de los gobiernos autoritarios y de las bolsas de valores de los gobiernos democráticos. En 2007 Sarah logró entrar en una conocida compañía de redes sociales que tiene su sede en San Francisco.

Steven continuó solo hasta Santa Mónica, donde devolvió la home. Aunque una semana antes del viaje había recibido su carta de aceptación de Princeton University, nunca llegó a ser alumno de esa institución. Obtuvo una maestría en Literatura española en Vancouver, Canadá. Hasta hace dos años daba clases de literatura latinoamericana en la Universidad de Oregon. Publicó una docena de artículos sobre la metamorfosis de don Quijano en don Quijote y su caída final en la cordura y la presencia de los negros africanos en la literatura del Siglo de Oro español. En mayo de 2012 desapareció del mapa, literalmente. Según una profesora de español de Oregon, actualmente se dedica a la venta de cerveza y cannabis en Ouro Preto, Brasil, aunque probablemente este dato no pase de una ironía de una colega celosa.

German y yo nos habíamos bajado poco antes en West Hollywood. German, mejor dicho Guzman hizo una carrera bastante meritoria en Hollywood, llegando a convertirse en un coreógrafo conocido en el mundillo del *backstage*, aunque nunca alcanzó las páginas del *New York Times* hasta el día después de su muerte.

En West Hollywood lo ayudé con lo básico para sobrevivir. Intenté acercarme a él. Hasta le dije que aceptaba su oferta de seguirlo en su aventura en Hollywood. Pensaba renunciar a mi beca en New York University y solicitar otra similar en UCLA. Le ofrecí pagar el alquiler por un año y no sé qué más beneficios. Le dije que me había conmovido su defensa en la gasolinera, que nunca nadie antes se había jugado así por mí, etcétera. No sé de dónde había juntado tanto valor o desvergüenza para declararme por primera vez de esa forma.

Para mi sorpresa, German no aceptó. Tuve que interrumpir su lastimosa lista de excusas. Le dije que estaba claro que él ya había obtenido todo lo que quería. Quiso calmarme y casi le arrojé el café en la cara. Pero me contuve y me retiré, como se debe.

Dos años después, cuando terminé mi maestría en NYU, fui aceptada en UCLA para el doctorado. Del 2000 hasta el 2005 viví en el campus de la universidad y siempre que podía me daba una vuelta por West Hollywood, pero nunca me encontré con German hasta el verano del 2004. Un día, en la nueva edición de la guía telefónica, apareció su nombre, Guzman Quinones. Luego supe que se había tratado de un descuido y que él había hecho los trámites necesarios para que su nombre no figurase en la edición del año siguiente. Vivía a una cuadra de La Brea Avenue, así que no fue difícil volver a encontrarlo un sábado en un pub, muy cerca de su apartamento. Estaba sentado en la barra, solo, bebiendo tequila.

Me acerqué por detrás.

—¿Qué tal, Billy Joel? —dije.

Me miró confundido. Le tomó un tiempo reconocerme, pero enseguida tomó su vaso y bebió un trago corto.

—Pensé que ya nunca aparecerías —dijo, sin volver a mirarme.

No dije nada. El silencio lo obligó explicarse. Había leído un interesante *paper* de una estudiante de UCLA sobre algo relacionado con la naturaleza primitiva de los cazadores y los recolectores que todos llevamos dentro desde la noche de los tiempos. (Básicamente se trataba de un ensayo inacabado según el cual la historia de Caín representa uno de los cambios de Eras más importantes que había experimentado la humanidad con el desarrollo de la agricultura y, por ende, de las ciudades y la civilización.) No entendió casi nada porque estaba en inglés, dijo, pero seguro que debía tratarse de algo interesante. Le dije que el artículo había sido publicado en un *journal* especializado que casi nadie leía. En realidad, aclaró después, supo que yo había dejado Nueva York por Los Angeles mucho antes, cuando encontró mi nombre completo en una lista de UCLA. En algún momento pensó darse una vuelta por el campus de la universidad, pero luego temió pasar por sospechoso en un lugar tan distinguido y pensó que tal vez yo terminaría por encontrarlo primero.

—Estás mucho más linda —dijo, luego de mirarme por unos segundos—. Te quedan muy bien los labios pintados. Tenía razón Guzman, bastaba con pulir un poquito la lámpara para que apareciera una diosa…

Entonces le recordé cuando me había humillado en West Hollywood. Titubeó hasta que finalmente me dijo que lo había hecho luego de leer con cuidado el diario de Guzman. German pensaba que yo había estado enamorada de

Guzman y buscaba en él un sustituto, que ya era suficiente usar su ropa, ocupar su nombre, su pasado y su primer trabajo, pero que le daba pánico sustituir al muerto de aquella otra forma.

Hablaba sin mirarme, pero en sus ojos fijos en el vasito de tequila yo adivinaba que en todos esos años no había sido feliz. Todo lo contrario.

Le dije la verdad: yo nunca estuve enamorada de Guzman. Lo admiraba, sí, profundamente y tal vez lo admiré por demasiado tiempo, como sólo se admira a alguien cuando una es una adolescente o todavía no ha dejado de serlo, pero nunca, nunca había estado enamorada de él.

—Si el chico fuese una estrella de cine —dijo—, podría entender eso de la admiración…

Esa noche no pude hacerle entender que vivía en el error. Compartimos unas copas más, le di un beso en la boca y tomé mi cartera para irme.

—Yo sí creo que estaba enamorada de ti —dije, levantándome—. De ti, de German, no de Guzman. Probablemente aún lo siga estando, aunque acepto que pueda equivocarme de nuevo, como siempre me equivoco en todo lo que es importante. Lo que es seguro es que, como dices, no podría confundir amor con admiración cuando hay tan pocas razones para admirar a alguien. ¿Cómo alguien podría admirar a un viejo perdedor que además siempre está diciendo tonterías?

Sí, me arrepentí por mucho tiempo de estas últimas palabras. Quise ser contundente, quise destruir su incredulidad y terminé hiriéndolo sin querer. Un año después recibí en el buzón de mi correo de la universidad un sobre y una carta con un par de líneas que decían:

> *Yo sí te quise y, como dices tú, probablemente aún te quiero. Me doy cuenta ahora de que no puedo olvidarte ni con la ayuda de mil putas.*
>
> *G.*

Estuve una semana entera pensando qué hacer. Cuando me decidí a buscarlo ya no lo pude encontrar. Estuve en la dirección que aparecía en la guía telefónica del año anterior, pero el apartamento ya había sido ocupado por un mexicano que no tenía idea quién era Guzman Quinones ni nadie llamado German. Ocupé varias noches bebiendo tequila en los bares de la zona, luego en Los Feliz Bulevar y en otros más próximos a Hollywood, con el mismo resultado. Hablé con mucha gente de los temas más diversos, pero ninguno me llevó al más mínimo indicio de German. Me di cuenta de que todos vivimos en universos paralelos, millones de universos paralelos que cada tanto se cruzan, colisionan, pero que por regla general se evitan y se superponen en un mismo espacio sin siquiera tener noticia unos de otros.

Nada más supe de él hasta el pasado mes de diciembre, cuando una nota minúscula en los periódicos informaba sobre el asesinato del coreógrafo de Hollywood. Un mes después, como ya dije, me crucé con Roque, en Broadway.

22 de enero de 2014

COMO MUCHAS OTRAS NOCHES, hoy volví a despertarme sobresaltada a las cinco de la madrugada con la imagen de Guzman tendido en la cama del *Motel 6*. Esta vez no era Guzman sino German el que miraba con ojos perdidos, razón por la cual sentí que el pecho se me estrujaba y me faltaba la respiración. Como muchas otras noches, el estampido del disparo me salvó de la asfixia, pero esta vez no se trataba sólo del recuerdo de aquella madrugada sino de un estampido ocurrido a poca distancia de aquí, abajo, en la calle.

Al rato llegaron dos patrulleros y se llevaron esposado a alguien. Luego supe que había sido un incidente menor, una disputa por una mujer que terminó con un disparo de advertencia por parte de un esposo engañado que tuvo la lucidez o la suerte de no dar en el blanco.

Desde entonces no he podido volver a dormir. Cuando comenzó a amanecer, desperté a Daniel y le dije que se tenía que ir. Él murmuró confundido y preguntó cuál era el problema, que el lío había sido abajo, que no entendía por qué estaba tan nerviosa. No contesté y él no insistió. Pocas respuestas hay tan irrefutables como el silencio. Le pregunté cómo se sentía. Por lo de anoche, se sentía mejor, dijo, aunque sabía que la decadencia que en una persona puede tomar cincuenta años en él sería cuestión de pocos meses, de semanas.

—Ni tienes que explicarme —dije, y enseguida me arrepentí, de las palabras y del tono.

Me había propuesto fingir alegría, ya que no felicidad, como la única forma de pago que tenía a mi alcance, y dos por tres fallaba. Daniel ocupaba sus últimos días aprendiendo a sonreír en las peores condiciones y a veces quedaba atrapado en mi propio realismo.

Se vistió, tomó sus pocas cosas y se fue. Es un gran muchacho, una persona maravillosa, uno de esos casos en que uno no se explica por qué Dios es capaz de permitirse el espectáculo donde cada poco tiempo un terremoto o una bomba termina con la vida de miles de niños inocentes, mientras los criminales mueren longevos y rodeados del cariño de su gente y de sus propias mentiras. Pero es sabido que Dios tiene razones que la razón desconoce. Como los hombres mismos.

La agitación me duró todo el día y lo que va de esta noche. Cuando logré juntar coraje para preguntar por el incidente de la madrugada a un vecino que volvía del supermercado, me puse tan nerviosa que el hombre casi no pudo terminar con la narración de los hechos. Me preguntó si me sentía bien. Le dije que sí, a punto de desmayarme. Es cierto que ahora sé que me estoy muriendo, pero una vez más comprobé que lo haré sin haber vencido nunca a ese fantasma, como había creído durante los últimos años.

Como todo, no es tan grave. Con los años he llegado a la conclusión de que este tipo de tormentos no es exclusivo de aquellos que han tenido la mala suerte de vivir situaciones tan traumáticas. Todos lo sufren de alguna forma. Todos llevamos ese síndrome de Caín en algún rincón de nuestros genes, como si la civilización hubiese surgido de un crimen original que todos tratan de ocultar erigiendo obras faraónicas. De otra forma no se explicaría el éxito de tantas novelas y películas, buenas y malas, donde alguien mata a alguien y lo que interesa no es la vida perdida sino la capacidad de mentir, de ocultar o de probar la inocencia de quienes son realmente inocentes. De otra forma no se explicaría todas esas pequeñas traiciones que a diario cometemos contra nosotros mismos sin motivo y sin explicación. En mi trabajo en California tenía una amiga que se ponía colorada cada vez que decía la verdad. Me costó cierto tiempo descubrir que no se ponía así porque el jefe o alguien más la descubrieran mintiendo. Era como si dentro de ella hubiese alguien más esperando la oportunidad de traicionarla de la peor manera posible. Se ponía mal para que los demás pensaran que estaba mintiendo, cuando ni siquiera era capaz de mentir. Si alguien le preguntaba si había visto el dinero que estaba en el cajón de un colega, la pobre se ponía colorada como un tomate mientras decía que no tenía ni idea. Luego se descubría que el dinero lo tenía quien lo reclamaba, no donde lo recordaba haber dejado sino donde lo había dejado realmente.

En mi caso, la traidora que llevo dentro siempre me muestra aquella imagen de Guzman tirado en la cama cada vez que intento restarle importancia a cualquier cosa que de hecho no la tiene. Con el paso de los años había aprendido a valorar menos aquella imagen, aquel hecho que, al fin de cuentas, no significó el fin del mundo. Lamentablemente, esta era una valoración puramente intelectual; ya no tengo dudas de la intrascendencia de la muerte de cualquier hombre en este mundo, pero no he aprendido a sacudirme de ciertos recuerdos y dejar de experimentar pánicos sin propósito, como la persona más racional del mundo no puede dejar de soñar con serpientes de tres cabezas, con jovencitas obscenas haciendo el amor con unicornios.

Ahora debo lidiar con todo eso y con el infinito agravante de que a quien veo tirado en aquella cama es German, mi querido German...

El *polar vortex* que entretuvo a los noticieros y a los comentadores políticos del país ha pasado. Sólo quedan las pilas de nieve que comienzan a derretirse con el sol. Esta noche bajaré para perderme entre ese río de gentes que caminan como momias envueltas en bufandas. No conozco a nadie. Nadie me interesa. Caminaré sola, como si de alguna forma disfrutase de mi libertad, tal vez la forma más perfecta de libertad que sólo puede sentir alguien que sabe que ya no tiene nada de qué preocuparse.

Me dejaré encontrar por Roque entre la multitud, en las calles más desoladas de Manhattan. La última vez que lo vi me pareció que ya tenía algunas canas, aunque su rostro no parecía más viejo. Tal vez él sí vea que los años y la angustia han pasado por el mío. Pero de cualquier forma todo esto será un detalle, porque sé que un hombre tan lleno de odio no olvida sus promesas; sé que en los últimos quince años su amenaza de Alabama, como una llama que se convierte en hoguera, se ha mantenido tan viva en su cabeza como en la mía. Para una mujer que ha vivido por tanto tiempo como una presa huyendo de un cazador bosquimano, la ausencia de cualquier sentimiento delicado no impedirá ni el miedo ni el placer de la venganza.

Tequila

Notas del buen lector:

Tequila

Made in the USA
Columbia, SC
26 November 2022

72045874R00286